剑虹序跋与书评

柴剑虹 著

中国书籍出版社

图书在版编目（CIP）数据

剑虹序跋与书评 / 柴剑虹著 . -- 北京：中国书籍出版社，2022.7
ISBN 978-7-5068-9036-6

Ⅰ . ①剑… Ⅱ . ①柴… Ⅲ . ①序跋—作品集—中国—当代②书评—中国—现代—选集 Ⅳ . ① I267 ② G236

中国版本图书馆 CIP 数据核字（2022）第 093854 号

剑虹序跋与书评

柴剑虹　著

责任编辑	尹　浩
责任印制	孙马飞　马　芝
装帧设计	闽江文化
出版发行	中国书籍出版社
地　　址	北京市丰台区三路居路 97 号（邮编：100073）
电　　话	（010）52257143（总编室）（010）52257140（发行部）
电子邮箱	eo@chinabp.com.cn
经　　销	全国新华书店
印　　刷	三河市顺兴印务有限公司
开　　本	787 毫米 ×1092 毫米　1/16
字　　数	375 千字
印　　张	28.25
版　　次	2022 年 7 月第 1 版
印　　次	2022 年 7 月第 1 次印刷
书　　号	ISBN 978-7-5068-9036-6
定　　价	69.00 元

版权所有　翻印必究

序跋编

《西域文史论稿》跋 / 003

《每天一首诗》跋 / 005

《中国历史宝库》主编的话 / 007

《飞天史话》序 / 010

《敦煌学述论（新版）》序言 / 013

《敦煌吐鲁番学论稿》后记 / 016

《中华活页文选·敦煌文学作品选读》引言 / 019

春风化雨润心田——《喜看桃李闹春风——曹文趣语文教学论文选集》序 / 022

《我的老师启功先生》前言 / 025

《中国马球史研究》序 / 027

《敦煌与丝路文化学术讲座》序言 / 029

《敦煌学概论》前言 / 032

《敦煌飞天：精品线描一百例》序 / 035

《中国新疆的建筑遗址》中译本序 / 038

《敦煌学与敦煌文化》后记 / 041

《中国散藏敦煌文献分类目录》序 / 044

《敦煌西域文献旧照片合校》序 / 048

《敦煌邈真赞校诠》序 / 053

《龙门区系石刻文萃》序 / 058

《英藏法藏敦煌遗书研究按号索引》序 / 061

《胡适选注每天一首诗》的缘由和特色（代跋）/ 064

《中国新疆的土地和人民》出版说明 / 075

《丝绸之路体育文化论集续编》序 / 078

《敦煌诗选》序 / 081

《丝绸之路体育图录》序 / 085

《敦煌九歌》序 / 089

《品书录》前言 / 092

《品书录》（增订本）后记 / 097

《敦煌丝绸与丝绸之路》序 / 098

视学术为生命，生命之树常青——《舞论：王克芬古代乐舞论集》序 / 102

《启功讲唐代诗文》整理者附记 / 106

《启功说唐诗》出版说明 / 109

《中国马球史》序 / 111

《敦煌莫高窟题记汇编》序 / 114

努力构建"敦煌文学史"的理论框架——《敦煌文学千年史》代序 / 119

《万舞翼翼——中国舞蹈图史》序 / 131

《高山仰止——论启功》前言 / 135

刻画纷披　信息万千——《甲骨文常用词释解》序 / 137

《中华书局百年总书目》前言 / 141

普及中国历史，传承优秀文化——八卷本《中国通史》代前言 / 143

《启功三绝》出版说明 / 145

《启功日记》出版说明 / 147

《回风舞雪〈红楼梦〉》序 / 149

《丝路历史文化研讨会论集》跋 / 151

《敦煌文选》序 / 153

好一个"细"字了得——《物象·景象·意象》序 / 156

一份弥足珍贵的家世资料——《沛国家声远》代序 / 159

《西域汉语通行史》序 / 162

《汉晋十六国木板绘画》代序 / 166

开创中国服饰史研究的新局面——《粉黛罗绮：中国古代女子服饰时尚》代序 / 171

《唐宋词概说》代序 / 175

野马倏忽扫尘埃——《野马，尘埃》代序 / 179

《法兰西学院汉学研究所藏清代殿试卷》序 / 183

《回鹘文契约断代研究——昆山识玉》代序 / 187

《敦煌诗解读》序 / 190

"浙江学者丝路敦煌学术书系"总序 / 194

《瓜饭楼西域诗词钞》后记 / 197

《启功给你讲宋词》出版说明 / 200

《脩石斋藏汉画像砖石图册》代序 / 202

《脩石斋藏汉画像砖石图册》出版说明 / 204

《绿洲上的乐舞》前言 / 207

在继承优秀传统的基础上创新——《三词九句作文法》（新版）序 / 210

传承文化，厥功至伟——《张宗祥集》代序 / 213

《新疆石窟艺术》再版说明 / 219

聚沙成塔　功德无量——《纸中敦煌》代序 / 221

《启功先生墨迹》代序 / 223

厘清史实，促进交流，功莫大焉——《近代中国的学术与藏书》代序 / 226

《我们眼中的莫奈花园》前言 / 230

《回鹘文契约文字结构与年代研究——于阗采花》代序 / 232

《杭州方言词语释义》编纂说明 / 236

书评编

简评伯希和的《卡尔梅克史评注》／241

实践精品意识的成功范例——谈《敦煌石窟艺术》的编辑特色／246

读《儿童杂事诗图笺释》／249

《俄藏敦煌汉文写卷叙录》中译本简评／254

百花齐放异彩纷呈——近十年中国敦煌学图书概述／260

东方文明的魅力——评《东方的文明》／265

献给敦煌学百年的厚礼——《浙藏敦煌文献》出版感言／268

向世界介绍中国体育文化——评《中国古代体育文物图录》／272

开拓敦煌学研究的新领域——《敦煌古代体育文化》读后／275

敦煌文献整理与研究的规范之作——《敦煌诗集残卷辑考》简评／278

读《蒋礼鸿集》的体会／285

敦煌文献整理的硕果／290

普及敦煌文化的开创之作——重新认识《敦煌——伟大的文化宝藏》的历史价值／295

努力开创敦煌学研究的新局面——"敦煌学研究丛书"述评／305

读《敦煌艺术美学研究》感言／310

十年辛劳岂寻常——《戴名世年谱》出版感言／314

心许天山　身献高昌——读马雍《西域史地文物丛考》感言／316

《龟兹石窟百问》读后 / 320

落实人文奥运理念，加强体育文化素质教育——简评"新世纪体育"系列教材 / 324

充满偏见与欲盖弥彰的盗者自白——读勒柯克的《德国第四次吐鲁番考察记》/ 328

开拓学术视野，重视积累更新——《中古时期社邑研究》读后 / 335

精致精彩的敦煌学广角镜——《敦煌文书的世界》读后感 / 338

趣博旨约，识高议平——《日本中国学述闻》读后 / 344

读《新获吐鲁番出土文献》的感受 / 350

一本迟读了三年的好书——读《走向有水的罗布泊》侧记 / 354

十年一剑，功力毕现——《敦煌经部文献合集》读后 / 359

抒性寄情大西北——学习冯其庸教授西域诗词的一点体会 / 363

为人之学著新编——读《近三百年人物年谱知见录（增订本）》有感 / 367

极具创新价值的《敦煌丝绸艺术全集》/ 371

求真务实，博雅精新——冯其庸《瓜饭楼丛稿》33卷本面世感言 / 374

敦煌科技史著述的奠基之作——读《敦煌学和科技史》感言 / 378

弘扬体育文化的珍贵资料——评《激励中国：新中国体育宣传画图典》/ 383

重新审视龟兹文化的历史地位——学习《滴泉集》的体会 / 386

学术期刊的学术视野与创新——为《敦煌研究》创刊三十周年而作 / 397

多元、异彩、规范、创新——读"敦煌讲座书系"感言 / 402

出版人期盼已久的"一条金鱼！"——读《中国古代金银首饰》感言 / 406

读《佳偶天成》感言 / 408

传承文化担重任——冯其庸口述自传《风雨平生》读后 / 410

《启功先生题签集》出版感言 / 415

喜获《楛柿楼集》感言 / 420

图文并茂　绘声绘色——读听朝华童文馆的《阿凡提的故事》 / 422

解析敦煌石窟艺术的创新佳作——阅读《图说敦煌二五四窟》感言 / 424

"敦煌女儿"的心声——《我心归处是敦煌》读后 / 427

心铭师恩，指塑英魂——读《纪峰雕塑札记》感言 / 435

假如，真如——读王蒙《笑的风》感言 / 437

后记 / 442

序跋编

《西域文史论稿》跋

*《西域文史论稿》（柴剑虹著），台北《国文天地》杂志社，1991年出版。

这本《西域文史论稿》所收的二十九篇论文，都是我在八十年代写作并发表的，其中大多是敦煌学研究和岑参边塞诗研究方面的文章。从1968年到1978年，我在新疆生活、工作了十年，其间虽然因为种种原因没有写出一篇研究西域文史的文章，但为以后从事这方面的研究准备了条件。1978年10月，我回到母校北京师大攻读硕士学位，在导师启功先生、邓魁英先生的热情鼓励与精心指导下，决心做一点这方面的探索工作。尤其是启功老师，为了使我这个才疏学浅的学生能有所进步，在我离开北京师大到中华书局工作后，仍关怀备至，循循善诱，十多年来耗费了大量的时间与精力。前不久，启功师大病初愈，即欣然为这本集子题签，这又是对我的新的鞭策。我将今年初写的《启功师指导我治学》一文收入本书，也是为了说明我在学术研究上每一点一滴的进步，都倾注了老师的心血。这是我要永远铭记在心的。

周振甫先生是我们极为敬仰的前辈学者。他在半个多世纪的编辑生涯中，道德文章，均称楷模。我曾与周先生在中华书局同一个编辑室工作，有幸得到他的许多指教，受益匪浅。周先生今年八十初度，还挤出极宝贵的时间，一字一句地通读了我这本论稿，而且为之撰写"引言"，奖励后进之心跃然纸上，更令我感奋不已。

　　台湾《国文天地》杂志社社长林庆彰君，丛书主编李光筠君，热心于弘扬中华优秀传统文化，有功于海峡两岸学术文化之交流，听说这本论稿编成，即表示愿意促成在台湾出版此书。我知道台湾亦有许多学者致力于西域文史，尤其是敦煌学的研究，成绩卓著，我这本书中有些论文也曾受到台湾学者的关注。学术乃天下之公器，况且呈敝帚于同胞，于是不揣浅陋，欣然将此书交《国文天地》社出版，以求得更广大读者的批评指教。

（1990年4月20日于北京翠微路宿舍）

《每天一首诗》跋

*胡适选"每天一首诗"检存稿《绝句一百首》（柴剑虹、赵仁珪等评析），台北《国文天地》杂志社，1991年出版。

1983年三四月间，我因为担任已故王重民教授的《敦煌遗书论文集》的责任编辑，经常到北京大学燕东园去拜访王重民先生的夫人刘脩业先生。重民先生在"文革"中含冤去世，留下许多著述。平反之后，脩业先生不顾年老体弱，放下自己的研究课题，夜以继日地整理着重民先生的遗稿，《敦煌遗书论文集》便是其中之一。脩业先生很热情，除了跟我谈有关敦煌的稿子与材料外，还给我看了别的一些材料，其中就有胡适先生写给王重民夫妇的若干封亲笔信和《每天一首诗》抄本，后者是脩业先生40年代初在美国居住时，从胡适先生处借来原稿过录的。我觉得这些都是了解与研究胡适十分重要的资料，应该寻找机会发表和介绍。于是，征得脩业先生的同意，我请张奇慧女士帮助过录了《每天一首诗》。由于海峡两岸消息的闭塞，我们一直不知道胡适先生在1952年已重新整理过《每天一首诗》，后来又收入远流出版社出版的《胡适作品集·胡适选注的诗选》中。

1990年年初，台湾《国文天地》杂志社主编连文萍女士与我谈到《国文天地》要在12月份办"胡适专号"。这样，我又想起了已躺在抽屉里多年的《每天一首诗》，遂向《国文天地》

社建议印行《每天一首诗》的赏评本。此建议很快得到了社长林庆彰教授、丛书主编李光筠先生和连文萍女士的赞同。于是，我便约请了赵仁珪副教授、盛冬铃副编审和徐俊编辑三位，与我一道先来做这本《每天一首诗》检存稿《绝句一百首》的赏评工作。

胡适当年选抄这一百零几首古人绝句，有一个最重要的标准，就是"白话诗"，因此其中有若干首诗是为别的选家所不注意的。这些诗中有相当一部分，都是他早年在讲授《国语文学史》和写作《白话文学史》时引用过的，他的一些书信、日记中也偶有提及，他在选抄中又做了少量的注解，这就为人们提供了研究的线索。我们这次赏评，就尽可能地结合胡适本人的文学观念来进行介绍和分析，力求做到在把握原诗作者总的创作思想与艺术风格的前提下来评析每首绝句。我们希望这样做既有助于广大读者阅读与欣赏这些诗本身，又有助于了解这个"胡适选本"的特色。这个尝试是否成功，就有待于广大读者的批评了。

胡适先生当年选抄这本绝句时，并未以时代先后为序，同一作者的诗也往往隔日抄录，原先他抄的第一首居然是元人贡师泰的《涌金门外》。到1952年，他才将这些诗按时代先后重新编排了一下，故称之为"检存稿"。对原先作的注，他也有增删。为了便于读者更全面地了解这个选本，我们在具体的赏评中也对此做了些必要的说明。胡适先生陆续写的序及后记，我们也将它们附录在书后。

刘脩业先生听说此书即将出版，十分高兴，特地在病中为本书写了《序》，谨向她表示崇高的敬意与深切的谢忱。

（1990年8月11日）

《中国历史宝库》主编的话

* "中国历史宝库"丛书（柴剑虹主编，共12册，冯宝志等著），中华书局（香港）有限公司1992年繁体字初版；北京中华书局改名为"中华历史通览"后于2001年出版简体字本。

当年，孔老夫子站在岸上观看江流，发出了"逝者如斯夫，不舍昼夜"的感叹。后人大约受此影响，总爱将历史比喻成"奔腾不息的长河"。可是，这条源远流长的大河实在茫无际涯，水深难测。自有人类社会以来，从古到今，无论是叱咤风云的英雄，还是默默无闻的凡夫，无论是识略过人的史家，还是目不识丁的文盲，都既不可能置身于时代的激流浪花之外，踏在某一处河岸上冷眼旁观，也不可能腾空在宇宙的万里苍穹之上，透彻地审视古今或准确地预卜未来。中国古代良史有"秉笔直书"的美誉，其实（恕我直言），他们的著述已含有太多的"水分"，譬如《左传》开篇的写庄公入隧道与姜氏赋诗、《史记》名篇《魏其武安侯列传》中的"灌夫骂座"，都有明显的虚构成分。几位绝顶聪明的美国学者撰写《世界史》，以尼罗河的沉沙为开场白来追述古代文明，实际上也是一种"模糊史学"。一千五百多年前中国的刘勰在《文心雕龙·史传篇》中指出：修史者要"表徵盛衰，殷鉴兴废"，"举得失以表黜陟，徵存亡以标劝戒；褒见一字，贵逾轩冕；贬在片言，诛深斧钺"。可见主观性极强。他颇感慨史学家的动机与效果很难统一，故而"追述远代，代远多伪"、"记编同时，时同多诡"。可见"实录"

不易，失真度很高。我以为问题的症结在于古代许多政治家过于强调史籍在政治上的讽谏与借鉴作用，使修史者不得不有所顾忌、有所抑扬、有所增删。他们在记录、开掘历史的同时，又往往掩盖了不少有价值的东西，将历史变得单调而又模糊了。二十年前，我的老师启功先生就曾针对古代正史的弊端写了一首《贺新郎·咏史》词：

> 古史从头看。几千年，兴亡成败，眼花缭乱。多少王侯多少贼，早已全都完蛋。尽成了，灰尘一片。大本糊涂流水账，电子机，难得从头算。竟自有，若干卷。　书中人物千千万。细分来，寿终天命，少于一半。试问其余哪里去？脖子被人切断。还使劲，断断争辩。檐下飞蚊生自灭，不曾知，何故团团转。谁参透，这公案？

这真是一针见血！

宋神宗赵顼在为司马光《资治通鉴》所作序的开头说："朕惟君子多识前言往行以畜其德，故能刚健笃实，辉光日新。"如果我们撇开政治的功利不谈，对于广大的读者来讲，这句话倒可以启示我们认识读史的目的，即：增添文史知识，加强品德修养，丰富日常生活。既然历史是一面镜子，就不能只反映单调的图像，只折射出一种颜色。历史应该是一面绚丽多彩的宝鉴，历史的借鉴也应该是多方面的。

因此，当香港中华书局约我主编这套"中国历史宝库"丛书时，我们很快达成了这样两点共识：作为雅俗共赏的普及性历史读物，一是要把丰富多彩的历史文化如画廊精品般纷陈在读者面前，而避免单一地叙述各朝各代的"阶级斗争史"；一是作者应像高明的丹青手作画一样，融主观情感色彩于客观图像的描绘之中，不拘泥于历史的成见。这个想法，也得到了丛书作者们的赞同。理由很简单：历史的图卷本来就不止一个画面、一种色彩。假如去看达·芬奇（Leonardo da Vinci）的画展，面对的仅是千百幅一模一样的《蒙娜丽莎》，即使那微笑的面孔再神秘动人，我相信观众们也会兴趣索然的。

这套丛书的作者，大多是近几年来在内地文史学界成绩斐然的中青年学者。他们学有专攻，在题材的选择上自然会有所侧重，但同时也都尽量注意了广采博览，力图反映中国古代五彩缤纷的时代风貌。至于在写作的风格上，除了共同追求语言的深入浅出、通俗简洁外，无论是材料的概括、分析，故事的铺叙、描述，还是与此相关的引证、议论，各人又有自己的一些特色。我想，读一套书，可以领略写史的多种手法，这对于读者来讲，恐怕也是不无补益的吧。

最后，值得一提的是：为了使这套丛书的内容更完整丰富、形式更生动活泼，更具有可读性及保存价值，香港中华书局的编辑们精心策划与具体研究，为本书配置了许多精彩的图表及简洁的说明文字。对编辑们付出的辛勤劳动，我们的作者与广大读者都是应该表示深深的敬意的。

（1991年10月于北京）

《飞天史话》序

*《飞天史话》（古丽比亚、赵声良合著），台北如闻出版社，1998年版。

在佛教艺术中，飞天是最丰富多彩、生动活泼的形象。记得1980年夏我初访新疆库木吐拉千佛洞，虽然因时间短促未及细观，但壁画中的飞天形象却立即印入脑海，久久不能忘怀。过了两年，当我在敦煌莫高窟流连忘返时，更是被眼前那些飞动飘逸、千姿百态的飞天所深深感染了。我觉得这是敦煌壁画中外形神态与内蕴气质融合得最完美的艺术形象。后来，我读到了谭树桐先生精彩的论文《敦煌飞天艺术初探》，对敦煌飞天有了更多的了解。这也促使我想更进一步弄清飞天的来龙去脉。1988年，我负责举办《文史知识》杂志的"敦煌学专号"时，特地约请敦煌研究院段文杰院长撰写了《飞天在人间》一文。由于篇幅的限制，那也只能是一篇提纲挈领式的文章。因此，当前几年台北《南海》杂志的总编高仰崇先生和我商谈选题时，我自然就提出了《飞天史话》这个题目，得到了高先生的赞同。

飞天艺术源远流长，如果从印度古老神话中的乾闼婆和紧那罗算起，已有数千年的历史；即使从我国汉代画像石中的羽人形象看，至少也有两千多年了。飞天形象五彩缤纷，单是敦煌莫高窟壁画中的飞天，就有六七千身之多。因此，要用比较简省的笔墨写出一部飞天史来,实在很不容易。所幸我的两位年轻朋友古丽比亚女士和赵声良先生勇敢地担起了这个任务,使我们的选题计划得以实现。古丽的家乡在丝绸之路南道的和田地区,她自幼在乌鲁木齐同时接受维吾尔文化与汉文化的良好教育,中学毕业后考入北京中央美术学院,毕业后到新疆文物考古所工作两年,之后又回到中央美院攻读美术史硕士学位,现在在中国艺术研究院美术研究所工作。她对新疆有着特殊的感情,对丝路文化交流有深切的理解,对石窟艺术也有很好的研究,因此,由她来撰写本书的国外及我国新疆部分。赵声良是我的校友,自幼酷爱美术,他从北京师范大学中文系毕业后,放弃了留在大城市的机会,主动要求到条件艰苦的敦煌莫高窟工作。他十年如一日地在鸣沙山下埋头苦干,孜孜以求,终于在敦煌绘画与书法的研究中脱颖而出,因此,由他来介绍与分析飞天进入敦煌以后的发展变化,也是最合适不过的了。

活跃于中国艺术宝库里的飞天,据专家们的研究,应该有两个来源:一是来自印度的佛教的源,一是生长于中国本土的道家的源。新疆与敦煌早期洞窟中的飞天带有较明显的西域风格,魏晋南北朝以后则互相影响,多有交融。不过,我个人以为,无论是从现存飞天形象的"质"与"量"来看,还是就其内容与形式结合的完美程度而论,中国飞天艺术的蓬勃发展还是受佛教的影响更大一些,道家飞天则主要处于被改造、被吸收的地位,未能形成规模,更不可能蔚为大观。当然,这并不排除飞天艺术在其发展过程中,也大量吸收了中华民族原有的绘画雕刻、乐舞百戏等多方面的营养,更不能脱离神州大地上纷繁复杂的现实生活。佛教传入中国之后,即不断受到华夏文明的深刻影响,最终成为中国传统文化的组成部分。飞天形象的不断演变与丰富,正是民族文化交融的一个极具说服力的例证。因此，尽管这本《飞天史话》写得并非尽善尽美，但只要认真去读，必能加深对佛教艺术乃至整个佛教文化的认识与理解。同时，我也期望本书的两位作者能够不断有佛教艺术方面的新作问世。

（1996年11月15日于北京六里桥中华书局宿舍）

《敦煌学述论(新版)》序言

*《敦煌学述论(新版)》(刘进宝著),甘肃教育出版社,2000年出版。

1900年6月22日(农历五月廿六日)敦煌莫高窟藏经洞的发现,是近代中国乃至世界文化、学术史上的一件大事。其最直接、最重要的影响之一,就是导致了一门真正世界性的学问——敦煌学的逐渐兴起、形成和发展。由于众所周知的原因,敦煌学最初是伴随着大量珍贵的敦煌文物的被劫掠、遭流失而产生的,因此对中国学术界来说,也伴随着伤心耻辱与发愤崛起。今天,当"敦煌在中国,敦煌学在世界"这个结论已被世人普遍认同之时,我们尤其不应忘记数代学人为此抛洒的心血与付出的辛劳。敦煌学近百年的历史,既艰难而曲折,也充满了自豪与希望。

我们又决不能自满,因为敦煌学还必须前进和发展,许多课题亟须解决,研究队伍应该扩大,学科水平有待进一步提高。要做到这些,一项刻不容缓的任务就是要更努力、更认真、更有成效地普及敦煌学知识。普及是提高的基础,这道理是一点也不错的。提高全民的文化素质,要从中小学乃至幼儿教育抓起,便是这个道理。最近,有一位作家对我说,据她在参观莫高窟时的采访,日本参观者对敦煌艺术的了解要比我们本国的观众更多、更深入,态度也更为认真而虔诚。对此,我没有做过调查分析，没有发言权；但是，据我所知，近几十年来，在日本国土上举办的敦煌文物及相关艺术品的展览以及出版的普及性图书，无论在数量还是规模上都是相当可观的；他们所培养的从事敦煌学研究的专门人才，数量与水平也不可低估。这就再一次提醒我们：应当在敦煌历史文化知识与敦煌学的普及工作上花更大的气力。

我自己是在20世纪80年代初到中华书局工作后才涉足敦煌学研究的，只是在审读有关书稿的过程中进行了初步的学习，也急切企盼能有更多、更好的敦煌学的普及读物（包括中等的学术性著作）问世。为此，我曾约请一些学者编写了《敦煌文学作品选》，负责编发了《敦煌学概论》（姜亮夫著）、《敦煌史话》（胡戟、傅玫著）等书稿与《文史知识》杂志的"敦煌学专号"，组织两位年轻朋友写了《飞天史话》。也正是基于此，当刘进宝同志的《敦煌学述论》由甘肃教育出版社在1991年底印行后，我便给予了较多的关注，积极推荐该书在台湾地区出繁体字版，也努力促成其译成朝鲜文在韩国出版。

据我所知，《敦煌学述论》出版后，广大读者的反映是好的，敦煌学界也持基本肯定的评价，因为这是一本内容较丰富、评述尚客观、文字朴实、条理清晰的普及读物。当然，也正如有人所说，敦煌学的普及读物是最难写的，这不仅是因为它涉及众多学科，涉及千百年的中外多民族的文化交流，而且也因为有许多难题尚待解答，不少疑点仍众说纷纭，更何况作为一门"世界性的显学"，敦煌学研究成果可谓日新月异，又涉及多国文字。因此，仅仅是搜集较完备的资料与较新的信息这两条，就要付出极大的努力。刘进宝同志开始写作此书时，还是一名刚获得硕士学位的青年教师，其艰苦程度也就可想而知了。正因为如此，如果敦煌学界的专家学者对此书提出这样那样的意见，也是不足为怪的。从该书初版至今，已有近十年的时光。其间敦煌学的发展，可谓迅猛异常；刘进宝同志本人，也已成长为一位专门从事敦煌学研究与教学的教授。可以说，撰写一本高质量的敦煌学普及读物的主客观条件，都比十年前好了许多。因此，最近刘进宝同志趁该书重印之机，对书中原有的内容作了修订，又增写了不少新的东西，这既体现了学术的进步，也体现了作者及出版社对读者负责的精神。

历史的长河奔腾不息，世界即将进入21世纪。我们敦煌学界在积极筹划莫高窟藏经洞发现一百周年纪念活动的同时，不应忘记这也是我们普及敦煌历史文化知识、宣传敦煌学的大好时机，是弘扬中华民族优秀传统文化、促进中外文化交流的大好时机。就相关的出版物而言，我们不仅需要更多、更好的高水平、有创新的学术著作，而且需要更多、更好的准确有用、通俗易懂且价格低廉的普及读物。我们也十分清楚，广大读者最关心的一些问题，比如藏经洞的性质及其评价，学术界至今并没有做出令人满意的回答；每年到莫高窟的中外参观者数以十万计，却至今没有一本简明有用的参观手册或说明书。我期望经过敦煌学界与出版界同仁的努力与协作（包括中外学者的进一步合作），这种状况能迅速得到改变，一些难题（包括敦煌文物的回归）也能有圆满的答案。我当然也企盼刘进宝教授能为此做出更多的贡献，这也是我写这篇小序的主要目的。

（1999年10月5日于北京）

《敦煌吐鲁番学论稿》后记

*《敦煌吐鲁番学论稿》（柴剑虹著），浙江教育出版社，2000年出版。

我家的老房子，坐落于杭城西子湖畔钱塘门外的白沙街。这是一条很小很小的街：南边只有三个门牌，一号、二号是我们柴姓一大家子，三号是一户富有人家的花园洋房（花园里还有一座铜像）——1949年后成了干部的宿舍；马路对面是西湖的水闸和一条河，据说这道河堤才是唐代大诗人白居易在杭州当刺史时加修的"白沙堤"，位于西湖之东，故诗人有"最爱湖东行不足，绿杨阴里白沙堤"之咏。著名的昭庆寺位于河堤与宝石山之间，我的小学生活就是在寺内的普化小学（后改名断桥小学）度过的。兴许正是这样的佛教文化氛围，促成了我日后和大西北、和敦煌吐鲁番学的缘分。

1966年我从北京师范大学中文系毕业之时，"文革"风暴已席卷神州大地。1968年5月，我自愿到新疆工作，十年之中，几乎年年要在巍峨天山和秀美西湖间往返一次，那种强烈的地域与人文反差似乎也逐渐消失了，这在旁人看来也许是很奇怪的，而我自己却觉得十分自然。十年间，我努力地做好一名教师的本职工作，伴随着学生的成长和自己的进步，真正有"青春无悔"的感觉。当然，遗憾还是不少的，其中之一就是常年生活在新疆，却没有精力与机会去研究西北的历史文化。1978

年10月，我考回母校做研究生，有一个念头就是要弥补这种缺憾，因此后来将硕士论文的题目定为《岑参边塞诗研究》，也就很自然了。从1979年起，我写了《"瀚海"辨》、《胡旋舞散论》等文章，只是涉足敦煌吐鲁番学研究的初步尝试。1981年到中华书局工作以后，由于审读书稿的需要，我才开始真正接触敦煌写卷。二十年来，我曾十多次重返新疆，到过天山南北的吐鲁番、库尔勒、库车、拜城、吉木萨尔、阿尔泰等地，考察了一些古城遗址与千佛洞，也曾七赴敦煌参观学习。鉴于大量敦煌、吐鲁番文物已流失海外，我先后三次赴欧洲圣彼得堡、巴黎、柏林等地寻访劫藏。面对浩瀚的大西北，面对璀璨的文化艺术宝库，面对内容丰富的敦煌吐鲁番写本，我真切地感到自己始终是一个渴求知识的小学生，我所写下的几十篇文章，恐怕也仅仅是一些一知半解的习作而已。我觉得，尽管莫高窟藏经洞面世已近百年，敦煌吐鲁番学已成世界性的"显学"，而蒙在"丝路明珠"上的历史尘埃还远未被拭尽，它们蕴涵的种种价值还有待人们去进一步识别。因此，我现在将这几十篇文章结集出版时，内心也是忐忑不安的：一方面，为有机会向学术界同仁求教而高兴；另一方面，担心一些不成熟的看法会误导了读者，这也是本书取名为"论稿"的一个原因。敦煌吐鲁番学的发展日新月异，收入本书的有些论文在刊物发表后，有的材料和判断曾得到一些学者的指教，为真实反映我的学习初貌，这次结集仅作了少许修正或说明，也有几篇文章是首次发表。所有文章的不当之处，还望读者批评指正。

多年来，我学习撰写有关敦煌吐鲁番学的文章，一直得到恩师启功先生的指导，也不断得到季羡林、潘重规、周振甫、周绍良、冯其庸等前辈的鼓励，得到敦煌学界诸多师友的帮助。季羡林、冯其庸两位先生为本书写的两篇序言和附录书后记叙启功先生的文章，便是极好的例证。过去，一些敦煌学家常有孤军奋战之感，比起他们来，我们这一代人幸运得多了。我们在庆幸的同时，千万不可忘了自己是站在前辈辛辛苦苦打下的坚实基地上做学问的，是在一个前所未有的良好的学术氛围中求知的，因此即便有一点收获，也不应有丝毫自满自得的情绪。敦煌吐鲁番学博大精深，我们只有加倍努力，才有希望真正迈进那神圣的学术殿堂。1983年中国敦煌吐鲁番学会成立以来，一大批中青年学者脱颖而出，敦煌学界充满信心和希望，而我们在为之欢欣鼓舞的同时，更要牢记前辈对我们的殷切期望。

我还要特别感谢浙江教育出版社的领导与编辑同仁，正是由于他们的大力支持，我的这本论稿才能于新世纪到来之际在家乡出版。浙江和大西北遥隔千山万水，但却是敦煌学的"根据地"——一大批浙江籍或长期在浙江生活的学者，为敦煌学的形成与发展做出了重要的贡献，如早期的罗振玉、王国维、赵万里及稍后的夏鼐、常书鸿、姜亮夫、王仲荦、潘絜兹、蒋礼鸿、郭在贻等，至今还活跃在学界的王伯敏、施萍婷、樊锦诗、项楚、朱雷、陈世良、陈践践、齐陈骏、张涌泉、卢向前、黄征，以及在台湾的黄永武、毛汉光诸位。我之所以要列举这一长串名单，是要表明浙江学者的敦煌情结（或曰"因缘"），也是为了说明浙江教育出版社抛我之"砖"以引他"玉"的眼光。特别令人高兴的是，《浙藏敦煌文献》也将由该社在藏经洞发现一百周年之际出版，这是我的家乡为敦煌学做出的新贡献。我也一直希望，不久的将来有人能撰写一本《浙江与敦煌学》的书，因为这对于敦煌学史的研究来说是不可或缺的。

在本书出版之际，我再次向所有真诚无私地提供了帮助的师友表示由衷的谢意！

（1999年12月9日于北京六里桥寓舍）

《中华活页文选·敦煌文学作品选读》引言

*《中华活页文选·敦煌文学作品选读》（柴剑虹选注），中华书局，2000年出版。

公元1900年6月22日（农历五月廿六日），在我国甘肃省敦煌莫高窟发生了一件震撼世界学术文化界的大事：封闭了千年之久的藏经洞被道士王圆箓等人于清理洞前积沙时偶然发现，洞窟里堆满了数以万计的以古代写本（4至11世纪）为主的珍贵文物。由于清末朝廷孱弱、地方官吏的腐败无能和王道士的愚昧无知，洞中五分之四以上的写卷都因被闻风而来的各国考察队、探险家骗掠而流失海外，铸成近代中国学术界痛心疾首的"伤心史"。同时，藏经洞古代文献的面世，也为研究中国古代历史文化与西域文明史增添了极其宝贵的资料，从而逐渐形成了一门反映"世界学术新潮流"的"显学"——"敦煌学"。

敦煌藏经洞文献被学术界习称为"石室遗书"，其内容十分丰富，除大量的佛教经籍及一些道教、摩尼教、景教文献外，还有许多官方、寺院和私家经济文书，儒家典籍，历史、地理和科技资料，以及体裁多样、内容纷呈、风格各异的文学作品。由于这些作品中有湮没已久的唐、五代俗讲的底本变文、讲经文、因缘、押座文，又有不少民间曲词诗赋，所以最早的研究者（如郑振铎先生）将它们统称为"敦煌俗文学"。其实，在敦煌遗书中还有许多文人（包括著名作家李白、高适、岑参、白居易等）的作品，有的是散佚已久的名篇（如韦庄的《秦妇吟》），有的是曾广为传播的佚作（如"王梵志诗"）；有些传世之作因其抄写时代的古老而有重要的校勘价值，有些（主要是变文）则更因其在文学史上承上启下的作用而具特殊的意义；有许多作品真实反映了当时敦煌一带的社会生活和自然风貌，也有不少并非敦煌当时当地所作。因此，"敦煌文学"也只是一个以藏经洞所出文学写卷为研究对象的"模糊概念"。当然，作为敦煌石室遗珍，不管其出自民间无名氏还是著名文人，也不管其是俗是雅，无论是哪类作品，只要它们生动形象地反映了那个时代的生活，就都是中华民族繁花似锦的文学园林中的奇葩。

有些研究者曾把敦煌文学作品按文体细分为30类，如将一些并非专为文学创作目的而写的疏、表、状、启、书仪、契约、题跋也归入其中，恐怕和传统的认识还有些距离。为适合读者阅读的习惯，我们这里还是将它们分为韵语与散文两大部分来介绍。韵语主要指诗、词、曲、赋作品，若细分起来，其中样式名称还有不少，如曲子词、佛曲、词文、歌赋等；散文则侧重介绍小说和变文类作品（尽管变文类讲唱文学作品大多是散韵相间的），细分也有许多样式，如诗话、话本、因缘、笑话、灵验记、杂赋和讲经文、押座文、散座文等。鉴于敦煌文学作品数量甚多，这里只能选择一些有代表性的篇目作简要的注释和分析，尽量以带敦煌特色的作品为主，有的限于篇幅只好节录，凡是已见于传世文集的则一律不收。还需要说明的是，藏经洞所出的文学材料中，佛教的通俗宣传品占很大比重，我们既要注意它的宗教色彩和一些糟粕，同时也要关注其中的世俗意义。敦煌文学作品写卷，由于抄写者的文化程度等原因，文字中的错讹很多，有的同一篇作品见于几个写卷的亦多有异文，一些研究者已做了校订，这里就不再一一注明。选注中的不当之处，请读者批评指正。

（2000年3月）

春风化雨润心田
——《喜看桃李闹春风——曹文趣语文教学论文选集》序

*《喜看桃李闹春风——曹文趣语文教学论文选集》(曹文趣著),浙江古籍出版社,2001年出版。

曹文趣先生是我四十年前在杭州一中(杭高)高中三年级学习时的语文老师兼班主任。可以说,我从1955年考入杭州一中后就开始感受到了这所江南名校特殊的文化氛围,并因受其深厚学术渊薮的浸润与教养而受益无穷。其中,语文教学的作用是不可低估的。中学六年,教过我们语文的老师有七八位,虽然当时我的头脑里还没有(或不能有)"名师出高徒"的想法,但的的确确认为有这些老师来为我们教课,是学子们的幸运。当然,用今天较为流行的话来说,亦是一种"缘分"。这七八位老师都如鲁迅先生儿时"三味书屋"的老先生般认真而严厉,都讲求语文基础知识的积累和基本功的训练,而在教学上也都有自己的"拿手好戏",并且不墨守成规。曹文趣老师最擅长讲议论文。众所周知,在中学语文教学中,议论文是最不好讲的,往往引不起学生的兴趣。曹老师却能讲得生动活泼,让大家在"爱听"的情绪里接受了知识,提高了写作能力,这是很不容易的。常言道"文如其人",曹老师的课恰如其名。

曹老师的课讲得好,原因很多,我感到其中最重要的有两条:第一,因为他自己就是写文章(尤其是写议论文)的高手,能将自己写文章的心得与作为范文的课文结合起来,不是游离于外，照本宣科，而是将自己的真切体会满怀感情地告诉学生，在理解课文的基础上跳出课本，起到举一反三、牢固掌握的效果。我至今还记得曹老师在教《人民日报》社论《论合理密植》一课时，对论证方法的生动讲授，使我既牢牢记住了"愚人吃盐"的故事，也懂得了恰当而生动的譬喻、举例、引证等在论证中的重要性。第二，他从不认为教学只有一二种"模式"，而主张"教无定法"，因此乐于在教学实践中不断探索。我记得，当时我们杭州一中的语文教研组在教改上是最有特色的，比如某老师擅长讲小说，那么几个班的"小说课"便都由这位老师来教。高三一年里，就有四位老师给我们讲过课。有一段时间，曹老师便专讲议论文，但他又能做到不同课文用不同教法，抓不同重点，不但使学生有常听常新的感觉，而且能逐渐积累较完整的知识。这也就是曹老师常说的"要有选择地'细嚼'"，才能获得丰富的营养，才能触类旁通，往往讲的是议论文，而我们所得到的知识却并不局限于这一种文体。

曹老师的教改实践，还突出地反映在他的写作教学中。我觉得他上作文课有两个特点：一是强调在吃透范文的基础上多写短文章，而且文章再短也必须言之有物、言之有据、言之有理，在内容上要突出重点，反对面面俱到，而在结构、章法方面则力求"麻雀虽小，五脏俱全"，避免"缺胳膊少腿"。今天看来，写短作文对集中教师和学生的精力，减轻负担，增加练笔机会，都有很大的好处。二是评判从严，极少给学生的作文打高分，让大家总要琢磨自己的文章还有哪些不足，留待今后改进和提高。当时作文评分采用5分制，但曹老师几乎没有给哪篇作文打"5"分的，偶尔某位同学的作文得了个"5—"，就会引起全班同学的惊叹了。或许有人会觉得这是过于严格，会挫伤学生的积极性。其实不然。我们静心细想，虽然不同的学习阶段有不同的要求，但不论用何种评判标准，一篇习作极难做到十全十美，如果轻易打高分、满分，实际上是降低了标准，是很不科学的。现在不少学校作文评判采用百分制，听说还常有打满分的，反倒让人觉得不可思议了。我记得当时我们班同学并没有因为作文得不到高分而沮丧，写作文的主动性是很高的。

当然，曹老师在语文教学的园地里辛勤耕耘了半个世纪，他的教学经验和心得是极为丰富的，我前面所谈只是个人在短时间里的一点感受。我自己大学毕业后到新疆也教了近十年的中学语文，也在教学实践中同学生一道做过一些尝试。曹老师的经验对我来说都是十分宝贵的，是行之有效的。那时，我常以自己不能有更多的机会听曹老师讲课为憾。现在，曹老师把他多年来发表的有关语文教学的专论、随笔及教材建设、阅读研究、写作指导等方面的文章结集出版，这无论对曹老师个人，还是对中学语文教学界，都是一件大好事。曹老师还希望我们几位学生来为这个集子写序，这本来是不合规矩、我万不敢当的，但老师之命，又不能违，我只能自行命题，将自己的一点粗浅的感受写出来交卷，请老师和读者朋友评判，不知是否能够及格。曹老师以一位教师谦虚而欣喜的心情，将此书命题为《喜看桃李闹春风》。我以为，没有春风化雨，焉得桃李闹春？老师对学生的辛勤教育，犹如金贵的春雨，点点滴滴都滋润学子心田，会生根、发芽、开花、结果，这是我们永远都不应该忘记的。

（2000年教师节前夕）

《我的老师启功先生》前言

*《我的老师启功先生》，商务印书馆，2006年5月出版；香港商务印书馆同年繁体字出版。

对于一个学生来讲，最大的幸运莫过于遇到好老师。"好老师"的标准，自然既不是必须十全十美，又会因人因时因地而有所差异，但我以为最根本的应有三条：品行好，学养好，教法好。天底下符合这标准的老师当不在少数，因此许多学子都会有遇上好老师的机会；但是，要得到如启功先生这样的一代名师严父慈母般的数十年如一日的教导和关怀，却需要"缘分"。我今生得有此缘，可谓知足矣！

若干年来，我写过几篇文章，讲述启功先生和我的师生情缘，也试着评介先生的治学精神、方法与成就，幸而得到师友们的认可。因此，一直有友人劝我写出一本关于启功先生的书来，甚至还有出版社寄来出版《启功传》的相关合同，我都没有应承。原因很简单：一是启先生并不赞成，恐有让学生往他脸上"贴金"之嫌；二是我觉得以自己之笨拙，实难表达出先生精神之万一，怕给先生"抹黑"。前者当然是启先生的谦虚谨慎，后者则确非我的多虑，因为这二十多年来，我几乎每月都有几次亲聆启功先生教诲的机会，所见、所闻、所感受到的何止万千，而所能记忆、领会的实在太少。听启先生幽默风趣、充满睿智的讲话是一种真正的享受，除正式听课以外，我不能在先生谈话时作记录，因为那样将大煞风景；我也不善于听后补记，算不上是这般"有心人"；我也想过用录音机，虽然先生也允许却始终没有这样的"氛围"。所以，我只能深深地自责。然而，我现在又终于开始写了，其原因也很简单：近来报刊上写启功先生的文章越来越多，而且还有小册子问世，虽然都是好意，其中也不乏精彩文字，但我和一些友人都觉得仍不免单薄或有道听途说的隔膜之处，实在是委屈了先生。此外，社会上还流传着一些瞎编乱造和错传、传歪了的不实之词，必须加以纠正。我虽不才，至少还能以一个学生的亲身感受和了解，给读者介绍些实际的情形，这也是许多关心与尊敬启功先生的朋友所期望的。当然，我只有努力用心写，才能不使大家失望。

现在，新千年的曙光已照亮神州。启功先生健康地和大家一道跨进了21世纪。这是我们这些晚辈学子的幸运，更是国家的幸运！我始终认为，现今各行各业、各层各级在格外重视成千上万中青年"跨世纪人才"并为他们鸣锣开道之时，绝对不可轻视甚至丢弃了同样也跨越了世纪的成千上万的老年专家，正是他们，为后辈的前进提供了智慧，树立了榜样，铺垫了基础，传递了接力棒。大家公认启功先生是"国宝级的人物"，而对"国宝"含义的理解以及如何善待"国宝"，认识并不一致。先生常以"大熊猫"自喻，其中除了风趣和调侃之外，是否还有值得我们深思与反省的内容呢？国之富强，以人才为本；人气之旺，在于老中青代代相传不致断层，在于尊师爱生传统美德的继承发扬。我们在人才问题上也必须摒弃自私狭隘的功利观，反对形而上学和机械进化论，真正做到实事求是。这也是我写这本小册子时的一个基本思路，期望能与读者诸君相通。书中不妥之处，则敬祈师友和读者指正。

（2001年元旦）

《中国马球史研究》序

*《中国马球史研究》（李金梅主编），甘肃人民出版社，2002年出版。

在世界体育发展史上，马球运动是一项古老而且较为盛行的项目。但是古代的马球运动经过一千余年的流行后，最终在我们国家还是渐趋销声匿迹了。而这一古老运动形式产生与发展的有关问题，也就成为后来体育史研究的重要课题之一。在中国古代的文献中，也常常发现有关马球活动的记载，但由于多是零星散见于各种典籍之中，缺乏系统的描述，因而从21世纪初即有部分学者陆陆续续地对这些文献资料进行辑录整理，并做出某些推断，取得了不少令人瞩目的成果。可以说，在中国体育史的研究中，有关马球运动研究的成果还是较为突出的。

我国学术界开展本国体育史的研究，若追根溯源，可上溯到19世纪末的维新运动时期。但是，无论从中国体育史的整体研究看，还是在具体项目的考证上，真正具有规模和卓有成效的，还是首推对古代马球运动的研究。因为从1919年郭希汾先生在其所著的第一部《中国体育史》中首开记述马球运动的史料为始，对这一问题的研究就引起了学界的普遍关注。此后不久，涉足这一课题的，不仅有体育史学者，更有历史学者；不仅有文化史学者，更有考古学者。而早期学者们对古代马球的起源和发展所作的考证，即便在考古资料已大大丰富的今天看来，也仍是卓有见地、多所建树的，这在早期的体育史研究中可谓仅见。

20世纪50年代以后，随着体育史研究的深入和古代马球文物的不断被发现，对古代马球有关问题的探讨有了更多的进展。一些体育院校、体育史研究所和国家体育文史专门研究机构，在编著的体育史教材和有关著作中，都对马球的起源和发展做了探究。与此同时，各院校、体育界科研单位的体育史研究者，以及历史学界、考古学界、文化史学界的研究者，也发表了相当数量的关于马球问题的研究论文。大量研究成果的出现，特别是大量的有关考古文物资料的被发现，使我们对这一问题的研究有了更为充足的资料依据，使我们从整体上对古代马球这一运动形式有了较为明晰的认识。

正是在此基础上，甘肃工业大学丝绸之路文史研究所的学者们，费时数年，将自20世纪30年代以来体育界、学术文化界学者们有关马球运动的研究成果汇集成册，出版面世。我认为这是一项很有意义的工作，因为它不仅对马球运动的研究，而且对其他体育运动项目甚或整个体育史的研究都会具有积极的推动作用。多年来，甘肃工业大学从事体育文史研究的几位老师，在李重申教授的带领下，孜孜矻矻，发愤图强，对以敦煌体育文化为重点的丝路文史作艰苦探索，做出了使学界瞩目的显著成绩。现在，他们又从资料的总体梳理着手，采取点面结合的方法来推进研究，肯定会有更大的贡献。我对中国古代体育史知识了解甚少，多年来因参与敦煌学研究的关系，与李重申教授等专家接触较多，不仅对他们强烈的事业心与勤奋治学的精神甚为钦佩，而且也从中学到一些体育史知识，引发了我浓厚的兴趣，所以应嘱撰写此序。上面的一些认识，则得自友人、体育史专家崔乐泉博士的启示，如领会有误，敬请读者批评指正。

（2001年5月）

《敦煌与丝路文化学术讲座》序言

*《敦煌与丝路文化学术讲座》（国家图书馆善本部敦煌吐鲁番学资料研究中心编），北京图书馆出版社，第一辑2003年出版；第二辑2005年出版。

2000年6月，中国敦煌吐鲁番学会会长季羡林教授在北京举办的敦煌学国际研讨会上指出："正如俗话所说'行百里，半九十'，藏经洞发现已经一百年，敦煌学研究了八九十年，事情做了恐怕还不到一半，还有更多的任务等着我们去完成。"我以为，在众多要做的工作之中，头等重要的便是向广大民众普及敦煌文化与敦煌学的基础知识。做这项工作，可以采取多种多样的方式，举办文化、学术讲座，就是其中卓有成效的一种。

敦煌学是一门综合性的国际性学问，丝绸之路与敦煌文化是一种融汇世界四大古文明的特殊的地域文化，涉及的地区广、时间长、学科多，课题丰富，知识繁杂，要开办讲座确实不易。所幸有国家图书馆善本部的精心策划与安排，有国家古籍整理出版规划领导小组的鼎力相助，有中国敦煌吐鲁番学会协助组织国内外专家学者的积极参与，开办"敦煌与丝路文化"讲座的计划不仅得以顺利实施，而且办得有声有色，受到了广大听众与读者的热烈欢迎。

自2002年8月3日宁可教授以《敦煌的历史与文化》为题开讲以来，半年多的时间里，我们的讲座已经举办了近三十讲，内容既有对敦煌与丝路文化的整体思考，又有遍及历史、艺术、经济、文学、宗教、科技、学术史及方法论等各种专题的精要讲解。无论是一些基础知识的介绍，还是专业性较强的内容阐述，演讲人都很注意根据自己多年研究的成果与心得体会，力求用通俗易懂、深入浅出、生动活泼的语言来讲解；许多演讲还辅以大量精彩图片的播放与解说，来加深印象，增强感染力；讲完之后，既有到会专家的点评、总结，又有演讲者与听众的直接对话交流。这样，就大大激发了广大听众对敦煌学、敦煌与丝路文化的浓烈兴趣。这个讲座不仅场场爆满，而且几乎每次散场之后，彼此的探讨都还要延续相当长的时间。讨论气氛之热烈，往往出乎演讲人与主办者之预料，难怪有一位外国学者在目睹了这一情景后，对讲座的"人气之旺"连连感慨不已。

我们这个讲座还有一个特点，就是演讲人与听众的"两个老中青"各有侧重——前者是以中年专家学者居多，体现出近二十年来中国敦煌学承前启后的基本趋势；后者则以年轻人为主（许多是在校的大学生与研究生），反映了关心与热爱传统文化后继有人的可喜动态。两者融合，不仅表明了我们的敦煌与丝路文化研究大有希望的态势，而且也预示了人文精神将渗透社会生活各个领域的强大潜力。现在，从幼儿园到大学都在强调"素质教育"，如果排除先天的因素，更为科学、准确的提法应该是加强"素养教育"，亦即注重后天的文化知识、道德品质、身体机能的教育、培养和锻炼。而文化素养的培育，最讲求循序传承、持久积累与广博递进。我们讲青年人是希望所在，主要是因为他们有最充分地符合培育要求的各项条件，而不是别的。因此，在物质生活条件已获得改善的今天，我们更应该强调对青年一代的人文关怀。举办各种文化知识的讲座，也是实施这种关怀的具体做法之一。记得若干年前，我去北京少年宫旁听过一堂国际象棋课。教练说："我们办这个班的目的，就是要在成百上千个学员中，培养出一个、两个全国乃至世界冠军！"这位教练的雄心壮志固然可嘉,但他的本末倒置的办班目的我是不敢苟同的——采用淘汰制进行"尖子教育"的结果是"尖子"越来越少,这已为无数事实所证实。我们举办这个学术讲座的目的,绝不是为了培养几个文化巨匠或敦煌学大师,而是要让更多的读者与听众了解敦煌与丝路文化,进而热爱祖国优秀的传统文化,关心国际的文化交流,提高人文素养。敦煌在中国,丝路名扬世界,如果亿万国民不知莫高窟艺术好在哪里,不认识藏经洞文献的价值,不明白丝绸之路历史与现实的意义何在,那我们即便有十个、百个世界级的敦煌学专家又有何用?我想,这也正是许多专家热情演讲、广大听众积极参与的原因所在。

在举办讲座的过程中,许多听众都提出了希望整理出版演讲稿的要求。主办方在征得各位演讲人的同意后,又得到了北京图书馆出版社的大力支持。当然,由于大多数演讲是根据提纲来敷衍发挥的,整理讲话录音使之成文是件十分吃力之事,既要保留讲演人的语言风格,又要疏通文字,还要复核相关的资料。好在以国家图书馆善本部敦煌吐鲁番学资料研究中心的几位同志为主力,不惮繁难,很好地完成了这项工作。我们应当特别感谢这几位整理者:黎知谨、李德范、史睿、申国美、萨仁高娃、王姿怡,感谢他们为出版这本演讲集付出的辛勤劳动。

在本书编辑的过程中,我们这个讲座的主要策划人林世田同志希望我能为此书写篇短序,理由是我作为中国敦煌吐鲁番学会的秘书长,对讲座的情况了解较多,又是中华书局的编辑,责无旁贷。这样的理由,真使我无法推辞,只好硬着头皮写了以上的话,算是我对开办"敦煌与丝路文化学术讲座"的一点粗浅的认识,敬请广大读者批评指教。

(2003年4月2日)

《敦煌学概论》前言

*《敦煌学概论》(姜亮夫著),北京出版社,2004年初版。

1900年6月22日敦煌莫高窟藏经洞的重新面世,石破天惊,举世瞩目。随即,因藏经洞大量珍贵古代写本流失海外,一门代表"世界学术新潮流"的敦煌学迅速形成,而迎立潮头的国内学者却寥若晨星;至于远赴欧洲寻访敦煌写卷的仅数人而已,之中就有姜亮夫先生。姜老晚年,曾几次同我谈起他20世纪30年代在法国国家图书馆抄写敦煌卷子的情景,大约可以用八个字来形容:含辛茹苦,废寝忘食。他是自费去的,在巴黎这个"世界艺术之都"里,自甘寂寞,远离尘嚣,舍弃一切消闲,伏案埋首于故纸堆中,不仅要节衣缩食,费神伤目,而且放弃了获得博士学位的机会。20世纪90年代初,姜老的视力已经衰减到只能勉强辨认眼前的指影,但每当他对我讲起在欧洲的辛劳,便双目炯然有光,流露出无悔无怨的刚毅神色。

在我国老一辈的敦煌学家中,姜亮夫先生不仅是第一位撰写普及敦煌文化与敦煌学知识读物的名家(这有1956年出版的《敦煌——伟大的文化宝藏》一书为证),也是第一位在高校开办敦煌学讲习班的大师,这本《敦煌学概论》就是根据他在1983年的讲课录音整理而成的。《敦煌学概论》是我国第一本讲述敦煌学的简明教材。姜亮夫先生以自己走上研治敦煌学的亲身经历与感受入题,娓娓道来，饱含爱国主义的情感与对年轻一代的热切期望，推本溯源，深入浅出，从影响人类历史发展的高度来评述敦煌学在中国乃至世界文化史上的价值，又言简意赅地介绍了敦煌文献与艺术品的丰富内容，讲授了如何研究敦煌写卷的方法。一本不足八万字的小书，内容之丰富，学问之广博，感情之充沛，绝非一般的高头讲章之所能及，也绝不亚于一些皇皇巨著。在某种意义上可以说，这本小书是姜先生一生教学与研究敦煌学的结晶，也是他治学精神与人格魅力的集中体现。姜老生前最关心的一件事，就是传统文化的普及工作。他对普及敦煌文化与敦煌学知识高度重视并身体力行，为此倾注了大量心血，反映了他的远见卓识。因为没有普及，提高便失去了坚实的基础；没有普及，人才的培育就缺乏充沛的营养。姜老开设敦煌学的讲习班，撰写普及性的读物与教材，既开了我国高校培养敦煌学专门人才的先河，也是让更多的学人感受"世界学术新潮流"的有益尝试，这在敦煌学史上是值得大书一笔的。

我常常感慨远隔万里的浙江与敦煌之间的缘分。姜老是云南昭通人，青年时代北上求学，又远赴欧洲寻访国宝，后归国任教，饱受颠沛流离之苦，最后定教席于杭州大学（杭大）。于是，浙江学子有幸，能在一位大师的谆谆教诲下耕耘楚辞学、敦煌学、语言学的园地，最终成长为学术精英。我自小生长在西子湖畔，算是地地道道的杭州人，而且与姜老的爱女姜昆武还是"杭高"（杭州一中）同年级学友，但因1961年到北京师范大学学习，毕业后又到新疆任教，无缘涉足姜老门墙；然而，我既与大西北有缘，亦与敦煌有缘，终于得以在姜老晚年多次亲聆大师的教诲。尤其让我难以忘怀的是，姜老在病榻上和我谈得最多的话题，就是如何为年轻学子创造更多、更好的学习进修条件，去完成老一辈想做而未能做成、做好的课题。

1983年8月，中国敦煌吐鲁番学会在兰州成立后，根据包括姜老在内的著名学者的建议，中央批给学会一笔经费，用以开展敦煌学的资料整理、学科建设与成果出版。当时学会专门拨了几万元钱，作为姜老敦煌学著作的出版补贴。可是，姜老一直不舍得用，想用来扶植青年人。有一次，姜老针对杭大古籍所里有的负责人与年轻教师闹矛盾的事，动情地对我讲："对青年人要发挥他们的长处，真心地培养他们。如某某人，有发展前途，就应该给他创造机会，比如送他出国去进修。研究中国古代语言的，不光要懂俗语词，有条件还要多学外语，如学习古印度的梵文，学习古代西域那些少数民族语言，我们的敦煌学研究才能弥补空白，老一辈未做成的事才能做好。"当时，出于对姜老健康的关心，教育部的一位领导曾劝他"垂帘不听政"。他跟我说："这我恐怕做不到。"确实，他一直在过问、关切所里的事，绝非为了被有些人看重的权力，而是为了教学与研究的顺利进行，为了年轻人的健康成长。1994年夏，杭大几位青年教师陪我到浙江医院去探望姜老，当时他已不能说话，恐怕眼睛也看不见我们，可一听见我们的声音，马上露出笑容，并伸出手来和我们紧紧相握，表达了他对后辈的关爱与期望。

斯人已逝，事业长存。我想，这本《敦煌学概论》收入"大家小书"丛书再次推出，也是对姜亮夫先生一个最好的纪念。18年前，《敦煌学概论》在中华书局初版时，我有幸担任此书的责任编辑，这大概是今天北京出版社的同行委托我写这篇"前言"的一个原因。8年前姜老仙逝时，我曾赶回杭州为他送行，当时很想写一些悼念的文字，却久久不能下笔。去年召开纪念姜老百岁诞辰的学术研讨会，我写了一篇重新阅读《敦煌——伟大的文化宝藏》体会的文章，终觉得言犹未尽。这篇"前言"，就算是一点补充吧。

（2003年11月22日）

《敦煌飞天：精品线描一百例》序

*《敦煌飞天：精品线描一百例》(杨东苗、金卫东编)，浙江古籍出版社，2006年出版。

千姿百态的飞天是敦煌壁画里最灵动多彩、最具生命力的艺术形象。源于古印度神话和早期佛教的"天人"，经巴基斯坦、阿富汗，飞越喀喇昆仑，进入中国，在与丝绸之路沿线的文化艺术作初步交融后，又同中原及北方的多元文化交汇，再折射到丝路的"咽喉"——敦煌，以更丰富的内涵、更多变的风格与更鲜明的时代感，跃上敦煌千佛洞壁画，展现在世人面前。因此，历时千年的敦煌飞天，就其整体意义而言，不仅跨越了地域与国界，而且也汲取了儒、佛、道文化之精华，已经超凡脱俗，成为敦煌石窟艺术的灵魂。

敦煌飞天，如果以其在数百个洞窟壁画上的形象个体来统计，有六七千身之多。不必说参观莫高窟的普通观众会在婀娜多姿的飞天形象前驻足注目、流连忘返，即便是当今最有才华的艺术家，面对这些艺术瑰宝，往往也会在震撼与赞叹之余产生不知所措的感觉——想将他们临摹下来，却不知如何下笔才好。于是，有志者知难而进，从张大千、常书鸿，到史苇湘、段文杰，到更年轻的敦煌艺术保护者、研究者、爱好者，往往耗数年、数十年之心血，来临摹以飞天为灵魂的敦煌壁画，为我们的艺术宝库，增添了新的光彩。在这个年轻艺术工作者的队伍里，就有出身于敦煌艺术之家的杨东苗女史。她已经有《再现敦煌》等作品问世，颇受敦煌学界瞩目。现在，她与夫君金卫东一道，又下功夫编绘了这本《敦煌飞天：精品线描一百例》，确实令人高兴。

我喜欢敦煌飞天，赞美敦煌飞天，却于绘画是外行。从许多先哲前贤的论述与创作实践中，我了解到绘制飞天亦离不开线描造型、空间表现与色彩装饰三个方面，而中国传统绘画技法的基础与核心则是线条。创作者挥舞着富有弹力的毛笔，将运笔与运力、运情以及写实与想象有机地结合，产生了与书法同样奇妙的韵律感。敦煌壁画的画师们，基本上没有留下姓名，但完全可以用自己的作品令人信服地与他们那个时代最著名的画家相媲美。敦煌飞天的线条，无论是细密精致，还是宛转顿挫，抑或飞扬律动、酣畅劲利，都达到了令人神往的境界。因此，杨东苗女史选择线描图来再现敦煌飞天的精品，无疑是有眼光、有勇气、有价值之举。我看过不少的敦煌壁画的临摹品，首先注意的就是它们的线条，以为精粗成败，关键在此。我觉得本书的飞天形象，与东苗以前的作品相比较，在线条技法上已经有了不小的进步，笔意更浓，韵律感也加强了，而且，在追求形神兼备上，她也做了相当大的努力。当然，正如她自己所言，用唐代盛行的"兰叶描"来统绘各个时期的飞天形象，就准确提供不同时代、不同风格的艺术信息来讲，其实是有损失的。我始终认为，任何好的艺术品，都不能只有一个范本。另外，飞天背景图像的简省，也会在一定程度上削弱艺术表现力。我相信，这些都是有机会弥补与改进的。

最后，我还想多说两句：杨东苗学艺从艺的历程，是从西安到北京，再进杭州，转上海，在这个鼓励人才流动的新时期，"西北孔雀东南飞"也未尝不是一件好事。只要梧桐高百丈，东南西北栖凤凰。当然，人才应该流动，搞创作、做学问却要沉下心来，孜孜以求，有甘坐冷板凳的精神。这样，只要不脱离生活，不放弃艺术创新，不断追求新的境界，并坚持用自己的作品为社会大众服务，在哪里都可以开屏放彩。

在这本图集出版前夕，应作者和编辑的要求，写了以上的话，算作先行欣赏这些飞天精品线描后粗浅的感想。不当之处，敬祈读者指正。

（2005年3月31日）

《中国新疆的建筑遗址》中译本序

*《中国新疆的建筑遗址》（何文津、方久忠译），中华书局，2006年出版。

1991年5月，我和沙知、齐陈骏二位教授一道，应苏联科学院东方学所列宁格勒分所的邀请，去那里考察俄藏敦煌写本。承该所汉学家孟列夫（Л·Н·Мешиков）博士的热心介绍，得以结识在著名的冬宫爱尔米塔什博物馆潜心研究中国文物的鲁多娃（М·Л·Рудова）研究员。就在鲁多娃女士的工作室里，我惊喜地看到了20世纪10年代俄国奥登堡（С·Ф·Ольденбург）考察队在我国西北地区获得的许多珍贵资料，如当时拍摄的约三千张莫高窟洞窟照片，数十件精美的绢画及一些壁画的临本，还有厚厚六大册敦煌石窟考察笔记，等等，几乎都从未正式刊布过。此外，我也了解到当时的考察队员撰写过若干极有价值的学术报告与论著，有的当时未来得及刊布，也有的只是在很有限的范围内印行过，今天已经很难找到了。当时我就提出：为了推进文化交流与学术研究，应当尽快将这些材料公布于世。后来，鲁多娃女士送来了几篇论文，交给当时主编《敦煌学辑刊》的齐陈骏教授。我回国后不久，孟列夫博士又托人带来了几本俄文资料的复印件，其中就有杜丁（С·М·Дудинъ）所著的这本《中国新疆的建筑遗址》（*АРХИТЕКТУРНЫЕ ПАМЯТНИКИ КИТАЙСКОГО ТУРКЕСТАНА*）。

杜丁是奥登堡考察队的重要成员，主要负责实地考察时的摄影与绘图工作。他在本书中叙述的我国新疆焉耆、吐鲁番地区的古代建筑遗址情况，尤其是当时所拍摄的照片及测绘图，都是极具价值的第一手资料。八九十年过去了，由于自然风蚀、人为破坏等种种原因，杜丁当年亲眼所见的许多遗址，如今有些已更加残破不全，有的则已不复存在了。因此，本书的图片和叙述资料也就更为弥足珍贵。需要说明的是，新疆自古以来就是我国不可分割的神圣领土。19世纪末至20世纪初，外国考察家心中的"突厥斯坦"，是一个比较宽泛的地理区域概念。即便是受沙俄政府派遣或支持的考察队，在讲述我国新疆地区的历史文物古迹时，也是坚持使用了"中国的突厥斯坦"这个确定词组的。历史上的新疆及其以东的敦煌地区，成为源远流长、自成体系、影响深远的世界四大古老文明的交汇地，这是中华民族的幸运。新疆地区古代建筑艺术风格的多样性，正从一个方面说明了我们伟大祖国的统一是促进中外文化交流的有力保证。

杜丁此书内容从1916年2月10日开始在俄罗斯《建筑艺术周刊》（Архитектурно-Художественный Еженедельникъ）连载，然后又汇印成单行本。此书印行不久，"十月革命"的风暴就席卷了俄罗斯大地，恐怕当时俄国人能看到此书的人就极为有限，更不用说是其他国家的学者了。为了让我国更多的研究者了解与参考这份宝贵的资料，1992年下半年，我特地请北京图书馆敦煌吐鲁番学资料中心的方久忠女士与她的丈夫何文津先生联手来翻译这本书。两位译者克服了不少困难（如文中使用了大量的俄文旧字母、许多地名拼读的变更、复印的图版不清晰等），抓紧时间将它译成了顺畅的中文。1993年秋，新疆文物部门开始为吐鲁番的交河古城遗址申报"世界文化遗产"做准备，《新疆文物》

编辑部的邱陵女士希望将此书作为"中国交河古城遗址保护研究资料"之一内部印行，以推进吐鲁番地区历史文物的保护与研究工作。我和译者都欣然同意并寄送了译稿。后来，虽经邱陵女士热心奔走，这份译稿却因故并未按计划印行，在乌鲁木齐搁置了十余年之久。2005年底，吐鲁番文物局局长李肖博士请邱陵女士找出了这份译稿，看到稿前所附我于1993年9月撰写的"编者说明"，便与我取得联系，希望能设法尽快正式出版。限于九十年前的印刷条件，该书原来印制的图版质量并不好，复印件更不清晰，无法制版，而国内各图书馆难觅俄文原刊踪影。为此，日本京都大学人文科学研究所副所长高田时雄教授鼎力相助，先是费资从网上拍得《建筑艺术周刊》杂志，后又亲自从俄国将这厚厚一摞刊物带回京都；之后，圣彼得堡东方所的波波娃所长与高田时雄教授先后寄来了原书电子扫描件的光盘，解决了图版印制的难题。现在，李肖博士又与我商定，将此书列入由吐鲁番地区文物局资助编辑出版的"吐鲁番学研究丛书"的"丙种本"系列，交由中华书局出版。十几年前中外学者共同策划的一件好事，至此圆满实现，实在值得庆贺。孟列夫博士已经在去年10月29日与世长辞，若泉下有知，也定会感到欣慰。我之所以要在这篇短文里叙述此书翻译出版的经过，不仅仅是想说明要做成一件事的艰难，更是要借此表达对上面提及的中外学者与译者的尊敬与感谢之意——凡是为增进文化交流、推进学术发展做出了贡献的人，我们是应该牢记在心的。

（2006年4月25日）

《敦煌学与敦煌文化》后记

*《敦煌学与敦煌文化》（柴剑虹著），上海古籍出版社，2007年出版。

  2000年6月，在敦煌莫高窟藏经洞发现一百周年之际，我将之前发表的一些文章，结集为《敦煌吐鲁番学论稿》，由浙江教育出版社印行，算是对自己参与敦煌吐鲁番学研究工作的一个小结，以求教于师友和学界同仁。

  这六年来，中国敦煌学的研究，正处于一个转型的阶段：转型的基础是近百年研究成果的积累和流散于海内外的敦煌文献大型图录本及分类辑校本的相继刊布，转型的标志则是学界更多关注在整体把握敦煌资料的前提下宏观探究敦煌文化特性、努力梳理敦煌学学术史与学科理论和积极呼吁"敦煌学回归各相关学科"。从2001年到2004年的上半年，我自己在繁忙的编辑工作之余的"研究"，其实是在"打杂"的状态下进行的，一方面承担中国敦煌吐鲁番学会秘书处和敦煌学国际联络委员会干事的一些杂务，应文化交流与学术普及的需要做点宣讲工作；另一方面也写一些学术短论和感言、书评类的文章。其间，中国敦煌吐鲁番学会协助国家图书馆善本部举办了"敦煌与丝路文化"的连续讲座，我应约讲了自己对敦煌学与敦煌历史文化的一些思考，后按记录稿整理成文发表在讲演集中。自己感到，这些工作与文章，基本上也还适应敦煌学研究转型的需要。

2004年下半年，我按时在中华书局办理退休手续之后，应约到台北的中国文化大学担任一个学期的专任教授，为历史系与中文系的本科和硕、博士研究生开设三门敦煌吐鲁番学的专题与选修课程。因为这几门课都没有现成及规定的教材，只能自己编写大纲与教案来授课。这也迫使我摆脱原先用力稍多的"敦煌文学"的局限，去更系统地思索敦煌历史文化大背景中的一些论题，同时也有助于自己进一步去考虑敦煌学研究的转型问题。遗憾的是，在台湾的那几个月，我在文化大学课堂上和"中研院"史语所、彰化师大、云林科大、中正大学、唐代学会等讲坛上所讲的内容，都只是据一纸提纲生发而成，并没有及时地将它们整理成文。一直到今年七八月间，我才将其中部分思考写成两篇论文，以应参加学术研讨会之需。

最近，家人和友人都鼓动我再出一本论文集。我将自己这六年来写的相关文章又浏览、修订了一遍，居然也有五六十篇的数量，而且与上次结集的相比，论文内容多集中于敦煌学与敦煌历史文化的一般阐释，并且涉及历史、文学、宗教、艺术、文献整理、学术史、治学方法等多个方面；敦煌学家的评骘与纪念及书评文章，则可以作为了解敦煌学学术史的辅助与参考。因此，如将此集定名为"敦煌学与敦煌文化"，应该会有一定的意义。尽管如此，我还是颇为犹豫，因为这些年来学术著作的出版既难又易——无资助难，有资助易。我虽在中华书局工作了二十多年，也不能提出在书局出版自己的论文集，当然更不能向别的出版社张口了。今年9月中，同在西北民族大学参加"法藏敦煌藏文文献研讨会"的上海古籍出版社王兴康社长得知我的想法，当即决定由上古社来出版这本书，而且得到主持西域敦煌编辑室工作的府宪展编审毫不犹豫地赞同。对此，我的内心充满感激之情，难以言表。我只能借用我的老师启功先生的一句话："在厚爱之中备见鼓励之谊，实是我铭感万分的！"我希望这本书的印行，能适应转型期敦煌学研究的需要，也能对宣传与普及敦煌文化、敦煌学起到一点微弱的推动作用，不至于使上海古籍社同行及学界朋友们失望。

（2006年10月9日）

《中国散藏敦煌文献分类目录》序

*《中国散藏敦煌文献分类目录》(申国美编),北京图书馆出版社,2007年出版。

　　二十二年前,中国敦煌吐鲁番学会宣告成立之时,许多位专家都提出过在加强调查和刊布流散于国外的敦煌文物工作的同时,也应该搞清楚我们自己的"家底",即先在普查的基础上编写与刊布全国各地的敦煌散藏品目录,然后编撰一个联合目录,并希望积极创造条件,进而编纂全世界的敦煌遗书总目(或文物总录),实现王重民教授的遗愿,这也是几代中国敦煌学者的共同心愿。应该说,后来虽然有1992年出版的白化文教授的精辟专著《敦煌文物目录导论》作导引,多年来这项工程还是缺乏统一、有效的"调度",基本处于"八仙过海,各显神通"的状态;尽管如此,敦煌文献的编目工作还是很有进展的,各地收藏品详略不一、特色各异的目录纷纷问世,其成绩有目共睹,无须我在此赘述。至于"各自为政"式的编目的缺点,白化文先生曾用一言以蔽之:"它妨碍了一部良好的统编的联合目录的产生,影响了敦煌学的进一步发展。"但是,由于敦煌文献内容包罗万象,形式特征纷繁复杂,研究性太强,在为编目带来诸多困难的同时,也为编目者开拓了见仁见智的广阔天地,眼下要联手统编一部大家认可的规范的联合目录,谈何容易!

　　不容易并不等于不做、不去朝这个方向努力。当年,中国敦煌吐鲁番学会协助北京图书馆创建"敦煌吐鲁番北京资料中心",其中有一个想法就是:希望能建成一个世界上最具实力、最名副其实的敦煌学资料中心,并充分发挥它特有的优势,来承担借鉴各家目录、统编联合目录的重任。事实上,尽管这些年来资料中心作为国家图书馆善本部的一个部门,本身也遭遇了机构变迁、人员变动、体制变革、任务变通等种种变化,但其辛劳地服务于敦煌学界资料需求的宗旨始终未变,其工作人员也一直在挤出时间默默无闻地从事相关数据的汇集、整理和编目工作。1988年8月,资料中心编印了《敦煌吐鲁番论著目录初编》的欧文与日文专著部分和《敦煌学研究专著目录》的中、日、西文部分,还内部油印了《北京图书馆藏敦煌遗书目录索引》;1996年,资料中心的负责人徐自强研究员在《北京图书馆馆刊》发表了《新订敦煌莫高窟诸家编号对照表》;1999年,资料中心李德范、方久忠两位研究馆员编撰的《敦煌吐鲁番学论著目录初编·日文部分》由北京图书馆出版社正式出版发行。此外,资料中心收藏的20世纪30年代王重民先生所摄流散于海外的敦煌写卷照片、敦煌藏文和粟特文文献的编目工作也已经基本完成。现在,资料中心的申国美馆员又编撰了这部《中国散藏敦煌文献分类目录》(以下简称《分类目录》),终于迈出了编纂联合目录十分重要的一步,真是可喜可贺!

众所周知,近百年来,中外学者在编撰敦煌文物(尤其是写本)目录的漫长而又丰富的实践历程中,"流水号财产账"式著录与"按文本内容分类"注记提要是两种最常见的形式,而前者较为便捷,后者相当麻烦。中国学者凭借深厚的国学功底,从接触敦煌遗书一开始就是双管齐下同时进行的。如1911年《敦煌劫馀录》草目完成后,李翊灼先生就编撰了《敦煌石室经卷中未入藏经论著述目录》,开敦煌分类研究目录之先河;王重民先生20世纪30年代在巴黎国家图书馆编写《伯希和劫经录》初稿的同时，即开始抄录敦煌写本的分类卡片，希望有朝一日能完成分类目录的编撰。20世纪60年代初，王先生还在《敦煌遗书总目索引·后记》中提出要"为准备完成那部新的、统一的、分类的、有详细说明的敦煌遗书总目录而努力"，可惜他在"文革"中惨遭迫害，赍志而殁。1983年，刘惜业先生委托我将包括这些分类卡片在内的珍贵资料赠送给敦煌文物研究所，希望后来人能继承王先生的遗志，完成这项工作。近些年来，国内外一些专家学者亦知难而上，为编撰科学、合理、完备的敦煌写本分类目录提供建议和实践经验，付出了艰巨的劳动。这些，都为编纂新的分类总目索引创造了条件。现在，申国美女士编撰的这个《分类目录》，就是在这些年发表的国内各散藏品图录和编目的基础上，加以总括、条理、排比、分析，收录国内32个单位所收藏的敦煌文献（附文物、传世品、日本写经、吐鲁番文书）共计2414号，按佛经内容及道教、四部古籍、社会文书、杂写印章、民族文字等分为28类重新排列著录，并附有"经籍名称首字汉语拼音索引"，可以说是一个联合目录的雏形。既是"雏形"，当然还不是很成熟，还需要敦煌学界的学者专家（尤其是目录学家和佛学专家）提出批评意见和改进的建议，使之逐渐完善，使之能为以后的编目工作提供教训、积累经验，更好地为敦煌学的发展服务。

如前所述，敦煌文献的分类是摆在编目者面前最复杂、棘手的一个问题，英、法、俄、日各国学者所列类目均粗细不一、各具标准、自成体系，也都有许多缺陷。比较而言，我国专家所做工作比较切合中国古代文献的实际，但也没有统一的标准。有的主张"粗线条"，有的提倡"细化"；有的认为应遵循传统的四部分类，有的则希望应合乎国际通行的新的图书分类体系。我比较赞同白化文教授的高见，即"要与以往任何目录体系都不一样，而要自成一个新的合乎图书分类原理和敦煌学目录实际的体系"。白先生提出:"我们一定要在文献工作标准化的过程中,搞出一个敦煌文献分类法,它也应该能纳入总的图书分类法中。它应该包括三个方面:敦煌文书本身,敦煌学著作(包括单行本和期刊论文),某些非书材料。"白先生认为:"应该考虑首先编制一部我国国内的,包括港台的联合目录。……它应当是分类的,采用新的分类法,统一给新分类号。至于各馆的原号,可以作为财产账号附于其下。……与本卷有关的重要资料是否进行附录,也是应该注意的问题。……这种联合目录,应该自带非常详细的能通过多种渠道检索的索引。"(均引自《敦煌文物目录导论》,台北新文丰出版公司,1992年。)用这些标准来衡量,我们就可以知道资料中心这个目录正是朝着白先生的要求去努力的,同时也可以知道在分类方法、索引种类等方面还有明显的差距。另外,既然是一个国内藏品的联合目录,恐怕在信息的收集上还应该更加周全。例如,这个目录开始收录了台北"中央图书馆"的藏品,却没有收录"中央研究院傅斯年图书馆"、台北故宫博物院和历史博物馆的藏品,经我提示很快补上了已经刊布的部分;尤其是因为北京故宫博物院藏的敦煌写卷,一直没有人具体做编目工作,当然也就不得其详,无法收入这个目录,这无论如何是说不过去的。因此,我吁请刚刚调入北京故宫博物院工作的王素先生承担这个工作,他在孟嗣徽、任昉二位女士的协助下,很快圆满地完成了任务,使得这部分内容得以补入。当然,现在这个分类目录还有一些不足,也都是可以在参编与使用的实践中加以弥补和改进的。无论如何,现在我们有了一个国内散藏敦煌文献的新的目录索引,朝着编纂完备的联合目录迈出了可喜的一步,因此值得庆贺。

(2006年12月改定)

《敦煌西域文献旧照片合校》序

*《敦煌西域文献旧照片合校》（李德范校录），北京图书馆出版社，2007年出版。

  国家图书馆敦煌吐鲁番资料中心的李德范女士告诉我，资料中心所藏王重民、向达先生20世纪30年代在法、英所摄西域文献的旧照片即将合集影印出版，她将这些照片内容与现行几种敦煌、吐鲁番文献图录本校对比勘的专著也将同时印行，希望我能为这本《敦煌西域文献旧照片合校》写几句话。这个好消息让我欣喜，也使我回忆起一些往事。

  二十多年前，我在中华书局文学编辑室奉命协助刘脩业先生编辑王重民《敦煌遗书论文集》时，刘先生曾多次提到王先生在欧洲考察敦煌及新疆所出古代文献时，曾经在极艰难的条件下拍摄过一批古写本照片，当时洗印了两套，回国后就缴公了，不知是否尚存于世间。后来，听说琉璃厂曾经标价出售若干敦煌写本的老照片，似乎是从清华大学流散出来的，是否即是王先生所摄的部分照片，是否清华还有，托人去打听，没有下文。之后，刘脩业先生曾经找出王重民先生的《跋中亚出土刘涓子鬼方》的手稿与誊清稿给我，希望在刊物上发表。刘先生的"附言"说"此稿系他的表弟刘树楷手迹，应在他（1934年）赴法前写的"。为此，我仔细阅读了王先生的跋文，又在中华书局的图书馆找出了"读画斋丛书"中的《刘涓子鬼遗方》

的原文对照，得出了王先生此跋应写于他1934—1947年在欧洲访书期间的结论。之后，王先生的跋文和我的"后记"发表在《文史》上。当时我并不知道，资料中心所藏的旧照片里，就有这《刘涓子鬼遗方》。

1988年，中国敦煌吐鲁番学会与北京图书馆共同筹建了"敦煌吐鲁番资料中心"，除敦煌原卷之外，其他馆藏的敦煌与西域文献资料相对地集中到了一起，重民先生、向达先生半个世纪前拍摄的一万三千多张西域文献照片即在其中。但是，限于当时资料中心的人力，没有着手去整理编目，除了少数一二位学者曾查阅过几张外，学界对此也并不知晓。1993年初，我和中华书局的邓经元、许宏先生应法国法兰西学院敦煌小组苏远鸣教授之邀，要去巴黎考察法藏的敦煌写本，想到应该对王先生所摄敦煌写本早期照片与后来的缩微胶片做些比对，或许能提供些新的信息，于是就请资料中心的方久忠、李德范、孙晓林等同志将这批照片做了一次初步的清点。根据他们提供的清单，我将其中部分照片的内容与《敦煌遗书总目索引》作了对照，列出了若干不同之处，因为时间匆忙，只是粗线条的勾勒。5月份到法兰西学院与苏远鸣先生第一次见面时，我以列出的部分为例，向他讲述这批老照片的价值。也许是我讲得比较简单，或许是苏远鸣先生对我的中文叙述理解上有困难，总之，他似乎对这批老照片不太感兴趣，只是强调原卷藏在法国国家图书馆东方部，照片上不会有新鲜的内容，于是我们转向讨论别的议题。由于时间的限制，那次我到法国国家图书馆东方部调阅敦煌卷子的数量很少，只局限于P.2555等几个诗歌写本，也没有能继续核对这批老照片。回国后，也没有再做这方面的工作。老照片依然静静地躺在资料中心的柜子里。

识宝还须行家，用宝还须有心。大概是在1996年，北京大学的荣新江教授到资料中心翻阅了这批老照片。他发现除了大量敦煌的四部书内容外,居然还有不少藏于德国的吐鲁番文书的照片。其时,他正在关注西域古代文献的"德国收集品",准备前往柏林考察,发现了这些摄于"二战"之前的旧照片,自然惊喜不已。他花了几十天的工夫,在柏林普鲁士图书馆调阅了大量吐鲁番文书写本,而且还订购了一些他最感兴趣的写卷的照片。回国之后,与资料中心所藏的旧照片仔细对照,收获不小。当时,我消息闭塞,对此毫无所知。1997年5月,我利用应邀到德国特里尔大学汉学系演讲的机会,自费乘火车到柏林考察德藏吐鲁番出土文书。在德国国家图书馆（Staatsbibliothek Preussischer Kulturbesitz,即原西柏林普鲁士文化图书馆）,我紧紧张张地用短短大半天的时间,按照原卷大小与格式,摹抄了20多个写卷的内容。回京后,也曾将录本复印一份提供给研究吐鲁番文书的王素先生。后来,学界为庆贺旅居巴黎的吴其昱先生的八十华诞,征稿于我。我就利用在柏林抄录的一个诗歌写卷的内容,写了《德藏吐鲁番北朝写本魏晋杂诗残卷初识》一文。这时才知道荣新江教授已经有了此卷的照片,并正请徐俊先生整理,而且荣教授已经就此核对了资料中心所藏的相关旧照片。我也才知道,王先生为《刘涓子鬼遗方》写卷拍的照片,正在其中。尽管我自己为此耗费了一些精力,但对于这批旧照片的价值终于得到正确的认识和有效的利用,心里是非常高兴的。之后,资料中心的同仁们一直希望能用影印的方式将这批旧照片公之于世,我也为此而提过建议。现在,经资料中心负责人林世田先生的推动、国图善本部的英明决策、北图出版社的大力支持,老照片的影印合集与合校集都将公开出版,我能不为此欢呼吗?

我为此欢呼还有另外一个理由。近些年来,学界有人有这样一种看法，认为国内外所藏的敦煌文献已经公布得差不多了，一些写本的个案整理与研究也有了许多成果，可做的事情不多，尤其是我们的敦煌资料的收集工作可以松一口气，不会有多少新发现了。为此，季羡林先生在2000年北京的敦煌学国际研讨会上特别用"行百里，半九十"的谚语来勉励大家。现在，李德范女士又用她的工作成果向学界证明了这一点。这本合校集在学术上的意义有她自己的"概说"和具体内容在，无需我赘述。我只想强调：德范在图书馆工作二十余年，一直孜孜矻矻，安心本职。她在以良好的服务精神向学者提供资料的同时，也不忘做编写相关资料目录索引的工作，以提高资料的利用效率。同时，她为中心所藏的旧照片长期得不到普遍、有效的利用而着急，也不满足于零打碎敲式地向学者提供材料，于是脚踏实地认真地做起了合校工作，而且持之以恒，在正式退休之后，依然埋首于案牍之间，终于完成了这项需要很大耐心和毅力的任务。所以，我们在感谢她的辛勤劳动的同时，也应该提倡她的工作精神。这种精神，陈寅恪先生称"谓之'预流'"，我愿以此与新一代的敦煌学家共勉。

（2007年1月29日）

[附记]

如有天人感应，我29日白天刚写完此稿，晚上便接到章景怀先生电话，讲在清理启功先生遗物时，发现有若干个牛皮纸大信封里装的都是与敦煌文献有关的手稿。我当时推测说：这些手稿大概与20世纪50年代初先生参加整理《敦煌变文集》有关。昨天晚上，我到师大启功先生寓所见到了这些珍贵的手稿，的确大部分是校订敦煌变文的手稿，另外还有先生整理研究敦煌曲子词等其他俗文学作品的初稿。从稿中的文字记录可以证实，当初王重民等六位先生校勘敦煌变文所用的原始资料，主要就是那批旧照片，所以他们所看到的原卷内容，往往比后来的缩微胶卷要完整。这也证明了德范女士对这批旧照片价值的判断是准确无误的。

（2007年1月31日）

《敦煌邈真赞校诠》序

*本书尚未正式出版。

　　近日，邓文宽兄将他刚刚完成的力作《敦煌邈真赞校诠》（以下简称"邓著"）全稿送来，嘱为序文，实在令我不胜惶恐。因为莫高窟藏经洞所出的邈真赞类文献，我仅应查找某件材料之需，曾翻阅过手头有的郑炳林教授所著《敦煌碑铭赞辑释》中的少数几篇录文，对其全貌实在所知寥寥。转而一想，文宽兄是给了我一个学习的好机会，"恭敬不如从命"，下面这些粗浅的文字，就算作我匆忙间浏览这本邓著后交出的一篇心得吧。

　　说来惭愧，我是中文系本科毕业的，研究生阶段又攻读古代文学专业，可是对中国古代文体学的了解实在是既浅又窄，明证之一便是对邈真赞这类文体的源流基本无知。因此，邓著书前的"绪论"就成为我首先研读的一篇专文。此文的第一部分论述"敦煌邈真赞文献的渊源与流变"，有几点给我以启示：一、据萧统《文选·序》曰："图像则赞兴。"故而指出"赞颂之文是伴随图像出现而产生的"；又据后汉王逸《楚辞章句·天问序》所述，现存依据图像写出赞文的最早实例至少可以追溯到屈原行吟泽畔的时期。我由此想到，"图书"、"图籍"的名称，当然与传说中的"河《图》雒《书》"有关，只是已很难坐实，但在《汉书·艺文志》中著录有《孔子徒人图法》二卷，则起码可以说明至迟在西汉时期就有了"图文书"。还可再往前推，那本被《四库全书总目提要》断作"小说之最古者"的《山海经》，历代研究者公认其古本也是图文并茂的，清代学者郝懿行在《山海经笺疏·叙》中引述陶渊明"流观《山海图》"的诗句，说明晋代此经尚有图，而后又有梁张僧繇、北宋咸平二年（999年）舒雅重绘之图。如果前述萧统所言不假，那么像赞一类的文字，还可以追溯到洪荒传说与英雄神话被图文记录的时代。二、具体到人物邈真赞的兴起，我原认为应该与汉宣帝甘露三年（前51年）在未央宫麒麟阁图像霍光等11位功臣像有密切的关系，但史籍没有画像配赞文的明确记载。邓著在"绪论"中揭出《汉书·赵充国传》的记载，促使我再去翻阅《史记》，匆忙间也找出了一些线索，如不仅汉武帝祭泰山时已有"黄帝时期明堂图"（见《史记·孝武本纪》），而且武帝"居甘泉宫，召画工画周公负成王也"（见《史记·外戚世家》），司马迁还特地提及他见到张良画像时的感觉："余以为其人魁梧奇伟，至见其图，状貌如妇人好女。"（《史记·留侯世家》）可见汉宣帝图像功臣的举动也只是继承了武帝的做法而已。只是武帝时期究竟有过多少画像赞文，文献记载同样阙如。三、"绪论"正确地指出："真赞文字的兴盛并非一种孤立的文学现象。它是伴随碑、铭文字的兴盛而兴盛的。"因此，唐人认为真赞文字勃兴于"吴魏晋宋"，大体不差。然而勃兴的政治、经济、文化背景是什么？似乎还有待学者深入探究。同时，邓著提出的唐代此类作品蔚为大观，"为人物画像题赞是唐人邈真赞文字的主流与大宗"，也应引发我们对产生这类作品各种因素做具体的分析。

"绪论"的第二部分从五个方面评述了敦煌邈真赞的学术价值，我最受启发的是"文体学"与"博物馆学"两端，因此也愿意在这里谈谈自己的心得。

中国的古代文论对文章流变、体格特色是相当重视的，但在20世纪50年代后高校中文系的古代文学教学中，却似乎受到轻视，大概是因为受到重思想内容、轻艺术形式倾向的影响。所以，我们这些研究文学的学生，对各种文体源流、特征，尤其是文体之间关联的认识是十分单薄和模糊的，这就势必影响了日后研究古代文献的"底气"。例如，我们现在看到的藏经洞所出古代文学写本，研究者对其历史背景与内容的把握一般比较准确，而对其体裁特征的认定就常常含混不清，除了"变文"因是新发现的一种文体而众说纷纭外，最典型的就是对诗、赋、歌词、曲词这些常见体裁的形式区别与交叉关系还每每语焉不详。对于邈真赞与其他铭、诔、疏、传、表、序、志等类文字，是否归入"敦煌文学"的研究范围，论者亦见仁见智。晋代陆机在其名作《文赋》中对各类文体的特征有如下的表述："诗缘情而绮靡，赋体物而浏亮，碑披文以相质，诔缠绵而凄怆，铭博约而温润，箴顿挫而清壮，颂优游以彬蔚，论精微而朗畅，奏平彻以闲雅，说炜晔而谲诳。"但他也明白各类文体间的关联，所以接着就说："虽区分之在兹，亦禁邪而制放，要辞达而理举，故无取乎冗长。其为物也多姿，其为体也屡迁，其会意也尚巧，其遣言也贵妍，暨音声之迭代，若五色之相宣。"提出了他心目中理想文范的共同标准。可见，对文字遣词达意与音韵协美的要求，才是古人心目中各类文体中规中矩的关键。近百年来，我们引进的"散文"概念似乎已经根深蒂固，而对古文骈散结合、讲求韵律的感受却比较疏浅。于是，像这样一批散韵相间、骈俪气息浓重的邈真赞摆在我们面前时，往往一时还想不到要从文体学的角度来进行深透的审视。邓著将它列为第一方面的价值提出来，尽管还不及细述，仍然不失为有眼光之举。我盼望有志者能进一步利用这批难得的材料，对它们在古代文体流变史上的地位做细致的分析。

关于"博物馆学"，我更是外行。邓著强调的是"邈真赞文字在博物馆学尤其是人物纪念馆史上的研究价值"，他所列举的充分理由，我都赞成。在这里，我又想到了另一个当前时髦的名词——"信息学"。这是近现代兴起的一门研究信息储存与传递的学问，也不妨用来说明敦煌邈真赞的价值。古代没有录音、录像、照相等技术手段来储存人物的音容笑貌、言语行为，如果曾经有过陈列实物的博物馆，那也早在历史的风云变幻里百不余一、灰飞烟灭了，而只能靠图画与文字来复原。因此，正确释读这批邈真赞，对于今人"读取"敦煌那些曾经叱咤风云或默默无闻的古人信息，从而复原敦煌大地上的某些历史场景，开掘文化积淀，又是何等的重要！这里还要提到邈真赞所反映的古代宗族、家族的文化传承问题。近些年来，我一直强调，应该在敦煌历史文化的大背景中，尤其是在它的人文环境中，把握藏经洞文献的性质。自汉晋到隋唐五代，敦煌除了各民族的杂居交融外，也是一个移民社会。在以儒家文化为主流的中原文化向西北地区的传播及与佛教文化的交汇中，一些迁徙到敦煌地区的世家望族起了至关重要的作用。我们在这些邈真赞中也依稀看到了这方面的影子。我曾经在一篇简评王力平教授专著《中古杜氏家族的变迁》的文章中提出，家族谱牒资料对于探寻中华礼法仪制的演变、继承，进而探究文化血脉的传承途径与规律，有不可忽视的意义，文中也举了敦煌本《故释门都法律京兆杜和尚写真赞》（编号 P.3726）为例。又如邓著中多次提及"敦煌张氏三房"（南阳、清河、墨池）及与索、阴等姓的关系，这实际上也是历史学研究的重要课题。这些，我相信邓著均有新的收获，就不在此赘述了。

文宽兄在书中强调了在敦煌邈真赞校录、注释、研究方面的"学术接力"问题，这是他写此书的出发点，也是做学问的目的与态度，无疑是正确的。后来居上，后浪推前浪，青出于蓝而胜于蓝，这是学术发展的规律，也是学者们的努力目标。文宽此书，在校勘上，既注重写卷原貌，几次亲自到巴黎法国国家图书馆东方部核对原卷，改正误认错传，又力图运用唐五代河西方音通假字的知识，来隶定相关文字；在注释上，也有新的尝试，释读了一些过去忽视或注解不确的文字；在文本的编排整理上，大胆地采取以赞主姓氏结合年代先后统编的方法，有助于为读者开掘更丰富的信息与揭示它们的内在联系。当然本书的优点还远不止这些，都是值得肯定的。诚然，书中的缺点也在所难免，尤其是对某些"前人失校"、"他人误释"的判断，还嫌证据不足。校书似扫落叶，作注如履薄冰，这是我个人做了多年古籍整理类图书编辑的感受，相信文宽兄也一定会与我有同感的。

我的这篇心得是否及格，请文宽兄和学界同道评判指正。

（2007年1月18日）

《龙门区系石刻文萃》序

*《龙门区系石刻文萃》（张乃翥著），国家图书馆出版社，2011年出版。

我对以洛阳龙门石窟造像艺术以及周边地区的碑刻遗存为核心内容的"区系文化生态"可谓毫无研究，但依然是这一巨大的世界文化遗产的钟情者，所以当张乃翥先生将他的大作文字部分的电子文本发来并索序于我时，我也就抱着珍惜这一次学习机会的态度，愉快地接受了这一任务。

乃翥将他置于书前的理论分析文字，命题为《中古时期龙门地区区系文化群落探骊》，首先引起了我的兴趣。因为他着眼的不仅仅是大家较多了解的石窟造像，而且扩充到龙门地区年代有序、形态各异、内容繁复的碑刻拓片；他关注的不单单是这些石刻文物的形制、风格和直接的文献价值，而是力求解读它们所包含的历史信息，从而去探寻这一地区中古时期的人文形态，进而发掘这一珍贵遗产的人文价值与现代意义。他提出的许多精辟论点，对我都有启示作用。例如讲到地望环境与文化内涵，涉及地理形胜与宗教文化的密切关系；例如将龙门地区的人文特色，概括为以宗教信仰为主体纽带的人文生态，以石窟崇拜为先导的人间事态，以寺院活动为核心的民俗行径；例如要建立"大遗址"文化概念，就必须善于以文化生态的眼光去审视这一遗址所包含的历史信息，等等。乃翥在龙门地区生活、工作了几十年，这些结论绝非是他一时兴起的突发奇想或偶生议论，而是多年来经深思熟虑而形成的观点；既是充满理性思考的结果，也是浸润着他热爱家乡、热爱优秀传统文化的真挚情感。用他自己的话来说，是将这一生态体系的"理性韵致深深融汇在我们的心田"。

在乃骞论著的字里行间，我感受到他强调的是文物遗迹生成的人文背景，是文化生态所展示的人文意义与价值，不禁使我于心有戚戚焉。二十多年来，我参与敦煌古文献及相关文物的整理研究，越来越深切地感到只有将敦煌文物置于丝绸之路咽喉地区文化交流的大背景中，探寻其丰富多彩的人文环境，才能真正弄清楚它们所依存的物质与精神基础，切实解答诸如莫高窟艺术品的人文价值、藏经洞文献的由来与封闭原因、敦煌文化的现代意义等重要课题。多年以来，我们的历史学、文学、语言、艺术、哲学、经济、军事等学科的研究，虽然十分强调"人民群众创造历史"，却往往是就事论事，见物不见人的。我这里讲的"人"，是各个历史阶段中各民族、各阶层的人，是各色人等的生活环境、生存权利、家庭与社会活动及生动活泼的创造能力。《周易》中说："文明以止，人文也。观乎天文，以察时变；观乎人文，以化成天下。"可见，我们的老祖宗早就对"人文"的意义有明确的认识；包括"人权"、"民权"在内的"人文主义"，并非西方人的专利权。谈人文色变，则大可不必。因此，北京申办奥运会，提出"人文奥运"的理念，大家举双手赞成。只是我们在相应的宣传上，包括对外宣传，还应加强。前年6月，我在深圳举办的"人文奥运高级论坛"上，曾就此发表过具体的意见，此不赘述。我只是想说明，历史文化研究，文物考古工作，文化遗产的保护、继承与发扬，乃至我们各项日常工作的方方面面，都不能离开人文精神。乃蠹此书，是抓住了关键和核心的，足以启示吾心。

当然，我于乃蠹此书，不仅是有兴趣，也不只是受启迪，还有实实在在的感动。我与乃蠹结识多年，交往不频，但他是一位接触几次便能给人留下深刻印象的人——对本职工作的热爱，对学问的执着探究，对同道及友人的热忱，均有口皆碑。他又是文物研究机构中一位特别注重田野踏查的学者，冬寒夏暑，沐雨栉风，几十年如一日，足迹遍及伊阙峡谷的山前水后、窟内洞外，搜集了大批宝贵的第一手资料。而且，他收存资料，并不像有些考古人那样，是奇货可居，保守己用，而是为了抢救遗存的宝贵文物，并使之成为"奇文共欣赏，疑义相与析"的学术公器。他曾多次和我谈起踏勘遗址、搜罗碑刻时的沉痛和焦急，拳拳之心，耿耿之情，溢于言表，期望在他退休之前能为抢救文物多做些力所能及的工作。现在，他退休了，终于能够及时地将这批考古资料公之于世，既是希望为认识与研究龙门地区这个"文化群落"的典型个案提供更丰富的图文资料，以弥补往昔之不足；也是对自己辛勤劳动的检视与小结，在贡献学术的同时，也获得了心灵的抚慰。所以，我们要感谢他，也祝贺这本《龙门区系石刻文萃》的出版。

（2007年2月3日）

《英藏法藏敦煌遗书研究按号索引》序

*《英藏法藏敦煌遗书研究按号索引》（申国美、李德范编），国家图书馆出版社，2009年出版。

近几年来，由于庋藏各国的敦煌遗书图录本和整理本的大量刊行，也由于各国敦煌学研究者的努力和敦煌学国际联络委员会的推动，敦煌学知识库、资料库的建设方兴未艾，敦煌文献目录与论著目录索引方面的新成果纷纷出现，不仅有力地推动了敦煌学本身的研究，也为其他相关学科的研究者开拓了学术视野，令学界欣喜。但另一方面，长久以来困扰着研究者的一个老大难问题依旧摆在面前：敦煌学乃世界学术之新潮流，不仅敦煌资料散于四海，研究者亦遍及全球，敦煌学资料的刊布和论著的发表，散见于各学科领域的学术刊物及论著中。多年来陆续出版的各种类型的敦煌学研究论著目录，均为按书名、篇名及人名排列并检索的工具书，一般只能了解某课题、门类及个人研究的状况。由于敦煌写卷的特殊形态，往往一个卷子就包含着多学科门类的内容，各人各有自己研究的对象和成果，研究者虽习用敦煌写本的流水号编目，却无法按号了解各国学者对某一号文书的具体、周详的研究情况。如要寻找某一个卷子方方面面的研究信息，实在犹如大海捞针一般。诚然，有的研究者为了更全面地掌握研究信息，早就立志要做按号索引的工作，并在个人的电脑中随时输录。但是个人的阅读范围和精力毕竟有限，虽辛勤网罗，而"漏网之鱼"亦众焉。

幸好中国国家图书馆善本部有一个敦煌资料中心，创建20年来，在相关资料收集整理、编目以及与敦煌学界的联络交流上做了许多扎实而有成效的工作，而且中心的工作人员兼有图书馆员与学者的良好素养与专业特长，又颇多有心人，早就留心并着手按流水号编写研究索引之事。2001年，申国美女史先编成了《1900—2001国家图书馆藏敦煌遗书研究论著目录索引》一书，由北京图书馆出版社正式出版。这其实是一次"实战演练"，目的很明确，就是先从较为方便的本馆敦煌文献的研究资料着手，取得经验，推及其余。果然，仅仅过了5年多时间，申国美、李德范二位便在繁忙的日常事务中，像挤压海绵中的水一样，挤出零零星星的"空闲"（包括大量的业余时间），又如采蜜一般，采集点点滴滴的"花粉"，终于集腋成裘，将这本皇皇巨册《英藏法藏敦煌遗书研究按号索引》奉献给学界广大研究者，可谓厥功至伟、功德无量！

当然，前面所说的5年多实际上只是最后的编辑时间，其实是远远不止的。德范、国美二位编者告诉我，为了编成这本索引，她们先后翻阅的书刊超过了2万种，编排的研究数据有10万条之多。我简算了一下，如果按两人一天查阅并录入40条数据计算，一年到头不休息，那也要花费将近7年的工夫。这说明了什么呢？首先当然是说明了工作的艰巨与她们的勤奋，值得我们肃然起敬。其次也说明了图书馆领导及北京图书馆出版社对这项工作的支持，又有许多敦煌学研究者的无私支持，敦煌资料中心有存在的理由和发展的良好前景。我认为，即使现在我们已经有了用电脑录入、编排、管理、检索资料的巨大便利，集机构与众人之智慧建设敦煌学的知识库依然十分必要。一人辛苦，万人受益；百家集智，亿众披辉。

最近，我去301医院看望季羡林先生，季老亦谈及做资料工作的苦与乐。季老还特地为我题写了他的"新座右铭"——"为善最乐，能忍自安"。这是德高望重、甘苦备尝的季老夫子的自道，当然也是对我们这些后辈学人的勉励。榜样在前，我们岂能懈怠？做善事、做学问都要有坚忍不拔、任劳任怨的精神，这本《英藏法藏敦煌遗书研究按号索引》的编成即是一个范例。因此，尽管这本索引在研究数据的采集上还做不到竭泽而渔地一网打尽，肯定还会有疏漏之处，仍然是目前按号查阅研究英、法所藏敦煌文献研究资料最完备、有效的工具书，我们应为之鼓掌称善。同时，我知道二位编者也会真诚地欢迎与鼓励使用这本索引的学者能不断地提出修正意见与补充资料，使之日臻完美，长用常新。

（2007年8月6日）

《胡适选注每天一首诗》的缘由和特色(代跋)

*《胡适选注每天一首诗》(胡适选注,柴剑虹、赵仁珪等评析),中华书局,2008年出版。

十七年前,当我邀仁珪、冬铃、徐俊诸君一起为胡适先生的《每天一首诗》的104首"检存稿"写赏析文章时,还没有看到台湾胡适纪念馆授权出版的《胡适选注的诗选》,因此并未收辑和评析胡适自己续选的45首绝句及95首歌谣。现在,中华书局文学编辑室将《每天一首诗》改题为《胡适选注每天一首诗》列入出版计划,为完备起见,责编刘彦捷女士希望我做点补充的工作,不禁使我生出一丝"却寻残梦"的感慨——冬铃兄十六载前英年早逝;仁珪兄现在以一位著名教授之身承担着繁重的教学与科研任务;徐俊年轻有为担当了书局的领导重任,他们都已不可能或无暇顾及这个拾遗补缺的工作了。我自己,退休虽已三年有余,却还是摆脱不了书局内外杂务的缠缚。因此,要想如十几二十年前那样来一篇篇地撰写曾被嘲为"精修钟表"式的赏析文字,已经很难做到了。于是,我和彦捷责编商定,由我补录上胡适续选的45首绝句和部分歌谣,再就胡适选注古诗绝句的缘由和特色谈点自己粗浅的认识,供广大读者参考。

众所周知,作为"五四"新文化运动的一员干将,胡适是20世纪初"白话文学"的主要倡导者,而且他数十年如一日,对白话文学的推崇与爱好（乃至被人称之"偏爱"）始终不变。事实上，一方面，胡适本人对白话文学的认识也有一个逐渐成熟的过程，某些观点并非一成不变；另一方面，胡适是性情中人，对有些作品的态度也常常随境遇和心情而变。对此，读者可以从胡适自己就这个选本所写的几则短序跋中得到启示。我们四人在写那104首绝句的赏析文章时，特别强调胡适选诗的时间与思想背景，原因也在于此。

胡适选注《每天一首诗》，当然与1919年"五四"之前已经发轫的新文学运动密切相关。1916年11月，他在《文学改良刍议》一文中提出："吾以为今日而言文学改良，须从八事入手。"这"八事"中，首曰"须言之有物"，二曰"不模仿古人"，三曰"须讲求文法"，七曰"不讲对仗"，八曰"不避俗字俗语"。细究起来，这八者不仅有自相矛盾之处，而且也并未明确提出"白话文学"的主张。一年多之后，在1918年三四月间撰写的《建设的文学革命论》一文中，胡适则已经明确地提出：

我们要创造新文学，也须先预备下创造新文学的"工具"。……预备的方法，约有两种：（甲）多读模范的白话文学……唐宋的白话诗词，也该选读。（乙）用白话作各种文学。

但是，其时他对"新诗"与白话古诗之间承继关系的认识还是模糊的，这突出反映在他于1919年10月写成的《谈新诗》一文中：

这一次中国文学的革命运动，也是先要求语言文字和文体的解放。新文学的语言是白话的，新文学的文体是自由的，是不拘格律的。……因此，中国近年的新诗运动可算得是一种"诗体的大解放"。因为有了这一层诗体的解放，所以丰富的材料，精密的观察，高深的理想，复杂的感情，方才能跑到诗里去。五七言八句的律诗决不能容丰富的材料，二十八字的绝句决不能写精密的观察，长短一定的七言五言决不能委婉达出高深的理想与复杂的感情。

从他对律诗和七绝的评价中就可看出在"大解放"热潮里认识上的偏颇，他当时肯定也不会想到日后会专门选注古诗中的绝句。过了14年，热潮基本退去，人到中年已经冷静下来的胡适在1933年12月写了一篇长文《逼上梁山》，可以视作是他对自己在新文化运动中提倡白话诗的一个总结。文中有这样一大段话：

我认定了中国诗史上的趋势，由唐诗变到宋诗，无甚玄妙，只是作诗更近于作文！更近于说话。……宋朝的大诗人的绝大贡献，只在打破了六朝以来的声律的束缚，努力造成一种近于说话的诗体。……白话并非文言之退化，乃是文言之进化……今日所需，乃是一种可读、可听、可歌、可讲、可记的言语。……白话可以作诗，本来是毫无可疑的。杜甫、白居易、寒山、拾得、邵雍、王安石、陆游的白话诗都可以举来作证。……我的决心试验白话诗，一半是朋友们一年多讨论的结果，一半也是我受的实验主义的哲学的影响。……我的白话文学论不过是一个假设，这个假设的一部分（小说词曲等）已有历史的证实了；其余一部分（诗）还须等待实地试验的结果。我的白话诗的实地试验，不过是我的实验主义的一种应用。所以我的白话诗还没有写得几首，我的诗集已有了名字了，就叫做《尝试集》。

既然他自己尝试做的白话诗已经结集，古人的白话诗又"可以举来作证"，我想这就是他在第二年的4月20日开始选注《每天一首诗》的直接动因。

从胡适自己为这个诗选写的六则短长不一的序跋可以看出，从20世纪30年代中到60年代初，他的选注曾经经历了多次变化与曲折。开始，他想得比较简单，从1934年4月20日起"每天写一首"他能背诵的"好诗"，"不论长短，不分时代先后，不问体裁"，期盼一年之后集成365首，印成《每天一首诗》；三十五天之后，又改为"专抄绝句了"；即便如此，到当年9月6日，只抄了不足百首便搁下了。五年之后的九十月间，他已经在美国当了将近一年的国民政府大使，抄得的三册半绝句却还带在身边，经朋友提示，他重检抄写了百余首绝句的旧册，先删去白居易的《暮江吟》一首，后来又觉得"有几首已是我不喜欢的了"，并动了补选"五言民歌"和"山歌"及桐城、淮南、豫南民歌的念头。到了1952年初，在海外当寓公的胡适又将那三册半诗抄拆开，按作者年代先后的次序重新分编，删去几首，存106首；又改题《绝句三百首》，准备继续选编。20世纪60年代初结集的《胡适选注的诗选》，除了那106首"检存稿"外，多出了绝句45首、民歌及敦煌本《云谣集杂曲子》等95首，大概都是在1952年之后的七八年间补选的，总计246首——最终也没有完成他自己的选注计划，这也算是胡适的又一个悲哀吧。

作为"自由主义者"的胡适的最大悲哀,是卷入政治漩涡而无法自拔,致使有论者为其作传即题名为《无地自由》(沈卫威著,安徽教育出版社2005年版),可谓一语中的。四十岁时,胡适曾在自题照片的小诗中自嘲为"做了过河卒子,只能拼命向前",虽然仍不免带有一点掩饰与做作,却也透出一丝悲凉、万般无奈的真实心境。他的大半生在政治的漩涡中漂旋,在"官场"上已经身不由己,也只能在文学阵地和哲学领域里继续标举自己的旗帜。"四十不惑"之后,他忙里偷闲,选注古诗歌谣,在《每天一首诗》中寄托自己的文学主张和政治理想,正不失为一种有实际意义的自慰。胡适的这本诗选,归结起来,大概有如下三个特色:

第一,"白话诗标准"下的"随心所欲"。这最明显地体现在他20世纪30年代选注的一百多首绝句中。一方面,他有自己的"白话诗"标准——说白、清白、明白。所谓"说白",就是要近乎日常说话那样直截了当、直白顺畅;所谓"清白",就是如出水芙蓉般朴实自然、不假粉饰;所谓"明白",就是排除了隐晦曲折、深文奥义的通俗明了。例如,胡适所选的杜甫写春天印象的五绝:"没道春来好,狂风大放颠!吹花随水去,翻却钓鱼船。"就是他所主张的"三白"式打油诗的典范之作。另一方面,开始时,只要是他能背诵的白话"好诗","不论长短,不分时代先后,不问体裁",都在他选诗的范围之内,不久就改为"决计专抄绝句了";后来又觉得有几首自己不喜欢而删去,而且提出要补选汉魏六朝的五言民歌及他称之为"绝句变相"的地方民歌;实际上后来又加上了敦煌藏经洞发现的词集《云谣集杂曲子》,可见其随意性颇强。其中最典型的例子,是他在1934年6月7日选了晚唐诗人杜牧的一首《秋夕》诗,注云:"回想早年记诵的杜牧的绝句,只有这一首可选。"可是第二天，却又加选了杜牧的《山行》绝句。在后来续选的45首绝句中，他更是一口气选了杜牧13首，所占比例之大，令人惊讶。这种在某一标准下的主观随意，正符合胡适的自由主义的诗人气质。当然，他也有刻意去寻找某些虽很喜欢却已经记不全了的诗的时候，如陆游的二首《杂咏》，他说明："我在二十年前最喜欢这两首小诗，今年回忆，记不完全了；我遍查家中的各种选本，都寻不着它们。后来我借得北大所藏汲古阁刻的全集，才找着这两首旧欢。"为寻"旧欢"而不惜"上穷碧落下黄泉"，这是另一层意义上的随心所欲，也符合胡适的性格。

第二，"做诗的戒约"指导下的"寄情而诵"。1936年初，胡适在题为《谈谈"胡适之体"的诗》的文章中，提出了三条"做诗的戒约"——"第一说话要明白清楚"，即"意旨不嫌深远，而言语必须明白清楚"；"第二用材料要有剪裁"，即"要抓住最扼要最精彩的材料，用最精练的字句表现出来"；"第三要有平实、含蓄、淡远的意境"。对这第三条胡适有简明的解释：平实，说平平常常的老实话；含蓄，说话留一点余地；淡远，既不说过火的话，又不说"淡得化不开"的话，只是"疏疏淡淡的画几笔"。其实，这正是我国古代优秀绝句诗作最突出的语言风格。有了这三条，诗歌的感情抒写可以做到"语近情遥，吐而不露"，既做到剪裁得宜、含蓄精练，又不加修饰、直白爽快；诗歌的叙事说理也可以做到明快轻巧，喻象生动，既轻松简洁、富含哲理，又比喻生动、富有情趣。这三条"戒约"，其核心还是涉及诗歌语言艺术风格的高水准。应该说，胡适所选的近200首古代绝句，基本上都称得上是符合上述"戒约"的佳篇杰作。他记诵这些诗篇，当然也是寄托了自己浓郁的感情。例如，他第一批选了王安石的13首诗，还特地提出一个问题："我选的荆公绝句十三首，一首都不在《宋文鉴》收的三十二首之内。究竟是谁选的对呢？"诚如本书中仁珪兄所分析："这大概是因为胡适先生所选的主要是那些表现一个政治家内心深层情感，尤其是在晚年历经风雨磨难之后内心深层情感的诗，具有胡适先生所提倡的更深刻、更永恒的'人的文学'的价值。"（见本书对《题半山寺壁》一诗的评析）王安石是一个曾经成功而最终失败了的政治改革家，但却是一位名留青史的伟大的文学家。胡适本来就不是一位政治家，虽颇多改革的主张，也"越洋"当了几年驻美大使，根本上还是被国民党政府用来做"过河卒子"或发挥"海归名人"效应而已，谈不上政治上的成功与失意，但他在中国现代文学史上的崇高地位也是不可动摇的。惺惺相惜，选了那些诗歌也就不足为奇了。

第三，"有感缘情而发"的独特而精彩的批注。胡适初、续二次所选的151首绝句中，有55首加了他自己的批注。这些批语与注释，或考订版本、年代，或介绍作者、解释词语，或评点主旨、感慨抒怀，不仅都言简意赅，而且往往充满感情色彩，既启示读者去体味和把握作者的创作主题，又表明他选诗的独特视角和意图。例如在1937年2月21日，胡适选注宋人杨万里的《桂源铺》，杨诗云："万山不许一溪奔，拦得溪声日夜喧。到得前头山脚尽，堂堂溪水出前村。"胡适评曰："此诗可象征权威与自由的斗争。"猛地一看，似乎觉得这个评语有点突兀，但如果我们联系从1935年冬到1937年初胡适在"一二·九"运动、西安事变及华北抗日形势中的种种矛盾心态及表现，就可以看出他的这句话是很有针对性的了。又如他选欧阳修的《画眉鸟》，后二句是"始知锁向金笼听，不及林间自在啼"，他用朱熹《观书有感》中的"向来枉费推移力，此日中流自在行"来注释"自在"一词，而且下断语说："'自在'即'自由'。"本来"自由"与"自在"之间还是有心态和身态的差别，不可绝对画等号，可这寥寥五字流自胡适这位哲学家的笔下，却正是一位难得自由自在的自由主义者的心灵独白。在诗歌版本的选择上，胡适也有自己独到的见解。如大家熟知的李白《静夜思》，胡适不依据通行的选本，而是采用了明翻宋刻本："床前看月光，疑是地上霜。举头望山月，低头思故乡。"首句异字的"床"、"看"，更切合思乡者中夜不寐的动态与神情；第三句改"明月"为"山月"，则运用山峦映衬下的月色增添了层次感和思绪的起伏变化。本书的评析文章中，有不少对胡适批语的评述，这里就不赘述了。

本书中胡适续选的45首绝句，除王维的一首《渭城曲》外，都是中唐以后的作品，其中，白居易4首、刘禹锡12首、杜牧13首，加上宋人秦观8首，占了八成以上。除了更突出雅俗共赏的名家印象外，与前106首相比，笔者有两个感觉，一是所选的一些绝句的近体格律似乎也显得更为娴熟，一是又增添了民歌的气息。从绝句演进的历史来看，当然也有"古绝"与"律绝"之分，后者到唐代随着近体律诗的成熟，已经基本成型，有严格的平仄要求，有的还有对仗，因为五绝、七绝的篇幅只有五律、七律的一半，故可称之为"半律"。当然恐怕胡适也并非是有意识地在突出近体，而是诗歌的历史发展到这个阶段，即便是"打油"般地从白居易、杜牧等大诗人的口中吟出时，也已经是既顺畅而又合乎平仄要求了。至于不合律调的古体或还不是严格意义上的律绝，胡适从"白话"的基本标准着眼，仍要选取，如45首中刘禹锡的《金陵》（五题）与《竹枝》，即颇多平仄不合的拗句；另如李绅的《悯农》，则是一首典型的古绝：首句与末句的后三字均是两仄夹一平，第三句五字皆平。这些诗更近于乐府民歌又有新的内容，当然是胡适特别喜爱的。至于多选中唐以后的绝句，也不是没有理由。在《白话文学史》

第十四章评价杜甫时，胡适对唐诗的评价曾因他对"新乐府"的偏爱而难免绝对与武断。他说：

　　开元、天宝是盛世，是太平世；故这个时代的文学只是歌舞升平的文学，内容是浪漫的，意境是做作的。八世纪中叶以后的社会是个乱离的社会；故这个时代的文学是呼号愁苦的文学，是痛定思痛的文学，内容是写实的，意境是真实的。

　　这个时代已不是乐府歌词的时代了。乐府歌词只是一种训练，一种引诱，一种解放。天宝以后的诗人从这种训练里出来，不再做这种仅仅仿作的文学了。他们要创作文学了，要创作"新乐府"了，要作新诗表现一个新时代的实在的生活了。

他甚至断言初唐文学"还是儿童时期，王梵志、王绩等人直是以诗为游戏而已"，"开元、天宝的文学只是少年时期，体裁大解放了，而内容颇浅薄，不过是酒徒与自命为隐逸之士的诗而已"，只有"天宝末年大乱以后，方才是成人的时期"。（以上所引见安徽教育出版社2006年版《白话文学史》第219—220页）胡适的结论及书中对杜甫的评价，不禁使我们想起20世纪60年代"文化大革命"风暴中郭沫若先生的《李白与杜甫》。一位是因偏爱而顾后不顾前的诗人随意性情的流露，一位是因受压抑而矫情违心的诗人变色变态的表现，同是诗人气质，影响却是大不一样的。笔者以为，《李白与杜甫》是一本多余的著作，《白话文学史》是一本未完成的教材，都是中国文学史上的憾事。

胡适在20世纪50年代后期又补选了95首山歌、民谣及敦煌本的《云谣集杂曲子》，倒是符合他对白话诗的一贯认识。他认为白话诗的"营养"（或曰"渊源"）有四：一、历代民歌、山歌、谣谚；二、打油诗（文人雅士或民间大众的即兴嘲讽之作）；三、宣扬宗教哲理的佛教偈语等；四、歌伎戏子的咏唱（包括一些戏曲唱词）等。对这四个来源，胡适在《白话文学史》的第十一章中，都有具体的论说，兹不赘引。而胡适后来的续选和补选，也都在这个范围之中，大致都符合他的白话诗标准。只是以形式而论，那些脱离了齐言句式与平仄格律的歌谣、曲词，显然和"绝句"有或多或少的差距。其中敦煌本的《云谣集杂曲子》，也随着敦煌学界几十年来写本整理与研究的推进，与胡适当年所见，已经有了不少文字上的差别。所以本书将这95首以附录或存目的方式排在最后，供读者参看。

1909年，当时还不满十八岁的胡适，曾经作了一首题为《咏秋柳》的七绝："但见萧飗万木摧，尚余垂柳拂人来。凭君漫说柔条弱，也向西风舞一回。"其小序云："秋日适野，见万木皆有衰意。而柳以弱质，际兹高秋，独能迎风而舞，意态自如。岂老氏所谓能以弱者存耶？感而赋之。"全诗格律严正，足见其少年时的旧学修养。大概因为在词语上有点不符合他后来提倡的"白话"标准，所以20年后他将第三句改定为"西风莫笑长条弱"，却全然不顾"西风"一词与下一句重复。（参见唐德刚整理、翻译的《胡适口述自传》第四章，安徽教育出版社2005年第2版）可见他仍然"意态自如"地坚守自己的文学主张，文学始终是他理想中的"自由之地"；他并无悔其少作之意，更未像郭沫若那样不得已地声称要将自己的作品付之一炬，这是胡适的性格使然，也是他的幸运之处。

胡适辞世已经四十五年了，对他的评价似乎还未达到"盖棺论定"的地步。他在晚年曾经手抄顾亭林的诗句"远路不须愁日暮，老年终自望河清"，表达了一位爱国知识分子期盼神州统一、四海晏然的迫切心情。我想，随着海峡两岸社会的进步和学术文化交流的发展，随着祖国统一大业的完成，对胡适一生的功过是非，也一定会有更科学、公正的评说，得出正确、圆满的结论。

（2007年10月24日）

《中国新疆的土地和人民》出版说明

*《中国新疆的土地和人民》（[德]勒柯克著；齐树仁译，耿世民校），中华书局，2008年出版。

　　阿·冯·勒柯克的《德国第四次吐鲁番考察记》于1928年在莱比锡正式出版。承蒙耿世民教授的热心推荐和李肖博士的大力支持，其首个中译本（齐树仁译，耿世民校）得以列入"吐鲁番丛书"丙种本，由中华书局出版。全书表明，勒柯克率领的这次考察自1913年4月中抵达喀什起，到1914年3月初离开图木舒克经喀什出境，历时11个月。因第一次世界大战即将爆发，其间勒氏一行并未来得及涉足吐鲁番地区，而在库车、巴楚一带劫掠并破坏了大量古代遗址，盗运走珍贵文物156箱。对勒柯克及德国吐鲁番考古队四次考察的介绍，可参考中译本所附耿世民教授的文章。本书既是记载此次考察行动经过的"实录"，又附了200余幅当时所拍摄的照片、线图，其十分宝贵的资料价值自不待言；同时作为"盗宝者的自白"，书中也暴露了他们的政治与文化偏见。原书多处使用了"东突厥斯坦"这个地理名称，尽管使用者也不得不承认这是属于中国的新疆地区，但毕竟隐含着帝国主义分裂中国、在中亚重新划分势力范围的祸心，理所当然要引起我们的警觉并予以厘正。因此，下列几点是我们在阅读和使用此书时应该注意的。

　　第一，由于第四次考察的特殊的时代背景，书中相当充分地表露了德、俄、英帝国在争夺我国新疆这个战略要地上的昭然野心和他们之间的狼狈为奸与钩心斗角,军事入侵与搜集政治、经济情报和"科学考察"始终是并行不悖的;同时也暴露了他们对各族民众捍卫主权与进行反封建革命的仇视与污蔑。

第二,虽然勒柯克以学者的身份出现在南疆地区,但他们这次进入新疆并未得到我国政府的正式批准(只有开后门得来的喀什地方政府的一纸"许可证"),他们是地地道道的非法盗宝者。他们打着"保护文物"的幌子,用野蛮的"科学手段"盗掘遗址,切割精美壁画,搬走雕塑,搜捡各类文物。书中有许多赤裸裸的强盗语言,既可让我们清醒认识其盗者之心,也为我们追寻库车—巴楚一带寺窟文物遭破坏的踪迹及被盗运的下落提供了难得的线索。需要注意的是,盗宝者同时也使用了一些欲盖弥彰的语言。其典型例子便是书中关于在克孜尔"红穹洞"发现"寺院图书馆"的叙述。我们可以将它们与同氏另一专著中的文字对比阅读(参见郑宝善译《新疆文化之宝库》,魏长洪、何汉民编《外国探险家西域游记》新疆美术摄影出版社,1994年版)。前不久,德国著名梵文学家史凌格罗夫教授(D. Schlingloff)专门印刷了题为《古代新疆一所寺院图书馆及其命运》(*Eine Ost-Turkistanische Klosterbibliothek und ihr Schiksal*)的小册子,指出勒柯克和格伦威德尔有关叙述的含糊和矛盾,怀疑该洞仍埋有西域语文写本。史氏将此册子寄给耿世民教授,呼吁我国学者能追索清楚。(耿先生为此专写的文章附后)

第三,勒柯克以民族学家、考古学家和维吾尔学家著称于世,虽然因盗掘文物获得了大量第一手资料,在其研究方法上也有某些独到之处,但从本书的论述中不难发现,他对待中西文化交流的基本看法是立足于西方文化中心论之上的。他处处力图证明新疆文化艺术"西来","完全缺乏中国的影响",他的观点尤其集中表现在书的"结束语：文化与艺术史的成果"一节中，他一再强调"中世纪日耳曼欧洲和中亚之间的关系"，否认中国文化的独特性；尽管他也承认"文化因素始终在来回转移、接受和变化"，却重申"什么都必须'沿着希腊的足迹'来对待"，连佛教文化也要"追本溯源到希腊"，甚至主观地认为中国的丝绸传到西方时是"很重的单一颜色没有图案的纺织品"，只是中亚与西方将它们精工细作制成了华丽珍贵的衣衫，"才在中国得到了华美的仿制"。他还提出连中国黄河流域的彩陶文化也是"公元前3000年（欧洲）有较高的文化因素从西北方涌向中国北方"的结果（众所周知，我国著名的仰韶、半坡彩陶距今至少有7000年的历史了）。这种明显的偏见歪曲了文化艺术交流的历史，当然也大大影响了他对新疆文物判断与分析的科学性。

（2007年11月）

《丝绸之路体育文化论集续编》序

*《丝绸之路体育文化论集续编》（兰州理工大学丝绸之路文史研究所编），甘肃教育出版社，2008年出版。

兰州理工大学体育部丝路文史研究所的教师，在李重申、李金梅二位教授的带领下，筚路蓝缕，孜孜不倦，十几年如一日，在繁忙的教学之余，团结协作，致力于丝绸之路体育文化的研究，取得了令学术界瞩目的丰硕成果。他们的研究，既拓展了体育文史研究的领域，也丰富了国际敦煌学研究的内容，在研究对象上有开拓之功，在研究结论上也不乏创新之见。因此，国家体育总局将他们的课题列入国家级的"体育社会科学、软科学研究项目"，确是极有眼光之举。

随着中国申奥成功，筹办2008年北京奥运会的各项工作也正紧张而有序地进行，"科技奥运、人文奥运、绿色奥运"三大理念逐渐普及乃至深入人心。然而，人们对其中"人文奥运"内涵的理解还相当欠缺，对与此密切相关的"体育文化"的认识也并不是十分清晰。可以说，体育是贯穿古今人类日常生活与生产活动的最古老而又最年轻、最稳固而又最鲜活的文化现象，有着丰富多彩的人文内容。中国古代体育文化是优秀灿烂的传统文化的重要组成部分，是历史悠久、传承有序、特色鲜明、自成体系、影响深远的华夏文明里一颗璀璨的明珠。这颗宝珠，凝聚着中华各族人民的勤奋与智慧，也闪耀着中外文化交融的光芒。尤其在汉唐时代，在闻名世界的丝绸之路的形成与畅通时期，丝路作为经贸来往、文化交流的通衢与纽带，体育文化的发达，成为长安、洛阳、凉州、敦煌等国际都会城市繁盛的重要标志。丝路上遗存至今的大量的体育文物（包括敦煌壁画）和古籍（包括汉晋简牍、唐五代写卷）中的相关文字，既是记载这一繁盛景象的弥足珍贵的信物，又是反映体育文化交流的生动形象的见证。我们提倡"人文奥运"，理所应当重视开掘体育文物与传统文献中蕴含的历史文化内涵。社会在前进，体育也在变革中发展，但是文化的延续却从未中断。从古希腊奥林匹亚的体育竞技比赛到百年来的现代奥运盛会，从先秦、两汉时期盛行的角抵、蹴鞠到今天为大众喜爱的古典摔跤、现代足球，古今中外体育文化一脉相承、血脉相连。我们研究丝绸之路的古代体育文化，当然并非仅仅是为了发思古之幽情，而是要遵循古为今用的原则，继承与发扬优秀的文化遗产，为推动今天的体育工作的发展、创新奠定深厚坚实的文化基础，为建设文明和谐社会提供宝贵的借鉴。在这方面，本书的编著者已经在论述中提供了颇有新意的生动例证，读者自可从中体会。

我还要特别强调这样一个事实：作为各自有体育运动技能擅长，后又从事理工院校体育训练与教学的老师，本书的编著者都不是专业的文史研究者出身，在进行历史文化、文物考古的研究中，并无多少优势可言；但是，他们出于对丝绸之路历史文化的挚爱，出于对弘扬体育文化事业的钟情，发扬在当今高校已经变得特别难得的团队精神，通过坚持不懈的学习与钻研，不断弥补自身先天的不足，认真而执着地投身于共同的研究课题，一步一个脚印地前进。这种可贵的精神，真正值得我们大家钦佩与学习。本论集的"初编"2005年在中华书局出版后，他们虚心向学术界及广大读者进一步求教，同时又继续增加研究课题，开拓学术视野，在甘肃教育出版社领导和编辑的大力支持下，得以在短短一年的时间内又编著成这个"续编"，体现了他们永不止步的探索精神。这正是我仍然愿意在初编序的末尾，加写这几句话的原因；同时也表示我愿意继续向他们学习的态度。

（2007年11月）

《敦煌诗选》序

*《敦煌诗选》（纪忠元、纪永元主编），中国文联出版社，2008年出版。

2004年夏，我到敦煌参加敦煌研究院60周年院庆和纪念常书鸿百年诞辰的活动。其间，蒙敦煌书画院院长纪永元先生盛情邀请，去参观他主持的阳关博物馆。这个由纪氏苦心筹划、地方政府积极支持的民营博物馆，虽然还处于起步阶段，却已经因其追求历史底蕴之丰富和高文化品位的构想而引起了社会各界的关注，当然也给我不少启示。参观后的闲谈中，永元告诉我，他和大哥纪忠元在敦煌研究院李正宇先生的热情支持下，已开始着手编纂《敦煌诗选》，选录注释古今诗人吟咏敦煌的各类诗作，以配合宣传敦煌这个文化宝库的需要。正宇兄曾是武汉大学中文系的高才生，1958年蒙冤戴帽发配新疆当农民，历尽艰辛，1982年到敦煌研究院工作，在敦煌文献的考释与研究上卓有成就。以他的文学才华，指导热心敦煌文化的纪氏兄弟来编纂这样一部诗选，应该是让人放心的，所以当时我就表示了举双手赞成之意。

一个多月前，我在和南京师范大学历史系、中文系的研究生座谈之余，去瞻仰中山陵，巧遇带队考察的永元。他告诉我，《敦煌诗选》的编注工作已近尾声，付印之前还想让我过目提提意见，我欣然答应了。现在，忠元兄将这本《敦煌诗选》的千余页校样送到我手中，希望我能写一篇序，并说这也是正宇的意思，正宇和我各写一序。我知道这两年正宇正忙着编辑他自己的十余卷文集，忙碌异常，许多差事都推辞了。他既允诺，又命我作文，当然是不能推辞的了。

这部诗选收录了古今400多位作者的近1400首诗歌，大致是将写敦煌的诗和敦煌人写的诗都涵盖在"敦煌诗"的范畴之内，当然也包括了部分出于莫高窟藏经洞的诗歌写本。这个收录原则是否科学，我曾经考虑过并最终表示了认同，因为"敦煌诗"本身就是一个很难严格界定的模糊概念，它是与历史文化名城敦煌复杂的人文背景紧密关联的。大凡诗人的歌吟，无论是叙事咏物，还是抒情言志，都不可能只囿于一时一地，往往有海阔天空的联想与发挥；特别是处于丝绸之路咽喉的敦煌，其独特的地域风貌和丰厚的历史文化内涵，更是长于斯或客于此，乃至从未到过敦煌的诗人们纵情吟咏的对象。因此，"敦煌诗"数量之多、范围之广，年代绵延之长，也就不足为奇了。这本诗选的第一首是匈奴民歌《祁连燕支曲》，因为正是祁连山的雪水山泉养育了敦煌绿洲；第二首是汉武帝刘彻的《太一天马歌》，因为敦煌渥洼池所出天马与汉代的经略西域是密切相关的。从"地广民稀"的戈壁牧野，到"华戎交汇"的国际都会，无论是"阳关三叠"声里的执手离别，还是玉门烽烟散后的大军凯旋，也不管是张芝、索靖、怀素笔下的飞龙走虺，还是将军帐中的胡旋、柘枝，敦煌的沧海桑田和风云变幻，都在这些诗作中得到了淋漓尽致的描绘。隋唐时期写敦煌的诗，人们一般是将它们列入"边塞诗"来赏读的。但是研究者在集中关注异域风情和行军出塞的同时，往往忽略了其中包含的多民族文化交融的内容。敦煌莫高窟作为佛教圣境，也包容了儒、道、祆等多种文化与宗教。这一点，在藏经洞所出《敦煌廿咏》

等诗作中有鲜明的反映。尤其需要特别指出的是，本书所收民国时期的一百首古体诗，数量虽不多，却已经成为敦煌学术史的重要资料。"敦煌学已名天下，中国学人知不知？"（于右任《敦煌纪事诗》八首之六）"摩挲洞窟纪循行，散尽天花佛有情。"（张大千《别榆林窟》）我们今天捧读于右任、任子宜、易君左、张大千、沈尹默、罗家伦等人咏敦煌的诗，能不为这些前贤的敦煌情结与爱国情怀所感动？

"引得春风度玉关，并非杨柳是青年。英雄一代千秋业，敢说前贤愧后生。"（叶剑英《玉门》）叶帅的诗，掀开了新时代吟诵敦煌的新篇章。本书所收中华人民共和国成立后咏敦煌的古体诗作有172人510余首，不仅数量已大大超越了前代，内容也更加丰富多彩，再加上398首自由体新诗，占了全书的近三分之二。由于这些诗作散见于各种报刊，且有些还是未公开发表的诗稿，故搜集十分不易，现在都汇集一册，集中呈现于读者眼前，可谓功德无量。关于自由体新诗的分量，我曾经提出建议能否再精选一遍，但是忠元、永元再三斟酌，觉得这部分诗风格各异，很难筛选，又觉得搜罗不易，也舍不得割弃，所以还是保留了相当多的篇幅。为了读者便于阅读与检索，编选者在撰写作者生平简介上是下了一番大功夫的，加之新诗的刊登常常不为喜好古代历史文化者所注意，所以尽量多收新诗，以引起当代人对吟咏敦煌新诗的关注，也是纪氏兄弟的一番苦心，是完全可以理解的了。

我知道，纪氏兄弟自祖父辈来敦煌定居，已近百年，他俩生长于敦煌，对这块神奇的土地和灿烂的文化艺术有着极深厚的感情。这种感情，已经从单纯的乡土情升华为对祖国优秀传统文化的挚爱与自豪，升华为对弘扬爱国精神、促进文化学术交流的执着与忘我。永元擅长书画，又创办阳关博物馆，主持制作电视片《敦煌》、《阳关》等，为敦煌学界称道。忠元大学毕业后入地质部地质科学院工作，一直致力于地质科技信息研究和报道工作，取得丰硕的成果，获国务院颁发的政府特殊津贴。他曾长期担任三家地质科技信息期刊的编辑部主任，也是编辑界的老人了。他在北京工作四十余年，却始终情系敦煌，退休后热情参加敦煌历史文化的宣传和研究工作，花费许多心血来编辑这本《敦煌诗选》，令人感动。最近，我在研究莫高窟藏经洞所出诗歌写本时，一直在考虑我国传统"诗教"与文化传承的关系问题。诗教，无非是读诗与作诗这两个方面，缺一不可；而其主体，当然是作诗、读诗、教诗与编诗的人。藏经洞数以千计的诗歌写本蕴含了这方面的丰富信息，值得我们进一步发掘与研究。现在，我们有了这本《敦煌诗选》，阅读之际，应该可以从中得到更多的启示。

（2008年元月9日）

《丝绸之路体育图录》序

*《丝绸之路体育图录》（李金梅、李重申著），甘肃教育出版社，2008年出版。

八年前，为了更好地传承与弘扬辉煌灿烂的中国古代体育文化，同时也为了配合我国申办奥运会的工作，中国体育博物馆的崔乐泉研究员编写了《中国古代体育文物图录》一书，由我担任责任编辑，在中华书局出版。是书正式印行后，受到国内体育文史研究者及文物界的欢迎，曾被《中国文物报》读者投票评为"20世纪最佳文物图录类图书"；也曾被北京奥申委作为纪念品赠送给国际奥委会考察团，受到青睐。现在，北京2008奥运会开幕在即，甘肃教育出版社又将推出由兰州理工大学丝路文史研究所编著的《丝绸之路体育图录》，可谓适逢其时。

虽然"丝绸之路"这一名称由外国学者正式提出只有一百多年的历史，而实际上这条中西经贸往来、文化交流的陆路通衢的开通，即便从汉武帝时期开拓西域算起，也已经有了两千余年的历史。如果我们认真考虑《穆天子传》等书籍记载周穆王到昆仑山见西王母故事中的史料因素，加上对河南殷墟墓葬所出昆仑玉器的研究，以及对新疆阿尔泰地区考古发掘所获先秦时期文物的考察，则早期陆地与草原"丝绸之路"的形成恐怕距今至少已有三千年以上的历史了。此外，这条东西通道的功能，当然并不仅仅在于进行中国和中亚、西亚、欧洲、非洲的商贸经济活动，随着人员的频繁来往，中外各民族文化的交流始终积极而热烈，华夏、希腊、印度、罗马四大古代文明融汇的过程与成果也举世瞩目。鉴于体育伴随着人类的诞生、进步而产生与发展，古代体育文化当然也是古代文明的重要组成部分。因此，古代丝绸之路的体育文化，同样具备了文明交融、包容的鲜明特色。古代敦煌、凉州、甘州、长安、洛阳等地体育文化的发达，也成为当时这些国际都会经济繁荣、文化兴盛的重要标志。这种繁盛景象，我们今天当然是无法亲眼看见的了，但是其真实而丰富的信息，却因凝聚在大量的古代文献与文物中而遗存至今，又随着传世文献的解读与丝路文物的不断出土活生生地呈现在我们面前。

多年来，兰州理工大学体育部的李重申、李金梅等老师将科研的重点放在体育史上，又创建了丝路文史研究所，以突出所处地域优势去研究反映在丝绸之路上的古代体育文化。他们将自己的视野从传世典籍扩展到丝路文物，运用"二重证据"、图像分析、符号探究等方法，集中精力去发掘凝聚在丝路文物中的体育文化内涵。他们的治学态度与团队精神，他们的研究方法、特色与丰硕成果，我曾在《丝绸之路体育文化论集·序》中谈及，兹不赘述。因为这是一本文物类图籍，我就想以此书为例，来谈谈对这类图书功能与特色的一些粗浅认识。

作为有五千年以上悠久历史文化的文明古国，中国不仅保存了最古老、丰富、系统的文献典籍，也传承了最璀璨夺目、数量巨大的古代文物，同时又不断有新出土的文物面世。大概是从20世纪90年代开始，我国经济实力的增强也为包括出版业在内的文化传播事业的繁荣奠定了必要的物质基础。国际视野的开拓，排印技术的改进，用纸与装帧质量的提高，使得文物类图籍的出版数量大增，质量趋于上乘，面貌焕然一新。尤其是过去令国人扼腕叹息的流散于海外的大量珍贵文物，由于国际文化交流与出版合作的加强，也纷纷印成精美的图册在国内外公开发行，弥补了世人难睹真容的缺憾，这当然是莫大的好事。但是，由于对某些传媒"读图时代到来"的片面宣传缺乏正确的认识与引导，不少文物类图录书存在着重图轻文的偏向，一些文物图像的分类与定名粗率，导读、导览文字过于简略，没有相应的外文说明，缺乏必要的历史背景的介绍与文化内涵的诠释，辅助性的索引与附录也往往阙如。这就常常使得"图文并茂"的赞许显得气力不足。其实，我们的一些编者与出版社在这方面是下了功夫，做出了不少努力的。如文物出版社的四卷本《吐鲁番出土文书》和五卷本《中国石窟——敦煌莫高窟》，四川人民出版社的《英藏敦煌文献（汉文佛经以外部分）》，中国大百科全书出版社的《龙门二十品——北魏碑刻造像聚珍》（中日文对照），上海译文出版社的《新疆维吾尔自治区丝路考古珍品》（中英文对照），上海古籍出版社所出俄藏、法藏、英藏的敦煌和黑水城文物图录等。但是总体来看，文物类图录书的文字部分还是相对薄弱，也降低了这类图书的阅读功能及资料与学术价值。当然还有一些文物类图录书，图版互相重复，缺乏新意，且编排混乱，更是等而下之了。比较而言，由于这本《丝绸之路体育图录》的编著者，二十年来孜孜不倦地研究丝路体育文化，坚持实地考察与研读古文献相结合，不仅在体育文物图像的搜集上下了功夫，而且对这些图像的研究多有心得，陆续发表了不少论著，因此文字部分就相对充实：既有对丝绸之路总体历史文化背景的介绍，也有对具体文物出土地点环境与特色的叙述；既有对体育考古史及文化交流史的关照与把握，也有对各类文物形制、内容及文献依据的诠释。为了使本书的文字部分翔实可信，精益求精，甘肃教育出版社特意请有经验的老编审把关，不厌其烦地核查史料，一遍遍梳理文字，审读外文说明，为提高本书的学术质量起到了重要的作用。我认为文物类图录书的"图文并茂"，不仅要求分类科学、定名正确，而且应当有生成背景、年代和内容的中外文对照的精要说明，有编著者研究成果的表述，又附有必要的参考资料和索引。这样才能起到图与文相辅相成、相得益彰的作用，提高读者"读图"水平，达到扩展图籍功能的效果。本书在这方面有自己的优点，也还存在着可改进之处，我相信出版之后一定会得到学界与广大读者的关注。

因为近几年来，我一直关注着兰州理工大学体育部的同仁对丝路体育文物的考察、研究工作，又特别希望看到这个图录本能高质量出版，所以他们索序于我，我就将自己的一些认识写在上面，请作者和读者批评指正。

（2008年1月）

《敦煌九歌》序

*《敦煌九歌》剧本未正式出版。

敦煌，是古丝绸之路上的"咽喉之地"，历史悠久、自成体系、影响深远的华夏文明和希腊、印度、伊斯兰文明在这里交汇融合，儒家学说和佛、道、祆、摩尼等宗教文化在此处兼容并存，成为"华戎所交"的"国际都会"，创造了无比璀璨辉煌的文化艺术，成为举世闻名的"世界文化遗产"。

从20世纪初代表"世界学术之新潮流"的"国际敦煌学"形成以来，中外艺术家也一直在尝试用当代的文学、艺术作品来展示敦煌历史文化的博大精深和艺术瑰宝的灿烂辉煌，虽然其中也有比较成功并影响大、受到观众欢迎的节目（如我国甘肃省歌舞团排演的大型舞剧《丝路花雨》、兰州歌舞团的《大梦敦煌》，中国残疾人艺术团的《千手观音》，日本井上靖的小说《敦煌》及据此改编的电影等），但是大多数作品还是过多渲染文明冲突、战争灾祸、财宝掠夺和爱情纠葛，并不能真正展现敦煌古代文明交融的精髓和文化艺术繁荣的真谛。因此，当今年年初中央电视台的郎昆、冬华提出要组织编创一个大型剧目来表现敦煌历史文化时，我们敦煌学界的几位专家虽深表支持，但在敬佩他们知难而进的精神的同时，也为此"捏一把汗"，感觉心中无底。两个多月前，由郎昆创意，双白、冬华编剧的九幕多媒体音乐舞蹈史诗《敦煌九歌》初稿摆到我面前，黑体主题词"交流、融合、发展"赫然入目，我悬着的心顿时放了下来。我知道，尽管这个剧本还要经过多次修改，且最终多媒体音乐舞蹈史诗演出本的定型和正式排演还要克服巨大的困难，但演出形式和主题的确定则是至关紧要的，无疑已经为该剧的成功演出打下了良好的基础。

就在我看到《敦煌九歌》的剧本初稿后不久，我陪同中国敦煌吐鲁番学会舞蹈专业委员会的贺燕云、王伟两位教授到301医院去探望我们中国敦煌吐鲁番学会会长季羡林先生。因为小贺是舞剧《丝路花雨》中英娘的首位扮演者，97岁高龄的季老不仅高兴地回忆起1983年在兰州观看《丝路花雨》演出的情景，而且关切地询问"敦煌乐舞"创作的新进展。贺、王二位向季老汇报了他们的工作，我则简要地报告了《敦煌九歌》的创编情况，季老十分赞同将"交流、融合、发展"作为该剧的主题。他指出："交流是敦煌赖以生存的基础，融合是创新不可或缺的推动力，也是各民族文化、各地域文明自身发展的必需。敦煌恰恰是这方面最深刻、生动，最有魅力的典型。这里涉及宗教文化，中国五千年的历史没有一次宗教战争，这是了不起的。敦煌历史上也没有过因宗教信仰不同而引起的战争，这也是要特别关注的。这部音乐舞蹈史诗如果创作成功，将对构建和谐世界起到很好的启示作用。"季老又谈到他近年来提倡"大国学"的问题，他说："中国的传统文化、学术，是56个民族共同创造的，也包括了外来文化被吸取而成为中国文化组成部分的内容，当然也包括了敦煌学、藏学、西夏学等在内。因此我主张振兴大国学。这个剧目也可以起到这方面的作用。"季老一席话，不仅使我们感受到这位学术泰斗思想的犀利深邃，也加深了对敦煌文化艺术的理解，增强了对《敦煌九歌》成功问世的期盼与信心。

"九歌"原来是两千多年前楚国民间的祭神乐歌，具有鲜明的地域文化色彩，经伟大的作家屈原改编成十一篇楚辞而流传至今，成为我国文学园地中的奇葩。现在，《敦煌九歌》的创编者化用"九歌"名称，以"黎明"到"子夜"的一天时序为次，用音乐舞蹈并配以多媒体影像资料的形式，来展现从汉代到当今敦煌两千多年间的盛衰悲恋，集中提炼敦煌文化艺术的精华，赞美文化交融，颂歌时代新貌，突显发展主题。我认为，这种在尊重历史事实基础上开拓创新的尝试，是值得肯定的，无论对历史题材的认真开掘与巧妙构思，还是对原有艺术形式的继承拓展，都有十分重要的意义。我认为运用历史题材进行文艺创作一定要注重沧桑感、真实感和现实感：沧桑感包括朝代更迭、人事变迁、山川改颜和观念更新；真实感是要本质地展现人文背景、社会风情、时代风貌和历史发展的根本规律；现实感则涉及述古慨今、鉴古论今和古为今用。反映敦煌古代历史文化的作品要体现这三感是殊为不易的。多年来，我们许多从事敦煌学研究的专家学者，一直希望在敦煌文化艺术的普及、宣传上，能够有大的起色、新的进展。现在，《敦煌九歌》的出品人有魄力、有胆识，具有远见卓识，勇于投资打造精品，承担起时代赋予我们的责任。因此，我急切盼望着《敦煌九歌》在出品人、创编导人员和全体演职员的共同努力下，能在中外舞台上呈现出敦煌文化艺术的精彩绝伦，达到让举国关注、令举世瞩目的效果，进而走遍中国，走向世界。这也是我乐于写这篇小序的原因。

（2008年11月）

《品书录》前言

*《品书录》（柴剑虹著），甘肃教育出版社，2009年出版，该书增订本2011年印行。

我清楚地记得：20世纪60年代初我在北京师范大学中文系学习时，学校请来了叶圣陶先生在北饭厅（学校长期以此兼做开会礼堂）给我们作报告。叶老一开头就说："我这个人，一辈子就做了两件事：一是当教员，二是当编辑。"叶老浓重的吴语口音，当时很多北方同学听不大懂，我这个从杭州来的学生却是听得很分明的，因此边听还边给坐在一旁的同学做翻译。一眨眼，时间已经过去了40多年，没想到我自己的人生轨迹也应了叶老的话——本科毕业到新疆当了十年教师，研究生毕业到中华书局当了二十几年编辑；现在虽然已经退休了，平常做的还是编辑兼教师的工作。

做教师和编辑当然都离不开书——读书、教书、编书。但是，"文革"期间我在新疆任教，"读书无用论"泛滥，书籍贫乏，连学校的图书馆也徒有虚名，几乎人人都患了"营养不良"症。就在我教书的乌鲁木齐市半工半读师范学校刚改成普通中学之初，有一件事给我以很大刺激：一位很有文学爱好的初中学生，居然偷偷地阅读了数十种中外小说（有的是当时已被列为"禁书"的名著），作文也颇有文采；但是因为家庭和学校都缺乏正确引导，该生受到社会上一些不良分子的诱导，不能识别作品里的不健康内容，走上歧路，陷入泥潭而难以自拔。我曾找过这位同学谈话，痛心之际，深感正确地指导读书的重要性。于是，我开始在有限的语文课堂教学（包括作文）和课下思想教育中，注意了对学生读书态度、方法和内容的引导。究竟效果如何，当时自己也心中无数。三十多年后，和当年的学生见面谈起来，他们都说还是有收获的。有位学生告诉我，当年我曾在他的作文后边写了一段长长的批语，告诉他读书的方法。他至今还记忆犹新，可我已经全然记不得了；但听了学生的话，使我尚为心安。另一件事则给我以鼓舞：有一年冬天在从乌鲁木齐回江南探亲的火车上，我的邻座是一位20岁刚出头的上海知青许崇侠，他15岁初中毕业就到了南疆阿克苏地区的兵团农一师战天斗地，条件非常艰苦，但他喜欢读书却又苦于无书可读。我与他谈文学典籍，谈读书方法与心得，他听得很认真，我们成了朋友。他回团场路过乌鲁木齐，还在我任教的学校小住，得以继续畅谈读书。我回北京后，和他失去了联系。他曾到乌市找过我几次，而且多年来一直在找我。他在一直坚持团场劳动的同时坚持读书，后来担任了团场政委。（据统计，从20世纪60年代起，先后有四批共计约5万名上海知青到塔里木的建设兵团团场。）几年前，许崇侠当选为塔里木河畔的新兴城市阿拉尔市的人大常委会副主任。一次趁来京学习的机会，他四处打问，终于和我重聚。之后，我很偶然地在他的博客里读到了他写我们在火车上因谈读书而结缘的文章，又一次体会到读书与一个人"命运"的关系，真是感慨万分！

1978年我回母校做研究生时，导师启功、郭预衡、邓魁英诸位先生都主张我们多读书，而且还常布置写读书札记、笔记的作业，但强调不一定要拿去发表。启功先生还私下让我练过用文言文写读书心得。我在本科阶段就喜欢写点文艺评论之类的小文章，也曾在报刊上发表过几篇，记得还上中央人民广播电台讲过读《欧阳海之歌》的体会。因此，我并没有将导师们的要求作为负担，而是觉得在那三年里能多看书、多写些读书笔记真是件很愉快的事。可惜这些作业大概已经淹没在我的书和纸堆里，一时很难寻出了。这次找出了当时所写并刊登在新疆《读与写》小报上的一组随笔编入本书，留作那个时期的雪泥鸿爪吧。

当了中华书局的编辑之后，形形色色、五花八门、良莠不齐的书和稿子常常堆积在案头床边，供我阅读参考，或需要提出审读意见，去粗取精，弃伪存真，增长知识，汲取营养。就在刚开始到文学室做编辑不久的1982年，我随程毅中先生到兰州参加"敦煌文学座谈会"，写了一篇相关的论文，从此忝列于敦煌学研究的行列，也开始写这方面的读书体会。现在编入本书的主体文章，大多是近二十年正式发表的书评或应友人之约撰写的序跋类文章，又以关涉敦煌吐鲁番学方面的图书为主，这与我这些年的治学兴趣及所重点关注的问题有关。当然阅读的范围并不局限于敦煌或西域，其中又以拜读几位大师级学者和著名专家（如启功、季羡林、姜亮夫、潘重规、饶宗颐、蒋礼鸿等）的著述所获教益为幸，以认真学习诸多好书的长处和汲取其文化养料为宗旨，以弘扬优秀的传统文化和勤奋严谨的治学精神为己任。时光倏忽，我从书局的岗位上退休转眼已经四年多了，我忽然有了汇集书评类文章，出一本专书的念头，除了自我小结并表达向师友汇报和求教于广大读者的心愿外，大概也是一种怀旧情结的表露吧。

中华书局有一个很好的传统，就是要求编辑们也要会写图书介绍及书讯一类文章，尤其是对自己担任责编的书应该撰文介绍。我已经记不得在20世纪80年代初写过多少篇被称作"豆腐干文章"的书讯,很遗憾也没有用心将它们保存下来,本书只收录了关于《元稹集》和《唐人绝句选》的两则,聊作代表。另外,出版社希望能收入几份编辑工作中所写的审读意见。过去写的许多审读报告均已归入档案,恐怕也不适合公开发表,因此这次主要收了近期的几篇,供年轻的编辑参考并求指正。同时又收了为参加图书评奖写的几份推荐书,也算是另一种意义上的书评吧。

本书的题目,琢磨再三,还是定为《品书录》。"品"从"三口",据《说文解字》的解释,原是"众庶"之意,后来成为含义极丰富的词,从饮食的品尝、品味,又引申扩展到名词的品级、品位、品行、品性、品种、品牌、品质、品貌,动词的品评、品议、品藻、品题,等等,与鉴别人物行为、鉴赏作品高低密切关联,这些自然与人和书都是分不开的。我将这些文章分列于以"品"字为中心的各栏目名称之下,也只是一个大概的划分,并无严格的界限,也没有按写作时间为序编排。书中所收的文章篇幅大多较短,这既是我不善于写长文的缘故,也和我一直记着启功先生的一段话有关。启功先生批评有人写赏析古诗的文章:几十个字的诗歌,洋洋洒洒地写了几千字去评析,好似将馍掰碎了放进嘴里,嚼了又嚼,嚼得稀烂再去喂别人,不仅营养全失,而且使人恶心。我没有细嚼的本领,又害怕让人腻歪,所以总觉得还是写短些为好。书里稍微长一些的有四篇文章:一是我写阅读了启功老师诗词后的感受文章,因为先生的诗词内容实在丰富感人,所以多有征引;二是《论〈英雄阿尔卡勒克〉的英雄形象》,是当年编这个论集的王堡老师希望我分析得具体些,我听从了他的建议;三是《〈胡适选注每天一首诗〉代跋》,也是应责编的要求根据我在国家图书馆的演讲稿改写的;四是《关于图书结构的思考》,是1997年我在新闻出版署党校写的毕业论文，虽然在2002年获"第三届全国出版科学研究优秀论文奖"，但是在当时和现今似乎都有点不合时宜，这次列入"附编"，算是"立此存照"。本书的文章，不管是否曾经公开发表，都热诚地期望读者提出批评。

承蒙王光辉社长的好意，将我这本小册子列入甘肃教育出版社的选题计划并付诸出版，他觉得书中和敦煌有关的文章占了大半，甘肃教育出版社有兴趣推出；又认为编辑写的此类文章可以供出版界的年轻编辑参考，教育社有责任出版。对于我来说，自己的习作能结集出版，应该是心存感激而道谢万分的！

（2008年9月10日于北京六里桥寓舍）

《品书录》（增订本）后记

拙著《品书录》于2009年出版后，得到学术界和出版界的关注，一些友人在肯定和鼓励的同时，也提出希望在适当时机能增补一些文章，以增进读者对好书的兴趣；也有友人反映本书排印文字的字体虽然秀美，但阅读时易使眼睛产生疲劳，建议改为比较通行的宋体。当我将这些意见禀报给甘肃教育出版社的负责人时，他们马上表示了支持，同意在今年就安排出版《品书录》的增订本，让我感动不已！

这次增订，除订正了原书的少许脱误外，增补了15篇品书文章，大多是近年新写的，分别编入各个栏目之中，并配了相关书影。在"附编"部分增添的两篇：一篇是去年我在中央文史研究馆培训《中国地域文化通览》编务人员的讲课记录稿，一篇是2010年年底《中国新闻出版报》记者的采访稿，庶几有助于读者了解我们这些已退休编辑的近期工作，也希望继续得到大家的批评指正。

最后，仍要再一次表示对甘肃教育出版社王光辉社长、薛英昭总编及孙宝岩责任编辑和徐晋林美编的衷心感谢！

（2011年5月3日）

《敦煌丝绸与丝绸之路》序

*《敦煌丝绸与丝绸之路》（赵丰主编），中华书局，2009年出版。

赵丰教授将他主编的《敦煌丝绸与丝绸之路》书稿交给中华书局，并索序于我。我对古代横跨欧亚大陆的丝绸之路虽兴趣甚浓，但认识尚浅，对敦煌所出古代丝织品更是毫无研究，只是我心里明白，这是一种缘分；而缘分是由比际遇更难于抵御的"因缘"所确定的，只能认可，无法推却，所以便允诺了。

先简述"因缘"。我父亲柴焕锦（1913—1996）是浙江省高级蚕桑学校（浙江丝绸工学院、浙江理工大学的前身）早期的毕业生，一生从事丝绸工艺的实践与管理工作，晚年还担任过浙江丝绸工学院研究生论文的答辩委员。而赵丰君正是"文革"后丝绸工学院的本科生和高材硕士研究生，在中国纺织大学（东华大学前身）获得博士学位后回杭州工作，担任了中国丝绸博物馆的副馆长。百废待兴之时，建设一座中国特色的丝绸博物馆又正是我父亲那一代丝绸工作者多年梦寐以求的，我清楚地记得他们在筹建时的喜悦之情和具体设想。至于我自己和丝绸之路及敦煌的缘起，就无需在此赘述了。去年，赵丰教授倡议成立中国敦煌吐鲁番学会染织服饰专业委员会并挂靠在东华大学，我也是坚定的支持者之一。可以说，上述层层因由，促使我对作为国家社会科学基金项目成果的《敦煌丝绸与丝之路》情有独钟，期盼它早日问世。

　　现在再谈谈我对此书价值的一点粗浅认识。古代敦煌是丝绸之路的"咽喉之地"，举世瞩目的莫高窟藏经洞所出的丝织品理应成为敦煌学的重要研究对象。可是作为"世界学术之新潮流"的敦煌学形成、兴起百年以来，对敦煌壁画、彩塑艺术及以古写本资料为中心的地理历史、宗教文化、政治经济、语言文学等方面的研究成果层出不穷，而对敦煌丝织品文物的专门研究却相对薄弱，尤其是对其应用类别、图案纹样、制作工艺及相关的文化交流缺乏具体的探索。研究丝绸之路而对丝绸语焉不详，这不能不说是很大的缺憾。所幸赵丰教授在经过了多年对古代丝绸（如青海都兰墓地所出古代丝织品）的潜心研究之后，厚积薄发，从21世纪初与包铭新教授一起开始带领王乐等助手与学生切入了古丝路丝绸研究的课题。他们在东华大学徐明稚校长和服装·艺术设计学院李柯玲院长等领导的有力支持下，拓宽视野，将研究生教学、科研与考古调查紧密地结合起来，以大气魄组织师生进行了历时20多天的环新疆塔克拉玛干沙漠的古丝织品出土遗址考察，历尽艰辛而收获颇丰。从2006年起，他们又立志主要从文物的角度出发，收集散落在世界各地的敦煌古丝织品实物。两年多来，赵丰和他的课题小组成员足迹遍及英、俄、法、印及国内的敦煌、旅顺等地，采集到丰富的第一手信息，进行了卓有成效的研究。这些，在赵丰为本书写的"后记"中已有详细的记述，既涉及该课题的实施过程，也谈到他们的研究思路与具体方法，读者应该可以从中获得不少的启示。我自己最突出的感受是：赵丰他们所做的研究，无疑是具有创新的意义。这种创新，表现在两个方面。第一，他们的课题研究，不仅开拓了敦煌学研究的新领域，而且是在继承发扬先驱学者筚路蓝缕精神的基础上，又注入了加强实质性的国际学术交流合作的新动力、新观念，因此效率高，成果显著。为了尽可能"竭泽而渔"地掌握流散在国内外的敦煌丝织品材料，他们同伦敦大英博物馆、维多利亚阿尔伯特博物馆、圣彼得堡爱尔米塔什博物馆、巴黎吉美博物馆及旅顺博物馆的合作都是坦诚互利和卓有成效的；对留存在敦煌当地的出土丝织品，也以真诚合作的态度克服困难取得了积极成果。第二，高校或科研机构要革除浮躁因袭、急功近利之风和种种形式主义的弊端，首要的是要从如何培养人才、使用人才、评价人才这一根本上着手。有充满开拓精神、能身先士卒的好的学科带头人，有不畏艰苦、齐心协力的团队精神，加上有远见卓识、甘为敢为强大后盾的领导班子，共同营造和谐的创新环境，就不愁创新人才和创新成果的不断涌现。《敦煌丝绸与丝绸之路》这项成果又是自然科学和社会科学交叉结合、相辅相成的一个典范例子，这也为当今被人嘲为"窄士"的"博士"如何朝着实至名归的方向努力做出了榜样。

最后，我还要特别指出，赵丰教授真正是个在成绩面前不自满、不止步，将脚踏实地与雷厉风行的精神结合起来的科学家，而且还颇具诗情与文采。今年春节，他曾通过手机发给我一首抒发性情的七古：

> 平生不觉奔波苦，天南地北等闲度。
> 欧亚由此珍名声，沙俄不敢露轻侮。
> 敦煌卷，丝国路，何时可作归来赋。
> 但愿神州风雨和，好享人间日将暮。

我当时就步其韵回赠他一首和诗，匆忙间不及推敲，却表达了我的敬佩之意：

曾经西陲乐与苦，沙海戈壁从容度。

东华西子增荣光，自强不息人不侮。

敦煌学，拓新路，而今喜诵丝绸赋。

为植学苑一奇葩，辛勤浇灌朝与暮。

今年中秋之夜，我又接到他发自中亚费尔干纳大宛故地的短信，也是一首表白心志的好诗：

遥随汉节过葱岭，一路关山伴月明。

时到中秋无所寄，只望圆月照帝京。

今年北京中秋之夜因天阴而月色迷蒙，但我相信其时赵丰身处丝绸之路的西段，是联想到了丝路东端的古都长安、洛阳的，那里的圆月依然明亮，一定会在灿烂辉煌、誉满世界的中国丝绸的映照下，发出如水似纱的柔光，投射到远离祖国进行科学探索和文化交流的游子身上，给他们带去亲友的深情与祝福，给他们温暖和动力，为丝绸之路和敦煌学的研究做出更大的贡献。

（2008年11月14日）

视学术为生命，生命之树常青
——《舞论：王克芬古代乐舞论集》序

*《舞论：王克芬古代乐舞论集》（王克芬著），甘肃教育出版社，2009年出版。

我和王克芬老师相识，缘于导师启功先生的一封信。1980年，我读了向达先生《唐代长安与西域文明》一书中提及日本石田干之助《胡旋舞小考》的文章，觉得除了正史记载的材料外，还应该运用敦煌和新疆石窟图像资料及岑参边塞诗作中的描述来研究"胡旋"。于是撰写了《胡旋舞散论》一文，呈请启功先生批阅。启先生看后对我说："我不懂舞蹈，给您介绍个老师，请他提提意见。"启先生就写信将我的习作寄给了北大的阴法鲁教授，请他指点。没过几天，我就收到了阴先生的来信，约我到他家去面谈。阴先生除肯定了我文章的基本观点和所引述的资料外，还指导我再补充相关材料，并将我的文章推荐给《舞蹈艺术》刊登。不久，阴先生又来信寄给我一张到艺术研究院舞蹈所听讲座的票，并让我和舞蹈所的王克芬老师联系。从此，王老师就把我这个还在读研的"舞蹈门外汉"，看作治中国古代舞蹈史的"同道小弟"。因王老师的介绍，我结识了舞蹈史学界的几位前辈专家，如彭松、叶宁、董锡玖，也认识了才华出众的师兄刘峻骧以及比我年轻的冯双白、江东等后起之秀；因王老师的力邀，我参与了敦煌舞谱的整理研究，参加了《中国大百科全书·音乐舞蹈卷》的编写工作，又得以参加戴爱莲大师主持的拉班舞谱学习班。王老师招了若干批舞蹈史研究生，有时也邀我参加研究生论文的评审和答辩。这样，我算是和舞蹈史界结了缘。

王老师的老伴张文纲先生是著名的音乐家，新中国亿万少年儿童数十年久唱不衰的《我们的田野》的作曲者，为人正直善良，德艺双馨。在我过单身的日子里，二位老师常邀我到家中畅谈，内容也不局限于音乐、舞蹈；张老师还亲自下厨做美味的菜肴款待我，使我如沐春风，暖在心田。其实，据我所知，王老师不仅对我这个晚辈后学如此，对跟她学习舞蹈史的每一位本科、硕士、博士研究生，包括韩国、日本及我国香港、台湾地区的年轻舞蹈家都像慈母般地关怀备至，恨不得把自己掌握的材料和心得，都毫无保留地一股脑儿都交（教）给年轻人；同时，她在做学问的态度上又是不折不扣的严师，常不讲情面地批评学生的缺点，是一个眼睛里容不得一点沙子的直性子，为此大概也得罪了一些人。另一方面，王老师对指导、关心过她的前辈学者真正充满了崇敬和感激之情，我就不止一次看到她眼含热泪地谈到对欧阳予倩、杨荫浏、阴法鲁等先生的感念。这本论集里编入了她撰写的多篇怀念师友与亲人之作，就是这种感情的真挚流露，当然也都是中国舞蹈史的珍贵资料。

以上所写，远不能概括我认识王老师二十八年来，对她为人处世的了解。王老师希望我为她的这本论集写序，当然也不是要我写这方面的内容。她希望我能以一个对舞蹈史有喜好而又合写过敦煌舞蹈论文的"同道"的身份，写出读书的感受来与读者交流。她的这本论集里论述石窟舞蹈图像和各种古典、民族、民间舞蹈的文章，可以说同她已经出版的几部中国舞蹈史专著一样，都凝聚了她大半生研治舞蹈史的心血。据我粗浅的认识与感受，她的治学，至少有以下三点是值得一说的。

首先，作为一位舞蹈演员出身的舞蹈史研究者，她坦陈并正视自己学养上的先天不足，长期以来十分注重用认真读书来加以弥补，而且特别重视历史文献与文物图像资料的搜集与开掘。例如，二十四史和唐诗、宋词里的乐舞资料，她是下功夫爬梳过不止一遍的，有些材料还能烂熟于心，因此能够做到用起来得心应手，绝不是有些人认为的"剪刀加糨糊"那样的简单，更不是用电脑搜寻和下载所能奏效的。至于文物图像资料，她更是并不满足于在现成出版物上的挑拣，而是不辞辛苦，尽力到存有这类文物的遗址现场去查访寻觅。仅我所知，她亲临敦煌莫高窟就不下八九次，有时在那里一住就是二三十天，在敦煌研究院的帮助下，一个一个洞窟地考察记录，生活条件的艰苦自不必说，就是早出晚归上下洞窟在体力上也经受了考验。她寻访乐舞资料的足迹，不仅遍及我国的四面八方，也到了东瀛日本和韩国、印度、北欧各国。每找到一条新资料，她都会发出由衷的欣喜之情。在努力搜寻资料的同时，她还注意了资料的辨识工作，并不是囫囵吞枣、拿来就用，这就保证了资料的翔实和考订的严谨。

其次，王老师一直重视舞蹈源流的探索，因此在研究中也非常关注我国古代舞蹈与现存的民族民间舞蹈的传承关系，常常深入城镇与乡村的舞蹈活动现场，去调查实证，甚至同场共舞、朝夕相处，获取宝贵的第一手资料。应该说，王老师的舞蹈史研究，并不限于王国维先生倡导的典籍文献资料与地下出土文物相印证的"二重证据法"，而是努力地扩展为更扎实、更令人信服的"多重证据法"。这种态度和方法，也体现在她对学校舞蹈教学实践的关心上。她认为舞蹈教学是关系到我们丰富多彩的舞蹈文化得以传承的重要手段，不可掉以轻心。因此，她即便是在身体状况并不好的时候，对各级舞蹈院校的讲课邀请也从不推辞，而是倾心竭力去尽传播的职责。2001年，我和王老师一道到台湾参加"二十一世纪敦煌学国际研讨会"，会后应邀在台北又多留了几天，得以亲见王老师对那里艺术学院学生舞蹈课实践的关切，也得以聆听她在大学的相关演讲，真切地体会到她对发扬光大祖国舞蹈文化的良苦用心。

第三，王老师治学之勤奋，也是令我感动不已的。在我的印象里，这二十多年来，她几乎没有享受过节假日的休闲：写作、考察、讲学、出访、参加各种学术会议，总是排满了一年365天；即便是在她患病住院、做手术、疗养的日子里，还是带着装了舞蹈史研究材料的纸袋、笔记本，挤出时间来查阅、思考、写作。我感觉，她70岁之后，工作的节奏反而加快了；现在，她年迈八十，依然承担着国家的科研项目，照样带研究生，不停地讲课、考察、交流，别人觉得苦不堪言的事，她却乐此不疲。其实，她有时也坦言"很累很累"，却又不愿意稍许停歇，生怕浪费了宝贵的分分秒秒。她是视学术为生命，所以生命之树常青；不仅桃李满天下，自己的研究成果也常新。我看到一些报刊记者所撰写的介绍王老师的文章，都特别赞誉她数十年如一日，孜孜不倦的治学品格。这确实说明王老师"烈士暮年，壮心不已"的精神给人印象之深，足以为年轻的后辈学人之楷模。

由于现在许多出版社是以经济效益为第一（甚至"唯一"）目标的，王老师这本论集的出版，也免不了遭遇曲折的命运；作为在出版社工作了近三十年的编辑，我也为此感到无奈与惭愧。幸好有读者出版集团黄强和甘肃教育出版社王光辉两位领导的慧眼与胸怀，十分痛快地接受了我的建议，顺利地通过了选题的申报审批，决定出版此书。这既是服务学术文化积累，又是弘扬老专家治学精神的善举，可谓功德无量，真正是值得我们钦佩的！

（2008年12月10日）

《启功讲唐代诗文》整理者附记

*《启功讲唐代诗文》（启功著，柴剑虹整理），中华书局，2009年出版。

1979年4月5日，刚获得"右派改正"通知不久的启功先生奉命开始为我们九位古代文学研究生讲授"唐代文学"，每周两堂课，到是年5月17日讲毕，计六次。启先生余言未尽，又在5月24日、31日分两次讲了"谈八股"和"怎样作古诗词"。下半年，先生又主动提出愿意到我们的宿舍来继续讲明清诗文和《书目答问》等，又讲了七次，师生十人挤在一间小小的宿舍里，围坐在一张不大的桌子旁，亲密无间，气氛热烈，而且每讲完一次之后，启先生即为我们九人中一人写赠墨宝一幅，真使我们既受益匪浅又大喜过望。

启功先生的讲课不仅深入浅出、生动活泼，而且多有己见、创见、精见，使我们这些学生只恨记笔记的速度太慢，不能全部记录；又恨我们自己对涉及作品的了解不够，不能随时跟进思考、消化，并举一反三。从2000年开始，在四川师大任教的学友万光治教授，在教学与科研之余整理他的听课笔记。光治兄是当年我们九位研究生中的"快手"——写作快，记笔记亦快。2004年初，他将全部15次课的笔记都整理完成，这就是后来收入《启功讲学录》（北京师范大学出版社，2004年7月出版）的《论文学》。

2005年6月30日，恩师启功先生与世长辞。我在悲痛之中，在家中搜检与先生有关的一些旧稿、信件、书籍，居然也找到了1979年的一册听课笔记本，先生为我们讲授唐代文学的听课笔记正在其中。恰好，我协助整理的《启功给你讲书法》和《启功给你讲红楼》先后在中华书局出版，受到广大读者的欢迎，我便建议书局的大众读物编辑室还可以将此扩展为一个系列，《启功给你讲唐诗》即可以成为其中一种。宋志军主任希望我抓紧整理相关听课笔记，我知道这当然是义不容辞之事，便允诺下来，却因为这两年其他的任务实在太多，整理工作时续时停，进展不快，甚为苦恼。去年10月，章景怀兄委托侯刚老师与我及赵仁珪、林邦君诸兄清点先生遗稿，居然发现了启功先生当年为我们讲唐代文学时亲笔撰写的完整的备课提纲，且有22页稿纸之多！看到先师熟悉的笔迹、精辟的语句，我仿佛又置身于当年的课堂，耳际又响起先生爽朗的笑声和幽默的言语，也鞭策我赶快来做整理笔记的工作。今年春节长假期间，我终于下了决心停止其他事务，集中精力来整理笔记，并且在节日之后一鼓作气地继续做这项工作，终于在今天基本完成了任务。

　　需要说明的是，我当年尽管还算用功，又已经当过十年教师，基本上掌握了听课记录的方法，但记笔记的速度有限，对唐代诗文的理解更有限，不可能做到完整无缺与十分准确，缺漏及记错之处肯定不在少数，这当然应该由我来承担责任，也热忱欢迎读者提出批评意见。另外，我也核对了光治兄整理发表的笔记，二者大同之处无疑，小异之处不少，而且他在整理中做的加工、补充也比我细致，不少可以补我所缺漏；当然也免不了有误记及自行发挥之处，这也是可以理解的。如果说各有所长、各有所短，应该大致不差。好在现在有启功先生自己的备课提纲在，听说熊宪光学兄也保存着当年的听课笔记，希望可以有宽松的时间更进一步来做检核比定。

还需要说明的是，这次同书刊布的启功先生的备课提纲，为忠实原貌，我是按手稿逐字过录整理的，除了括补个别漏写的字和将原来简省的作品文字补全、次序有误的作品文字厘正之外，未做任何改动。如果对照此提纲和光治及我整理的笔记，我们不难发现先生原先准备讲述的一些内容，有的是非常独到、精彩的观点，在讲课时却删略未讲。这究竟是什么原因，也有待于读者和研究者来做进一步的判断了。

本书插配的唐诗诗图，选自明代著名藏书家黄凤池于万历年间编辑刊印的《唐诗画谱》一书。是书近些年有国家图书馆出版社的影印线装本及上海古籍出版社、岳麓书社、山东画报出版社、齐鲁书社的排印整理本行世，版本不一，各有长处，本书所选不及十一，有兴趣的读者不妨进一步去查看原书以窥全豹。

启功先生曾多次告诉我，他在20世纪五六十年代曾经参加过一些著名诗人（包括陈毅元帅）的吟诗活动，当时是有录音的，可惜现在已无从查找了。现在保存下来的一段唱诗录音（吟唱杜甫《秋兴八首》中的三首和王播的《题木兰院》），据说是在家中唱给来访的歌唱家江家锵先生听的，本为磁带录音，现经过技术处理，已经转为MP3，我亦得以保存一份。我本希望附在本书中，使读者也能聆听到先生这难得的"绝唱"，由于出版手续上的原因暂时未能实现，算是一种遗憾。先生吟唱《题木兰院》用的是佛家"唱焰口"的方法，诗云："三十年前此院游，木兰花发院新修。如今再到经行处，树老无花僧白头。"而今大师已逝，广陵音绝，我们这些三十年前有幸亲炙教诲的后生小子，亦多已树老头白，抚今思昔，能不潸然！

（2009年2月14日于北京六里桥寓所）

《启功说唐诗》出版说明

* 《启功说唐诗》（启功著），人民文学出版社，2009年出版。

　　这本《启功说唐诗》包括三个部分：一是我根据30年前读研究生时的听课笔记整理的《启功讲唐代诗文》中的诗歌部分；二是前不久我们在协助启功先生家属清点先生遗稿时，发现的先生给本科生讲杜甫诗的提纲；三是我自己的一篇讲演稿《怎样读古诗》，是我试图领会启功先生的读诗方法的一些心得，曾经在国家图书馆和北京理工大学等高校做过演讲。因为听众的反映还算热烈，所以斗胆附于骥尾，以求正于广大读者。

　　整理启功先生讲授唐代文学听课笔记的缘由，我已经写在《启功给你讲唐代文学》的"整理者附记"之中了，即将由中华书局印行，此不赘述。先生为师大中文系本科生讲解杜甫作品，如果我的记忆不错的话，应该是在20世纪80年代之初，因为我们在准备研究生学位论文和讲课实习的同时（那时我们这些"老研究生"在毕业前也必须接受讲课的考核），也曾去旁听过邓魁英老师和启功先生为本科生开的作品选读课。启先生讲古诗的方法最有特色：每一堂课选定几首诗，每首诗先由他高声朗读一遍、两遍乃至三四遍，又让学生朗读或默读，然后他再概要地讲上几点，或点明写作背景，或简释重点词语，或说明关联的问题。他极少逐字逐句串讲，更不做烦琐的分析与发挥。他常告诫我们："吃别人嚼过的馍没有味道，一首绝句掰碎嚼烂了再喂只能引起恶心。"启先生兴致高时，还会为大家吟唱一两首唐诗，这更是我们以前所未曾感受过的新鲜事。大家都觉得听启功先生讲唐诗不仅是一种享受，而且也能得到读诗方法上的启示。本书所收启功先生讲解杜诗的提纲，看似简单，实际上蕴含着丰富的内容和正确的方法。

为了更好地读懂唐诗，启功先生还希望学生能够亲自试一试练习作古体及近体诗。在我们研究生的课堂上，他特地讲了学写古诗的基本要求和方法，可惜我们那时实在不开窍且懒惰，辜负了先生的一片苦心。后来，启功先生在家里和我闲聊时，还经常将他自己的诗作念给我听。2003年"非典"肆虐之时，先生被困在校园，师生不能像平时那样常常见面，他发起文艺家写诗作画表达慰问白衣战士抗击"非典"的心情，我才步先生之韵填了一首词。我在电话中将词稿念给先生听，他马上提出了修改意见。我从他颇为高兴的语气中，又一次感受到了他期望年轻一辈能将作古诗的传统继承下去的迫切心情。

书前启功先生的照片，是1996年6月我陪同启功先生在杭州玉泉观鱼亭喝茶时，请友人丁珊抓拍的珍贵镜头；我和先生的合影，则是某杂志社一位记者所摄；书中插配的启功手书唐诗墨迹，由北京师范大学出版社提供。谨在此一并表示感谢。书中所配唐诗诗图，选自明代著名藏书家黄凤池于万历年间编辑刊印的《唐诗画谱》一书。

为了弘扬我国优秀的古典文学遗产，传承学术，人民文学出版社以满腔热情和高效率出版此书。责任编辑杨华女士是毕业于北京师范大学的校友，也是十年前我在中华书局草创汉学编辑室时的同事，她以认真仔细的态度与辛勤的劳动保证了本书的编校质量。对此，启功先生的家属和我都感佩于心！

（2009年2月16日）

《中国马球史》序

*《中国马球史》（李重申、李金梅、夏阳著），甘肃教育出版社，2009年出版。

十年前，兰州理工大学的前身甘肃工业大学丝绸之路文化研究所的体育史研究者，已经将研究的目光关注到"马球史研究"这个古老而又年轻的论题。说其"古老"，因为马球作为一项世界性的运动，国外学者的研究起步甚早，中国学者的研究也已经有了近百年的历史；说其年轻，则是因为与马球相关的个案研究虽然不少，而推进到史的溯源与梳理，却刚刚起步。尤其在我国，马球运动开展与相关文史的研究，呈极不平衡对称的状态：一方面，近代学者（包括体育史研究者）对古代马球的研究成果不少，相关考古发现也颇有收获；另一方面，自20世纪五六十年代起，我国的马球运动渐趋消亡，除了个别地区（如甘肃省、内蒙古自治区）组织过几场比赛外，几乎销声匿迹。特别是20世纪60年代中期之后，学界对马球史的研究，除了偶见于考古出土文物的报道外，真正是寥若晨星。有感于此，李重申、李金梅教授领导的体育史研究团队，从搜集资料入手，先是在8年前将20世纪30年代以来体育界、学术文化界学者们有关马球运动的研究成果汇编成《古代马球运动》一书印行出版，得到了好评；之后，他们又在充分掌握前人研究成果的基础上，挖掘史料，拓宽视野，注重思路和方法的创新，得到了许多可贵的新认识。因此，当他们勇敢地提出要编写一本《中国马球史》的时候，我是坚决表示支持的。之所以说"勇敢"，是因为迄今为止，在中国，在世界，还没有发表过马球史的专著；他们要做的是一个开创性的工作，困难当然不小。但是，因为他们有比较丰厚的资料积累，有从事体育史研究的理论根基，又有敢于挑战困难的决心和特别可贵的齐心协力的团队精神，尽管在撰写过程中经历了必不可少的波折，但还是很好地完成了这项任务。

这里，我还想就大家都十分关注的马球究竟起源于何时何地的问题谈点个人的认识。因为在这个问题上，本书作者并未断然贸然地下结论，只是从中国古代的养马术与马伎及蹴鞠的起源谈起（因为这是马球运动的物质、人力和技术基础），重点论述中国马球发展的历史及现状。至于马球在古代的起源，书中着重介绍了目前学术界通行的中亚两河流域说、吐蕃说，并涉及西域突厥、波斯，南亚印巴地区，而对马球运动在中国内地的兴起、传播和传承则依据现有的史料和出土文物作了具体的分析。请注意本书第五章中的这一段文字：

> 仔细推究，便可以看到各个特定地域体育的形成，都是独特的地域文化和不同地域文化之间的独特关系的综合结果。这一客观规律，决定了我们在研究中国马球形成的问题时，不能不关注不同的特定环境对马球的形成之影响。这里所指的环境，不仅仅是自然地理环境，还包括在特定的地理环境中人的活动形态，即特定的人文环境，特定的文化氛围。因此，中国马球的形成远非一时一地文化积淀的结果，它是在广袤土地的不同地域彼此呼应，先后出生的。具体地说，

> 中国马球的形成，是华夏本土文化与中亚文化、丝绸之路文化多重融合的结果。

我认为，这是实事求是的科学的结论，也符合历史的真实。

近些年来，研究中外文化交流史的学者，开始较多地关注各民族、地域文化交流和融合中的"回流"问题，认为不管民族强弱、国家大小、地域远近，只要承认是"交流"，就必然是双向或多向的，就应该存在着不断回流、相互影响的现象，而绝不只是单方面地谁影响了谁、谁吞并了谁。即便存在着政治、军事、经济上的以强凌弱，或者是"经济一体化"的趋势，多姿多彩的各种文化的并存互动是恒久不变的。在交流中变革，在融合里创新，成为文化发展的规律。你中有我，我中有你，难分轻重，莫辨先后，成为相当普遍的文化现象。中国和世界马球运动的历史，恰是这方面一个典型的例证。从古代的蹴鞠、踢鞠、拍鞠、马术、步打、骑打、马戏，到近现代意义上的曲棍球、马球竞技运动，在马球发展的历史长河中，已经汇入了各个时代、众多民族的智慧之水。今天，编著和阅读《中国马球史》，正可以启示我们进一步去探究体育文化的魅力所在，进而明了读懂历史对于今天构建和谐社会、文明世界的现实意义。

本来，当重申、金梅索序于我的时候，我是建议他们请学术前辈王尧先生来写的，因为王教授不仅是研究藏文的专家，写过考证吐蕃民族与马球运动的《马球（Polo）新证》的文章，而且对此论题有浓厚的兴趣，也向本书著者提供过相关资料。但是他近期因为身体的原因，又实在太忙，抽不出时间来，而本书出版在即，只好由我来越俎代庖了。文中不当之处，敬请著者与读者批评指正。

（2009年3月17日）

《敦煌莫高窟题记汇编》序

*《敦煌莫高窟题记汇编》(徐自强、张永强、陈晶编)，文物出版社，2014年出版。

当徐自强先生将厚厚一大摞《敦煌莫高窟题记汇编》(以下简称《汇编》)的校样放到我桌上时，我首先就是感动：为他数十年如一日对敦煌莫高窟资料工作关切的态度而感动，也为他"老骥伏枥"、孜孜不倦地"甘为他人作嫁衣裳"的编书精神而感动。

1983年，中国敦煌吐鲁番学会成立后不久，学会领导提议在北京、兰州、乌鲁木齐三地各建立一个敦煌吐鲁番学的资料中心。因为北京资料中心要与北京图书馆共同筹建，其重任便落到时任北京图书馆分馆副馆长徐自强先生的肩上。尽管北图馆长任继愈先生也是学会的顾问，对此工作很支持，但鉴于要在一个行政事务性相当庞杂的世界级图书馆内设置一个崭新的机构，又必须在原有工作外的"业余时间"里进行筹建，困难还是不少。好在自强先生负责过北图新馆馆舍建设的工作，已经有了协调各部门的经验，又有一股子不惮繁难的劲头，很快，世界上第一个集中收藏与提供阅览的敦煌吐鲁番学资料中心便正式诞生了。就在资料中心筹备之际，自强先生在调拨相关学术资料时，就发现了自20世纪初敦煌文物流散之后，诸家敦煌莫高窟洞窟编号与题记著录方面的淆乱与缺失，需要订正、补充与汇编，以助力于敦煌学的研究。从20世纪80年代中期自强先生发愿进行此项工作开始，到90年代初编出《汇编》初稿，到21世纪初编定并刊布《新订敦煌莫高窟诸家编号对照表》，再到五六年前完成《汇编》定稿，历时二十年。其间，尽管他先是从资料中心主任的岗位上退下来，接着正式退休，在近古稀之年又回归他本科阶段在北大学习的考古专业本行，参与了举世瞩目的巫山龙骨坡古人类遗址的发掘工作，取得丰硕成果，虽不能集中精力于撰写《汇编》一事，这项工作却一直装在他心中，时断时续，终告完成。正可谓：锲而不舍缀嫁裳，廿载辛苦不寻常。

众所周知，20世纪初，"国际敦煌学"的发端和形成缘于莫高窟藏经洞文献的发现与流散。80年前，陈寅恪先生之名言云："一时代之学术必有其新材料与新问题，取用此材料以研求问题，则为此时代学术之新潮流。……敦煌学者，今日世界学术之新潮流也。"（《敦煌劫馀录·序》）由此可见在敦煌学的研究中，"材料"是基础，"问题"是目标。而敦煌莫高窟这七百多个洞窟与藏经洞五万余卷（号）文献这些既包罗万象而又混杂的材料是不能信手拈来、随意使用的，尤其是屡经劫掠、动荡与散佚之后，必须详加比对，细做辨析，搜汇星散，方能复其原貌，溯其源流，把握总体。在此类基础材料中，莫高窟洞窟编号和各种题记，又是基础中的基础，如果把握不准确、全面，对深入研究的影响是可想而知的。要做好这件基础工作，除了持之以恒，还有两个重要的条件：一是重视积累前人的研究成果，虽不盲从而不离开规范之途另辟蹊径；二是在注重细致踏查洞窟的基础上关注应用时的便捷。前者，老徐心中是十分明确的，故努力搜寻前贤相关著述而不敢懈怠；后者，因洞窟面貌变迁及保护要求，有诸多困难，须借助于敦煌研究院专家们的帮助。从目前的成稿看来，可以说二者的结合运用基本上是成功的。现在，敦煌学已经走过了百年历程，敦煌研究正处于在全面掌握洞窟艺术与文献的基础上，将回归各学科和创建"敦煌学学科理论体系"紧密结合，向纵深发展的转型时期。在众多学者的心目中，浪涌潮退，敦煌学已称不上是"显学"或"冷门"，许多曾经让研究者欣喜若狂、如痴如醉的"新材料"，如今似乎已经不再感觉新鲜；但是还有一些最基本的材料却依旧若明若暗、模糊不清，这就包含洞窟编号与题记，包括相当数量的古代少数民族文字写本及其与汉文文献的内在联系。去年3月底，我曾应邀到俄罗斯圣彼得堡爱尔米塔什博物馆去参观"千佛洞展"。一进展厅，迎面就是1914—1915年间鄂登堡探险队摹画的巨幅莫高窟崖面洞窟图，几百个洞窟当时的面貌历历在目，甚至一些洞窟当时洞门旁悬贴的中文对联上的字迹亦描摹得清晰可辨。如果我们能将其与敦煌研究院孙儒僩先生1958年所绘的《莫高窟总立面图》（见本书"附录"）作一比较，一定会对百年前的洞窟状况有更感性的认识。还有当时所拍摄的成百上千张洞窟照片、考察队员用水彩临摹的壁画等，也是前所耳闻却难以目睹的珍贵资料。可见，尽管一百年过去了，从某种意义上来讲，即便是有关敦煌莫高窟原始记录的"新材料"，也还会层出不穷，让我们耳目一新。至于藏经洞所出各类文献，更是远非有的学者所认为的已经发掘得差不多了，没有什么新东西了，而是还有大量的可供探究的新材料等待识者去发现。

　　从《汇编》目前的体例看，该书亦并非简单地将各家著作汇集并存，而是下了一番重新归纳整理功夫的，即各窟题记的排序既按洞窟方位，而同一部位的题记又以各家抄录时间的早晚为序，即先打散后再逐条聚合，这样就很有利于比对和判断，对了解与探究洞窟墙面的剥落蚀变也有参考价值。此外，书后还附有《新订敦煌莫高窟诸家编号对照表》及相关研究专文，又附编了张永强先生的《敦煌莫高窟绘画题记整理札记》一文，补编了藏经洞所出绘画作品（包括绢画、纸画、麻布画等）的题记资料，鉴于这些绘画大多流散在海外，汇集整理也颇有价值。因此，出版《汇编》，绝非只是旧题重作、数据汇集，也有新的思路，不仅能够识"旧"求新，也可以温故知新，这对推进敦煌学的发展，无疑是很有好处的。

　　《汇编》的中心内容，当然是各家所著录的题记文字本身。从文献学的角度讲，中国传统的碑刻铭文及其摹拓或抄录复制，一般讲究其初始、原始之作（即所谓"第一手"）。但是实际上因主、客观的种种原因（客观如察看条件及时间宽紧的不同，主观如书写者、刻工、摹写人、拓制人的学养与技术乃至态度），后来居上者并不少见。因此，我们要考释、品评、使用莫高窟题记的著录也是如此，不能仅注重原始记录。例如，《汇编》中法国伯希和的著录（P表）年代最早，尽管他懂中文，恐怕也只是初识而已，因此讹漏不在少数。如第5窟甬道北壁的"敕受凉国夫人浔阳翟氏"一条，就因"浔"笔画烦琐而录成"敕受凉国夫人氵阳"；该窟主室西壁的题记伯氏只录了"囗七娘子一心供養"等17字，而之后的史岩和敦煌文物研究所的录文均要详尽得多。又如第220窟甬道的大成元年、大中十一年、同光三年多达六七百字的几则翟家题记十分重要，而伯、史、谢（稚柳）几家均付阙如，只有敦煌文物研究所经过多年考察后方做了详细的记录。不管怎样，随着岁月的流逝，现在一般研究者和参观者所能亲眼看见的洞窟题记是越来越稀少、越来越残缺了，能够齐备各家题记著述对照使用的人也不多，有此《汇编》一书在手，就能坐拥于莫高窟千年题记的宝库之中细细辨析，这是何等便捷之事！当然，我期望做此功德的自强先生和他的助手张永强先生并不满足于此，因为在此电子信息技术化飞快发展的时代，如果能以《汇编》为基础，将所有的题记数据（包括莫高窟碑铭题赞、藏经洞文献及绘画题记）汇成一个统一的信息库，以供阅览、查考，那真是功德无量之事！对此，我更寄希望于年轻的同行们。

《汇编》付梓在即，遵徐自强先生之嘱，写了上面这些文字，聊充书序，敬请编者和读者批评指正。

（2010年元月于中华书局）

努力构建"敦煌文学史"的理论框架

——《敦煌文学千年史》

代序

*《敦煌文学千年史》（颜廷亮著），人民文学出版社，2013年出版。

20世纪初，自敦煌莫高窟藏经洞重现天日，大批珍贵写本遭劫流散海内外，"世界学术之新潮流"——敦煌学兴起，"敦煌文学"便成了王国维、罗振玉、刘师培等几位中国学界顶尖的"预流"者最为关注、用力最勤、成果最丰硕的领域；而后，又是在向达、王重民、孙楷第、潘重规、任二北、周绍良、饶宗颐等前辈学者和他们的后继者的不懈努力下，中国学者始终保持了领先地位的领域。

对"敦煌文学"做历时性研究，是颜廷亮先生承担的国家社会科学基金西部项目。《敦煌文学千年史》，即是该项目的结项成果。我个人觉得，提出这个课题，撰写一部填写研究空白的敦煌文学专史，廷亮先生是最合适的一位人选。因为作为原甘肃省社会科学院文学所的负责人，他早在1982年就成功筹办了全国性的"敦煌文学座谈会"，催响了我国改革开放新时期敦煌学研究的第一声春雷。之后，他又组织以中青年为主体的敦煌文学研究者，在周绍良先生的带领下，主编出版了《敦煌文学》和《敦煌文学概论》，促进了中国敦煌吐鲁番学会语言文学分会的建立，参与了几次较大规模的专题学术研讨会，起到了为敦煌文学研究推波助澜的积极作用。由于廷亮先生的学术专长和工作背景，他最早关注"敦煌文学"的理论建构问题，几次提出"敦煌文学"的概念界定，在20世纪90年代初为《敦煌学大辞典》撰写"敦煌文学"专条时，又吸取笔者建议，将"敦煌文学"定义为："指保存或仅存于敦煌莫高窟的，以唐、五代、宋初写卷为主的文学作品及与此相关的文学现象与理论。"这十几年来，他持之以恒，仍继续不断地探究这方面的问题，整理思路，将自己的思考反映在《关于敦煌文学发展的历史进程》专文与《敦煌文化》等著作中，为撰写《敦煌文学千年史》奠定了坚实的基础。

我虽忝列于"敦煌文学"研究队伍有年，除撰写若干敦煌文学写卷的整理研究文章之外，也考虑过如"敦煌文学"定义、某类写本文体特点，以及如何将敦煌文学作品真正置于中国文学史的长河中考察等问题，但终究还没有深入进去，形成较为系统的认识。现在拜读了《敦煌文学千年史》，再一次受到启益。诚如作者在"前言"与"结束语"中所概括陈述的，此书对许多问题是经过深思熟虑之后才得出自己的结论的，创新之见颇多。其中给我印象最深的，有以下几点：

第一，明确提出了对"敦煌文学"应做历时千年的研究，即起自东晋十六国时期，止于元代末年，与作者对"敦煌文化"的分析同步。书中认为："敦煌文学作为中国古代文学史上的一种重要的文学现象，其存在的历史和敦煌文化一样确实也长达千年。"这就将研究的视野拓宽到研究敦煌文学者通常不注意的沙州回鹘、西夏、蒙元时期的敦煌文学作品，也厘清了在敦煌地区文学创作与流传由兴盛到衰亡的脉络。书后的附录《敦煌地区本地文学作品编年简编》，既是作者下功夫首编的敦煌部分文学作品年表，也是他立论的基础与根据。尽管对"敦煌文学史"是否能框定或仅框定于"千年"，研究者肯定还会见仁见智，而有了此框定，毕竟可将过去对敦煌文学作家、作品做散兵游勇般或零篇断简式的研究引导到历时性的文学史的轨道上来，将该地区的"文学创作与传播"与"文化发展"的进程紧密结合起来探究，当然是很有见识的。

第二，明确提出"敦煌文学""其内部构成的主体乃是中原传统的文学"，强调"敦煌文学是以中原传统的文学为主体的一种多元性文学现象"，认为"这正是敦煌文学所以能够称得上中国古代文学史上的一种相对独立的文学现象的根本原因之一"。文学作品的"构成主体"与"相对独立"的关系，涉及文学理论问题，我对此并无研究；但落实我国中古时期一个相对偏远地区常达千年的文学现象与中原文学传统的关系，确实是十分重要的关键问题。我觉得，作者的这个结论，是建立在对敦煌地区大量文学作品具体分析的基础之上的，也符合敦煌文化发展的历史进程。当然，作者又认为"从曹氏归义军晚期开始，特别是从沙州回鹘统治时期开始的几百年间，敦煌地区文学的内部构成发生了根本性的变化，中原传统的文献失去了在敦煌地区文学中的主体地位，少数民族文学成为主体文学"，得出此结论的依据，应该也是那一时期的作品主要是少数民族用他们本民族文字撰写的。我对这些作品可以说是相当陌生，它们是否变成了那个时期敦煌文学的"构成主体"，确是一个值得探究的新问题。在本书中，作者进而将"敦煌文学"的概念界定为："所谓敦煌文学，指的是主要保存并主要仅存于敦煌遗书中的，由以唐、五代、宋初为主要创作时代的、以敦煌地区为主要创作地区的文学作品构成的文学现象，其内部构成的主体乃是中原传统的文学。"可见这个"内部构成的主体"与作者多年来一直试图阐述的"敦煌文学"理论框架关系很大。

第三，明确提出"敦煌文学的主体是敦煌地区本土产生的作品，敦煌文学史主要是敦煌地区本土文学史"。作者多年来一直把研究敦煌文学的重点放在"敦煌本地作者在本地创作反映本地风土人情的作品"上，曾称之曰"乡土文学"。但是在本书中，作者舍弃了"乡土"一词而改用"本土"，恐怕也是经过认真考虑的。因为尽管"乡土"的概念富于地域色彩，但很容易将大量并非敦煌籍贯的作者排除在外，而敦煌偏偏又是一个长期生活着众多流寓、迁徙人士的"国际文化都会"，作品的产生与传播都带有明显的交流、融合与流动的特点，不好用"乡土"来局束。即便是前期许多研究者都乐于使用的"敦煌俗文学"、"敦煌民间文学"的概念，也与中原地区的文学现象有分不开、割不断的因缘。但是，就"敦煌文学"的研究对象而言，近百年来学者主要着眼的，还是莫高窟藏经洞所出的大量文学类写卷，还是那些在传统存世典籍中不存的有敦煌地域风貌的作品。因此，强调敦煌文学的本土作品及其地域特色，同时也不忽视那些虽然并非敦煌独有但却长期在那里流传，而且现在仅见于藏经洞所出写卷的作品（如变文），应该是我们研究的"主体"与重点。

第四，明确提出"敦煌文学的灵魂是和敦煌文化完全一致的"，亦即"敦煌地区居民强烈的乡土之情和浓重的中原情结以及二者的交融为一"。这个命题同样涉及架构敦煌文学理论的核心问题，我完全赞同。许多前贤都强调"文学即人学"，敦煌地区创作和传播的文学作品，自然主要应该是当地士俗僧众日常生活与思想感情的反映。因此，我们要研究敦煌文学，首先必须弄清楚敦煌地区各个时期的人文环境（政治、经济、文化教育环境，民族关系，和中原文化及西域、中亚、印度等地的关联等），准确把握这些作品的创作者、传播者丰富多彩的感情世界。敦煌作为著名古丝绸之路上的交通咽喉与文化重镇,它最大的优势与特色便是多元文化的碰撞、交融与多种宗教的兼容并存,只有了解这一点才能真正触摸到敦煌文化的血脉与灵魂。作者又称之为"主旋律",我理解为既是始终回响在敦煌绿洲和鸣沙山、莫高窟的主要乐调、节奏,也可视作是主流乐曲。提出这个问题,也是构建敦煌文学理论框架所必需的。

作为一部"千年文学史",本书作者主要采用了在"纵写历史"中,分叙作家作品的撰写方法,史的线索是很清晰的;对重要作品的论述,也充分吸取了其他研究者的成果,包括一些新的见解,同时也有作者自己的一些新认识。这是符合写史的学术规范的。作者下功夫又在书后附编了《敦煌地区本地文学作品编年简编》,可称嘉惠学林之举,值得推崇。

如前所述,近些年来,我在继续探究敦煌文学作品的同时,也在考虑一些相关的理论问题,但始终没有形成较为系统的认识。2004年冬,我曾应台南中正大学文学院之邀,给该院研究生与教师做过一次题为《回归文学——我对敦煌文学研究的一点认识》的演讲;2006年夏,我又将自己的一些思考写成《转型期敦煌文学研究的新课题》一文,提交给在南京师大举办的敦煌学国际研讨会。我在文章中提出了应从文学史观、文化史观出发,从文本的内容与形式着手去研究敦煌文学的课题(请参见高田时雄、刘进宝主编《转型期的敦煌学》一书,上海古籍出版社,2007年版)。2008年5月底,甘肃教育出版社曾经就"敦煌讲座"各书稿的撰写问题,在兰州大学敦煌学研究所的会议室召开过一次作者座谈会。因为会上也谈及《敦煌文学》书稿的写作,我于匆忙间将自己的思路整理出一份非常简略的提纲,由伏俊琏教授在会上提出,供相关学者参考。我当时的主要想法是能否脱开原有的内容布局,试探建构编写文学史的一种新的理论框架。因为我本人并不承担具体的撰写任务，所以会后也未再深入思考下去。现在趁拜读《敦煌文学千年史》略有心得的机会，将我的粗浅思考初步整理成下列文字，以求教于廷亮先生和其他治文学史的方家。

我觉得，今后治敦煌文学史，除了要在"绪论"中首先确定"敦煌文学"概念的内涵与外延和对其研究历史做简要的回顾与评价外，是否还应对与研究敦煌文学关系密切的两个问题做一番论述：

（一）正俗之变、雅俗之辨与通俗之行。因为自藏经洞文献面世后，早先的研究者主要将眼光注视于那些"俗文学"作品，当时的心态似乎可以颠倒一个词语的次序称之为"骇俗惊世"，认为变文类俗讲作品恰可以续接断链，补充"正统文学史"的不足。其实，在中国文学史上，正和俗、雅和俗，乃至俗文学作品在全社会的通行，均有着内在的辩证关系。例如《诗经》里的许多歌咏，本来是充分体现了有地域特色的民俗、民风的民间作品，后来却被儒家称作"经"而成了最正统的文学典籍。又如作为"铺陈之谓，古诗之流"的赋，从先秦时期士大夫阶层在庙堂朝会等场合的"赋诗"，到"不歌而诵谓之赋"（《汉书·艺文志》）的民谣、杂赋，究竟有哪些变异？司马相如因汉武帝欣赏其《子虚赋》而为狗监杨得意所荐，此赋在《汉书·艺文志》里即列于"杂家"，有论者即指出"杂"乃是驳杂、俗杂之意，与"纯正"对言，可见像司马相如这样后来成为汉代大赋代表人物的作家，也往往因杂、俗而起家。而许多研究者津津乐道的"敦煌俗赋"，又与自汉至唐的文人辞赋在内容、形式上有若干的共同点。这方面的研究正在逐渐深入（请参见伏俊琏《俗赋研究》及赵逵夫为该书所作序，中华书局，2008年版）。再如我国古体小说的起源，据史籍所载，最早的采集、整理者是介于官、民之间的"稗官",而其内容则是"道听途说者之所造"的"街谈巷语"(《汉书·艺文志》);在小说成熟期唐五代敦煌写卷里的灵验记、入冥记一类小说,则又与庄严的佛教的传入关系密切,而与此几乎同时,大量的唐宋传奇作品乃文人雅士的精心创作。(请参见程毅中《古体小说论要》,华龄出版社,2009年版)至于"俗文学作品"的流行(或曰"通行"),往往除了民间的推动力量外,还与统治集团人物、有影响力的作家的喜好或推崇有着密切的关系,当然来自"正统势力"的扼杀有时也能成为促其发展的"反动力"。这方面的例子在文学史上比比皆是,不胜枚举。

(二)研究敦煌文学的方法论。这里主要是应该厘清"二重证据法"的问题。我曾经在《王国维对敦煌写本的早期研究》一文中指出:第一,"二重证据法"并非这位学术大师的创举,他是在20世纪初文物大发现的背景下,倡导"以地下之新材料"、"补证纸上之材料(旧籍)",王氏同时说明此法"固不自今日始";第二,所谓"二重",只是概而言之,王氏自己的研究,如陈寅恪先生所总结的即有"三重":"一曰取地下之实物与地上之遗文互相释证"、"二曰取异族之故书与吾国之旧籍互相补证"、"三曰取外来之观念与固有之材料互相参证"(陈寅恪《王静安先生遗书序》,见《金明馆丛稿二编》,三联书店,2001年7月版)。拙文对此有比较详细的阐述,但近几年来仍有不少文章沿用"二重证据法"是王国维先生发明的观点,故再次予以说明。我个人以为,随着学术的推进,敦煌文学的研究方法早已突破"二重"、"三重",我们应该拓宽视野,敢于创新。

我初步设想,在厘清"敦煌文学"的概念,阐释了上述两个问题之后,能否再从下面七个方面来对敦煌文学史做一番理论构建:

第一，敦煌文学的人文学研究。

"人文"的核心是"人"，这里主要是指对敦煌文学作品的创作主体（作者）与创作的人文背景（环境）的研究。敦煌自汉代开拓西域列郡设关始，到隋唐时期成为古丝绸之路上"咽喉"的"华戎所交一都会"，体现出非常典型的多民族聚居的移民社会人文特征。敦煌水利发达，农、牧、商业相对繁盛、稳定的经济环境，它的多种文明交汇、几大宗教兼容的文化优势，它的岁时节日活动丰富、民间宗教与民俗自由开放，它的官学、私学并举而寺学独放异彩，它的儒学始终兴盛的教育环境，都为文学创作提供了物质基础、思想营养与驰骋开放的广阔天地。我认为，这个"人文背景"，与以往文学史著作所讲的"时代背景"是有很大区别的，因为它既可以明确"文学即人学"这个以创作者为中心的论题，又可以突出与强调作者所处的人文环境与获得的文化传承、修养对创作的作用（包括创作动因、创作过程、创作成果），克服泛政治化的弊端。

第二，敦煌文学的类型学研究。

这是指对敦煌文学做文学类型学的研究，即对文学作品做细致、科学的类别研究。既要区别大类，又要划分小类；既要把握各类作品的个性特征，又要分析各类作品之间存在的共性。在敦煌文学界，这方面的研究是起步甚早的，但目前研究界对敦煌文学作品的分类是五花八门的，以体裁分，以题材分，以时代分，以地域分，以作者身份分，以表达方式分，以文字载体分，等等。即便是看似同一标准的分类，里面也有许许多多认识上的差异。（中国古代的文体辨识理论本身就有待进一步梳理。）例如，许多富含文学因素的写本（如一些碑铭、赞颂、佛曲、书仪等）究竟能否成为敦煌文学里的一类？"敦煌歌辞"这一大类如何才能有区别地细分准确？"讲唱文学作品"是否能够与"俗讲"等量齐观？其中还包含着哪些细类？尤其是对研究者最早关注、下了最大气力研究的"变文"，到底应该涵盖哪些作品？至今都没有统一的认识。见仁见智固属正常，但对一些很关键的问题缺乏突破性的进展不免令人遗憾。

第三，敦煌文学的源流学研究。

"考镜源流"是中国历代文论和乾嘉学派传统治学者都十分注重的问题，这些年来治敦煌文学者在各大类作品的萌芽、形成、发展上也多有探究，成绩斐然。但是，以往对敦煌文学作品的研究，大多还有重"源出"轻"流变"的倾向；或者是重"主源"轻"支源"，重"主流"轻"支流"，更谈不上对"暗流"、"逆流"等变异现象的辩证研究了。例如，我曾经引述陈寅恪先生在跋敦煌本《忏悔灭罪金光明经冥报传》时所断言：敦煌冥报传这一类作品"本为佛教经典之附庸，渐成小说文学之大国"，为什么？我以为要回答这个问题，就必须在源流研究上下功夫。藏经洞所出大量文学作品，为中国古代文学的源流研究提供了不可或缺的第一手资料。现在程毅中先生在他的新著《古体小说论要》里将涉及敦煌叙事赋的古体小说流变分析得十分清晰，也启示我们应该在敦煌文学各类作品的源流研究上做更完整、深入的探讨。

第四，敦煌文学的版本学研究。

鉴于莫高窟藏经洞所出文学作品在文本载体上有其特殊性，即绝大多数属于印本普及前的写卷抄本性质，其中又有相当数量的作品属于传世典籍所不存的佚作零篇，对其做版本研究有较大难度。一是可比照的版本或版本系统少之又少，一是"新版本"往往存在着许多不确定性，但恰恰就是这些特征可能为研究者提供创新的因素与机会。例如，被称作"敦煌曲子词"的《云谣集》，主要存在于S.1441和P.2838两个残卷，由于对其版本性质认识不同，形成研究者纷争不已。也正是这些分歧，可以启示我们去探究词的早期形态、称谓与其著录方式、流传方式之间的关系。另外，敦煌文学中有相当数量的僧人作品（从高僧大德之作到僧尼学郎习作），很可能是当时普遍使用的"寺学读本"或"作业"，这种在佛教文化教育发达地区曾经普遍存在的写本形式，也应该引起治版本学学者的高度关注。

第五，敦煌文学的文本学研究。

"文本学"讲求以文本为中心，致力于研究文本的构成与解读。对于敦煌文学作品来讲，就应该倡导回归其文学文本的本身来研究它的主题、内容与艺术特征，而原则上不必也不应脱离文本去追高求深、探秘索隐。如前所述，藏经洞所出文学作品大多数系印本普及前的写卷抄本，大量的残卷断片往往呈现出文本不完整的面貌（尤其是作者的佚名与标题的残缺），而同一文本的多个写本又呈现出不同的时空存在形式；另外，由于敦煌写本抄写者的学养差距甚大，它们的文字书写除了大量的俗字外，又有相当数量的错讹，需要我们进行符合中古时期语言规律的释读，方能准确把握其内容。近三十年来，我国学者在敦煌俗语词方面的研究成绩斐然，大大推进了敦煌写卷文本的释读，为文学作品文本的研究奠定了比较扎实的基础。我曾经举例提出："对敦煌赋作语言形式的具体分析，则是我们的研究中最薄弱的环节。"（见《转型期敦煌文学研究的新课题》一文，载《转型期的敦煌学》，上海古籍出版社2007年版）其实不仅是赋，就是对敦煌诗歌、小说、变文的研究，做切合文本的语言形式的特点分析（包括文字、音韵及修辞手法等），我们都还是很不够的。

第六，敦煌文学的传播学研究。

传播学是研究人们传播行为过程、规律及信息传播与社会关系的一门新学科。在敦煌文学的研究中，由于敦煌地区历史地理与文化交汇的特殊性，其作品传播也存在着纷繁复杂的状态。例如，大家所熟知的晚唐韦庄之长篇叙事诗《秦妇吟》，因为某种原因作者本身忌讳其流布，连自己家中都不许挂其诗幛，导致该诗几于失传，仅在五代笔记《北梦琐言》中存一联两句，却在藏经洞中留存了多个抄本，而且大多为当时寺院学校的学士郎所抄，抄写时间跨度近百年。还有一些学郎自己创作的内容几乎相同的打油诗，在敦煌、吐鲁番、长沙窑器中均有发现，而三地相隔数千里。同样，敦煌僧尼的诗歌作品数量也较多。这种通过僧人或寺院学郎抄写而获得流传的情形看来似乎很独特，但是如果放到唐代社会文化生活与教育环境这样一个大背景中来考察，又进而放到敦煌这个丝路重镇、佛教圣地的特殊环境中来考察，似乎可以启示我们对唐诗传播途径及唐诗繁荣的原因作更广泛、透彻的探究。与此密切相关，如何运用各种手段、途径进行文化信息的传播，还涉及传播者与接受者的心理需求、文化修养等问题，恐怕也属于传播学的范围。

第七，敦煌文学的比较文学研究。

自20世纪80年代以来，我国文学界的比较文学研究已经有了长足的进步，从相对单纯的作品间相互关系、相互作用（影响）的平行研究，扩展为跨学科、跨语言、跨民族、跨时代、跨地域的立体与交叉研究。由于敦煌藏经洞文献中文学写卷的丰富多彩、包罗万象，恰恰为这种比较研究提供了难得的宝贵资料，也已经取得了一些初步的成果。如像对《孔子项橐相问书》、《茶酒论》这样相同内容作品的汉文写本与其他民族文字写本的比较研究，对敦煌写本曲子孟姜女与相关民间传说的比较研究，对《大目乾连冥间救母变文》与相对应的佛经及民间故事的比较研究，都有很好的论文发表。但是个案研究还有待扩展与深化，而一类作品的整体比较研究（如佛经和变文、变文和变相）至今基本上还未形成系统研究的态势。陈寅恪先生对《忏悔灭罪金光明经冥报传》多种语言文本的探索，季羡林先生对新疆出土的吐火罗文《弥勒会见记》残卷与梵文、回鹘文本的研究，就都为我们树立了典范。如何运用敦煌文献的材料来推进比较文学的研究，还是一个有待勤勉浇灌的园地。

是否能从以上七个方面对敦煌文学史做理论的建构，只是我初步、粗浅的一些思考。我觉得在前人近百年研究的基础上，有这一本《敦煌文学千年史》为前驱，再撰写一部有理论构建、有学术创新的《敦煌文学史》，是我们这一代敦煌学研究者义不容辞的职责，我尤其寄希望于年轻的学者来担此重任。因此，颜廷亮先生让我为《敦煌文学千年史》写序，我很高兴将自己的学习心得与不成熟的想法如实写出，算作一篇汇报性质的"代序"，请同行学者与敦煌文学爱好者批评指正。

（2010年1—2月）

《万舞翼翼——中国舞蹈图史》序

*《万舞翼翼——中国舞蹈图史》（王克芬著），中华书局，2012年出版。

两年前，王克芬老师将自己发表在报刊上的一些论文结集交甘肃教育出版社印行，题为《舞论》（原题《舞蹈论集》），要我作序。我写了《视学术为生命，生命之树常青》一文应命。现在，84岁高龄的王老师又将在中华书局出版她的新著《万舞翼翼——中国舞蹈图史》（以下简称《舞蹈图史》），仍命我写序，惶恐之中，又岂敢违命！写些什么呢？前序的内容毋庸赘述，思考之后，决定把视角集中在本书的特色——"人"与"图"上。

舞蹈是人类未尝或缺的重要活动，舞蹈史的主体是人。在我国当代舞蹈史研究专家中，首先关注这个命题并始终将它贯穿于自己的论述之中的，当是多年来我一直十分崇敬的王克芬老师。她在自己的多部舞蹈史论著中，不仅突出了舞蹈是人类社会生活、生产活动的迫切需要和产物这个论题，而且叙述了"舞人"在舞蹈演变、发展中的重要作用。作为一名从小喜爱舞蹈的"川妹子"，她最初也是以舞蹈工作者的身份投身于民族解放的革命队伍之中的，对此有切身的感受。她跟随欧阳予倩、杨荫浏、吴晓邦、阴法鲁等大师名家从事舞蹈史研究后，又亲身体会到研究者与被研究对象的心灵沟通与休戚相依是如何的重要——人是有感情的动物，舞蹈是感情抒发、寄托的需要，没有真情实感，不作感情的交流，是不能真正深入研究之中的。恕我直言，目前的社会氛围和一些人的急功近利心态，使得科学研究（首先是人文学科研究），变得越来越"物欲化"，离开"性本善"的人性回归与追求也越来越远了。我有幸多次聆听王克芬老师在各种场合讲授中国舞蹈史，都为她对舞蹈的真正热爱、对"舞人"命运的由衷关切而感动。在讲坛上，她绝不是那种不动声色地照本宣科或故弄玄虚、夸夸其谈的卖弄学问者，而是从头到尾都会沉浸在与历代舞者同甘苦、共命运的场景之中，乃至因情动于中而手之舞之、足之蹈之，与讲述的对象融为一体，演讲与表演相得益彰，以真情感染听众。在这本《舞蹈图史》中，她对"舞人"贡献与命运的关注依旧贯串始终，而且在第二、四、五、七、十二各讲列专节予以集中叙述。尤其是在本书的重点第七讲（唐、五代部分）的第四节"乐舞文化的创造者——乐舞人"里，以翔实而生动的史料描述了近50位有名有姓的宫伎、官伎、营伎、家伎及贵族阶层舞蹈家的事迹；就是在不设相关专节的第十讲（元代）里，也诉说了十多位"舞人"为传承与发展舞蹈做出的贡献，这是我们在以往任何一本舞蹈论著中都未能集中读到的，真正难能可贵，可以极大地丰富我们对古代"舞人"的感性认识。在书中，"人民群众是乐舞的创造者"再也不只是一个抽象、空洞、狭义的论题，而是翔实有据，充满了血肉，饱含着血泪和甘苦，情与理水乳交融的哲言真理。

　　本书的第二个特点是配图丰富多彩，很好地实践了老一辈文史研究家倡导并身体力行的二重、多重证据法。据我统计，全书共配图363幅，既有各个历史时期的文物、文献图像，也有大量的墓葬或石窟壁画或摹本，又不乏现当代的摄影照片，都弥足珍贵。研究古代舞蹈，既需要在浩如烟海的历史典籍中搜寻爬梳文字记载，也需要到现存丰富的民族民间舞蹈活动中去探访渊源清晰的"活化石"，更需要依据对大量的文物遗存的考察、比较、辨析，来获取生动形象的实物与图像依据。需要强调指出的是，王克芬老师研究舞蹈史，从来都注重通过实地调查、采访以获取亲见亲闻的第一手资料。敦煌莫高窟南区492个洞窟她"爬"了不止一遍，特别是其中有舞蹈形象的彩塑与壁画，她都流连驻足，多次观看，细细鉴赏，一一记录，生怕有丝毫的遗漏；即便是她已经烂熟于心的图像，在她已经年老体弱，爬洞窟颇力不从心的情况下，还是勉力踏查，希望能多几次亲临洞窟温习的机会。为了获取更多的图像资料，她的足迹不仅遍及祖国大陆的东西南北和宝岛台湾，而且远涉欧美各国。滴水石穿，聚沙成塔，历经半个多世纪的辛勤探寻，王老师积累了十分可观的文献与图像资料，而且能做到运用自如。她孜孜以求的事业心也不时地感动着学界同行和周围的人们。例如，书中有几幅藏在瑞典斯德哥尔摩远东文物博物馆的舞蹈文物的照片，有的是她亲自拍摄，有的是因她的精神而感动的博物馆工作人员事后特意寄来的。为了更好地用图像说明问题，她还常常能请得一些高手（如敦煌研究院的段文杰、史苇湘、欧阳琳、娄婕等）相助绘制相关的临摹图，这些画家即便是事务纷繁，也总会在百忙之中抽空挥笔以满足她的要求。同时，王老师又十分关注新发现的舞蹈史材料，只要一听说有这方面的信息，就会闻风而动，想法搜求以充实自己的资料库。多年前，我曾经在王老师的鼓励下做了英、法所藏敦煌写卷中唐、五代遗存的"舞谱"的整理、分析工作。我的文章发表后，听说敦煌研究院和北京图书馆的研究人员又发现了新的舞谱残卷，王老师马上让我求得相关照片，仔细辨析，并和我合写文章在《人民日报》（海外版）刊布，进行宣传和研究。后来，在她承担敦煌研究院的任务撰写《敦煌石窟全集·舞蹈画卷》时，又让我提供更清晰的敦煌舞谱图版编入书中。对本书所收图片的选择及说明文字的斟酌，王老师是颇费了一番功夫的。例如，其中配置了一幅甘肃省博物馆收藏的"胡舞"铜像照片，馆方说明系"胡腾舞"形象，王老师经反复考究，认为应该是"胡旋"。原先她听人讲该文物出土地点为新疆吐鲁番的阿斯塔那古墓葬，我告知据考似应是甘肃本地出土，她马上修正了图片说明。从善如流，力求尽善尽美，这正是王老师做学问的一贯态度和毕生追求。

几年前，中华书局拟定选题，约请王老师能撰写一部新的《舞蹈图史》提供出版。但是，王老师已年届耄耋，不仅继续担负着国家课题的重任，还经常应邀外出讲课，确实很难抽出完整的时间来缀文成章，因此，书局领导特意派樊玉兰女史担任此书责编并协助编写初稿。小樊是王老师的小老乡，曾经为了出版北京大学李零教授的书稿而去当"旁听生"，勤奋记录，认真编辑，出色地完成了任务。为了这本《舞蹈图史》，小樊又无论春夏朝夕，不惮繁难辛苦，一次又一次地跑到昌运宫王老师家中记录口述，商讨章节结构，抽出时间来一遍又一遍地整理记录稿，仔细推敲文字，反复挑选、核实图片资料，历经几个寒暑的辛劳，终于将这本《舞蹈图史》能够在王老师85岁华诞之际奉献给广大读者。作者奉献的是自己的潜心研究所得，编辑奉献的是自己的责任感与事业心。这正是今天的学术界和出版界应该大力提倡和表彰的。于是，在这种精神的感召下，我写此短文充作小序，表达自己对作者的崇敬和对编辑的钦佩。

（2011年教师节）

《高山仰止——论启功》前言

*《高山仰止——论启功》(柴剑虹著),中华书局,2012年出版。

　　启功先生是一本永远也读不尽的大书。多年以来,作为受启功先生辛勤教诲的一名学生,我一直在努力地将自己学习这本大书的点滴体会和真实感想陆续写出来,以求传承与弘扬先生高尚的品德风范、通达的治学门径和博大精深的学问。收入本书近半数的文章,曾有幸作为面呈启功先生批改的作业,并在书刊或相关研讨会上发表过,虽然也得到师友们的基本认可,但我自觉只是勉强及格而已。因撰写时间的关系,有的文章写得比较简略,有些文章的内容也不免有重复之处,但为保持当时的作业原貌,这次结集除个别字句的修正外均未作大的改动。先生仙逝之后,我完成了《我的老师启功先生》一书的写作,承蒙商务印书馆的青睐,得以在北京、香港两地同时出版,求教于广大读者。由于要赶在先生逝世一周年时出版,成书仓促,叙事记人式的散文不免有种种的局束,尤其很难对先生的学术成就做比较全面、深入的论述,留下了许多遗憾。

　　启功先生驾鹤仙逝六年来,我一直觉得老师始终还在自己身边,并未离我们远去;我也依然在退休之后的编辑工作、学术研究和日常生活中继续阅读先生这本大书,撰写相关心得,企盼有机会将相关文章结集出版。尤其是在受命参与编辑出版

《启功全集》的过程中，在因未能坚持遵从启功先生"不出全集"的遗训而自责之余，仍期望能够为发扬光大先生的道德文章做一些力所能及之事。应国家图书馆之邀做介绍《我的老师启功先生》一书的讲演，应北师大珠海分校之邀做诠释先生所撰"学为人师，行为世范"校训的讲座，便都是相关的活动。几年中，承蒙启功先生的内侄、著作权继承人章景怀先生的首肯，我先后协助中华书局编辑出版了《启功给你讲书法》、《启功给你讲红楼》、《启功讲唐代诗文》及《启功韵语精选》线装本，为人民文学出版社编辑出版了《启功说唐诗》，应商务印书馆之约，编辑了《启功谈艺录》。连同最近选编《启功三绝》珍藏本、《启功谈中国名画》和编集这本《高山仰止——论启功》，我觉得这些也都是一个学生该做的分内之事。

2012年是中华书局百年局庆之年，是年7月26日又是启功先生的百岁诞辰。蒙书局领导同意将本书列入出版选题，使得我这个在书局做了三十年编辑的学生有可能将这本小书呈献于老师灵前，并求教于广大读者，谨致谢忱。

（2011年10月）

刻画纷披 信息万千
——《甲骨文常用词释解》序

*《甲骨文常用词释解》（韩步璋著），青岛出版社，2012年出版。

韩步璋教授曾是我在杭州一中（杭高）就读初中一年级时的少先队辅导员。记得1955年夏秋之交我们刚考进杭州一中不久，学校教导处就宣布由高三年级的黄雅莉、韩步璋、曹宝根等七位品学兼优的学生担任我们初一年级的辅导员。他们具体如何辅导我们这些刚进校的小同学，今天已经记不起来了，但分到我们初一（2）班的韩步璋辅导员高个子、方脸庞，说话和气，果敢勤快，却在我脑海里留下了很深的印象，以至于半个多世纪过去了还清晰地记得他的名字。我们进校一年之后，辅导员们都考上大学离开了母校——当时听说韩步璋考进了大名鼎鼎的"哈军工"（哈尔滨军事工程学院），大家都为他感到高兴和骄傲。但此后也就失去了联系。

这些年来，杭高的北京校友会在秘书长张星星教授的辛勤操持下，联谊、交流、讲座等活动开展得热烈而有声色。星星也是杭高1956届的学姐，正是由于她的热心联络，去年，我得知黄雅莉辅导员就住在离我们书局不远的航天桥附近，而韩步璋辅导员不仅已经为我国的国防科研与航天事业做出了杰出贡献，而且在南京航天航空大学从教授的岗位上退休后，辛勤笔耕不辍，已然是成果累累、声名卓著的书法家和甲骨文研究者了。今年初，我听说，他为老年大学的书法教学编写了一本解释甲骨文常用词的教材，希望我协助筹划出版事宜。我表示当然理应效力。于是，他携书稿从南京北上，在星星学姐的陪同下来到我们书局。久别重逢令人欣喜与感慨，而最让我钦佩与高兴的是，历经半个多世纪的风霜，他依然不改青年时代的魁伟挺拔，依然精神焕发，依然充满进取心。他手中沉甸甸的书稿便是明证。

从韩老师的自我介绍得知，他从1984年开始正规练习书法，因基础扎实与勤奋刻苦，很快即步入正轨，飞速进步；之后，又从1990年起师从江苏省文史研究馆馆员秦士蔚先生研习甲骨文，亦迅即脱颖而出，成绩不俗。更难能可贵的是，他不仅将学习书法和研读甲骨文紧密结合，多有创见，而且不局限于个人潜心钻研与艺术创作的小圈子，在举办个人书法作品展的同时，又热诚地在各种讲习班和学术讲座做学术演讲，到老年大学授课，宣讲个人心得，传播书法知识与技能，得到了中老年学员的广泛好评和书界、学界的赞誉。这本《甲骨文常用词释解》，便是他应许多学员需求在讲稿基础上为老年大学编写的教材，希冀正式出版之后能够在传承中华民族优秀传统文化上发挥一点作用。

中华传统文化博大精深。我自己虽然做语文教师、当编辑、从事文史研究四十多年，但就甲骨文文字而言，几近"文盲"，更谈不上有一丝半点的心得；而于书法，亦是懵懵懂懂的外行。因此，对韩老师的这部教材，提不出任何的意见。惭愧之余，只能在请我的老朋友、老同事陈抗编审浏览书稿并提出建议之后，由中华书局语言编辑室的秦淑华主任将其送交甲骨文研究家方稚松教授审读。韩老师根据方教授具体的建议，又做了认真的修订。之后，我将书稿推荐给青岛出版社社科人文出版中心的刘咏总编辑，因为刘咏编审也是山东省很有影响的书画家，又担任着青岛市书法家协会的副主席和山东省书协出版委员会的委员。书稿很快在青岛出版社通过了立项，并由林少玲女史担任责编工作。

现在，《甲骨文常用词释解》出版在即，韩老师又索序于我，令我十分惶恐。本书的特点与价值，在江苏省甲骨文学会名誉会长徐自学先生为此书写的序中已有清晰评述，我完全赞同。启功先生《论书绝句》第一首有云"点画纷披态万方"，启示我想到作为中国古代早期文字的甲骨文，虽然大多是刻画在龟甲兽骨上的卜辞，但是其不仅在研究我国字体发展史上有着无可替代的作用，而且对探索古代历史文化信息也有着极其珍贵的价值。我想不妨就用"刻画纷披，信息万千"来作为这篇小序的题目。"刻画纷披"是甲骨文作为早期文字的外在形态，"信息万千"则是其内在丰富的文化涵养。因此，书其形而明其义，并进而溯源逐流，了解其字（词）义发展变化的细节，寻求其演变规律，就成为书家与语言文字研究者共同的任务。而韩老师的书稿，又有自己鲜明的特点，诚如他在《自序》中所述："二十年来，我学习甲骨文，熟悉甲骨文，钻研甲骨文，用钻研理工科学的思想方法，来总结和归纳甲骨文研究中的问题，探求甲骨文造字的物象模式，探求从甲骨文到钟鼎文到小篆到隶书楷书的演变规律，以便加深对甲骨文的认知。"我们知道，先秦时代的甲骨卜辞，与当时的社会生活（包括生产劳动、民间习俗、宗教信仰及思维模式等）有着最密切的关联，因此甲骨文常用字及所组成的词语，数量虽然不很多，却包含了万千信息，成为取之不尽的中华民族传统文化的宝库。我体会，韩老师编写本书的目的，就是将他自己在前人研究成果基础上继续开掘这座宝库的收益奉献给广大读者，同时也可以起到引领读者继续探宝，以丰富自己文化修养的作用。殷墟甲骨的发现才百余年，其研究虽已有若干大师名家筚路蓝缕，导引在前，但毕竟还是圈子甚小的年轻学问；对甲骨卜辞的解读，也颇多见仁见智的认识。本书对其常用词的解释，肯定也会有讨论的余地。但有了这样一本简明扼要的教材，却可以对普及甲骨文知识起到积极的推动作用，同时也能促进书法爱好者的古文字书写实践，达到那些专深的古文字研究著作达不到的功效。为此，我要由衷地感谢韩老师，感谢出版此书的青岛出版社同行。

（2011年11月24日于北京中华书局）

《中华书局百年总书目》前言

*《中华书局百年总书目》(中华书局编辑部编),中华书局,2012年出版。

中华书局创办于1912年元月。作为辛亥革命推翻封建帝制后建立的第一家全国性的现代出版企业,中华书局在百年历程中,已累计出版了三万余种书刊,在传承优秀传统文化,传播科学、民主、进步思想,服务学校与国民教育,促进中外文明交融与学术发展等方面都取得了辉煌的成绩。尤其是在1949年以来的六十多年中,中华书局坚持正确方针,努力与时俱进,为促进社会主义精神文明建设,推动文化事业、文化产业的发展繁荣,做出了应有的贡献。

中华书局的优秀出版物,讲求高水平的作者队伍、高质量的编校印制,古籍整理和研究类图书以其学术精深、严谨为学界赞许,各级各课教科书以其规范、创新受学校欢迎,普及类大众读物也以其易懂、实用在社会广泛流传或应用。中华书局出版的图书,常销、重印数量多,畅销、外销品种精,已经形成了具有总体特色、风貌和结构,海内外普遍认可的著名品牌。

中华书局在不同的历史阶段,依据社会需求、出版趋势与领导部门的指导方针,出版产品门类也不断有所调整、变化。在1949年以前,举凡文史、教育、时政、经济、军事、理工、农林、医药、卫生、体育、艺术等类古今中外图书均有出版;

自1949年下半年到1954年，出版重点放在宣传社会主义阵营及其文化教育和工农大众的知识类读物上；之后，作为国家规定的古籍整理研究与文史学术著作的专业出版社，则主要承担传统文化类书籍的出版任务；近十几年来，随着出版事业的进一步改革和产业化进程，出版物范围有了一定的拓展。但是，不管如何调整、变化，中华书局坚持守正出新，突出主业，弘扬优秀传统文化的宗旨没有改变。这在《中华书局百年总书目》中都有具体的反映。

在中华书局迎来百年华诞之际，我们编辑这本《中华书局百年总书目》的目的，除了检阅自己的出版成果外，更是为了让广大读者和我们一道，回顾历程，总结经验，寻找不足，改进工作，立足新起点，定标新高度，出版更好、更多的优秀书刊，为社会主义文化大发展大繁荣做出新的贡献。

（2011年12月）

普及中国历史，传承优秀文化
——八卷本《中国通史》
代前言

*《中国通史（八卷本）》（李伯钦、李肇翔主编），凤凰出版社，2012年出版。

2009年初，我受北方联合出版传媒集团之托，到301医院请季羡林先生为即将出版的八卷本《中国通史》题辞，98岁高龄的季老欣然命笔："普及中国史，提倡大国学。"这应该是季老百年生命历程中为出版物的最后题辞，也是他始终关注历史文化知识普及、晚年再三强调的重要学术主张。季老认为：我们的"国学"应该是长期以来由多民族共同创造的涵盖广博、内容丰富的文化学术，而绝非乾嘉时期学者心目中以"汉学"、"宋学"为中心的"儒学"的代名词。也就是说，今天我们所要振兴的"国学"，绝非昔日"尊孔读经"的代名词或翻版，而是还中华民族历史的全貌，真正继承和发扬由生活在神州大地上的各民族共同创造的传统学术文化。因此，在八卷本《中国通史》正式出版之后，我曾经写过一篇短文刊登在《光明日报》上，提出："季老再次重申应提倡'大国学'，值得引起出版、学术、教育界的关注。"

听八卷本《中国通史》的策划者李克先生介绍，是书出版发行近三年来，多次重印，累计销售了20万套，受到了广大读者的欢迎。在书籍品种快速增长而总印数几乎停滞不前的情况下，这是十分可喜的。但是，李克和他的团队并不满足于此，又邀请一些著名的历史学家对此书提出审改意见，认真地进行修订，使其精益求精，日臻完善。这又是十分可贵的。

最近，《中共中央关于深化文化体制改革推动社会主义文化大发展大繁荣若干重大问题的决定》强调要"建设优秀传统文化传承体系"，指出："优秀传统文化凝聚着中华民族自强不息的精神追求和历久弥新的精神财富，是发展社会主义先进文化的深厚基础，是建设中华民族共有精神家园的重要支撑。"中华大地是五十六个兄弟民族的共同家园，中国历史是各民族共生共存共发展的历史，中国传统文化是各民族共同创造的辉煌灿烂的多元一体文化，是共同拥有的精神财富——这就是"大国学"的基石。所以季老强调："'国学'就是中国的学问，传统文化就是国学"，"现在对传统文化的理解歧义很大。按我的观点，国学应该是'大国学'的范围，不是狭义的国学"，"国内各地域文化和五十六个民族的文化，就都包括在'国学'的范围之内"。今天，我们要建设优秀文化传承体系，就应该全面认识祖国传统文化，汲取历史的经验教训，跳出狭隘的"儒家"、"国学"的旧框架，以海涵神州的宽广胸怀，用放眼世界的远大眼光，努力探寻文化传承的规律。

要全面、正确地认识我们的传统文化，就必须普及准确的中国历史文化知识。而传播、普及文化知识的任务，主要靠学校、家庭和大众传媒来承担，其中历史文化精品读物担负重任，不可或缺。因此，注重史料的真实、严谨，注重新资料的开掘运用，注重立足现实、温故知新，注重文字通畅、图文并茂，达到学术性、可读性、现实性的统一，就成为这套《中国通史》努力追求的目标。效果如何，有待广大读者来评判，而努力本身，则是值得我们肯定和鼓励的。

（2011年12月4日于北京）

《启功三绝》出版说明

*《启功三绝（线装本）》（启功著，中华书局编），中华书局，2012年出版。

启功先生（1912—2005），姓爱新觉罗，字元白、元伯，号苑北居士，满族。生前为北京师范大学教授、博士生导师。曾任故宫博物院专门委员、中国书法家协会主席、国家文物局文物鉴定委员会主任委员、中央文史研究馆馆长、西泠印社社长、中国佛教协会特别顾问。

作为中国当代著名的教育家、文物鉴定家、文史专家和享誉海内外的书画大师，启功先生也是中华书局最具影响力的作者之一。他曾在书局参与二十四史及《清史稿》的点校工程；不仅热心为《文史》、《文史知识》、《学林漫录》撰稿，而且出版了深受学界和广大读者好评的《启功丛稿》（四卷）、《诗文声律论稿》、《汉语现象论丛》、《说八股》等多个版本的专著和《启功给你讲书法》、《启功给你讲红楼》等大众普及读物，累计印数近五十万册。他无偿为中华书局近百种图书题写的书名，赏心悦目，每与内容相得益彰，提升了书局出版物的品位与形象。启功先生称中华书局是"我的第二个家"，书局也以有他这样尊崇的老师和亲密的朋友而自豪。

启功先生和中华书局同龄。在隆重举办中华书局百年局庆活动之际，为纪念启功先生的百岁诞辰，我们在印行了《启功韵语精选》线装本之后，又精心编印这套《启功三绝》宣纸线装书，希望得到广大读者和收藏爱好者的欢迎。

需要说明的是，"诗书画三绝"本来只是文化界、学术界对诗人兼书画家一种习见的赞辞，用来概括启功先生的创作成就并不全面（有人称启功先生为"五项全能"）。但是，启功先生有一首发挥齐白石绘画题识"人生一技故不易"意思的诗云："一生三绝画书诗，万里千年事可知。何待汗青求史笔，自家腕底有铭辞。"可见，他是将"三绝"广其意为各种学识、技能的。所以，我们这套《启功三绝》，不仅选编了他的绘画、书法、诗词作品，也选入了他的论著、随笔、题跋稿本与书信影印件，分三函印装，庶几可望比较全面地反映启功先生的学术与艺术成就。其中，专著《诗文声律论稿》及单篇论文、随笔、题跋的手稿均为首次刊布，有很高的研究、鉴赏与收藏价值。启功先生书画创作宏赡，收藏者甚多，但其中不乏仿冒的赝品，因此我们除确有可靠来源者外，一般不选用题款赠人之作，敬希谅解。为防止坊间因仿冒牟利损害著作权，我们在不影响作品鉴赏的前提下对图版的清晰度做了适当的技术处理。

还需要说明的是，为了更好地欣赏与理解启功书画作品的文化内涵，我们尝试释读过录了这些作品的题款、诗抄与印文，尽量标注出它们的创作年代。考虑到版面设计与便于鉴赏等因素，本书没有按照创作年代编排作品。鉴于学识、水平所限，其中难免有错漏之处，热忱地欢迎读者方家予以指正。

本书编辑出版得到了启功先生著作权继承人章景怀先生和北京师范大学出版社侯刚、李强老师的鼎力相助，书局柴剑虹编审自始至终参加了选题策划、作品编选和释文审订的工作。江苏金坛市古籍印刷厂有限公司与杭州萧山古籍印务有限公司的领导与员工在印制过程中体现了精益求精、力臻完美的精神。在此一并致以谢忱！

（2012年4月）

《启功日记》出版说明

*《启功日记》（启功著），中华书局，2012年出版。

  启功先生（1912—2005）是当代著名的教育家、文物鉴定家、文史研究家、书画大师，一生为中华优秀传统文化的传承和发展做出了杰出贡献。他的学术著作和诗词、书画创作深受国内外广大读者欢迎；同时，他的生平事迹也一直受到社会各界的热切关注。据启功先生的一些亲属与友人的印象，启功先生平时似无记日记的习惯，一般也不留存亲友书信。所以有许多曾经经历的事情，都不免随着时间的流逝而渐渐淡忘了，留下些许遗憾。先生逝世后，他的亲属在整理遗物时，发现了若干个活页册、笔记本，上面有启功先生在"文革"初期和其他一些时段的亲笔日记，实在是弥足珍贵。

  遗存的启功日记，经《启功全集》编委侯刚先生整理，可以分为14个部分，其中最为连贯的是1966年全年的日记，真实地反映了"文革"初期大背景下启功先生在北京师范大学的境遇；1971年8月至10月在中华书局标点二十四史与《清史稿》初期的日记，则可以帮助我们了解启功先生为这项重大文化工程所做的努力；1973年10月至1974年6月启功先生在医院治疗的日记，又可以让我们认识他在与疾病抗争的同时，与众多亲友的交往及牵挂学术研究与工作的情况；在改革开放后新时期的一些日记片段，涉及赴香港讲学、到洛阳看文物遗迹、在日本作文化交流、在家中及宾馆里的日常生活、为筹款设立励耘奖学金而义卖字画、赴沪鉴定字画、参加兰亭笔会等重要活动，也都极具代表性。先生记日记，原本并非为了发表示众，内容简明扼要，重在记事，其最大特色是简略精练、客观真实，即便是在深受"文革"狂风暴雨侵袭的艰难时刻，仍以冷峻苦辛的心态、客观平实的文字，记录了那一段不堪回首的心路历程。启功先生留存的日记篇幅并不算多，但可以肯定地说，作为老一辈爱国知识分子的优秀代表，他的这些日记也体现了自知、自省与自信的精神，其价值是多方面的，可发掘的内涵及意义也是不可估量的。

为了帮助读者更好地阅读理解1966年日记的内容，我们请亲历了北京师范大学"文革"初期运动的柴剑虹编审为这一年的启功日记作了若干注释；同时，又在书后附录了他的一篇读后感言以供参考。另外，为保持启功日记的原貌，对原文中有些用缩略文字表示的日期、人名、书名等均未作增改、标注。另外，我们还配发了一些相关图片，以便与日记文字相得益彰。

启功先生是中华书局的同龄人和亲密师友，也是书局最受尊敬、最具影响力的作者之一。为了纪念启功先生的百岁华诞，我们计划推出一系列相关著作。这本《启功日记》在策划与编辑过程中，承蒙启功著作权的继承人章景怀先生慨然授权，并得到北京师范大学出版社侯刚、李强先生和本局柴剑虹编审的鼎力相助，在此深表谢忱。由于编辑与印行的时间较紧，书中难免有不足之处，诚望广大读者批评指正。

（柴剑虹代中华书局编辑部撰稿，2012年6月）

《回风舞雪〈红楼梦〉》序

*《回风舞雪〈红楼梦〉》（申国君著），甘肃教育出版社，2012年出版。

  《回风舞雪〈红楼梦〉》原名《一个语文老师眼中的〈红楼梦〉》。1966年我从北京师范大学中文系毕业后，也曾经在大西北当过十年的语文教师，所以对这个书名颇有兴趣。在我教中学语文的那个年代，如何读《红楼梦》，是有"最高指示"的；尽管实际上每个老师都有自己眼里、心中的《红楼梦》，但无论是课堂上讲，还是辅导课外阅读，应该都是以"最高指示"为统一口径的。时间过去了近半个世纪，随着"拨乱反正"、"解放思想"大旗的高扬，文献资料的进一步开掘与发现，学界对《红楼梦》的研究当然又有了飞速的发展，可谓成果累累。同时，近些年又随着学界刮起的浮躁之风，以种种新名目戏说、曲解《红楼梦》的文章和专著也不在少数，亦可谓骇人心目。当然，《红楼梦》作为举世公认的中国古典文学名著，也是世界文化百花苑中的奇葩，根深叶茂，花团锦簇，不仅文本俱在，相关资料翔实丰富，而且许多研究大家的评赏心得足资启示参考，正道通畅明朗，是不必让旁门左道来扰乱我们的阅读思路的。

  从文化社会学的角度看，《红楼梦》堪称中国封建社会晚期的"百科全书"，读者自可以从中汲取各种文化知识与思想营养，获得多方面的启迪。我的感觉，本书作者是将自己关注的重点放在以下三个层面：第一，哲学的层面。作者受"二王"（王国维、王蒙）认为《红楼梦》是"哲学的"、"最哲学"的启示，力求对小说里的故事与人物做哲学思考，如人性、情欲、彻悟、世故、哲理，等等，并总结为"回风舞雪"的哲学境界。第二，"人生大观园"的层面。大观园是小说人物主要的活动场景，是一群典型人物的人生大舞台，也是具有"典型环境"的浓缩小社会。因为这个舞台上演出的剧目实在是太多姿多彩了，所以作者目不暇接，只能选取他最有体会的人和事来展开叙说和简评。第三，悲剧的层面。《红楼梦》究竟是悲剧？喜剧？正剧？研究者可以见仁见智，读者可以自主判断，恐怕最终也只能莫衷一是。本书作者赞同王国维先生"《红楼梦》者，可谓悲剧之悲剧也"的观点，作了一些自己的诠释，遗憾的是还没有展开与深入。至于王国维的判定，当然有他的价值观与思想倾向在起作用。我个人的看法，《红楼梦》绝非是一个"悲"字可以说清楚的。弘一大师临终前书写的"悲欣交集"四个字，或许可以用来描述曹雪芹写这部旷世之作时的真实心境。

本书的一个显著特点是用近60个短篇串连而成，每篇一二千字，围绕一个题目叙述和议论，文字简洁易读，不给人以芜杂烦冗之感。这种写法我是十分赞同的。尤其是作为普及文化知识的学生课外辅助读物，使用的概念应该准确无误，提出的观点应该明确清晰，语言应该平实简明，摒弃大话空言，反对故弄玄虚。本书作者基本上遵循了这个原则，我想读者是会欢迎的。

因为我是此书稿最早的读者之一，所以书稿的热心推荐者巴易尘校长希望我能写篇短序，故勉力为之。不对之处，请作者和读者批评指正。

（2012年7月19日于北京）

《丝路历史文化研讨会论集》跋

*《丝路历史文化研讨会论集》（新疆维吾尔自治区博物馆、中国敦煌吐鲁番学会编著），新疆科学技术出版社，2013年出版。

近五年来，从武夷山到武当山，自上海、杭州至兰州，中国敦煌吐鲁番学会每年一次的理事会，总是开得生动活泼，有声有色。这要归功于郝春文教授领导下的常务理事们发挥了积极的作用，也应该特别感谢在举行理事会的同时和学会共同举办学术研讨会的高校和研究机构。而2012年8月在乌鲁木齐市举行的这次理事会和丝路历史文化研讨会，让我们又一次感受到了合作主办方新疆维吾尔自治区博物馆领导和工作人员的热诚，使我们体会到在这瓜果飘香的各民族文化交汇之地的浓情厚意。

1983年8月中国敦煌吐鲁番学会成立之后，我们曾于1985年在乌鲁木齐开过一次国际学术研讨会；事隔十年之后，又于1995年在吐鲁番举办了敦煌吐鲁番学的出版研讨会。两次会议，都取得了丰硕的成果，在推进敦煌吐鲁番学的研究的同时，也特别彰显出新疆同行们对学术的不懈追求与贡献。本次丝路历史文化研讨会举行中，新疆本地的各族学者，有的提交高质量的学术论文，有的积极参与会上会下的讨论，有的热心承担会务工作，保证了会议的圆满成功。自治区博物馆的道尔基主任、郭金龙副主任、万洁科长等会务组成员为会议的顺利进行付出了辛勤的劳动。特别值得一提的是，本次会议从筹备到召开、闭幕、参观考察，从会场安排到代表的食宿、交通，博物馆侯世新馆长始终亲自参与，精心指导，事事布置落实。尤其是会议闭幕之后，侯馆长注重承诺，继续紧抓会议论文集的编撰出版工作，在博物馆朱虹女士的努力下，使得这本论文集在会议结束的半年之内便得以顺利出版。这种认真负责的精神，雷厉风行的作风和高效率，值得我们赞许与学习。

这本论文集所收的文章，涉及古代丝绸之路历史文化的方方面面。作者们大多从剖析新疆与敦煌遗存的历史文物、文献个案入手，拓宽视野，梳理文化交流大背景下历史发展的脉络，探寻各民族文化交融与传承的规律，提出自己的认识。这对于我们今天更好地汲取历史经验，促进文化的大发展、大繁荣，建设和谐社会，无疑有着积极的作用。因此，这本论文集的正式出版发行，既是新疆维吾尔自治区博物馆和中国敦煌吐鲁番学会的一次工作汇报，也是学者们用自己的学术研究成果对社会的奉献。

本论文集在编辑出版过程中，承担出版印制的新疆天信智业文化传媒有限公司多次来电话征询意见和建议，以提高出书质量。对此，我们表示衷心的感谢。书中内容与形式肯定还会有可改进之处，期盼得到广大读者的批评指正。

（2013年1月7日）

《敦煌文选》序

*《敦煌文选》(纪忠元、纪永元主编),作家出版社,2013年出版。

  五年前,纪忠元、纪永元伯仲编撰的《敦煌诗选》面世,为广大的敦煌文化爱好者提供了一份丰富的精神食粮,得到广大读者和敦煌学界同仁的好评。现在,在永元馆长主事的阳关博物馆创建十周年之际,他们又将精心编注的厚重书稿《敦煌文选》送交作家出版社,这种倾心弘扬敦煌文化的热忱和孜孜不倦的工作精神,真让我们肃然起敬,钦羡不已。

  《敦煌文选》是《敦煌诗选》的姐妹编,二者血脉关联,却又风采各异。先秦两汉时期,古人心目中的"文",从青、赤交错引申为"声采"、"藻绘",与"质"相对(《周礼》云"青与赤谓之文",《说苑》谓"有质而无文"),可以说几乎涵盖了所有的文学艺术门类。到了5世纪晚期刘勰撰《文心雕龙》,"文"始厘分为三十五种体裁,而骚、诗、乐府等歌诗类作品仍首列其中。6世纪初,南朝梁昭明太子萧统编《文选》,开始注意了所收作品的"文学性",所编三大类,诗、赋仍占其二。大概是到了隋唐时期,在近乎全民读诗、写诗的氛围里与后来声势浩大的"古文运动"中,诗(韵语)与文(散文)才有了明确的区别。之后,在文学体裁的辨明上,诗歌(包括词、歌辞、杂曲)的概念相对单纯,无论是讲求声律的古体、近体,齐言、杂言，还是通俗的白话诗、新诗，基本的要求是语言高度凝练，讲究节奏韵律；而作为散文文体之"文"，其涵盖的范围则要宽泛得多。除了文人士子创作的散文、杂文作品外，书、疏、碑、铭、赞、箴、诔、记、传、论、说、奏、策、表、启、对、诏等也都可包含其中。20世纪初，敦煌莫高窟藏经洞文献重新面世后，与宗教宣传密切相关的讲经文、变文、因缘记等又进入人们的眼界，一批散韵相间的"说唱文学作品"和颇具时代风貌的应用文范本"书仪"，链接了中古文学史上缺失的环节，令众多古籍整理者和研究家欣喜不已。现在，纪家兄弟编注的这本《敦煌文选》，就是根据上述广义的"文"的范畴来收编作品的。

《敦煌文选》的编选，是为了通过对与敦煌关联的120篇作品的介绍与注释，普及敦煌历史文化知识，更好地传承与发扬博大精深、灿烂辉煌的优秀文化遗产。诚如刘勰所言："或简言以达旨，或博文以该情，或明理以立体，或隐义以藏用。"（《文心雕龙·征圣》）因此，我的理解，尽管其中有少数作品（如《山海经》节引"敦薨之山水"、悬泉置出土的"小浮屠里"简和"使者王君"简、唐天宝年间敦煌郡"五谷时价"等）还很难形成一则完整的文章，但其中透出的人文信息却至关紧要，弃之可惜，故亦予以收录。书中所收唐五代宋初时期的各种作品60篇，占了全书三分之二的篇幅，且均出于敦煌莫高窟碑铭与藏经洞遗书，采自敦煌文献的各种整理本，体现了众多专家学者的研究成果，成为本书的一大特点。清代与民国时期的作品39篇，其中许多是一般读者乃至研究者不易寻获的稀见文章。岁月倏忽，时代风云变幻，作者身份有别，文风各异，今天读来应该会有颇多感慨与启示。

因为担负着普及历史文化知识的任务，本书在文章的注释上下了不少功夫，其中多数是一般词语、名称的注解，当然也引用了相关专家学者在研究的基础上对某些问题的诠释，资料尽可能翔实，文字力求通畅易懂。有的篇幅较长的文章，涉及佛教知识、历史典故等也较多，虽尽量精简，为扫除阅读障碍，出注仍多，似略嫌繁缛。好在有敦煌历史文化的吸引力，我想读者还是会理解与欢迎的。

"兄弟既翕，和乐且湛。"(《诗经·常棣》)与许多敦煌学界的同仁一样，多年来我一直感佩纪家兄弟弘扬敦煌文化的精神与事业心，也一直关注着阳关博物馆的建设与发展。在《敦煌文选》即将出版之际，呈上这篇短序，再次表达我衷心的钦佩与至诚的祝贺！

（2013年6月于北京中华书局）

好一个"细"字了得
——《物象·景象·意象》序

*《物象·景象·意象——古典诗词丛谈》（黎烈南著），甘肃教育出版社，2014年出版。

1985年，烈南以一位没有大学本科学历的知青考入北京师范大学中文系，成为我的老师邓魁英教授的研究生，是我名副其实的"师弟"。但我们之间的结识，却缘于他写给我的第一封信——他进校时我早已离校到中华书局做编辑工作。他在师大时常听邓先生提起我的名字，"顾名思义"，便误认了我的性别：他1988年获得硕士学位后到首都师范大学任教，写信给我，起首直呼我为"师姐"。我接信后惊愕而乐，马上回信予以辨证。其后，邓先生告诉我："你这位师弟的一个特点就是粗疏。"因此，邓先生还专门请启功先生书写了一个大大的"细"字赠给烈南置于座右。启先生的墨宝似有神力：一是据我亲眼所见，烈南家中一次因电线着火，烧坏了冰箱等电器，而火苗刚燎烤到悬挂于墙上的这幅"细"字就自动熄灭了！二是烈南虽然在日常生活中仍不免大大咧咧，但读书、教书、写作却愈加细致耐心。他的这本《物象·景象·意象》便是明证。

烈南从备考研究生开始，到读研期间，到毕业后分配至首都师大中文系讲授中国古代文学，最大的一个特点是不厌其烦地大量阅读诗词作品——他自己称之为"恶补"，从泛读到精读，从熟读到背诵，真是"好诗不厌千回读"、"功夫不负有心人"，中国古代诗词的许多经典之作，他都可以达到烂熟于心的程度。这就为他的教学与科研打下了最扎实的基础。据同学反映，因为不时有一篇篇的具体作品呈现在学生面前，又进而有对一些例句的细细品赏与分析，触类旁通，异同相较，所以他的讲课内容不空泛、乏味，课堂气氛也是活跃的，得到学生的好评。在课余，他从撰写古典诗词的赏析文章入手，将自己研究中国古代文学的重点放在探索作家作品的风格、特点与创作动因上，而且尽量通过诗词中具体的物象、景象、意象，来考究诗人词家的创作技巧和所要反映的主观意图及心理、哲理。例如，晚唐五代词中的"雨"，温庭筠词中的女性形象，李煜词里的"春花秋月"，辛弃疾词里的"山"，东坡诗文中的"马"，等等，他都以丰富的作品实例为证、做比较，得出自己的结论。

中国古典诗词的阅读、欣赏与探析，其实并无固定的程式。诗人写诗作词，状物，叙事，咏史，写景，抒情，寓理，诚如叶嘉莹教授所高度概括的，或"对世界取感情之观照"（主观），或"对世界取理智之观照"（客观）；那些名篇佳作所创造之"意境"，亦如王国维大师所精辟归纳的，或"有我"，或"无我"。同样，读者、研究者面对这些作品，无非也是从诗词中所描述与抒发的物、事、史、景、情、理入手，探幽览胜，化入意境，去做主观或客观的赏析。我国历代累积和流传下来的众多诗话、词话，虽然常被一些文艺理论家贬为"零碎"、"不系统"、"缺乏理论"，实则往往是艺海拾贝、蚌中剖珠，一语中的、举一反三，同感通感、心有灵犀，也恰是契合了中国古典诗词文化特质的特色评论。这一"中国特色"，尤其表现在不架空，不板滞，不迷信，不深究，却又往往留有想象、比较、发挥的余地。例如"平淡"、"隽永"，例如"潇洒"、"旷达"，例如"豪放"、"婉约"，谁又能三言两语把它们讲透呢？而要讲深讲透讲清楚的基础，便是对诗词作品的熟悉，对作家创作环境、动机与关联的准确把握，反映在所撰写的赏析文章上，便是一个"细"字。

读了烈南这本书里的几十篇文章，我的第一个感觉便是："好一个细字了得！"如何细法，读者诸君尽可通过读这些文章去自行领略。我在这里只是再强调：对优秀的古典诗词做细致入微的赏析，绝非是被讥为"老雕虫"的寻章摘句、死扣字词，而是材料精当翔实，分析鞭辟入里。"微观"研究要细致透彻，"宏观"研究也不等于粗疏、空洞，大而化之。在古典文学界，我们以往已经有了不少"以论带史"或"择史证论"的教训，认识到"理论先行"、以偏概全的弊端。譬如摘引杜甫的几首几句诗，便判定他是多么地脱离广大民众而维护腐朽的封建统治；选用李白的几首几句诗，便夸奖他因丝毫没有权贵思想而多么地清高。我曾经在《怎样读古诗》的演讲中提出："古诗是古人的创作，古今的社会生活及人们的思想感情、意识是很不相同的，因此今人读古诗，就要顾及时代、顾及全人、顾及全篇，注意时代的特点，这样才能沟通，避免隔膜与片面。"（见《启功说唐诗》"附录"，人民文学出版社，2009年版，第136页）我以为，烈南文章的"细"，也是比较好地体现了这"三顾"的。

我期盼烈南赏析古典诗词的"细"，会受到更多古典文学爱好者的肯定与欢迎。我也期盼烈南能进一步发挥他"细"的特色，写出更多的好文章。

（2013年8月）

一份弥足珍贵的家世资料
——《沛国家声远》代序

* 本书未正式出版。

前不久，我的老校友、老同事朱和生教授从乌鲁木齐来电，并发来他刚撰写的回忆家世、家事的《沛国家声远》书稿的电子文本，嘱我通读并提出意见。老友年过七十，犹孜孜笔耕，令我钦羡；而拜读书稿之后，更让我惊喜——惊的是老朱的记忆力丝毫不衰退，繁杂的家世、家事娓娓道来，清晰而准确；喜的是他的朴实文风依旧鲜明，带有个性风格及家乡色彩的语言，生动而通俗。

"风声雨声读书声，声声入耳；家事国事天下事，事事关心。"这副流行既广且久的联语反映了我国热爱生活、心系天下的知识分子的积极心态。家庭是社会最基本的组成单位，在文明社会里，家事看似琐小，却往往联结着世事变迁，关乎广阔的社会场景。至于反映家族谱系源流、变动、传承、发达的家世材料，更是社会历史不可或缺的重要内容。从文化传承的角度看，家世资料常常可以钩沉出特别珍贵的文化信息。故而正史、野史之外，我国史学界向来特别重视家谱宗谱族谱的编撰和刊印、抄存。这些谱牒材料的编印、留存、传播，又多依靠家族中的读书人。这些主要保存在县级藏书机构、私家藏书楼及个人家里的大量家世谱牒材料，可以视之为我们民族精神家园中一片丰茂的绿茵，近百余年来却遭到了极为严重的毁损，令人扼腕叹息。现在，在声声入耳的民族振兴的号角声中，许多老年知识分子又凭着对家国天下的热忱，撰写回忆家史、世事的文章和图书，确是大好事。我想，这也是老朱写这本书的大背景。

老朱写书当然也有他独特的"小环境"。恕我浅陋，我过去对"沛国家世"了解甚少，尤其是对出了"两朝天子"（朱温、朱元璋）、"一位圣人"（朱熹）的朱氏后裔在广西地区的繁衍状况完全无知。读了老朱的书稿，至少了解到在博白、陆川一带的朱姓筚路蓝缕的创业艰辛，他们并无祖上和神灵们的特殊荫护，而是靠自己的勤劳奋斗成家立业的。我相信这对老朱来讲，应该是一种特别的精神遗产，激励他求学奋进，从家乡到北京，到新疆，为国家的文化教育事业做出自己的贡献。老朱写书，既是出于对家族、家乡的一种怀旧、感恩情结，更是对自己成长环境、成长经历的一种回报。

朱和生、张银云伉俪已经在新疆工作、生活了近半个世纪。在北京师范大学1966届毕业生分配赴新疆的校友中，他们是"先行者"——1968年4月份就到了乌鲁木齐，因为听说那里还有武斗，不便去报到，我们就等他们发来准确的消息再动身前往。6月初，学校通知说可以去了，我和外语系的蒋森和同学便结伴西行。到乌鲁木齐火车南站后，内地来报到的各高校毕业生被安排在车站下边的一个小旅馆里，由几位军人给我们办学习班，天天训导。他们认为我们是犯了错误被发配新疆的。弄得我们这批"满怀豪情"来边疆的人一头雾水，也几乎浇灭了大家的"革命热情"。后来，我被分配到乌鲁木齐市半工半读师范学校当教师，学校位于友好商场附近（当时被改名为"反修商场"），正是"文革"中武斗的敏感地区。于是朱、张二位自告奋勇陪我前往报到。我们刚走到商场门口，老朱突然做了一个侧身匍匐倒地的动作，我和张银云还没明白过来，只见一个土制手榴弹就掷在离我们不远的地方打转——虽然最终没有爆炸，也吓得我们出了一身冷汗，但老朱的身手敏捷却由此可见。报到时，虽然已"靠边站"的学校领导穆文彬主任听说老朱被分配在13中，很是遗憾，连连说"调到我们这里来，怎么样？"老朱当然表示无能为力。但不久工读师范办不成了，在1970年与13中、工读一中、工读三中合并成为第19中学，老朱便自然而然地也成了老穆的麾下。1977年，我被调到位于八一中学的红专学校（教师进修学校前身，后又改为教育学院）；不久，老朱也调到该校任教。我和老朱是名副其实的同事，只是分工不同：他教化学，我教语文；他创建校办工厂，我带校田径队。而在节假日里，我们这批北师大一起分来的校友常有聚会，生活虽然不富足，而学友间的互助互励，却大大丰富了我们这批远离家乡者的业余生活。我们在19中的工作，老朱这本书中有若干叙述，文字不多，却可看出他忠于教育事业的品质和不随波逐流的耿直性格。因为我接触的各年级学生相对较多，对那段时间学校发生的事情了解也多。我曾写过《进疆第一乐章》和《19中的学生们》两篇文章，已收到有关的书中。我想，以后抽时间可以更详细地写出来，算是对十年教师生活的回顾，也是对老朱这本书的响应和补充。

（2013年9月9日于北京中华书局）

《西域汉语通行史》序

*《西域汉语通行史》（马克章著），甘肃教育出版社，2016年出版。

三十六年前，我从乌鲁木齐市第19中学调到"红专学校"（市教师进修学校、教育学院前身）任教，和马克章老师成了同事。他教现代汉语课，我讲古代汉语，两门课程有许多契合之处，常在一起相互切磋。那时学校的教员多是从市属各中学调入的，老师们刚刚摆脱了"文革"的羁绊，思想也逐渐"解放"，很想在业务上多下些功夫，在提高自身水平与能力的同时，将所需知识传授给如饥似渴的学员们。在我的印象里，老马是我们这批"老大学生"中最勤奋的一位，也是刻苦钻研，在教学的同时最早步入"科研"领域的老师。现在想来，他日后能够担当两千年"西域汉语通行史"这个大课题，那时已经打下了扎实的基础。

几年前，在和当年语文教学界老同事们的一次聚会之后，老马和我聊了他这些年搜寻、积累两千年间西域汉语通行方面的资料，准备撰写一本相关著作的设想。我当然非常赞成——因为这不仅是新疆历史文化史中不可或缺的部分，而且也是社会语言学、文化语言学在中国汉语史研究中的一次有益实践和名副其实的突破。这些年来，我因为参与敦煌吐鲁番学研究的缘故，对相关出土文书中所反映出来的晋、唐时期敦煌及西域的"双语"乃至"多语"并行的情况颇感兴趣，但惜无研究。老马这本著作的着眼点是汉语在西部地区的通行史，同时也必然涉及和其他民族语言的交流、应用，相对于西域少数民族语言文献的研究（这也是我们的薄弱环节），西域汉语史的研究反而更加贫乏和滞后。语言文字本身是文化不可或缺的组成部分，也是文化传承的重要载体。我们在认真普及新疆历史文化知识时，当然应该对这一区域通行了两千年之久的汉语现象有更加清晰而确凿的认知。对于学界而言，从社会语言学和文化语言学的角度去厘清新疆汉语通行的史料并加以科学分析，则可以大大拓展人们研究西域文化历史的视野。

据老马在本书"绪论"中所说，他是三十年前在参与调查、研究新疆汉语方言的国家课题时开始关注"汉语通行"这个论题的。实际上，汉语的"普通话"只是现当代的概念，虽然古代的某个时期有"官话"的说法（如南宋时期临安的"官话"、晚近以来北方话系统的各地官话），其实也都是靠近某一种方言的语言——在漫长的历史时期，汉语不仅依靠各地方言而存在、传承、发展，而且也不断地通过从其他民族语言中汲取养料而丰富发展。新疆作为一个地域广阔的移民社会，内地各地区的汉语方言也不断地在新疆进行着交流。因此，新疆的汉语通行史，实际上正是汉语方言的通行史。诚如本书第一章第四节中所言："汉语在西域的通行，始于汉人的进入西域。汉语通行空间的分布，取决于汉人在西域的地域分布。"书中对汉代汉人（戍边士卒、地方移民等）的人数、分布，做了详细的钩沉与统计，说明当时在西域已至少形成了十余个汉语语言岛，当然"岛"的含义，恐怕还不是彼此间不通音问，"完全隔绝"，尽管交流并不通畅，但人员的流动是不可避免的，汉语不同方言间的渗透力亦不可小觑。从西汉至清末的两千多年间，体现了中原及江汉地区的各地方言交融特色的汉语，作为西域地区的"官方通用语"，是无可争辩的事实。至于西域各少数民族语言对于汉语变革、传承、发展的贡献，也是有目共睹的事实。例如，我曾经在一篇文章中提及元代维吾尔语对元曲语词的影响，还有目前汉语中已经非常普及的常用词汇（如葡萄、芫荽、琵琶、筚篥，等等），佛经东传过程中少数民族翻译家在译经中的杰出作用，都证明了西域的汉语通行史，也是各民族语言的交融史。本书中对汉代以后西域地区"双语现象"乃至"多语现象"的精辟分析，也说明了作者叙述、评论汉语通行新疆的历史，恰是在正视历史事实的前提下，为了更生动形象地还原民族文化交融的图像，更好地维护民族团结与祖国的统一。新疆，作为统一祖国大家庭中地域最辽阔、各民族文化交流最活跃的成员，诚如作者在本书"余论"中指出的："汉语在西域的通行，不仅起到了语言交际的作用，而且它对西域社会的发展和地区文化的发展，都产生了深刻的影响，具有重大的社会意义和文化意义。"

　　材料的翔实，方法的更新，严密的逻辑思辨，清晰的篇章结构，是本书的显著特色，也是我钦佩之处。本书征引的资料，有丰富的传世典籍，有大量的出土文物，有前辈的研究成果，也有国外专家的论著；本书使用的方法，除了借助文化语言学、社会语言学等新兴学科的认识论与方法论之外，多学科交叉综述，二重、多重证据，数字统计，等等方法，都得到了较好的运用；本书在具体的分析、综合中体现出来的逻辑思辨，包括精细推理而又留有余地，缜密而有说服力；本书依时代为序，厘为七章，纵论汉语在西域通行的史实，而每一章中又将新疆历史中一些重大事件与语言问题紧密地结合在一起论述，以求达到"横断面"清晰的效果。因此，这不仅是一部应用语言学的著作，也完全可以作为一部简明的新疆通史来阅读。学术的创新是必须以学术规范为基础的。我认为，学术规范的基本点，就是材料的真实、准确、齐备，语言的简明、通畅、生动，立论明确、推论合理、结论确定又留有余地，一句话，要杜绝假、大、空。我以为，老马的这部著作，是努力去做到这一点的。故乐于为之序，并求学界同道教正。

（2013年9月4日于中华书局）

《汉晋十六国木板绘画》代序

*本书尚未正式出版。

梁雄德、李旭二位先生编著的《汉晋十六国木板绘画》一书出版在即,编者寄来黑白书稿供我观赏、学习,常沙娜教授嘱我为之撰序。由于参加敦煌学研究的缘故,我虽对敦煌壁画艺术有兴趣,但对中国古代绘画艺术所知甚浅;20世纪八九十年代以来,河西地区及额济纳旗发现的汉晋十六国时期遗存的木板画,对我来说更是完全新鲜的文物。好在书稿前面有雄德先生研究这批木板画的长篇研究文章,又有李旭对古代木板画的鉴定与保护的精要论述,我读了均深受启益。因而,写序实不敢当,只能勉力谈些学习后的点滴心得体会,以求正于沙娜教授、二位编著者和广大读者。

木板画基本上是用动物毫毛制成的软笔蘸墨汁、彩色颜料直接描绘在木板上的画作,与印刷术发明后流行的雕版印制的版画不同,其起始的时代也要早得多。学界有"书画同源"的说法,这个"源",我觉得就是古人在地面、岩壁、玉石、陶器、甲骨等材料上镌刻的象形符号,它们既是文字之祖,亦开绘画之先河,都是当时社会生活和人们思想情感的真实反映。随着社会的进步、文化艺术的发展,字、画分流,刻、铸与描画并行,真正意义上的绘画、雕刻作品纷纷面世,岩画、陶绘、帛画、漆画、木板画、砖画、纸画、壁画及砖雕、泥塑、木雕、玉雕、碑刻、石雕、牙雕等均应运而生，各自在中国乃至世界绘画史、雕塑史的长河中占据了重要的地位。在这些林林总总的绘画、雕刻作品中，制作的工具、材料与载体成为十分要紧的因素——关联创制的结构、风格与用途，也关系到它们的保护、鉴藏与流散。据我所知，由于千百年来的天灾（包括自然风化腐蚀）、人祸与材质等因素，中国唐宋之前的绘画作品中，留存至今的帛画、纸画、漆画、木板画最为稀有，故每有现世，即视若瑰宝。长沙战国楚墓、汉墓帛画及漆画出土，举世震撼；嘉峪关魏晋墓室砖画呈现，中外瞩目。现在，得到抢救性保护的汉晋十六国时期的大量木板画又展现在世人面前，确实令人十分兴奋、欣喜不已。梁雄德先生在相关研究文章中，已经对这批珍贵绘画文物的内容、风格、特质做了详尽的介绍与分析，我觉得其中有几点值得我们进一步关注。

第一，这批木板画中反映世俗生活的内容与之前已知的墓室砖画近似，但社会场景更为开阔，生活气息更为浓郁，人物形象更为丰满。例如【1—A】为双面木板画，应是东汉时期墓室所出，正面系《乐舞图》，男女主人跪坐于户外茵席之上，旁有侍者执伞盖为之遮阴，前有摆放食盒之条案，右前方大毯之上有两位"舞人"持拍鼓、拨浪鼓而舞，右后方三块方毯上跪坐着三位乐伎分执阮咸（？）、古琴、腰鼓伴奏，上方则是一片树林。人物眉眼分明，冠饰清晰，神情生动，场景逼真，气氛热烈，俨然为主人奢华生活之艺术再现；背面为《猎获图》，在林莽背景的映衬下，两人抬着猎获的野鹿，鹿头后仰，说明还在挣扎之中，而另二位猎人手执弓箭、长戟追赶一头已中箭猛虎，老虎怒目圆睁，猎人满弓待发，其紧张气氛与抬鹿者的轻松、喜悦正相映衬。又如【7—10】魏晋时期的一幅《坞壁图》，画面上的庑殿式楼阁、开门侧身张望的侍女、持鞭赶禽的牧童、栏内的二牛三羊、拴在树旁的马、槽边待饮的三角牛，均描画得栩栩如生，构成了典型的庄园生活场景。另如《犊车出行图》、《护桑图》、《叨羊图》、《惜别辞行图》、《捻线纳鞋底图》、《求爱图》、《春情图》等，都是绘画文物中难得一见的题材，丰富了我们对汉晋时期日常社会生活的认识。特别值得一提的是，本书图版【8—4】、【8—5】为两幅《屯垦戍边图》，画面上的兵营、荷戟士卒，与耕、耱农田的农夫农妇并绘于画中，是当时屯垦戍边政策举措的形象展现，在我所知的同时期美术作品中，似为仅见。

第二，这批木板画中描绘的神话传说、神兽形象多有创新，很多地方又更贴近现实，大大丰富了这类题材的绘画语言与技法。例如双面木板【12—A】的《伏羲女娲图》，画面上的伏羲、女娲均为童颜，上身着宽袖襦服，下身围羽状短裙，双肩有羽翼；特别奇特的是下身除传统的相交蛇尾外，还长着两条兽腿；上方正中是一条长了羽翅的龙，两侧的日中金乌、月里蟾蜍的画法为一写实、一抽象，也与我们常见的伏羲女娲图像不同。【4—1、2】的伏羲女娲图中的形象与此相似，只是两人的发髻已成人化，月中蟾蜍则近似写实了。这种神话故事的写实化手法，也体现在【12—B】的《西王母、东王公图》中：西王母、东王公的面部形象与装饰完全与世俗生活里的人物相同，只是多了双肩上的羽翼；西王母座前的九尾狐、三足乌，东王公座前的神鹿，基本上都是写实的图像；西王母的侍女肩上的羽翼换成了一副蝶形翅膀，反倒像是套上了孩童的花边围嘴。同样题材的绘画语言，此图确为我所仅见。另如其中西晋时期所绘的四幅瑞兽图像，均和我们在画像砖中看到的有别：大角神鹿昂首奋蹄，疾驰如飞，但形态逼真，并无夸饰；翼马之双翅与前腿相连，马蹄变成兽足，躯体介乎狮虎之间；九尾狐的图像则似乎结合了狐、兔、羊的形象，也是睁目昂首前奔；白马除了耳间长角显示神力、唇上有须以示长寿外，基本写实。他如青龙、白虎、朱雀、玄武四神兽的描绘，也体现出画匠尽量忠实于现实生活的理念。神话与现实的完美结合，写实风格与创新精神并存，为这批木板画增添了生活气息和生命力。

第三，这批木板画在绘画技法上，在总体符合质朴、旷达的时代风尚的基础上，注意刻画细节，增强了艺术感染力。例如【7—12】《休憩图》中的人物倚树桩小憩，左腿微伸，右腿稍曲，右手撑颚，左手持水罐，双眼欲闭又睁，困倦之状清晰可辨；而右边树下之猫两眼圆睁，左边树上之鸟振翅张嘴啼叫，正与欲憩之人形成鲜明对比，画中的这些细节刻画实在令人叫绝。我特别注意到这批画中不少人物、动物的眉眼描画都相当细致，一些日常器物也画得很细腻，如【6—7】的《绢帛食具柜图》中的22件绢帛、7件器皿、8个挂钩上的厨具和绳索等，【7—15】《庖厨图》中的切肉、摊饼、添火等动作，都近乎现实生活中的写生图。【7—1】《犊车出行图》中，车上妇人怀抱的婴儿、车后孩童手牵的青蛙宠物，也仿佛近在我们眼前。书中这方面的例子可谓不胜枚举，服饰、乐器、食品、农具、车骑，等等，都让人感到了细节真实的魅力。美术史家王伯敏先生在他的《中国绘画史·序》中说："杰出的画家，在艺术上巧夺天工，他们以独特的艺术形式，表达他们的思想感情。无论画千军万马，或是五岳三江，以至一花一草，他们可以用细如游丝的笔致，或者用奔放练达的笔调，抓住对象的形神特质，引起广大读者对于美的共鸣。"（《中国绘画史》，上海人民出版社，1982年版）可见，创作者深入生活，执着心中，超然象外，追求"细致"与"粗放"的统一，正是画作达到形神兼备的必要条件。同时，我以为这批木板画的这个特点，与它们的载体也密切相关。经加工后细木板的流畅木纹，它的温润材面及细腻涂层，非常适合发挥细毫软笔的特长，既可以重笔勾勒粗线条的轮廓，又能轻笔描绘细线条的物象。因此，我很欣赏书后插页上编者写的两句话："帛、纸、砖是人为再加工的产物，而木材原本是有生命的物体。一块木板它优美的木纹、温和的品质，本身就是大自然赋予我们的艺术品。"这是编者的感悟，应该也是我们的共识。

我们要特别感谢这本木板画的编者梁雄德先生——这位从祁连山下洪水河畔走出来的优秀画家。梁先生的学习经历与创作历程，是这一代人历经风雨、千锤百炼而终成大器的缩影，这有他自己的创作与文章作证，无须我在此赘述。我只是想强调，作为一位从自学起步又经学院正规训练，并经吴冠中等多位大师名家指点的画家，他有植根于乡土的深厚基础，有孜孜不倦的奋斗精神，有转益多师的求知渴望，有永不满足的创新追求，所以才能"日新月新"、"年新又新"。特别是他多年来对敦煌文化艺术的热爱、探索，使得自己在不断汲取优秀传统文化艺术营养的过程中，不断地提升自己的艺术品位与学术品格。这一册《汉晋十六国木板绘画》的推出，得益于他对各类绘画文物（尤其是民间作品）的丰富的感性认识经验，得益于他良好的专业知识、浓烈的专业兴趣与职业敏感，也得益于他的理论探索精神。我衷心期盼能看到梁先生有更多的艺术精品和学术论著问世，为敦煌美术、河西美术、中国美术事业做出更大的贡献。

我这篇短文远不够为此书写序的要求，勉力将自己的一些感受写出来，聊作代序，以完成尊敬的常沙娜教授的嘱托，并求得方家的批评指正。

（2013年11月21日于北京中华书局）

开创中国服饰史研究的新局面
——《粉黛罗绮：中国古代女子服饰时尚》代序

*《粉黛罗绮：中国古代女子服饰时尚》（陈芳等著）生活·读书·新知三联书店，2015年出版。

北京服装学院中国古代服饰研究团队的集体成果《粉黛罗绮：中国古代女子服饰时尚》一书出版在即，承蒙该团队负责人陈芳教授信任，在我得以先睹书稿为快之后，嘱我撰写书序。我于中国古代服饰文化所知甚少，对古代女子服饰时尚更缺乏了解，只能将自己学习后的一些心得写出来，聊充"代序"，以求方家教正。

据我所知，陈芳团队从事中国古代服饰的研究已经有相当扎实的基础和比较丰厚的成果积累，汇集成专著应是水到渠成之事。去年，我在拜读他们发表在北京服装学院学报艺术版《艺术设计研究》中的相关论文后受到鼓舞和启发，曾经在"敦煌服饰暨中国古代服饰文化学术论坛"（2013年10月）上发表感言，认为中国古代服饰文化是我国传统文化中最具大众化、民族化、多元化特色，富有时代感和生命力，体现创新性与实用价值的文化门类。我也就拓展学术视野、注重个案研究提出了粗浅的意见。现在，书稿中异彩纷呈的丰富内容，不仅印证了我的认识，而且又启示我对这方面的研究去做进一步的思考。

我十分欣赏陈芳教授在本书第七章引言部分中的一段话：

正是日常生活的服饰，才能更好地反映一个时代经济、文化和思想的变化，及时地透视出快速变换社会的流行风尚，但如何把握和再现这过往的时尚，并非易事！即使是还原最基本的形制，也缺乏大量的文献、图像和实物材料的支撑，更何况需要从物质文化史角度，来探究服饰与身份阶层之象征、地理环境之差异、工艺水平之高下、审美趣味之嬗变等要素的关系。虽如此，中国服装史的研究不能停留在前辈大师的通史钩沉上裹足不前，而应该继续他们未竟的事业，补充他们未及的日常服饰的个案研究，从而将中国服装史的研究向前推进。

这就十分清晰而简洁地说明了他们确立"中国古代服饰史研究"这个大课题的出发点及研究对象、方法和目标。在"中国古代服饰史"这个大的"母题"之下，又有若干各具特色的子课题，"女子服饰时尚"即是其中之一。通过本书我们可以看到，作为这个子课题的阶段性成果，既有依据历史脉络"纵览"主题的总体学术架构，又有选取典型样式"横截"个案的扎实细致分析。在立足前辈学者研究成果的基础上，开阔视野，转换角度，创新思维与方法，推动了相关研究的深入发展。

我注意到，本论著的作者们十分明确要将我国古代女子服饰时尚的探究，置于整个社会生活史的宽阔视野之下，不仅关注服饰时尚与当时政治思想、经济、军事的密切关系，而且关注服饰时尚与传承有序的精神文化的血肉关联，还特别关注其与物质文化不可分割的紧密联系。众所周知，我国流传至今的"正史"典籍（廿五史、十三经等）中的服饰史料基本上是被涵盖在"礼制"的范围之内，远远不能反映它极为丰富的内容，也就远远不能满足研究者的资料需求。因此，以沈从文先生为代表的前辈学者，也早已注重对相关文物图像资料的分析，运用"二重证据"乃至"多重证据"对古代服饰进行研究，做出了巨大的贡献。但是，由于时代与各种条件的局限，在思想的开放、方法的借鉴、资料的搜集和使用等方面，也都受到局限，无论是在宏观的整体把握上，还是在微观的个案剖析中，都留下了许多有待填补的空间。应该说，前人的遗憾，也是留给后来者的挑战与机遇。陈芳团队接受了挑战，也抓住了机遇。

现在，读了陈芳团队的这本著作，我们得以更明确地认识到服饰时尚鲜明的时代特征、民族特色与地域特点，认识到它们的共性与个性的辩证统一，认识到它们的包容性、传承性与多元一体性。这些特性，在中国古代女子服饰时尚中表现得尤其明显。例如，书中所述及的先秦女子服饰的清纯、质朴、雅致，汉代女子服饰的多种刺绣纹样，六朝女子服饰的灵动飘逸与仿效戎装、军容的风气，隋唐时期的胡风汉韵，葳蕤华彩，宋朝"简约淡泊"里内敛的奢华富贵，元代以后随着东西方各民族文化交流加强及外来因素的有机融汇等，都是文化时尚长河中璀璨夺目的浪花。尤其是我国作为一个历史悠久、地域辽阔、人口众多、文化璀璨的多民族统一国家，一方面，服饰时尚不仅往往得力于历朝历代统治集团上层人物的喜好、推崇与倡导，更关乎各地、各族普通民众的日常生活需求，关乎物质生产的丰富或贫瘠，关乎官方、民间文化交流的盛与衰，当然也会与社会的稳定与动荡相关联；另一方面，虽然鉴于时尚本身内涵的创新活力，它常常关涉社会的变革、进步，也不断会花样翻新，但因为儒家文化传统与礼制的影响，因为统一国家的强大向心力，也因为相对稳定的生活习俗的渗透和审美心理的"从众"导向，它又具有相对稳固的传承性，具有"有容乃大"

的气魄，还常常表现为积极的周而复始的"旧"与"新"的调谐能力，有时还表现出使人惊叹的"超现实"的前瞻性。本书的作者们无疑是摸准了中国古代女子服饰时尚的脉搏，故不仅能很好把握与厘清上下几千年女子服饰时尚的主要脉络，也能将各时期一个个典型个案条分缕析得清晰、鲜活。尤其值得称道的是，全书每一章节都插配了不少精美的图片，与文字叙述相得益彰、相映成趣，成为全书不可或缺的组成部分。总之，本书可以称得上是一部"中国古代女子服饰时尚史纲要"。

诚然，"中国古代女子服饰时尚"作为一个子课题，本书还留下了不少值得进一步探究的"空间"，距离一部完备的"中国古代服饰史"当然更有大量的工作要做。在具体的研究方法上，本书作者们已经比较自觉地涉足美术史、科技史、文化交流史、物质文明史等领域，努力尝试运用多学科综合交叉、比较研究的方法，注意搜寻与排比新、旧资料，提出新问题，得出新认识，有了不少新的突破。但是一门学术史的科学建构，不仅需要我们继续在内容与风格的源流研究、特质研究与比较研究上苦下功夫，还必须在规律探寻、理论总结上勤于思考与善于提炼。陈芳团队这本专著的问世，有力证明了他们已经开创了中国服饰史研究的新局面；在祝贺他们的同时，也衷心期盼他们能为所倾心钟爱的学术事业做出更大的贡献。

（2014年2月）

《唐宋词概说》代序

* 《唐宋词概说》（孙其芳著），甘肃教育出版社，2015年出版。

孙其芳先生所著《唐宋词概说》是一本资料翔实、论说细密、行文平易，又有很高学术价值的普及读物。因为孙先生已仙逝多年，而这本书的写作又与我有关，故不揣浅陋，勉力写此短文，充作"代序"。

我是1982年夏天到兰州参加"敦煌文学座谈会"之后认识孙先生的。他是甘肃教育学院中文系的教授，曾兼任该院学报主编，不但是一位已经有很多学术成果的词学专家，尤其对敦煌词的研究多有心得，而且也是经验十分丰富的编辑。当时，我虽然也开始关注敦煌藏经洞所出唐五代写卷里的诗词作品，试写了几篇文章，并且于1983年中国敦煌吐鲁番学会在兰州成立后成为第一批会员，但比起孙先生来，真正只是"浅尝""初探"，谈不上研究；但孙先生却很愿意和我交流他的心得，使我常受启益。自1987年起，我负责中华书局《文史知识》杂志编辑部的工作，也曾约他写些唐宋词鉴赏方面的稿子。后来，考虑到他对唐宋词的赏析，不仅显示出扎实全面的基础知识功底，而且语言精练，深入浅出，实用性强，与当时风行的一些"精修钟表式"的烦琐文章截然不同，非常符合书局正在编辑的"文史知识文库"的要求，于是便向他约这本《唐宋词概说》

的书稿。当时，他在中文系与学报的日常工作事务很多，省政协的会议也不少，身体又欠佳，但还是挤出时间来，如期完成了书稿的写作。当他将誊抄得十分工整、自己装订成册的书稿寄到编辑部时，看到此稿的编辑和我一样都为他的认真与精细而感动。我很快安排了一位责编阅读加工书稿，为了慎重起见，还专门请了书局前副总编程毅中先生审读。程先生是学界公认的古代文学研究专家；他很快肯定了这部书稿的价值，认为可以出版。可是，书稿编辑加工之初，那位责编就被调到别的部门去当领导，虽然他自己表示可以继续做此书责编，但新岗位的繁杂事务还是使此书的编辑出版工作"搁浅"了——而且这一搁就是十多年。1997年底，我也离开了《文史知识》编辑部，一直到我2004年退休之后，这部书稿仍被堆积在成箱的文案之中。2001年夏天，孙先生不幸逝世。之后，我曾几次向书局提出过此稿的出版问题，都未获确切肯定的答复。从今年起，书局的返聘终止，我也终于寻捡出孙先生的完整书稿，经征询孙先生女儿的意见，决定向读者出版集团甘肃教育出版社的领导推荐此稿。王光辉、薛英昭二位领导慧眼识珠，欣然同意为此书出版正式立项，而且马上安排了吴洁琼女史担任书稿责编。现在，一部编排得大方得体的书稿校样寄到我手中，我仿佛怀抱着一颗沉甸甸的、历经风霜、几乎凋零的硕果，真是感慨万千！孙先生1991年4月末在书稿的"后记"末尾写道："脱稿后颇感困倦，以后可能不会再写长篇了。"我想，如果孙先生和他的夫人泉下有知，也会感到些许安慰的。

这次在通读孙先生这部著作的过程中，得以比较系统、全面、真切地感受到他深厚的词学功底和论著特色。兹将印象最深的几点写出来和读者交流。

其一，孙先生向读者介绍的唐、五代、宋词的知识是全面、客观和准确的。他是从文学创作方方面面的现象出发，从大量词作的作品实际出发，而不是"理论先行"，也非囿于成说或盲从名家结论。尤其是他对敦煌莫高窟藏经洞所出唐、五代词作写本的熟悉与透彻研究，使他对词的渊源、流变都有前人不及的清晰把握。尽管此书稿完成于二十多年前，可以说，本书中关于敦煌词的介绍与论说，迄今在学界仍然是最前沿的，尚无人超越。无论是关涉"词"的基本知识，还是对相关作家、流派、作品内容与艺术风格的分析，书中均不乏新意与创见。例如认为词起源于隋唐音乐，认为"花间词"将词带进了偏狭小路，认为宋词"废品太多"，其"题材内容的广度与敦煌词相比，也仍然望尘莫及"，对南宋众多词人"故作豪语"的批评，等等，都足以启人深思。书名"概说"，厘为三编，总字数不超过25万，却是一部真正内容丰富而又经过反复提炼的词学论著，也称得上是一部浓缩了的"唐宋词史"。

其二，这里特别要提出的是本书的语言风格——平易质朴，明白流畅，清爽干净，没有雕琢，却又不乏幽默；好似在随意与读者谈天，却又都是字斟句酌，简洁、明确，丝毫不拖泥带水，据说也一如他多年的讲课风格。当然，文如其人，我感觉他的性格内敛而不张扬，待人接物冷静、明净而又满怀诚挚与热情。本书介绍词的异名、体制、韵律、题材，专业性很强；讲了那么多的作家、作品，涉及面甚广；读来却丝毫不觉繁复、冗赘。我以为在语言表达上是经过千锤百炼的，真正有名师大家之风度。这一点实在值得眼下有许多急于赶制厚重"敲门砖"的作者朋友们学习仿效。

其三，全书征引词作的数量较多，有作者自己的选择标准，以佳篇、代表作为主，也有若干平庸乃至无聊的作品，这都是为了能让读者全面地把握唐宋词的整体，了解"全人"、"全篇"，防止片面。诚如孙先生在"后记"里所说:"词的语言和表意,往往比较含蓄,因而也便容易产生歧解,一些名家的解说,也常常出入很大,甚至背道而驰。"加上一些词人喜好用典,文字晦涩,给阅读理解带来障碍。因此,为读者着想,他对所引作品除精当评述外,还作了适当的解说,并且附带注明了一些典事与词语。我感觉这些解说、注释不仅简明扼要,而且准确地把握了词作的精髓与词人的思想脉络;特别难能可贵的是,许多评述、解说、注释是经过认真思索与寻捡,不落陈说窠臼的。例如对周邦彦《少年游》中"并刀如水,吴盐胜雪"的解释;如认为柳永所写艳情词较多,却不同于一般人的柔靡之作,词中实含豪气;如对东坡词中"今夕是何年"出处的引证,对吴文英《齐天乐》(烟波桃叶西陵路)众说纷纭的晦涩词语的解读。这些,都为我们更清晰、准确地了解唐宋词人与词作提供了思路、方法和资料。

孙先生这本著作当然还有其他的优点与特色,上述三方面只是我粗浅的感受,提出来供读者朋友们参考。我希望这本普及读物的出版,不但能够帮助广大的古典文学爱好者加深对唐宋词的了解,能够进一步提高大家对包括敦煌词在内的敦煌文学作品的兴趣,而且也能够引起词学研究界的关注。我相信,这也是当初孙其芳教授写作此书的一个愿望。

(2014年7月于北京)

野马倏忽扫尘埃
——《野马,尘埃》代序

*《野马,尘埃》(冯玉雷著),太白文艺出版社,2021年出版。

承蒙冯玉雷先生眷顾,得以先睹他的百万字长篇新作《野马,尘埃》。因种种原因,多年来我极少阅读现当代的长篇小说;但是这部长篇主要取材于敦煌藏经洞、吐鲁番等地出土的文献资料与相关历史典籍,作为一部历时七年创作的以丝绸之路文化为题材的重要文学作品,当然会引起我的兴趣。然而,作者精心设计的独具匠心的篇章结构,时空交织的叙事方式,历史大背景下真实人物与虚拟场景、奇幻心理的描述,乃至纷繁交错的矛盾纠葛,广阔而丰富的社会生活画面,还有当代网络语言的穿插使用,使阅读习惯单一、对现当代小说创作所知甚少,又脱离"时尚"的我读得相当艰巨。因此,当作者嘱我为之撰写书序之时,竟不知该如何下笔。好在我对敦煌的历史文化尚略有所知,对作者多年来从事丝绸之路文化研究的意图也比较清楚,钦羡、惶惑之余,谈些心得,聊充"代序",请玉雷及广大读者批评指正。

我国的敦煌与西域地区,是世界上几大古老文明集中(或曰唯一)的交汇之地。而文明的交融,往往伴随着人口迁徙、经贸往来、政治争斗、宗教传播、战争较量而进行,成为人类社会生活不可或缺的部分;因此,文明的交流与互鉴也成为推动历史进步的强大动力。可以说，自古以来，我国敦煌与西域地区的文明交汇，无论对中国各民族文化的发展、变革、繁荣，还是对域外各国各民族文化的发展、变革、繁荣，都有着不可忽视的意义。文明交汇，正是小说《野马，尘埃》的主题。

"野马，尘埃"之说，当源自我国先秦名著《庄子》中的"逍遥游"篇："野马也，尘埃也，生物之以息相吹也。"后世注释家对此有种种解读，其中最能给我们以启发的是"四生杂沓，万物参差""率性而动，禀之造化"这十六个字，因为道出了人类的社会生活与自然环境之间的本质联系。当然，小说作者应该还有更深层的用意。据史籍记载，敦煌的渥洼池是出天马之地。尽管这里带有浓烈的民间传说色彩，却印证了西汉王朝西求天马这一个追求文明交流的历史事实。我以为这部小说里的"野马"是带有明显的象征意义和蕴含着丰富的文化内涵的（请注意其"青木部·金牛座卷"中对"野马"一词的多种注释）。小说从头至尾散发出"野性"和"神秘色彩"——如果我们能细细品味两千多年前孔子所言"礼失而求诸野"，那么对"野"的内涵，当有一番新的感受。主人公尚修罗出生之时，便能用西域地区流行的多种民族语言滔滔不绝地讲述如梦如幻的神秘故事（统名《宁布桑瓦》，亦称"野马"），使人们感觉到如同降生了一匹不同寻常的充满了野性的天马。诚如小说中言："《宁布桑瓦》多处文字如野马狂奔，尘埃飞扬，荒诞不经，类于《山海经》《占梦书》，时见谬悠之说，荒唐之言。当然，其中也不乏峥嵘高论、浩荡奇言，且最大程度体现客观真实。"看似天马行空，光怪陆离，却在纷繁的故事情节中开启了那个特殊的历史时期文明交汇的大幕。

文明交汇的主体是"人"，是在大的历史人文背景下社会生活中的各色人等。请注意作者自撰的小说"引言"里的一段话：

小说以安史之乱前后的中国唐朝为历史大背景，以青藏高原、西域大地、河西走廊、中原地区为人物活动大舞台，以人文关怀视角审视在社会动荡时期人们心理受到重创后痛苦的生活状态，以多种艺术手法表现社会各阶层、各民族人们在动荡岁月中的尴尬历程，及追求真善美的执着决心。

小说描述的盛中唐之际正是中国历史上最敞开胸怀进行经济贸易、文化交流、民族融合的时代，也是因安史之乱造成战乱频仍、社会动荡、经济衰落的时期。但是，这个时期的文化却得益于碰撞、交流、融合而持续了大发展的态势，呈现出空前的丰富多彩。一方面是"动荡岁月中的尴尬历程"，同时另一方面则是"追求真善美的执着决心"，两者看似矛盾冲突，实则相辅相成。这部小说涉笔的人物数以百计，上自帝王将相、部族首领、高僧大德，下到叛臣逆子、巫婆驼夫、歌妓舞女，都成为承载文化的鲜明符号；涉及的历史事件错综复杂，无论是遣使通好、设防羁縻，还是攻城略地、招降纳叛，抑或僧诤辩理、修文经商，其间充满了真善美与假恶丑的搏击。小说结尾前，"前河西观察判官、散朝大夫、殿中侍御史、舍人王锡奏表"颇值得细读，其中说道："我风烛残年，唯有一念，使吐蕃与唐朝永远交好。"又说："不管梵语还是吐火罗语，不管突厥语还是粟特语，都是承载教义的工具，如同虚幻的野马，飘扬的尘埃。其实，您所谓的'野马'应该准确地描述为'像野马一样升腾的云气'，与我所说的野马迥然不同。云气在太阳照射下很快就会消失，而野马不管在沼泽、冰面、雪山还是草滩、戈壁、沙漠，都能够像唐语那样稳定地保持和谐紧凑的形态和秀丽多姿的时态。"全书一直以多种民族语言来象征不同文化,而这里的"野马"、"尘埃"并非虚幻的云气,而是稳定、和谐的实际存在。不管是吐蕃贵族之子尚修罗"倏"、后突厥小王子磨延泣"忽",还是那个安禄山的同母兄弟、侏儒阿嗜尼,他们在书中的所作所为,他们的"命运"或者说是"使命",就是在纷繁复杂的政治、军事斗争与经济、宗教活动中承担文明冲突与交融的任务。

小说最后,吐蕃赞普命顿悟派高僧摩诃衍与渐悟派高僧莲花戒展开辩论,这就是佛教史上有名的"僧诤大会"(其具体内容也有幸保存在敦煌莫高窟藏经洞所出的写卷中)。辩论的结果是渐悟派占了上风,顿悟派须退出藏区。但实际上,这场辩论的结果并无输家,两派之间取长补短,不仅对佛教的进一步中国化起了推动作用,也为包括佛教文化在内的中华民族优秀传统文化的形成、发展有着不可忽视的意义。小说结尾,摩诃衍将传承文化的文字全部镌刻到十二只"羲和"与十只"混沌"之上,又将"羲和"安装到月角位置,将"混沌"安装到日角位置,日月交辉,光耀世间,正喻示着文明的进步。野马倏忽扫尘埃,天翻地覆慷而慨。我以为,这就是玉雷这部长篇所要宣示的主旨。

至于小说在结构、章法、情节展示等方面的特色,在语言风格、人物塑造等方面的艺术手法,则要请广大读者去自行鉴赏和品味了。我的粗浅感受似可拟为一联:运斤有方,一颗匠心独具;变幻莫测,万变不离其宗。不知冯君以为如何?

(2014年7月于北京)

《法兰西学院汉学研究所藏清代殿试卷》序

*《法兰西学院汉学研究所藏清代殿试卷》（法兰西学院汉学研究所编），中华书局，2015年影印出版。

  《法兰西学院汉学研究所藏清代殿试卷》由中华书局影印出版在即，法国魏丕信教授（Pierre-Etienne Will）与戴廷杰研究员（Pierre-Henri Durand）都来函希望我能为此书撰写一篇序言。我对这批珍贵的清代文献并无深入研究，但因为是这个合作出版项目的倡议者，又与法兰西学院汉学研究所有多年的学术交流关系，故遵嘱勉力为此短文。

  中华书局与法国汉学界的关联，始于20世纪30年代出版法国汉学家的译著。从1933年出版译介葛兰言（Marcel Granet，1884—1940）的新著《古中国的跳舞与神秘故事》（*Danses et Légendes de la Chine ancienne*）起，到冯承钧先生（1885—1946）翻译的伯希和（Paul Pelliot，1878—1945）等汉学名家一批西域南海论著问世，再到"法国西域敦煌学名著译丛"、《法国汉学》辑刊的推出，交流合作的成果为中国学界瞩目。

  法兰西学院汉学研究所是法国研究中国传统文化的权威机构，一度堪称欧洲"汉学家的摇篮"，其图书馆陆续入藏的许多中国古籍文献弥足珍贵。自20世纪50年代中期起，中华书局成为出版古籍整理与相关学术著作的专业出版社，也开始关注流失海外的中国古籍文献。因此，1993年我与书局总经理邓经元先生应苏远鸣教授（Michel Soymié，1924—2002）之邀首次访问汉学研究所敦煌研究小组时，就提出过相关的合作意向。1997年，魏丕信所长邀请我到汉学研究所演讲，介绍中国敦煌吐鲁番学的研究状况，增进了交流、互鉴。2000年初夏，在魏丕信所长主持下，我国善本古籍著名鉴藏家田涛教授（1946—2013），在汉学研究所图书馆王家茜、岑咏芳二位工作人员的协助下，开编《法兰西学院汉学研究所藏汉籍善本书目提要》，其时我与田教授一同旅居巴黎大学城，亦予以关注与支持，并允诺担任是书责任编辑。该书于2002年在中华书局出版，引起许多汉学研究者的重视。尤其是该书著录的清代三十三通殿试试卷，其中十通为状元、榜眼、探花卷，为国内同类藏品所罕见；鉴于该书目提要只能简述大概，所以不少研究者以不得其详而遗憾。2013年春，我应邀到法国远东学院访问，其间到法兰西学院汉学研究所演讲，即通过戴廷杰、岑咏芳二位向魏丕信所长提出由中华书局影印出版这三十三通试卷的建议，因为之前书局刚成立了专门的影印公司，在人力、物力与经验上都具备了较充分的条件；而研究清代典籍文案与科举，又是魏丕信、戴廷杰二位之专长。我的建议很快为汉学研究所与中华书局双方领导所采纳，迅即达成合作协议并付诸实施。经过双方一年多来的努力，在试卷图版拍摄印制、文字说明配置、装帧设计等方面均已呈现出较高水平，专供鉴赏、珍藏的经折装本已印装完成，供研究、普及的精装本亦即将付型，令人欣喜。

关于出版本书的缘由及基本内容，书局编辑部已在《出版说明》中做了简要的介绍；而魏丕信教授的《序言》和戴廷杰研究员的《导言》，也已经比较详尽地阐述了此书的价值。我这里只就此书出版在中法文化交流、互鉴上的意义略陈管见。

我国清代的殿试，是始于中古时期的科举制度发展、延续到封建社会末期的人才选拔体制的重要环节。其利其弊，不仅国人迄未定论，国外汉学家亦鲜有清晰、准确的认识。中西方的教育体制差异甚大，在考核、选拔人才的考试制度上，似乎很缺乏可比性。19世纪晚期以来，近、现代中国的教育家不乏向西方（包括苏联）学习、借鉴者，也有不少的改革措施与成果。但是，似乎一直未能脱离"应试教育"的魅影。其中原因甚多也颇为复杂，我以为至少有一点是值得注意的，即无论是肯定者还是反对者，均带有一定程度的主观片面性偏见，而缺乏对科举制度方方面面、实实在在的深入探究，或爱屋及乌，或"将婴儿与洗澡水一道泼掉"。例如殿试制度，因为离不开封建皇权政治，往往受到严厉批判；但是从试题（策问）、阅卷、评选到"钦定"名次，以及这些被选中人才之后的实践表现，其中包含的正确、合理、民主因素，却常常被忽视。其中的客观原因，是研究者很少接触到这些殿试的一些具体数据，未能将历年的科举纪事与策问原文、答卷以及应考者的经历结合起来进行研究；至于期间发生的大大小小科场案，着眼其负面影响多，肯定其正面作用少。本书影印的三十三通殿试试卷，不仅为我们提供了确凿的原始资料，也启发了研究者去拓宽视野、改进方法，做深入探讨。正是在这一方面，法国汉学家为我们提供了极好的借鉴。承担本书文字部分的法国学者，不但搜辑了相关殿试的策问原文和科举纪事，而且用汉语文言文撰写了各位中举进士的翔实小传。这些小传虽限于篇幅均在五六百字左右，却是经过了细致钩沉及考辨而成，内容涉及传主出身、家世及应试与仕宦经历等，避免了思想领先、先入为主的偏颇，堪称客观、翔实，这就大大提升了这些试卷的研究价值。法国汉学家努力发挥了理性思辨的长处，又认真学习了我国清代乾嘉学人善于钩稽史料和精心考据的优点，体现出学术文化交流、互鉴的积极意义。

2014年3月28日，中国国家主席习近平在联合国教科文组织总部的演讲中精辟地指出："文明因交流而多彩，文明因互鉴而丰富。文明交流互鉴，是推动人类文明进步和世界和平发展的重要动力。"中国古籍文献是古代中华文明的重要载体。将保存在海外的中国古籍采取平等互利、合作共赢的原则予以整理出版，也是文明交流互鉴的一种方式。《法兰西学院汉学研究所藏清代殿试卷》的影印出版就是一个很好的例证，故乐为此序并求证于广大读者。

（2014年10月）

《回鹘文契约断代研究——昆山识玉》代序

*《回鹘文契约断代研究——昆山识玉》(刘戈著),中华书局,2016年出版。

作为国家社科基金项目"西北丝绸之路历史文化研究——回鹘文契约断代研究"的结项成果,《回鹘文契约断代研究——昆山识玉》一书出版在即,著者刘戈教授将写序的任务交给了我。我虽与丝绸之路及新疆的历史文化研究有缘,却完全不识回鹘文,从未涉足古代回鹘文契约的研究;只是曾经担任过刘戈《回鹘文买卖文书译注》(中华书局,2006年版)一书的审读编辑,对她多年来孜孜不倦进行探索的内容与精神都有些许了解,加之她的夫君郭平梁研究员生前在一次电话通话中曾嘱托我继续关注她的研究工作,所以勉力试撰此文,以充代序。

八年前《回鹘文买卖文书译注》一书出版后,中外学界的反应是积极的,曾获陕西省哲学社会科学和该省高校的人文社会科学两项优秀成果奖。对该书的价值,中央民族大学的张铁山教授曾发表文章予以评介,颇为中肯、详细,兹不赘述。我这里仅就著者从事回鹘文契约断代研究的意义及方法谈一点粗浅的感受。

我国西北地区出土的回鹘文文书是研究古代丝绸之路经济往来与文化交流的历史文献,也是认识新疆历史文化、了解民族交融不可或缺的珍贵资料。由于历史的原因,其中相当数量的文书流散海外,俄、德、法、日等国专家的相关研究起步较早,而我国各族学者主要是在20世纪80年代后才急起直追。多年来，中外学者都有一些重要成果发表。其中，辨识作为记载当时该地社会生活、表达思想情感的书面形式——古代回鹘文字，应当是这项研究不可或缺的最基础的工作。但是，历史变迁，世事沧桑，古代回鹘文在现实社会中已经消失，它和现代维吾尔语言文字在字形拼写和语汇、音读、语法等方面有了很大不同；另一方面，语言的传承性又使得古代回鹘文与现代维吾尔文有许多相通之处。研究古今文字之通变便成为民族语言文字、文化、历史研究中一项十分重要的课题。记得1997年我访问法国巴黎时，著名回鹘文研究专家哈密顿教授曾邀请我与古丽比亚研究员去他居所小叙，他所谈的中心内容便是辨识古、今维吾尔语言文字的异同是一道"门坎"，如果迈不过这道"坎儿"，就很难真正进入研究古代回鹘文文书的殿堂。因此，中外一些专家，都将古代回鹘文书体形态特征与年代的关系作为重要的研究课题，如 q 形态问题，加点与 x、γ 区分的问题，t、d、s、z 的混用问题，"楷体"、"半楷体"问题，这些特征与书写年代的判断问题等，尽管有些共识，但基本上还是见仁见智，众说纷纭。我以为究其根本原因，还是在于颇难掌握回鹘人于公元9世纪中西迁之后，其语言文字传承变异的规律。现存的文书资料，书写人不同，风格、年代、地域各异，似乎很难寻找出一条普遍适用的标准来衡量。

依我浅见，刘戈教授的优势，一在于她对所掌握的中外各位专家的研究成果做了细心、完整的归纳和比较、分析，既不盲从，也不轻易否决，而是注意吸收其中合理成分，又善于发现其中的矛盾因素；二在于她是在整理（译注）回鹘文契约文书的基础工作中，采用了亲自摹写大量文书的方法，力图体会与恢复古回鹘人的书写实践，琢磨其书写的习惯与形态特性，这就比单纯的辨图识字又进了一层。本书附录三的原契约复印件与摹写本的对照图，便很好地说明了这一点。以上两点，我认为都是应该赞许与值得提倡的。语言文字是人类进行交际最重要、基本的工具，与社会进步密切相关。因此，某一时期、某个民族、某片地域使用的语言文字，应该会体现出特定时代与区域的风貌、风格、风尚，这是普遍性与特殊性的统一；但是，有个性特征的"人"是使用语言文字的主体，他们也必然会受到社会变动、族群和人群交流、地域浸润的影响，受到心理、学养、环境等多种因素的影响，在语言文字的表达上呈现出"异常"现象。如果绝对化地一以律之，便不免产生差池。例如用笔书写文字（而非标准化刊印），其字形是否"规范"，与书写者的文化水准、性格、习俗，与书写工具以及书写时的情绪、环境，等等，都有相当大的关系，自创有之，出格有之，错讹亦不免有之。尤其是古人的情状，今人很难揣摩，这就会给研究者带来许多不便与困惑。刘戈教授摹写文书的过程，自然也是努力靠近古代回鹘文书书写者的一种尝试。所以说，文书年代的判断，主要应依据其所反映社会生活的内容（包括法律制度、经济特征、人物关系、地理环境），而不是单纯地凭借其书写形态与语法特征，更不是今人主观套用、评定的"书体"。

昆山识玉，玉汝于成。总之，刘戈教授在古回鹘文契约的整理研究上，已经做出了让学界瞩目的成绩，也正在继续艰苦探索之中。我在衷心祝贺她取得许多进展的同时，也期待着她有更多更新的成果不断问世。

（2015年1月14日）

《敦煌诗解读》序

＊本书繁体字本待出版。

敦煌莫高窟藏经洞所出古代写本里的诗作数以千计，其中仅存于敦煌写本的大量唐五代宋初时期的佚作，堪称真正意义上的"敦煌诗"，不仅是近百年来古典文学研究者特别重视的珍贵资料，也是广大敦煌文化爱好者格外关注的作品。学术界对敦煌诗的整理、释读、研究，近四十年来有不少图书出版，成为"敦煌文学"研究领域引人注目的成果。新近出版的汪泛舟先生所著《敦煌诗解读》，就是其中颇具特色的佳作。

我之所以称之为"颇具特色"，是有充分根据的。中国古代诗歌，无论其内容是言情、述志、咏物、绘景，都是人的思想感情与社会生活的反映；无论其形式是古体、近体、歌行杂赋，都要求语言凝练、声韵规整、体裁分明。不同时代、不同身世、不同环境下写诗的人各有领悟，写出的诗也就百味纷呈；而同一首诗，同一句诗，一百个人去读，会体味出一百种感受，见仁见智，亦毫不奇怪。因此古人有云"诗无达诂"。经典之作如此，童蒙习作也不例外。然而，对于每一首诗的创作背景、辞语含义、中心思想与基本内容的正确把握，仍然是解读它的基础与核心。而对于产生、传播于丝绸之路"咽喉之地"，主要是出于众手抄写的"敦煌诗"来讲，如何准确地校注释读文字，如何真实地解读它们的内容与形式特点，进而挖掘其蕴含的文化内涵，诚非易事。恕我浅陋，以前我读过的整理、赏析、研究敦煌诗的著述，虽侧重不同，各有千秋，却总不免在上述方面有所舛误和不足，包括我自己曾经整理过的P.2555卷的诗作在内，在作者身世、作品内容和形式的考索上亦出现偏差。而汪泛舟此书，在深入参阅他人著作的前提下，敢于拓宽视野与思路，不囿于成见，提出合理的新见解。如书中对P.2762卷背《咏史超女婿》、《皈依于灯下感受》二诗的解读，指出其并非咏诵赵公子无恤之史实，而是叙述王昭君渡江传说并颂扬她爱国之心的，并且附引大家熟知的杜甫《咏怀古迹》（其三）为证。另如对抄于P.2580卷的《肇法师与罗什书》，指出乃是演绎古代共工怒触不周山的神话故事，又据其"半拗半律"之五言诗形式，推断其为唐人之作，而且仄、平换韵，"或可视为我国'两韵诗'的新体"。又如对《敦煌廿咏》、《咏廿四节气诗》、《读史编年诗》（三十五首）等诗的解读，注释详尽，论析清晰，都不仅将相关研究推进了一大步，而且有助于广大读者对古代敦煌的人文环境有更生动形象的认识。这样的例子书中还有许多，就不一一赘举了。作者能做到解读诗歌上的触类旁通，首先在于他下功夫对作品本身的认真、细致钻研，不放过任何一处疑问，在文字校注上体现出扎实的基本功，又得益于他良好的文学与史学修养。

敦煌是古代多种文明交汇之地，不但是传承佛教的圣地，也是佛、道、袄、摩尼及各种民间宗教文化兼容并蓄的多彩舞台。因此，本书作者特别选辑了敦煌写卷中数量众多的经颂、禅修、高僧、道家诗作给予解读。这对正确、全面地认识敦煌文化意义重大。十余年前，中国敦煌吐鲁番学会老会长季羡林教授曾向我提出一个问题："阶级先消灭呢，还是宗教先消灭？"我的回答是"阶级先消灭"，季老表示赞同，并且指出：宗教及其文化艺术将伴随人类社会到永远。我的理解，宗教信仰伴随着人类社会发展的足迹，信仰绝不等同于走偏锋、绝对化了的"迷信"，而宗教文化和人类意识形态发展的每一个阶段都紧密相连，是人类文明重要的组成部分。作为多元一体的中华优秀传统文化，自然也包含着儒、释、道等本土及外来文化的精华部分。即拿留传至今数以万计、丰富多彩的唐诗而言，其中蕴含人生哲理、民情习俗、文化修养的僧、道诗篇占了相当大的比例，乃至明末清初的大思想家黄宗羲说："唐人之诗，大略多为僧咏。……故可与言诗，多在僧也。"（《平阳铁夫诗题辞》，《南雷文定》三集卷一，中华书局《丛书集成》初编本）据王秀林博士在《晚唐五代诗僧群体研究》一书（中华书局，2008年版）里的统计，《全唐诗》收诗僧115家，约占全书的二十分之一。其实，即便咏诗者非僧非道，如李白、白居易等大诗人，他们的诗作里面的佛、道营养也是很充沛的。据我初读《敦煌诗解读》的感受，汪泛舟先生对敦煌诗中的有关作品，是尽力根据佛经原典来挖掘其文化内涵的，有清晰而精当的理解。如抄于P.2277写卷的《傅大士颂金刚经》（八首）、抄于P.3600等卷的《维摩诘十四品诗》，均依据经义，释读辞语，解说内容，均契合佛经旨意。尤其是作者对俄藏Дx.147号写卷中《猫儿题》诗的解读，引起我很大的兴趣，因为我最早整理并在《敦煌学大辞典》中简介此诗，但对诗意却缺乏探究，将其归为比较特殊的"邈真赞"类作品。汪先生则据诗中"伏恶亲三教"句意，推断其出于唐五代僧人之手，而且找到猫佛相关的佛典依据，指出这是一株"猫为佛喻"的奇葩。如此解读，启人心扉，也使我们对敦煌宗教文化的通俗性有了真切、形象的感受。历来在佛教的讲经说法中，图像、典故、比喻以及诗歌形式偈语等的运用，十分普遍，也受到僧、俗信众的欢迎。因此作者在这方面的解读，也有普及敦煌宗教文化的效用。

据我所知，汪泛舟先生青年时期即为合肥师范学院中文系高才生，出于爱国忧民之心，因敢于直陈己见而受到不公正待遇，下放劳动多年。改革开放后立志进入敦煌文物研究所，一心一意、勤勤恳恳地从事敦煌文献的整理、研究工作。退休之后，依旧不改初衷，发奋著述，在敦煌文学尤其是敦煌儿童读物、僧诗、曲子词的整理、释读、推介上做出了很大贡献。现在，他的新著《敦煌诗解读》将出版繁体字版，以更好地向海外华人介绍博大精深的敦煌文化，同时也在实施"一带一路"倡议的大背景中，起到促进文化交流、互鉴的良好作用。作为三十多年来与他一起在敦煌文学领域里携手切磋的同道，我乐于为之撰此短序，以求教于汪先生和广大读者。

（2015年7月于北京）

"浙江学者丝路敦煌学术书系"总序

* "浙江学者丝路敦煌学术书系"（柴剑虹、张涌泉、刘进宝主编），浙江大学出版社，2015年起分辑陆续出版，每辑10种。

浙江，我国"自古繁华"的"东南形胜"之区，名闻遐迩的中国丝绸故乡；敦煌，从汉武帝时张骞凿空西域之后，便成为丝绸之路的"咽喉之地"，世界四大文明交融的"大都会"。自唐代始，浙江又因丝绸经海上运输日本，成为海上丝路的起点之一。浙江与敦煌、浙江与丝绸之路因丝绸结缘，更由于近代一大批浙江学人对敦煌文化与丝绸之路的研究、传播、弘扬而令学界瞩目。

近代浙江，文化繁荣昌盛，学术底蕴深厚，在时代进步的大潮流中，涌现出众多追求旧学新知、西学中用的"弄潮儿"。20世纪初因敦煌莫高窟藏经洞文献流散而兴起的"敦煌学"，成为"世界学术之新潮流"；中国学者首先"预流"者，即是浙江的罗振玉与王国维。两位国学大师"导夫先路"，几代浙江学人奋随其后，薪火相传，从赵万里、姜亮夫、夏鼐、张其昀、常书鸿等前辈大家，到王仲荦、蒋礼鸿、王伯敏、常沙娜、樊锦诗、郭在贻、项楚、黄时鉴、施萍婷、齐陈骏、黄永武、朱雷等著名专家，再到徐文堪、柴剑虹、卢向前、吴丽娱、张涌泉、王勇、黄征、刘进宝、赵丰、王惠民、许建平以及冯培红、余欣、窦怀永等一批更年轻的研究者，既有共同的学术追求，也有各自的学术传承与治学品格，在不同的分支学科园地辛勤耕耘，为国际"显学"敦煌学的发展与丝路文化的发扬光大做出了巨大贡献。浙江的丝绸之路、敦煌学者，成为国际敦煌学与丝路文化研究领域举世瞩目的富有生命力的学术群体。这在近代中国的学术史上，也是一个值得关注的现象。

创办于1897年的浙江大学，不仅是浙江百年人文之渊薮，也是近代中国社会科学与自然科学英才辈出的名校。其百年一贯的求是精神，培育了一代又一代脚踏实地而又敢于创新的学者专家。即以上述研治敦煌学与丝路文化的浙江学人而言，不仅相当一部分人的学习、工作与浙江大学关系紧密，而且每每成为浙大和全国乃至国外其他高校、研究机构连结之纽带、桥梁。如姜亮夫教授创办的浙江大学古籍研究所（原杭州大学古籍研究所），于20世纪80年代初即在全国率先举办敦煌学讲习班，培养了一批敦煌学研究骨干；本校三代学者对敦煌写本语言文字的研究及敦煌文献的分类整理，在全世界居于领先地位。浙江大学与敦煌研究院精诚合作，在运用当代信息技术为敦煌石窟艺术的鉴赏、保护、修复、研究及再创造上，不断攻坚克难，取得了举世瞩目的成就，拓展了敦煌学的研究领域。在中国敦煌吐鲁番学会原语言文学分会基础上成立的浙江省敦煌学研究会，也已经成为与甘肃敦煌学学会、新疆吐鲁番学会鼎足而立的重要学术平台。由浙大学者参与主编，同浙江图书馆、浙江教育出版社合作编撰的《浙藏敦煌文献》于21世纪伊始出版，则在国内散藏敦煌写本的整理出版中起到了领跑与促进的作用。浙江学者倡导的中日韩"书籍之路"研究，大大丰富了海上丝路的文化内涵，也拓展了丝路文化研究的视野。位于西子湖畔的中国丝绸博物馆，则因其独特的丝绸文物考析及工艺史、交流史等方面的研究优势，并以它与国内外众多高校及收藏、研究机构进行实质性合作取得的丰硕成果而享誉学界。

现在，我国正处于实施"一带一路"倡议的起步阶段，加大研究、传播丝绸之路、敦煌文化的力度是其中的应有之义。这对于今天的浙江学人和浙江大学而言，是在原有深厚的学术积累基础上如何进一步传承、发扬学术优势的问题，也是以更开阔的胸怀与长远的眼光承担的系统工程，而绝非"应景"、"赶时髦"之举。近期，浙江大学创建"一带一路"合作与发展协同创新中心，举办"丝路文明传承与发展国际学术研讨会"，都是在新的历史条件下迈出的坚实步伐。现在，浙江大学组织出版这一套学术书系，正是为了珍惜与把握历史机遇，更好地回顾浙江学人的丝绸之路、敦煌学研究历程，奉献资料，追本溯源，检阅成果，总结经验，推进交流，加强互鉴，认清历史使命，展现灿烂前景。

（柴剑虹执笔，2015年8月31日初稿、9月3日由编委会审改定稿）

《瓜饭楼西域诗词钞》后记

*《瓜饭楼西域诗词钞》（冯其庸著、柴剑虹辑录），中华书局，2016年出版。

中华书局出版《瓜饭楼西域诗词钞》在即，是书著者、九十三岁高龄的冯其庸先生寄来"自序"的同时，来电讲"因为身体原因，已不便作长文了"，嘱我为是著撰写"文字详尽一点的后记"。我理解冯老的意思是增添一些有助于读者对这些诗词阅读理解的文字。五年前，我曾写过《抒性寄情大西北》一文，谈学习冯老西域诗词的体会，现在附在书末，借以再次反映自己的学习心得。因为20世纪六七十年代，我曾在新疆做教学工作十年，冯老还希望我能补充一些对大西北生活情景的真实感受。这里也只能长话短说，用简洁的三段文字来表述了。

第一段话：新疆是个好地方，历史文化源远流长。新疆不仅地大物博，山川奇丽，而且自丝绸之路开通之后便是世界四大文明的交汇之地，多元文化色彩浓郁，积淀深厚，成果丰硕，新疆各族人民对中华优秀传统文化的形成、发展做出了杰出的贡献。冯老西域诗词多赞叹新疆山川大漠、古迹遗址之作，实即钟情于我们伟大祖国的历史文化，亦即钟爱为开发、建设边疆做出无私奉献的各族儿女，也是讴歌新疆、热爱新疆的真情表露。从唐代诗人的边塞之作，到清朝流戍新疆的文人咏叹，我们阅读历代诗人咏唱新疆的西域诗词，最突出的感觉就是只有那些亲历了这片土地的人，自觉地接受了文化的洗礼，才能与之血脉相通、筋骨相连，即便一旦离开它，也会魂牵梦萦，永不离弃。比起历代曾历经西域的内地墨客文人们，冯老称得上是在新疆走得最远、最多、最高的行者，更是对西域历史文化有深入、透彻了解的文史大家。

第二段话：我与新疆有缘分，西域培育我成长。还在孩童时，在江南水乡，一位志愿军文工团员教会我唱《新疆好》，从此，那"美丽的田园"、"可爱的家乡"就开始萦绕在我的脑海之中。大学毕业，我志愿到新疆教书，虽时值"文革"，政治氛围很差，工作条件与生活环境都比较艰苦，但在和各族学生和谐共处、教学相长的十年中，我真切感受到了"第二故乡"的魅力。育人修己，我也得到锻炼、培养、教育，不仅努力做好一名教师的本职工作，也萌发了研究西域历史文化的志趣，为日后研究敦煌学与丝路文化打下了基础。1978年，我回到母校北京师范大学师从启功、邓魁英等教授做研究生，硕士论文的题目就是《岑参边塞诗研究》，为此还专门两次回新疆到南、北疆一些古遗址考察。四十多年来，我与新疆缘分不断，至今亦无悔无怨。1981年，启功先生请冯老参加我们的研究生论文答辩，我始得亲聆冯老的教诲；有幸得冯老亲炙三十多年，获益匪浅。冯老与新疆也是有缘，且情有独钟，几乎每到一处，均有诗抒情言志，而且创作了不少色彩绚丽、风格独特的西域画与摄影作品。我读冯老的西域诗词，可谓灵犀相通，真是别有一番滋味在心头。

第三段话：丝绸之路新面貌，人文精神得弘扬。通过新疆各族人民的团结奋斗，今天的新疆已经比过去任何一个历史时期都更加美丽、富饶、繁荣。近年来，我国提出推进"一带一路"建设的倡议，在新的历史时期，"和平合作、开放包容、互学互鉴、互利共赢"的丝绸之路精神得以更好弘扬，新疆在丝绸之路的新面貌中应该展现出更加美丽灿烂的笑容。因此，新疆的和谐稳定就格外重要。据我的体会，重视历史文化传承，开展文明交流互鉴，注重人文精神培养，应该成为不可或缺的文化教育工作重心。冯老的西域诗词，不仅内涵丰富，辞语精练，而且韵律规整，读来朗朗上口，便于阅读、传播，可以作为这方面的精当教材来学习。

遵冯老之嘱，补写了上面这些话，以为此书"后记"。有不当之处，恳请冯老及广大读者批评指正。

（2015年11月）

《启功给你讲宋词》出版说明

*《启功给你讲宋词》（启功选注，吕立人整理），中华书局，2016年出版。

这本《启功给你讲宋词》，系依据20世纪50年代初北京师范大学中文系的油印讲义编辑而成，内容主要是启功先生选注的宋人词作（考虑到词这种文学体裁的源流，前面也选了几首唐人之作）。中国政法大学古籍所的吕立人教授，在2012年纪念启功先生百年华诞之时，将这份珍藏了半个多世纪的讲义交给我们编辑出版，并且附录了他重新装订讲义时写的"前记"、"后语"和一篇读后感《李纲词七首——启功先生论词举隅》，以冀对今天读者阅读理解宋词有所帮助。

选注宋词，选家的眼光与学养至关重要。当时刚届不惑之年的副教授启功，不但在词作的选择上不落窠臼，较多选取了范仲淹、李纲、张元幹、辛弃疾、陈亮、刘克庄等人包含抗敌爱国内容的作品，而且在注释上注意征引典籍史实和语词出处，以帮助学生更好地理解词人的创作背景和作品的思想脉络。同时，也对一些作品的版本和词牌的来历、异名、声韵做了概略的介绍。至于艺术手法，则鲜有涉及，可能是希望不由教师灌输，让学生能在反复的吟诵中去自行体会的缘故——这也是启功先生一贯的授课方法与风格。

需要特别说明的是，这份讲义中原本没有所选词作的白文

（应该是另行印发给学生了），注释中引用的多数史籍文字，当时又大多没有通行的标点整理本可依，都是启功先生根据自己所藏或从图书馆借来的版本自行节录并断句的，很少使用书名号、引号、顿号、感叹号等新式标点，和现在通行的整理本有些差异；加上五十多年前手工誊抄、刻印的纸本，文字字迹模糊、缺漏及鲁鱼亥豕的情况在所难免，而这次电脑排版时大量繁体、异体字的转化又易产生新的讹误。所以，我们在吕教授补录词作并初步整理原稿的基础上，又请柴剑虹编审协助责任编辑对校样进行了核校，在基本保留讲义原貌的前提下，订正了不少或明或隐的错讹，以便于今天的读者使用。我们工作中的不足之处，欢迎读者不吝指正。

（2016年3月代中华书局编辑部拟稿）

《脩石斋藏汉画像砖石图册》代序

*《脩石斋藏汉画像砖石图册》(陈建新、唱婉编),中华书局,2016年影印出版。

  京城脩石斋自20世纪末以来从事搜寻、收藏、整理流散民间之汉画像砖、石,日积月累,竟成七百余方之大观。承蒙藏主邀余数次观其藏品,征询观感,提供研究心得并征询整理出版方案。前辈冯其庸先生本着奖掖后进、促进学术之精神,为藏主题署斋名,对刊布该批砖、石藏品予以支持,提出精辟的指导性意见。余谨记启功师生前"不事收藏"之教诲,且于汉画像砖、石所知甚少,故于砖石本身之鉴别、鉴赏颇难发表意见;然本着奇石共赏、疑义同析、追求新知之态度,不断与本书编著者认真探讨,并以为将该藏品悉数捶拓、分类、刊布,提供学界研究,亦不无益处。

  神州历史悠久,地域广阔,文化积淀丰厚,且地不爱宝,百余年来,地下文物面世层出不穷,几成常态。然为经济利益所驱,盗宝者形随影从,造"宝"者亦屡见不鲜,加之境内外市场推动,仿制手段与技术渐趋高超,已成鱼龙混杂、泥沙俱下之势,为鉴藏文物带来极大困惑。豫、鲁、苏、皖地区,汉魏六朝墓葬甚夥,除正式考古发掘并入藏公家博物馆的汉画像砖、石外,流落民间者数量亦钜,脩石斋所藏,即是藏主从苏北、鲁南地区民间搜寻所获。因其具体出土墓葬及时间已难考索，虽经编著者多次至搜寻地努力踏查巡访，获得若干辅证以释疑解惑，然第一手重要信息缺失之先天不足实难弥补，唯有让更多学人获见资料，参与研讨，对其图像、形制的流变做比较研究，提出种种解读或疑虑，方能弄清这批藏品与其他信息完备的汉画像砖、石之关联。对研究者而言，发现新材料，提出新问题，采用学术大师倡导之二重乃至多重证据法，进而做源流、比较、特质之研究，乃"预流"学术新潮流之必须。至于广大读者，则希冀可以从中获取更多的历史文化知识，丰富人文修养。余以为此亦脩石斋藏主所殷切期盼也。

（丙申春日于京华）

《脩石斋藏汉画像砖石图册》出版说明

"脩石斋"属民间收藏研究机构。自20世纪90年代末，开始关注流散在江苏徐州地区的汉画像砖、石的收集与整理。为观摩、学习、研究方便起见，"脩石斋"整理、捶拓了斋藏画像砖、石的拓片700余幅，其中画像砖480余幅，画像石240余幅。除风化腐蚀严重、残损漫漶不清部分外，兹分类标注了砖、石拓片600余幅，提交出版，以供参考、研究、欣赏使用。

本书编著者经过多次到江苏省睢宁县古邳镇等地的调查研究，认为这600多方画像砖、画像石，有如下几个特点：

一、这些画像砖、石，均出自原东汉封地下邳国范围，皆为东汉时期手工制作的墓葬构件。砖、石颜色一律青灰，色差区别不大，且均为一砖、一石、一画。

二、画像砖，全部为模具制坯成型，手工雕刻纹饰后烧成。除少量为扇面楔形、异形、组合型成砖外，绝大部分为45厘米×22厘米×9厘米左右的长方形小砖。制作工艺较规整统一。图案内容装饰工艺，除极少数为阴刻线线刻完成外，还有相当一部分为高浮雕作品，铲地浅浮雕加细部阴刻线工艺占绝大多数，有明显的区域性特征。

三、画像石，皆为石灰岩质，由青石板石材雕琢制成，其中百分之八十以上具有灵璧石石性特征，石质缜密，体量沉重，敲击时声音清脆绵长且易损崩裂。图像雕刻，皆为铲地浅浮雕构成主题纹饰后，再配合阴刻线线雕及细部雕琢工艺而成。其形制尺寸，因位于原墓葬的不同方位及用途而有所区别。

这批砖、石系藏主十几年前从民间分批搜寻所得，缺乏原始出土墓葬信息。经编著者甄别分类，反复对比核实，反复深入走访调查，考察相关地区古墓地遗址，可以大致勾画出这批砖、石的源流线路图。即：以江苏省睢宁县古邳镇峄山为中心，向北辐射至今邳州市和山东临沂地区，偏西北达山东枣庄地区，西至江苏徐州地区、铜山县及附近村镇，南临安徽省宿州灵璧县、泗县、褚兰镇及附近地区。这样的区域恰好与东汉永平十五年所封方国"下邳国"（公元72年—公元185年，公元206年下邳国被曹操废除）所属疆域相重合。经与河南、山西、陕西、四川、山东、安徽、江苏徐州等区域画像砖、画像石进行取象比类，参引对照，编著者认为这些汉画像砖、石都应与古下邳国历史文化、社会风俗习惯、丧葬观念等紧密相关。至于为何会在这样一个区域内，留存有如此内容丰富而形制较为统一的画像砖、石遗物？编著者在本书的"绪言"中做了初步的分析，但同时也坦承还有若干问题有待进一步探讨，以寻求更为客观合理的答案。

近期，习近平主席对加大文物的保护力度、推进文物合理适度利用，作出了一系列重要指示；李克强总理特别指出应鼓励民间文物合法收藏，用广博的文物资源滋养人文根脉、丰富群众精神家园。对汉画像砖、画像石的综合科学研究，已近百年。国内外学者曾在不同时期，都有过许多具有开创性、指导性意义的丰硕成果。我们出版这本图录的主要目的，就是为文史学界及广大爱好者提供更多可供参考、研究，增进人文修养的新资料。本书在编撰过程中，得到中国汉画学会原会长冯其庸先生的鼓励、推荐，并蒙国家图书馆出版社原社长郭又陵先生及中华书局编审支持、指导，提出各种问题、意见与建议，才有可能以现在的面貌呈献世人。图册中的不当之处，敬请读者批评指正。

（2016年5月）

《绿洲上的乐舞》前言

*《绿洲上的乐舞》(王克芬、柴剑虹著),甘肃教育出版社,2015年出版。

2013年9月7日,习近平主席在哈萨克斯坦纳扎尔巴耶夫大学的演讲中提出:为了使欧亚各国经济联系更加紧密、相互合作更加深入、发展空间更加广阔,可以用创新的合作模式,共同建设"丝绸之路经济带",造福各国人民。"丝绸之路经济带"作为在国际、国内新形势下提出的创新性倡议,也为丝路文化艺术的传承研究开拓了广阔的前景。

举世闻名的陆上"丝绸之路"正式开拓于我国西汉武帝时期,随着张骞两次通西域的壮举,一条经济贸易和文化交流的通衢连通了亚欧非的广袤地域,两千多年间时断时续,绵延不绝。我国隋唐时代是丝绸之路相对稳固、通畅的时期,也是文化交融最为活跃、最有成就的时期。其间,公元7世纪初的隋炀帝西巡河西,在张掖召集"二十七国贸易大会"(一说"三十余国"),和唐太宗贞观年间高僧玄奘西行中亚、南亚大陆求取佛经,是世界经济史、文化史上的两件大事。前者或许称得上是最早的世贸大会,会间"盛陈文物,奏九部乐,设鱼龙曼延",搭建了各民族乐舞会演的大舞台;后者不仅体现了中华民族不畏艰险、勇于进取的民族精神,也为世界高竖起一座文化交流、互鉴、创新的丰碑。

漫长的丝绸之路穿越漠野、戈壁、山川，串接绿洲、关隘、村镇，而活跃、繁盛于敦煌地区的乐舞，就是文化交流、互鉴、创新的结晶，也是绿洲乐舞的集中体现。

《隋书·音乐志》上说："始开皇初定，令置'七部乐'：一曰《国伎》，二曰《清商伎》，三曰《高丽伎》，四曰《天竺伎》，五曰《安国伎》，六曰《龟兹伎》，七曰《文康伎》。又杂有疏勒、扶南、康国、百济、突厥、新罗、倭国等伎。……及大业中，炀帝乃定《清乐》、《西凉》、《龟兹》、《天竺》、《康国》、《疏勒》、《安国》、《高丽》、《礼毕》，以为九部。"这异彩纷呈的"九部乐"，应该正是河西贸易盛会的积极成果之一，而且奠定了盛唐乐舞空前繁荣的基础。

崛起于陇西的李唐王朝，更是在基本沿袭隋代乐舞体制的基础上开拓创新，将中原、东北、西南乐舞与西域乐舞的交融推向高潮。唐太宗贞观年间废除《礼毕》，创制《燕乐》，又添上《高昌乐》，成为"十部乐"。到了"开（元）天（宝）盛世"，一方面由于酷爱乐舞的唐玄宗的身体力行与倡导，另一方面因为丝路上各民族乐舞交流日趋繁盛，无论宫廷、民间，京城、边陲，歌舞活动遂蔚为大观。不仅丝路东端国都长安成为国际经济、文化的都会城市，乐舞文化为"盛唐气象"披上了绚丽的色彩；在丝绸之路的要冲河西地区，也成为各民族舞乐繁茂的大舞台。诚如盛唐边塞诗人岑参所咏："凉州七城十万家，胡人半解弹琵琶"（《凉州馆中与诸判官夜集》）、"琵琶长笛曲相和，羌儿胡雏齐唱歌"（《酒泉太守席上醉后作》）。后来，尽管安史之乱的"渔阳鼙鼓"，惊破了唐明皇与杨贵妃的"霓裳羽衣"，河西十余州一度和中原隔断，而丝路沿途的歌舞活动仍绵延不绝，到晚唐五代及宋初又增添若干新的色彩。这些乐舞盛景，虽然今人不可能亲身观赏，却同魏晋南北朝及隋代的乐舞一样，被当时的画匠塑工描绘在丝路沿线的石窟壁画、彩塑和墓室砖画、木板画中，或留存于一些文献写本里，尤其是成为地处丝路咽喉的敦煌地区石窟艺术的重要内容。以莫高窟为代表的敦煌石窟群，是丝路绿洲上的闪烁明珠，虽历经千年沧桑，留存至今的800多个洞窟仍然保存了大约5万平方米的壁画和近3千身彩塑，其中有非常丰富的魏晋南北朝、隋唐五代、西夏与宋元时代的舞蹈形象；在1900年发现的藏经洞（莫高窟第17窟）的5万多卷（号）古代写本中，也存有曲谱、舞谱等珍贵的乐舞资料，为我们研究绿洲乐舞提供了形象与文字史料。

我们这本小册子，根据甘肃教育出版社的要求，是在"走近敦煌丛书"我们所撰《箫管霓裳·敦煌乐舞》的基础上改写而成。由于王克芬先生年高体弱，不可能再增添更多的内容。我们希望主要通过敦煌壁画里乐舞形象的介绍与赏析，使广大读者对传承有绪的绿洲上的音乐舞蹈有更多感性的认识与理性的思索。至于敦煌乐曲及相关的乐器的简略介绍，则主要征引自郑汝中研究员的成果。

在本书写作的过程中，我们除了运用对敦煌石窟实地考察踏查所得的第一手资料外，主要参考了多年来国内外出版的有关图录本，凡转载或复制图片，使用临摹图、线描图的，均经敦煌研究院或原作者同意授权，并已通过出版者为他们支付相应的报酬。这些临摹者有段文杰、霍熙亮、史苇湘、欧阳琳、吴荣鉴、万庚育、何治赵、娄婕、赵蓉、史敦宇、吴曼英等，谨再次向他们为此付出的辛勤劳动致以诚挚的谢忱。

（2015年6月）

在继承优秀传统的基础上创新
——《三词九句作文法》(新版)序

*《三词九句作文法》新版(贺军著),尚待出版。

中小学语文课程中,作文教学是识字辨词、阅读鉴赏的重要"落脚点",因而既是重点,也是难点。据我自己多年的学习、教学和写作体会,学生中学阶段(尤其是刚开始学习写作文的小学生与初中生)的作文实践甚为关键,这一时期基础打好了,对之后的文、理、工各科学习乃至今后的工作与生活都有重要影响。因为"难",所以在我和同行们从事中学语文教学的过程中,乃至后来参与硕士、博士论文评阅和答辩的时候,学生们常常会提出问题:"我如何快速提高作文水平?""写文章有没有诀窍?"大家的回答也几乎雷同:"要多读多写,没有捷径可走。"听了这样的答案,同学们往往不免要露出失望的表情。这个回答的出发点是勉励学生勤奋读书写作,避免萌生偷懒思想,固然不错;但仔细想来,却并非完善。这也是我推荐贺军为中、小学生撰写的这本"作文入门"书的一个原因。

这是一本以设问演绎为中心,讲"作文速成"的书,分为原理、方法、应用三部分。何为"原理"?《现代汉语词典》的定义是:"带有普遍性的、最基本的、可以作为其他规律的基础的规律;具有普遍意义的道理。"读来有点拗口。说得简省一些,就是具有普遍意义的基本规律。大而言之,大自然与人类社会都有关乎生存、演进的基本规律；推及某些具体事物，也有符合、适应基本规律的各有特点而相互联系的规律。用汉语言文字写作的规律，则既要符合人类共同的思维模式，又必然离不开使用汉语言文字人的思维特征与文化背景，也要切合不同时代的要求与风尚。贺军的书从幼儿看图说话与记者的采访提问谈起，从叶圣陶、钱穆等大师"说话即作文"的观点出发，进而分析思维与语言的关系，提出"三词"搭起框架，"九句"设问，扩充连缀、演绎成篇，即是中文写作应遵循的基本规律。至于写作的方法，当然不会是单一、单调、呆板的，会因所写文体、内容、要求不一而有所差别，也会因人而异；但是又都必须符合上述基本规律，方能行之有效。诚如作者在"前言"中所说，他提出的作文法，"就是从人们的思维规律出发，寻找出一种快捷地构思文章、组合文章的方便之路。"本书提出的"三词九句"法，即是作者在对前人用汉语写作经验继承的基础上，经过多年教学实践摸索而总结出来的有指导意义的方法。方法是否可行，能否行之有效，当然要由实践进行检验；怎样付诸实践，实践的成果如何，这就是本书"应用篇"所要具体说明的内容。据我所知，从2009年起，贺军老师将天津市小学生在"三词九句作文法"启发与指导下所写作文，每年编选成册，题为《像样作文习作选》，至今已正式出版8本，同时还内部印行了三册《中学语文尖子生习作评析》。这无疑也是让社会来检验自己实践成果的有益尝试。

作文能否"速成"？我的回答是：第一，"速"与"迟"是相对而言。运用"三词九句"来设问演绎成文，无论对于初学者还是已经有一定文化修养和写作基础的人来讲，确实相对便捷易行，但只是一种指点入门之"门径"，并非为图省、图快教人偷懒，也不是一成不变的"套路"，更不是限制写作者创造力的死板框框。古代的"八股文",之所以能风行多时,其实除了科举考试制度的推行外,也与它比较符合人们的思维规律相关;但是一旦框死了,就生出诸多弊端,阻碍了文化的发展。第二,方法再好,也是靠人来运用。在写作中,各人的文化素养、生活积累、理解程度与主观努力会起到十分重要的作用。因此,一个老师、同样方法指导下来写文章,既有望异彩纷呈,也可能良莠不齐,产生优良、速缓之差异也是很正常的。对于小学生来说,贺军老师希望他们能写出"像样作文",就是这个意思;即便是"中学语文尖子生"的文章,也只是"习作",尚有不少可推敲、可修改之处,并非完美无缺。第三,我认同作文可以"速成",更赞成写文章要多多"打磨",因此主张即便是"有很多话要说"、"有许多心得可写"的中小学生,乃至大学生、研究生,也应该尽量多练习写短文章,二三百字、千把字即可,这样易写更易改,多改几遍,不但这篇文章改得精练了,也可以品尝写作的甘苦,积累写作的经验。中小学课堂作文可以要求有一定字数,主要是防止过于简单;而大学生、研究生的论文写作,却不应该冗长繁杂,而应以材料准确、语言精练、论证严谨、有己见创见为标准。

中国古代教育有自己的优良传统,其中包括积累了丰富的"读与写"的经验。贺军的"速成作文法",是在继承优秀传统上的一种创新,对今天的语文教学会起到有益的启示和有效的推进作用,应该予以推广、借鉴。我写这篇短序的目的正在于此,不当之处请予指正为盼。

(2016年6月1日于北京)

传承文化，厥功至伟
——《张宗祥集》代序

*《张宗祥集》(张宗祥著)将由浙江大学出版社出版发行。

皇皇巨著《张宗祥集》出版在即，编撰者让我为是书撰写序言，实在使我惶恐不已——似我这样学识浅陋的晚辈，哪有资格为学术大师的著作写序。然而，有三条理由说服了我：其一，我在杭州钱塘门外西湖边长大，中学时代是在杭州一中（杭高）度过的。张宗祥先生1908年起曾兼任杭高前身浙江两级师范学堂的史地科教师，是我的同校前辈师长，而是书主要编撰人王效良先生又是我五十年前的同校师弟。其二，我做了三十几年古籍整理出版重要阵地中华书局的编辑，而张宗祥先生是我国现当代整理、研究古籍的大家，其著述十有八九关乎古籍与传统文化的播扬。其三，20世纪90年代我与浙江图书馆古籍部的几位馆员熟识，还曾陪同导师启功先生参观该馆藏品，又曾陪同饶宗颐、冯其庸先生参观该馆所藏《四库全书》及敦煌写卷，也曾以浙图老馆长张宗祥先生的学望为例，就当时的馆长人选向文化厅某领导提出过意见。于是，我不再谢辞，而勉力为此代序，作为我难得的一次学习机会。

张宗祥先生真正称得上是"淹通古今，博大精深"的学术宗师，这有他的著述为证，学界公认，无须赘述。我这篇短文主要想就其一生尽心竭力搜寻整理、研究发扬古籍方面的突出功绩谈一点粗浅的感受，亦稍及其他。

张宗祥先生出生于晚清王朝政权风雨飘摇之际，少年时代即熟读儒家经籍，也得到乾嘉学术严谨学风之浸润，戊戌维新之后又能脱开"经学"桎梏，"专研史地政治之学"，"得黄梨洲先生《明夷待访录》、谭复先生《仁学》、船山先生《读通鉴论》，嗜之尤深"（见《自编年谱》，以下不注明者皆同）。奠定了他以全新眼光整理研究古籍的良好基础。据其自编年谱，他32岁时即"点读《二十四史》毕"，"乃深知读书应先雠校"。35岁时校《资治通鉴》颇有心得，认为"读书贵精校，又须得善本。自此，乃益用力于雠校及搜抄善本、孤本。是年，抄本已积三四百卷矣。迄至五十七岁，自汉口至桂林，始停抄写，计得书六千余卷。大概有书可借可抄，日得一卷。影抄者，三日得一卷。倘书主追索甚急，则夜以继日，约得二万四五千字"。1919年他38岁时任京师图书馆主任，"图书馆集外阁残遗、文津《四库》、敦煌经卷诸珍品及普通书籍而成，隶于教部……傅沅叔先生（增湘）长教部，鉴于善本书目之不善"，命其董理，不仅视野拓展，而且积累了古籍整理的丰富经验。他40岁时即"欲以抄校古书籍，毕一生之业"，并为此作一对联曰："分明去日如奔马，收拾余年作蠹鱼。"继而付诸实践，孜孜矻矻，矢志不渝。如1923年他任浙江教育厅厅长时，亲自赴上海募款并派人抄补文澜阁藏《四库全书》；1926年搜访明抄本《说郛》，得傅增湘先生之助，使成全璧。他69岁时出任浙江图书馆馆长，重订章程、设立机构、入藏典籍与刻版、清理、编目，均身体力行，付出大量心血。1955年（74岁）后又陆续校勘整理《国榷》，重订《洛阳伽蓝记》合校本，改定昆曲《十五贯》剧本，校正《越绝书》，校写《三辅黄图》及焦氏《易林》，写定俞文豹《吹剑录》，改编《浣纱记》等剧本，编纂《全宋诗话》

及《神农本草经疏证》，校正元人抄《山海经赞》，校订《三辅黄图》、《吹剑录全集》、《云谷杂记》，印行《国榷》，写定《论衡校注》三十卷，整理《春秋繁露》，订正《吕氏春秋》（高诱注）十卷，从事《晏子春秋》、《大小戴礼记合纂》的整理工作。最令人感动的是1965年已84岁高龄的张先生病重住院之前，仍在赶校《明文海》。住院病危之际仍称回家后要写《明文海》序言。可以说，他为中华古籍整理事业抛尽了心力，贡献之钜，在我国现当代史上无人可与比拟。

还需要特别指出的，张宗祥先生的古籍整理，也体现出他发扬旧学新知的创新思维与注重学术规范的深厚学养。例如，他对《浣纱记》等古代戏剧演出本的整理改编，就秉持了明确目的、尊重史实、合乎规律、便于演出的原则，认为新编历史剧"是拣取历史的人或故事，来配合着现代，作为启发和教育之用的"，"剧本果然可以加倍形容和描写，而且可以穿插入许多枝节，但是不可把历史上事实写得太歪曲"，"编剧应当裁去不合本旨的情节"，"历史剧必须要顾到当时的事实"（引自其《编剧说明》）。这些真知灼见对今天的历史剧创作，仍有不可忽视的现实指导意义。又如他做《神农本草经》的疏证工作，是真正建立在他对古代医药知识的熟知与治疗技能的运用基础之上的。他少小病足，深受病痛之苦，乃立志钻研岐黄学理；"自三十岁后，始纵览医书，周旋于当世中西医之间"；中年在浙东南工作时，地方霍乱流行，曾亲自筹办防疫医院，为控制与肃清疫情出力不小；抗战时期在大后方还亲自"时时施诊，略有经验"，"常恨国医喜以五行生克之说谈病理，论药亦泥于寒温润燥之言，不究真正治病之效"，认为时代变迁，"药之产地，药之功用，均已不同，又无人为之修正"，乃撰《本草简要方》八卷。因此，他对于《本草》类图籍的成书经过、版本优劣、内容精芜，等等，都有深入透彻的了解。在这样的学识与实践基础上编撰的《神农本草经疏证》，当然其资料价值与学术水平均属上乘，堪称古籍整理研究的楷模之作。即便是对一些古籍著作的书后题跋，他也能做到在深入钻研的基础上点明其精粹与不足，如对敦煌莫高窟藏经洞所出古代写本材质、装帧的概要介绍，对李商隐《樊南文集》的传世诸本所做的翔实辨析，都令人心悦诚服。哪怕是数十百言的短小著录题跋，也往往蕴含了精辟的见解与难能可贵的信息。在他的《铁如意馆随笔》中对数以百计古籍的叙录，这样的例子也比比皆是。他阅读、整理古籍时还特别注意旁通互证，考订辨误。如读五代时胡峤《陷虏记》和文天祥《西瓜吟》诗，认定契丹时已有西瓜之种，而"此瓜之种入中国，实在元世祖之前无疑"；又"证缠足之风，北宋已有"（见其杂著《巴山夜雨录》）；另如以处州宋塔塔基所出龙泉瓷片证"当时已早有青花"（见其《陶瓷杂说》），如此等等，均不囿成说，多有发明，足以启益学人心智。

张宗祥先生在古籍整理研究上的成就敦大煌盛，我这里所举不足百一，其贡献实关乎中华优秀传统文化的传承、弘扬，可谓厥功至伟。这充分体现了一位学术大师浓烈的爱国主义情怀和赤诚为人民群众服务的崇高精神。诚如他在《自编年谱》中摘引的三段日记所坦露的：

> 人为群众服务而来，不是为个人权利享受而来。学问、政治，须时时去其陈腐，发其精义，方能有益于世，有益于己。此我七十年来，处世持躬之旨也。元旦记此，以贻后人。（1951年元旦自记）
>
> 为知识分子者，更应当一心一意为国服务，切不可又来争权夺利的一套，更不可有一毫权威思想存在

胸中，而且更希望能够多多接受意见。时代是前进的，学问是无尽的。（1962年自记）

凡人要治学做事，必当先有傻劲。有傻劲，然后可以不计利害，不顾得失，干出一点事业，成就一点学问。（1964年）

如此朴实无华的文字，与他一生的劳绩完全契合，实胜过慷慨激昂的口号标语，胜过千言万语的高头讲章，又胜过多少浮于表面的伦理道德空谈！

当前，国家提出建设"丝绸之路经济带和21世纪海上丝绸之路"的倡议，海内外纷纷响应、实施，这也使我联想到81年前张宗祥先生在担任铁道部秘书时曾提出的一项建议："竭全力展长陇海路线至新疆，与西伯利亚铁道连轨，为国际交通一干路。"结果是"部中骇甚，且或疑为左倾"。其建议不为当局采纳可想而知。兰新铁路于20世纪五六十年代建成后，现在不仅已延长至南疆重镇，在北疆则已与中亚干线连接，乌鲁木齐至北京的高铁通车亦指日可待，其对"一带一路"的巨大作用不言而喻。于此，我们不得不佩服张宗祥先生的远见卓识。不仅如此，《张宗祥集》还收入了他在1907—1909年间编写的《地理学讲义》，这是在浙江高等学堂和我的母校前身——浙江两级师范学堂任教时讲课所用。该讲义分天文、自然、人文三部分，涉及世界各国政治、经济、人口、种族、宗教、气候、交通、物产、动植物、风俗等诸多内容，视野宽阔，结构新颖，实开现代地理学风气之先。此外，他对诗词创作与评赏、书画艺术源流及鉴赏、文物收藏鉴定等多方面都有许多真知灼见，我难以一一叙及。读者可参看本集里《张宗祥百衲小传》中若干文章对张为人为学的简要评价。

行文至此，我忽然想到当年与张先生同在两级师范学堂教书且"过从甚密"的鲁迅、许寿裳、沈钧儒、经亨颐、夏丏尊等前辈师长，他们也都是中国文化史上的杰出人物。他们虽都已长辞人世，却留下了可以惠及百代的不朽著作。人与书，是文化传承的核心。他们的著作，理应得到格外的重视。有前人留下的好书可读，是我们这几辈人的幸运，也是中国文化之幸事。我想，这也是我为编辑出版《张宗祥集》写这篇代序的目的，不当之处，期盼读者朋友们不吝指正。

（2015年5月19日代拟初稿，2017年4月改定）

《新疆石窟艺术》再版说明

*《新疆石窟艺术》（常书鸿著），清华大学出版社，2018年出版。

本书是著名艺术家、"敦煌守护神"常书鸿先生的重要研究著作，1996年由中共中央党校出版社初版。二十二年过去了，常沙娜老师希望能以一个新的面貌再版她父亲的这部凝结了考察辛劳与研究心血的书。因为我曾经较多参与了此书的出版工作，所以遵沙娜老师嘱托，由我执笔来撰写这篇再版说明。

本书的写作及出版缘由，在书后所附的《后记（一）》中李承仙老师已有详细介绍，可谓历经坎坷，令人唏嘘，兹不赘述。需要补充的是，我1994年夏天在常老家中看到书稿时，虽然文字部分是经作者在1979年亲自修订的，但是所附相关新疆石窟考察的图片资料十分欠缺，李老师所述补拍的照片亦几无踪影。因为想以此书纪念常老仙逝两周年，为抓紧时间出版，只能请季羡林、冯其庸两位巨匠撰写序言，请中国艺术研究院美术所古丽比亚补了少许图片，并请著名的石窟艺术专家、龟兹研究会会长霍旭初和龟兹石窟研究所所长陈世良两位先生审订了文字便匆忙排版付印了，不免在图文排版、印装等方面留下遗憾。此番重印再版，经与常沙娜老师及负责再版设计工作的王红卫教授商洽，达成如下共识：（一）尊重常老意愿，重视一手资料，初版的文字及所附黑白照片、线描图，除因录排造成的讹误须做改正外，余均予以保留；因内容需要，文中极少数繁体、异体、古今字亦予以保留。（二）因当时条件所限，初版书中所附彩图图像清晰度较差，再次烦请霍旭初先生审核、更换并适当增补。（三）近些年来，俄罗斯艾尔米塔什博物馆展出的我国新疆地区石窟壁画残片增添了新的藏品，特别是1945年从德国柏林截获的原勒可克探险队劫掠的新疆石窟壁画，考虑到为更全面了解新疆石窟的内容，也为了弥补当年常老的缺憾，此次再版也增添了其中部分图片及相关附录。（四）再版书在版面设计、开本、印装等方面均作必要的改进。

需要特别说明的，已届耄耋之年的霍旭初老师得知新版此书需要请他做图版的核对、更新、补充时，不仅欣然答应，而且提出了宝贵建议，以相当快的速度进行此项工作，同时取得龟兹研究院副院长赵莉的大力协助，圆满地完成了重托。红卫设计公司的几位同仁，则以精益求精的态度认真投入本书的设计工作。诚如常沙娜女史所言，这是缘分，亦是挚爱新疆石窟研究的事业心的充分体现，常老在天之灵定当感到欣慰。

本书的价值与特色，季羡林、冯其庸两位先生的序中已有精辟评述。常书鸿先生等老一辈艺术家在极为艰苦的条件下对丝绸之路沿线石窟艺术所做的考察、保护与思考，为广大读者对古代历史文化及文明交流互鉴的了解，打开了绚丽多彩的窗口；也为后辈学人对丝路文化艺术的传承、发扬，奠定了必要的基础。我们相信，在我国提出与实施"一带一路"倡议的今天，再版此书必定会增加新的意义。

（2017年9月）

聚沙成塔 功德无量
——《纸中敦煌》代序

* 《纸中敦煌》(王光辉主编)，甘肃教育出版社，2017年出版。

甘肃教育出版社发来《纸中敦煌》书稿的 PDF 文本，说是他们社多年来出版敦煌文化、学术类图书目录性质的阶段性小结，索序于我。我从事图书、刊物编辑工作并忝列敦煌学研究三十多年了，读过也编过为数不算很少的图书目录，而以如此新颖的图文并茂的内容与形式精心编辑的敦煌书目，则还是头一回见识，颇为赞赏，故不揣浅陋，勉力为之代序。

自20世纪80年代始，中国的敦煌学研究从冷门"绝学"逐渐变为热门"显学"，又随着1987年敦煌莫高窟被联合国教科文组织列入"世界文化遗产名录"，敦煌文化、学术类图书的出版也从蓄势待发到日趋繁荣，尤其是近几年我国提出"一带一路"倡议后，作为传播与研究"丝路文化"的重要媒介，相关图书的出版更是呈现出蒸蒸日上的景象。

但是，甘肃教育出版社的敦煌类图书，却并非"赶时髦"、"分蛋糕"，一哄而起的产物。甘肃是中华文明的重要发祥地之一，绵延三千余里的丝路河西走廊段又是东西方经贸往来、文化交流的通衢；敦煌在甘肃，汉唐以来，河西四郡就是古代丝绸之路的重要门户，阳关、玉门关则为其西往东来之"咽喉"。传承与创新丝路文化，甘肃出版界肩负重任，也有优势。诚如本书主编、甘肃教育出版社王光辉社长在书前《敦煌，吾心向往之》一文中所述，近二三十年来，该社秉持"立足本土、传承文化、追求特色、出版精品"的理念，经过不懈努力，已经逐步在作为中华优秀传统文化的重要组成部分的地方文化、敦煌文化领域形成了专业的出书方向和风格特色。在该社已经出版的近三百种敦煌、丝路文化图书中，既有文字简洁生动、图文并茂的普及类读物，也有论述精湛、研究深入的学术专著；既有资料价值高、校注详尽的古文献整理，也有眼光独到、视觉新颖的国外著述中译本；既有演义、诗话等文学创作，也有当代深受欢迎的影视作品的改编本……凡此种种，涉及历史、政治、经济、地理、文学、艺术、语言、宗教与文化交流等众多领域，可谓门类齐全、雅俗共赏。

本书采用作者、编者、作序人、推介人一起夹叙夹议，文字与图版穿插并举的编排设计，将该社近二十年所出42种151册敦煌、丝路文化图书生动形象地展现在读者面前，恰如在讲述他们出版敦煌书的系列故事，故亦可称之为"敦煌书谭"。这些敦煌书策划的精当，文字的精要，图版的精彩，印装的精美，使其中多种图书荣获了若干种国家级奖项，可谓实至名归。现在，捧读这本颇具创新精神的《纸中敦煌》，让我们在又一次领略敦煌与丝路文化灿烂辉煌的同时，也赞美这些图书作者、编者的精诚合作，进而探索他们的创作与出版旨趣，也会理解甘肃教育出版社领导与文字编辑、美术编辑的辛劳及匠心。数十年如一日的持之以恒，聚沙成塔，功德无量，是我的真切感受；弘扬中华优秀传统文化任重道远，再接再厉，更上层楼，是我的真诚期盼。

（2017年9月23日于北京）

《启功先生墨迹》代序

*《启功先生墨迹》(启功著),西泠印社出版社,2017年出版。

  今年七月廿六日是恩师启功先生一百零五周岁诞辰。吾浙省乡贤书家、"钱塘影人"吴龙友编导为编《启功先生墨迹》以表达缅怀感念之情,嘱我转请书法大家林岫女史撰序。林岫诗、书才艺颇为启功先生称许,自是撰此书序最佳人选。无奈其近期百务繁忙,将此重担反推至吾肩。我才疏学浅,尤于书学确未入门庭,要越俎代庖甚为惶恐。然此书开编时吴兄专程赴京征询愚见,我曾提议此书可以编辑浙江公私所藏启功先生墨宝为主,请林岫女史作序也是景怀兄和我的建议,现付印在即,时间紧迫,只得由我这个自幼在钱塘门外长大、启功先生的不肖弟子硬着头皮来作此短文,聊充"代序"了。

  启功先生一生创作之书画作品,数不胜数,以各种形式编集、装帧、印制并正式出版者,似已逾百部。本书编者为启先生忘年之交,多年前曾参与编印《启功书法选》,质量上乘,颇得好评。此次尽心搜集主要与浙江文物、图书机构,以及与杭城书画家、藏家有关的启先生墨宝,且多数未曾公开发表,并拟交由启先生曾担任社长的西泠印社出版,自有其特别的纪念意义。据我所知,启功先生虽是北方满族人、清朝皇室后裔,却绝无丝毫狭隘民族主义的偏见,对杭州这座历史文化名城有着特殊的感情。他认为秀美西湖景观所蕴含的文化内涵，是由各民族创造的优秀文化积淀而成，远自秦汉、吴越、唐宋，近至明清、民国、现当代，江浙地区杰出人才济济，湖山之间名胜古迹迭出，都与各民族文化交流密切相关，即便是西湖十景中比比皆是的康熙、乾隆题署，亦是满汉文化交融的结晶。因此，为杭州挥洒笔墨，启功先生从不悭惜。一九九六年春日，我有幸陪同启先生徜徉西湖山水之间，无论是龙井品茶、灵隐礼佛、玉泉观鱼，还是岳庙谒墓、浙图讲碑、楼外楼聚餐，先生谈古论今，兴致极高。本书中所收启先生特为西泠印社、浙江省博物馆、浙江省图书馆、平湖秋月、雷峰塔、玉泉、岳庙、净慈寺、龙井茶、玛瑙寺葡萄以及沙孟海旧居、绍兴兰亭、湖州笔厂等题写的众多墨迹，即是他"偏爱"杭州、情系浙江的明证。

本书还编入了启功先生晚年因目疾等原因，不便挥毫书写大字而改用硬笔写的若干字迹，反映出一位书法大师虽老骥伏枥而犹思奋蹄的精神，同样弥足珍贵，也成为本编的一个特色，可以起到激励后学的作用。由此想到先生曾谆谆告诫喜爱学仿"启功体"的书家："要融会贯通，不拘一格；须知：似我者死！"而今众多习"启体"者遵循先生遗训，转益多师，书艺日进，差可告慰先生。又想到先生身后冒名制造"启功墨宝"者为营利日趋猖獗，乃至鱼目混珠，赝品充斥市场，又不禁潸然！

启功先生一百零五周岁诞辰当日，我在先生因"智力援疆"曾涉足之乌鲁木齐市吟得一首小诗缅怀恩师：

　　坎坷平生世事艰，悠悠一百零五年。
　　柔毫铁笔抒胸臆，沥血呕心育俊贤。

笑观伪劣充廛市，忍看鱼龙杂清渊。

泥沙淘尽真金在，启伯精神万世传。

此诗稿亦曾呈请林岫女史匡正，现在列于此短序之末，也算是表达了我们始终尊敬、挚爱、维护启功先生的共同心声。

（2017年10月12日于北京）

厘清史实，促进交流，功莫大焉
——《近代中国的学术与藏书》代序

*《近代中国的学术与藏书》（高田时雄著），中华书局，2018年出版。

　　高田时雄教授的著作《近代中国的学术与藏书》即将由中华书局出版，我得以先睹是著校样并获益匪浅为幸。高田君乃索序于我，惶然肃然，勉力命笔，以此简略之读后感言充作代序，谨望方家不吝指正。

　　是著约有半数文章所论，集中关涉日本学者赴中国与欧洲探求敦煌写本及敦煌写本流入日本等史实。众所周知，20世纪初，敦煌莫高窟藏经洞以古写本文书为主之古物发现及其流散，导致"世界学术之新潮流——敦煌学"兴起，是近代中国乃至世界学术史上的一件大事。敦煌学滥觞，日本学者踊跃"预流"，着其先鞭，贡献杰出，亦是不争之事实。然而，相较于英、法等国，敦煌写本如何流入日本以及众多学者访求抄录、收藏、流散、辨伪的情形，却最为扑朔迷离。记得二十余年前，导师启功先生将他从东京旧书肆购得的中村不折所著《禹域出土墨宝书法源流考》送给我，曰：此书所涉我国文物甚多，均极为重要，惟其中敦煌卷子的流布，尚多需考索之处，应译成中文本让更多我国学者研读。遵师命，我请国家图书馆敦煌资料中心的李德范女史翻译全书，启功先生欣然为之题签，由中华书局汉学室编为"世界汉学论丛"之一种出版。然而，敦煌学百年，前述令学界迷茫的一些问题，迄未得到准确、清晰的答案。高田教授作为新世纪国际敦煌学界的领军人物，在日本公、私所藏敦煌写本于近年陆续集中刊布之背景下，广搜资料，苦心孤诣，自觉承担起相关史实追本溯源、求索考辨之重任，撰成详细辨析此中一些关键人物和事件的系列文章，以求厘清面目。从此书编集的这些文章看，不仅李盛铎旧藏之敦煌写本流入日本的背景及途径已基本明朗，许多日藏敦煌写本来源、辗转及真伪问题的疑团得以化解，而且日本学者赴北京、欧洲访卷的细节亦更加清晰明了；尤其是《俄国中亚考察团所获藏品与日本学者》一文，首次述及日本学者矢吹庆辉最早在1916年底就浏览了俄国奥登堡探险队带到彼得格勒的敦煌写本，并且于次年发表了相关报告，也第一次提及"二战"前石滨纯太郎即关注了俄藏敦煌文献等。这些真实资料的发掘，既有助于进一步廓清藏经洞劫馀写本流散之概貌与一些细节，也必将大大有助于推进包括中国、日本及欧洲在内的国际敦煌学史的研究，真是功莫大焉！

是著其他十几篇文章，则将研究的视野扩展到近代大量中国古籍流入日本、欧洲，明治维新后中、日古书的回流态势，以及日本机构及学者个人对所藏汉籍的编目等方面，对于中、日两国关注此事的学者来说，这既是中、日两国近代学术史中饶有兴趣亦不乏辛酸和十分重要的议题，也与欧洲汉学研究之兴起与步入新阶段至关紧要。其中对许多史料的引述及情状的阐释分析，可以说相当翔实，即便是一些推测、联想，也颇合逻辑思辨，且因提供了一些重要线索而显得特别宝贵。诚如我近几年来多次强调的，特定环境下文物的保护、流散、研究的核心是人，文化交流、传承的关键也是人，而在这方面起到重要作用的便是"书"（以写本、印本为主的各类图籍）。据我粗略统计，高田教授此书涉及与近代中国、日本、英、法、俄罗斯等国学术关联的人物（包括藏书家及其遗族、商贾或中介人），不下百位，而所涉图书数以万计，对这些人相关活动踪迹的思索，对这些书籍流散、收藏的追寻，涉及众多国家的学校和研究机构，关涉多种文字的论文、专著、日记及公私档案材料等，难度之大，可想而知。多年来，作者目标坚定，视野开阔，充分发挥其作为语言通才的优势，在庞杂的资料中孜孜不倦地认真爬梳，拨开迷雾，厘清脉络，终于取得了令人信服的可喜成果。

读罢是著，我还有一个深切的感受，即日本知识界向来有重视文化（尤其是汉文化）传导的良好氛围，而经过明治维新的启迪，许多站立于革新潮头的学界优秀人物，不仅以一种积极进取的心态，努力借鉴西方文明，而且通过其获得政府支持的各种途径，加紧获取乃至掠夺中国的文化资源，以推进其学术研究。这与清末民初因列强欺凌、朝政腐败而笼罩在中华大地上的保守、颓唐、无奈气氛，形成了鲜明的对比。然而，文化交流从来都是双向进行，文物类图籍的外流，同时也激发了中国许多仁人志士的爱国热情，促进了中国人学习域外先进，增强引入与借鉴西方与东瀛的物质与精神文明的紧迫感。这也正是我曾多次指出的文物流失的正、负面作用。我又想起20世纪民国初期王国维、罗振玉在日本京都与内藤湖南、狩野直喜共研敦煌写本，以及30年代王重民、向达、姜亮夫等中国敦煌学研究的先哲前贤，远赴欧洲访求敦煌写本的故事，便是最生动的例证。姜亮夫在《敦煌——伟大的文化宝藏》的"自序"中指出："民族与民族的了解，人类的真正情感交流，乃至真正的和平共处，是在互相了解，了解的一个最重要也最基本的法则，是交通。……有了这些交流，才能互以幸福相交换。"我以为高田教授此书的一个重要价值，也在于通过对这些学术史上文化交流真实细节的思索与阐释,来进一步加深彼此之间的了解,从而更好地实现"互以幸福相交换"。

(2017年12月于北京)

《我们眼中的莫奈花园》前言

*此画册未正式出版。

克劳德·莫奈（Claude Monet，1840—1926），法国画坛印象派画家的代表人物和创始人之一。1883年4月，他定居于巴黎北部上诺曼底大区厄尔省的Giverny，在那里营建了成为睡莲系列名作创作源泉的"莫奈花园"和后半生家居小楼——Maison et Jardin de Claude Monet。

2016年7月20日，由法国汉学家、挚友戴廷杰先生（老戴）驱车北上导引，我和孟卫有幸第一次走进莫奈花园及其故居参观游览。占地面积并不大的小花园，却使我们已置身于绿荫浓密、百花繁盛、清溪环绕、碧池潋滟的仙境之中。在短暂的两个小时中，我们徜徉于美不胜收的花丛草径，缓步在故居不大的房间里，用相机和手机拍摄了若干照片，但总觉得所摄之物远不及入眼之景……归途之中，意犹未尽之时，忽然萌发了应该自己编印一个画册，题目就叫《我们眼中的莫奈花园》。8月回国之后，我们整理了部分照片，请中华书局美编周玉帮助编排，因周女士手头任务很忙，我们也觉得所摄照片尚有补充的必要，此事就拖了下来。2019年10月，我应邀陪同敦煌研究院樊锦诗名誉院长赴巴黎参加"第二届汪德迈中国学终身成就奖"颁奖仪式。同行者有樊先生自传的编著者北京大学顾春芳教授。我和顾提及莫奈花园给我的感受，使这位美学研究家心有所动；又承蒙戴廷杰先生慨允，再次不辞辛劳开车陪同我们到莫奈花园游览。园中秋色盎然，顾教授手机拍摄的技术和效果甚佳，慨然提供了不少照片，使我们这本画册平添了许多"秋花"美景，弥补了我们几年前拍摄"夏卉"时的缺憾。

刘勰《文心雕龙》"隐秀"篇云："故自然会妙，譬卉木之耀英华；润色取美，譬缯帛之染朱绿。朱绿染缯，深而繁鲜；英华曜树，浅而炜烨；隐篇所以照文苑，秀句所以侈翰林，盖以此也。"古代的文苑秀句如此，现代的摄影美图亦仿佛，诚然也不能够真正反映大自然之美。我们编印这本小画册的初衷，就是为了留存一些曾经亲眼看见的莫奈花园的朱绿英华而已。

（2020年元月12日于北京）

《回鹘文契约文字结构与年代研究——于阗采花》代序

*《回鹘文契约文字结构与年代研究——于阗采花》（刘戈著），中华书局，2020年出版。

刘戈教授主持的国家社科基金项目"回鹘文晚期文字研究"的成果《回鹘文契约文字结构与年代研究——于阗采花》（以下简称《于阗采花》），中华书局出版在即。作者希望我能为之写序，大概是因为我曾为其前一部论著《回鹘文契约断代研究——昆山识玉》写了"代序"，想体现一种"连续性"吧。其实，我虽然曾在新疆工作、生活十年，多年来亦参与了敦煌吐鲁番学的一些研究，也对了解新疆的历史文化有浓厚的兴趣，但对于回鹘时期的语言文字，却是完完全全的外行。我十分赞赏和钦佩刘戈教授孜孜不倦、锲而不舍的治学精神和态度，尤其是她在国内外该领域权威专家的研究基础上，善于发现问题，敢于提出疑问，勇于探索疑点与难题，大胆提出己见，并积极、热情地与同行（包括与她指导的研究生）交流。我在为《昆山识玉》撰写的代序中，曾就她从事回鹘文契约断代研究的意义及方法谈过一些粗浅的感受。中央民族大学张铁山教授也撰写过中肯的书评。在此，我愿意不揣浅陋，撰写这篇短短的文字再谈点感受，聊充代序。

诚如作者所拟著作副题的形象比喻，产生于我国西部边疆地区的大量回鹘文契约文书，是"昆山玉"、"于阗花"，是研究丝绸之路文明交流互鉴的历史文献，也是认识古代新疆社会经济生活、了解多民族文化交融不可或缺的珍贵资料。遗憾的是，这些珍贵资料自科学考察、考古发掘重新面世以来，由于各种因素，对它们的整理、研究，国外学者起步在先，致使我国学者有迟到之叹。但是，正因为起步晚，也激发了我国学者要急起直追的心志。记得我曾经在拜访中央民族大学治回鹘文专家耿世民先生时提及此点，他当时患病在身，却充满信心地表示"我们一定能迎头赶上！"1997年夏，我在巴黎拜访过研究回鹘文的专家哈密顿先生，他也特别希望中国学者，特别是维吾尔族学者能够在这个领域做出更多的贡献。我还记得，2003年春我在日本京都参加国际敦煌学联络委员会成立仪式时，见到日本研治回鹘、吐蕃文史的著名学者森安孝夫教授，提议能否将他的相关专著翻译成中文，交由我们中华书局出版，他似乎不无遗憾地对我说："恐怕中国国内没有人能够翻译我的书啊！"当时，我只有默然。令人高兴的是，近十几年来，我们国内已经有若干位中青年学者（如耿世民、张铁山、牛汝极教授指导的研究生阿不里克木·亚森、洪勇民、郑玲、朱国祥等），在回鹘文字及相关史料、契约文书、佛教文献的整理、释读和研究中做了很出色的工作，刘戈教授就是其中让学界瞩目的一位。

众所周知，在20世纪初兴起的敦煌吐鲁番学研究中，学界最认可、常引用陈寅恪先生在《敦煌劫馀录·序》中提出的经典名言："一时代之学术，必有其新材料与新问题。取用此材料以研求问题，则为此时代学术之新潮流。"关注新材料，研究新问题，参与新潮流，开一代学术新风，世界各国学者利用我国西北地区考古发掘所获资料，特别是敦煌莫高窟藏经洞所出写本文献，在整理、研究中取得了丰硕成果。因此，到21世纪初，有些学者认为新材料（尤其是藏经洞文献）已经刊布、整理、研究得差不多了，相关研究就只有做"拾遗补阙"的工作了。为此，中国敦煌吐鲁番学会的老会长季羡林教授引"行百里者半九十"的古谚指出：我们还有大量的工作要做，特别是在中国学者起步较晚的非汉文文献的研究上决不能松劲。为此，几年前我曾以"旧材料，新问题"为题，在和敦煌研究院文献所、兰州大学敦煌所等同仁举行的几次座谈会上，发言举例提及了写本缀合提出了新问题、写本重新释读发现了新问题、新旧材料比勘来研究"旧问题"等，也提出了从"旧材料"发现"新问题"的几个基本条件——1.认真、仔细地释读文本、观看图像、推敲有关成果；2.加强知识积累，提高自身文史、艺术修养；3.注重运用新的技术手段（如电脑查索、拼合等）；4.提高逻辑思辨能力，善于触类旁通。我当时并没有举刘戈教授研究回鹘文文书的例子。现在想来，她所研究的百余件回鹘文契约文书，其实也是学界早已刊布的"旧材料"，而且已有不少研究成果，但是她并不囿于成见，不迷信权威，凭着多年积累的释读回鹘文字的素养，又运用了她所擅长的文字摹写技术，结合感性实践，加强理性思辨，硬是从中发现了问题，提出了自己的新观点。如这本《于阗采花》即是根据1993年出版的《回鹘文契约文书集成》中的文书材料，对回鹘文晚期文字现象所体现的书写特征以及条件式附加成分的年代因素提出了新的看法与推测。同时，她也指出："从理论上解决它们，还将有待于古代突厥语专家们的努力与完善"，"对回鹘文手写契约中的所有文字以及文书进行全面的调查研究，乃是一项巨大的工程"。她的研究"只揭示了冰山之一角，任重道远"。我很赞同刘戈教授在本书结尾时所说：

看来在回鹘文文献的研究领域里，并不是外国专家把事情都做完了，中国学者没什么事情要做了。其实不然，回鹘文化博大精深，不可轻视；回鹘与汉族文化的关系源远流长，不可疏忽与大意。在这个领域中国学者大有作为。

于阗采花，群芳烂漫，学术之树常青。我衷心祝贺刘戈教授是著的问世，也热烈期盼中外学者能够进一步交流、合作，在回鹘文文书的整理、研究中收获更多的新成果！

（2020年4月2日）

《杭州方言词语释义》编纂说明

*《杭州方言词语释义》（柴剑虹等编纂），浙江大学出版社，2020年出版。

杭州方言属吴语太湖片方言，一般指仅通行于西湖周边范围不大的特定地区内的"杭州话"。历史上杭州话受到多种外来方言的影响，特别是12世纪30年代初宋朝都城南迁到临安后，临安城里的居民多数是北方移民，移民所带来的北方话对杭州话产生了重大的影响，加上政治、文化等因素的作用，促使它逐渐变成一种带有官话色彩的吴语。元明之际，杭州不但又一次和周边方言融合在一起，而且因为不少蒙古、回鹘（畏兀儿）等民族官员主政东南地域，他们的一些民族语汇也进入杭州地区。从清朝初期起，杭州话相较于其他吴语方言有了更多的文读特色，即用杭州方音阅读文章，易为北方人听懂。因此，语言学大师赵元任在其著作《现代吴语的研究》中讲："别处有文白两读的字（家，间，交，江，樱，角，甲，耳等等），在杭州大都一律取文派的音，白话中取白派音的字甚少。……所以杭州人说话颇有点像常州人读国语白话文。"（见该书商务印书馆2011年版第142页）故被称为"杭州官话"。语言学界方言研究者认为，杭州话拥有30个声母（一说29个），完整地保留了中古浊音，即"巴"、"怕"、"爬"三字声母相互对立，次浊则依据声调阴、阳两分；杭州话里的古日母、微母多读擦音，古见、系二等字多读塞擦音，也与其他典型吴语不同。杭州话有7个声调（一说5个声调），保留了入声韵，儿化音多也是一大特色。南北语言的不断交融，一方面，使杭州话显得与周边其他吴语方言有许多不同的特点，在语言学上被称为"方言岛"；另一方面，也吸收、融进了不少其他地方的方言词汇（如上海、宁波、萧山话）。尤其是随着新中国的建立，从20世纪50年代起，大量北方地区干部、军人和他们的家属到杭州工作、生活，许多北方通用的语词也丰富了杭州方言词语。这方面方言学及民俗学研究者已有不少论述，兹不赘述。

我们"翁家山好友"微信群中，几位20世纪40年代在杭州出生并长大的"杭高"（杭一中）1955级初中班老同学，虽然有的青年时代即已远走他乡，但都还算得上是"老杭州"。迟暮之年，相聚之时，通信之际，觉得杭州方言的使用虽局限在某一地域，但所包含的历史文化内涵丰富，不少词语形象、生动，从中还可追寻到历史变迁的踪迹，应该也是我们华夏传统文化中颇有特色的组成部分，还有传承、实际应用的必要（如撰写诗词必须要了解的入声韵、清浊音，阅读理解宋、元、明、清时期古典文学作品中语辞内容及民俗，等等），这与当前学校教学与社会交往推广普通话并不相悖。出于对家乡的情感和对杭州方言的浓厚兴趣，我们不揣浅陋与"背时"，利用庚子新春防控新冠病毒，宅家安居的空闲，用微信远程联系的方式，回忆、搜集、交流、辑录了部分杭州方言，齐心协力来合作编纂这个小册子，嘱我统理编排。除了根据通常的应用和记忆，以及网络上出现的零星资料外，我们也参考了作为《现代汉语方言大词典》分卷之一的《杭州方言词典》（李荣主编，鲍士杰编纂，江苏教育出版社1998年版），该书全面收入现今杭州通用的实用词汇，所收词目甚夥，只是其中有许多语词除了注音还基本保留现代杭州话的读音外（只是非语音学专业的读者很难掌握），和其他地区语汇并无多大差别，已经并非我们所体认的原汁原味的"杭州方言词语"。还需要说明的是，该词典所收"老杭州话"中有不少调侃、贬损、骂人，乃至粗俗、低俗的辞语，有许多已经被今天的社会逐渐淘汰不用了。但是它作为一本现代汉语的工具书，当然是无可非议的，而且可谓功德无量。我们仅是依据"我辈数人"自订的追本溯源、去"伪"求真、弃粗存精的原则，在林林总总的杭州方言词语中辑录了一些"老杭州们"比较通用、较为原汁原味的词汇和俗语辞，部分词汇、俗语辞则参用有的语音学研究者在网络上公布的杭州话拼音字母（参看本书附录一），试着来标注它们的杭州话读音，并加以简单释义。为了扩充知识面，提高读者兴趣，我又尝试辑录了明代著名白话小说《拍案惊奇》中的一些吴地方言辞语，作为附录二。我们这本小册子，希冀既能供老同学、老杭州们茶余饭后翻阅，也可供其他愿意了解杭州方言文化的读者参考，也不失为是一种"发挥余热"的行为吧。

本书编纂，侨居在西班牙的俞志荣老班长助力最多；初稿编成后，又蒙杭一中高中1966届校友蔡菲娜、浙江摄影出版社原编审丁珊等友人提出修正建议；印行出版，则承蒙浙江大学出版社各位负责人的热心支持和责任编辑的细心审读、加工，谨一并深致谢意。

书中不当之处，尚希读者不吝指教。

（2020年"世界读书日"于北京）

书评编

简评伯希和的《卡尔梅克史评注》

最近几年来，每当我翻阅有关敦煌学的历史图片，看到1908年那张保罗·伯希和蹲在敦煌莫高窟藏经洞内挑选古代写卷的照片时，心中总会涌起这样一种念头：这位当时刚满30岁的法国学者，他在微弱昏暗的烛光下用整整三周时间挑选写本之时是否已经意识到，他在用天才与勤奋编织"西方一代汉学宗师"桂冠的同时，也永久地背上了一副劫掠中国文物的沉重的十字架？是的，伯希和（Paul Pelliot，1878—1945）这个名字，早已和"吾国学术之伤心史"（陈寅恪语）——敦煌学密不可分了。百年之后，任凭有多少理由，恐怕任何一位中外学者都不能为伯希和劫夺中国文物的行为开脱；而另一方面，对他在东方研究上的学术成就却应该给予客观公正的评价。遗憾的是，由于历史、语言等种种原因，绝大多数中国学者都无法读到伯希和涉猎东方学各个领域的大量著作，也就不能较全面而深入地了解21世纪以伯氏为代表和开山鼻祖的法国汉学研究的成就与特色，也就不能真正明白为何法国能成为欧洲汉学研究的中心。因此，中华书局编辑出版《法国西域敦煌学名著译丛》，并将伯希和的一些著作列入其中，也就在一定程度上弥补了这种缺憾。

《卡尔梅克史评注》是伯希和的7卷遗作之一。伯氏从20世纪20年代开始写作此书，不断补充修改，历时20多年，直至谢世也未能最终定稿面世。最后，由他的弟子韩百诗（Louis Hambis, 1906—1978）在对书稿中注释的材料作了若干补充之后，于1960年由巴黎的美洲和东方书店出版。作为一位通晓十几种语言（包括汉语与多种中亚语言）的学者，伯希和的中国学著述相当丰富，他专长于治中外关系史、西域南海史地考证、汉文古籍考证及中亚古文字的释读研究。他对蒙古史（尤其是西蒙古史）特别有兴趣，可谓"情有独钟"，终生研治不舍，论文之外，有关专著即有九部之多。《卡尔梅克史评注》即是一部研究蒙古厄鲁特史，尤其是其中土尔扈特部于1771年回归中华大地这一举世瞩目历史事件的名著。

《卡尔梅克史评注》的中文译者耿昇先生在《译者的话》中介绍了伯氏此书的主要内容及写作背景，先摘引其中两段如下：

> 西蒙古土尔扈特部族于17世纪上半叶（1630年左右）西迁俄罗斯伏尔加河下游地区，由于不忍沙皇俄国的压榨，于1771年在他们的民族英雄渥巴锡汗率领下，离开他们已居住了一个多世纪的伏尔加河流域的驻牧地面回归。他们沿途跋涉数千里，历尽苦难，摆脱了俄军的追击和沿途某些部族的围追堵截与劫掠，终于回归祖国。
>
> 1919年，英国学者巴德利（John F. Baddeley）出版了两卷本的巨著《俄国·蒙古·中国》（商务印书馆于1981年出版了汉译本），其中涉及到了卡尔梅克人的历史和世系问题。但由于巴德利主要是使用了俄文史料，自己不懂也未曾使用记载翔实的清代汉文

史料，因而出现了许多谬误。伯希和正是针对巴德利这部著作而写成了此书，主要是译注了一些汉文史料，对巴德利著作作了补充、校正和发挥。

此书名为"评注"，顾名思义，除了对巴德利《俄国·蒙古·中国》一书的评论外，主要是对书中所摘译的几种重要的汉文典籍的注释与评析，其特色似可用12个字来概括：精评详注，广征博引，多有发明。全书上卷十章（下卷为5幅世系表，本书暂删未译），约15万字，正文（包括几种汉籍资料的译文）不足4万5千字，而注释部分则有10万字之多。许多详赡精彩的史地名物考证，都在他的注释之中。在这些考证中，伯希和充分发挥了他在引证汉籍资料、运用西文书刊和语言学方面的专长，这在西方近代汉学家中是极为难能可贵的。比如他在本书开头评述巴德利在《俄国·蒙古·中国》一书中引证的俄文史料时，加了一个7000多字的长注。在这一注释中，伯氏不仅引述了数十种中西文资料，而且还运用汉语对音及俄文、蒙文、藏文、梵文、突厥文、回鹘文、栗特文、叙利亚文等多种语言知识，对巴德利书中上百处搞错了的人名、地名作了详细的校订。这种在一般西方汉学著作中罕见的考释的确令人惊叹。同样，由于伯希和的语言特长，他得以释读如蒙文原本《蒙古秘史》（汉译名《元朝秘史》）这样的典籍，而其他学者（包括我国明清及近代一些史学家）却不具备这个条件，这样，伯希和的考释也就更具权威性、更有价值了。又如伯希和在本书第二章摘译了乾隆皇帝于1763年御制的《准噶尔全部纪略》之后，即在第三章《17世纪初之前的准噶尔人》中对这篇御制史料中与准噶尔四部世系有关的人物事件作了精湛的评析，指出了御制《准噶尔全部纪略》及《西域同文志》的失误之处。再如在本书第八章《土尔扈特人于1771年从伏尔加河流域的回归》中，伯希和对满族人七十一所撰《西域闻见录》中的《土尔扈特投诚纪略》作了详尽的考析，有助于我们今天进一步拨开笼罩在这一重大历史事件上的层层迷雾，弄清这次部族大迁徙的前因后果，恢复历史的真实面目。听说前几年影视界曾根据土尔扈特人回归的题材拍摄了电影《东归英雄传》和电视剧《启明星》，反映不错。可惜我们这本《卡尔梅克史评注》中译本出版晚了一点，如果影剧编导人员读了伯希和的这本书，也许会编写和拍摄得更加丰富精彩。

必须指出的是，作为一个西方学者，伯希和对土尔扈特人回归这一历史事件的评价带有相当的保留态度。他认为七十一在《土尔扈特投诚纪略》中责备土尔扈特人的观点"代表了这个时代的中国伊犁当局开始时的想法"，而乾隆皇帝采取的是"另一种主要决策"（即安抚）；又认为这一事件"史诗般的特征"立即就引起了"过分夸大的评价"。他较多地强调了民族间的矛盾（如土尔扈特哈萨克族的争斗）与宗教的因素，而忽视了反压迫、反奴役的正义性与百折不回的爱国主义精神。这当然是我们所不能同意的。

最后还想就本书的翻译讲几句话。本书的汉译难度极大，这是我作为本书责编在审读译稿时深有感受的。西蒙古厄鲁特史中错综复杂的世系与人物关系，大量冷僻的名物考释，多不胜数的语音考辨以及引证颇多的汉文古籍，足以使一般译者望而生畏。而本书的译者耿升先生却知难而上，译完了它。不论别的，单是这种勇气与精神就令人钦佩。以释译的信、达、雅的高标准来要求，译文的质量也是比较好的，而且据读过法文原著的专家讲，也基本上体现了伯希和的行文风格。近些年来由于市场经济的冲击，一些翻译质量低下的作品也乘机面世（主要是文艺作品），而翻译难度较大、学术性强的外文著作则鲜见有人问津，报刊上每每提到的"翻译界的危机"也确非杞人忧天之说。像《法国西域敦煌学名著译丛》编委会想多找几位译者及审订人就颇不容易。我们热切地期望有更多的像耿升这样埋头苦干的翻译家来促进学术译著事业的繁荣。

（1995年1月）

实践精品意识的成功范例
——谈《敦煌石窟艺术》的编辑特色

自本世纪80年代以来，随着我国改革开放的日益扩大与不断深入，为适应文化交流、学术研究及旅游事业发展的需要，有关敦煌艺术的图书出版也呈现出丰富多彩的繁荣局面。除一大批相关著作、通俗读物陆续出版外，专门介绍敦煌壁画与彩塑的大型图册也相继问世，其中不乏内容高雅、图版清晰、装帧精良的好书；但同时，由于缺乏有效的管理、调节与指导，敦煌艺术类图书的出版同样也面临着品种重复、选题平淡、图录粗糙、印装低劣等突出问题。在这种情况下，江苏美术出版社以十分明确的创制精品的意识，精心策划，周密实施，推出《敦煌石窟艺术》大型图集，并一举荣获第三届国家图书奖，就更具有开拓创新的示范意义。

《敦煌石窟艺术》作为实践精品意识到成功范例，从编辑工作的角度看，至少具有以下三个特点：

第一，选题新。以往国内外所出介绍敦煌石窟艺术的图册，均是按时代先后遍选有代表性的作品，这样时代脉络清楚，易体现选家的目光与心得。但同时却带来了两个弊病：一是"英雄所见略同"，彼此有不少内容重复；二是难免以偏概全，不易使读者了解洞窟全貌及艺术风格的多样性与交融性，因为实际情况是同一洞窟中往往并存不同时代风格的作品，恰恰具有重要的观赏及比较研究的价值。《敦煌石窟艺术》则采取先选取有代表性的洞窟，后将该窟所有作品无论巨细悉数收入的办法。这种"选"与"全"相结合的新思路，避免了选题的重复，一变老面孔为新眉目，较好地体现了创新精神，使该书具有权威独占性，而这正是精品图书的重要特征。

第二，眼光远。按代表性洞窟全面介绍敦煌艺术品，同时又解决了文物类图书生产中的三个大问题。一是普及与提高的问题。这套书，既可指导一般读者"参观"敦煌石窟，起到普及、宣传的作用，又为有深入研究需求的专家学者提供了平时不易得到或难免疏漏的详尽资料（由于时间、光线、视角等条件所限，即便进洞窟考察，任何一位参观者均无法做到巨细俱看，一览无余），解决了提高的需求。二是系列产品的不断拓展与多层次开发的问题。敦煌地区仅莫高窟南区遗存有壁画、彩塑的洞窟就有492个之多，按洞窟编排，可以视资金、人力、时间等条件逐渐拓展这套图书的规模而无重复之嫌，也可以按学术界的需要进行改编、简编与缩编，为资源的再生开发打下基础，有利于系列产品的扩展与延伸。三是文物的保护问题。洞窟拍摄必须有灯光照射，有损于壁画、彩塑的保护，而为出这套书进行的全方位摄录则可以使实地拍摄到此为止，起码在有更新的技术出现之前再无必要为获取敦煌石窟内的图片另行拍摄，这种一次性解决问题的眼光也值得称道。

第三，制作精。众所周知，文物类图册对图版印制有特殊的高标准要求——形制与色彩的逼真。敦煌艺术品由于时间跨度长，各洞窟受损的情况不同，画法与色彩差异大，洞窟摄影的条件又差，印制高质量的图版困难重重。江苏美术出版社充分总结美术专业社多年的出书实践，也吸取其他出版社的经验教训，在这方面对自己提出了很高的标准，付出了艰巨的努力，在敦煌研究院专家与工作人员的积极配合下，真正做到一丝不苟，终于后来居上，使此书图片的色彩与光感，达到最接近于身临其境的效果，做到让读者赏心悦目。

中国共产党第十五次代表大会的报告中，以言简意赅的"加强管理，优化结构，提高质量"十二字，为新闻出版界指明了努力的方向和目标，而实施精品战略正是实现目标的重要措施。《敦煌石窟艺术》作为一本精心编辑出版的文物图录精品，在选题创新、优化的基础上，研究院与出版社领导重视，专家积极参与，摄影师与文字编辑、美术编辑协同配合，共同打造精品，为我们提供了成功的经验。

（1997年10月21日）

读《儿童杂事诗图笺释》

*《儿童杂事诗图笺释》（周作人诗、丰子恺图、钟叔河笺释），文化艺术出版社，1991年出版；中华书局，1999年新版。

中华书局新近出版了《儿童杂事诗图笺释》（周作人诗、丰子恺图、钟叔河笺释，系文化艺术出版社1991年版之新版）。大概是因为从小生活在杭城西子湖畔的缘故，我一翻开此书，就被其诗、其图、其文深深吸引而不忍释手，仿佛旧友久别重逢；待一气读罢，掩卷沉思，儿时熟悉之情景又历历浮现于脑海，与书中的诗画交相映动……

"江南好，风景旧曾谙：日出江花红胜火，春来江水绿如蓝。能不忆江南？"（白居易《忆江南》）我想，50年前促使知堂老人动笔写这些儿童杂事诗的，首先应是忆旧思乡之情，然后才是他在诗序中所称的"想引诱读者进入到民俗研究方面去，从事于国民生活之史的研究"；而在杭城久住、已成为画坛泰斗的丰子恺先生愿为这些诗配图，则肯定是因为这些诗也唤起了他的乡情、童心与童趣，而且与他的美术教育思想也是完全合拍的。子恺先生曾在《乡愁与艺术》的谈话中说明了他赞美"乡愁艺术"的理由；也曾在《谈自己的画》一文中宣称"在这群真率的儿童生活中梦见了自己过去的幸福，觅得了自己已失的童心"，表白"我时时在儿童生活中获得感兴。玩味这种感兴，描写这种感兴，成了当时我的生活的习惯"（见《丰子恺小品·艺术人生》，花城出

书评编 | 249

版社1991年10月版）。我进而又想，长沙钟叔河先生之所以发愿下功夫为诗、图笺释，而今天年近米寿之龄的中华书局"返老还童"地出版此书，也都绝非一时兴起，而都是深有寓意的。

　　《儿童杂事诗图笺释》的诗与图，虽是前辈大师由乡情与童心所引发，为儿童教育及倡导民俗研究所作，却是雅俗共赏、老少咸宜的。甲、丙编的"儿童生活诗"，几乎涉及旧时越中儿童生活的各个方面（套用一下新名词，可谓是"全方位"、"多视角"的），当然也能引起中青年乃至老年人对儿时生活的回忆；乙编的"儿童故事诗"，则大多由历史人物故事所生发，与教育儿童有关，虽不特别适合儿童诵读（作者自云"本应多趣味，今所作乃殊为枯燥，甚觉辜负此题"），而对于研究历史人物却应是颇多启示的。至于子恺先生的画，则既别有一番情趣，又增添几多意境，故钟叔河先生将诗与图誉之为"相得益彰，同臻不朽"。

　　现在说到笺释。周诗为七绝打油，或曰"竹枝"，浅近而凝练，诵之虽不艰深，却需要相当知识与阅历才能真正读懂并了然于心；丰图系漫画白描，简洁而淡雅，观之虽十分明朗，也须有若干背景映衬方可看透并想象发挥。况且诗与图中所描绘的乡风习俗，对今天许多中青年来讲已比较陌生，更何况是生活在城市的广大少年朋友了。所以，对其作详细的笺释，虽然繁难，却是非常必要的。钟叔河先生以其丰富的阅历、深厚的学养，尽心尽力搜寻爬梳，为诗图作笺释，并与之合璧生辉，真是功莫大焉。钟先生的笺释，从方法上来讲，有两大特点：一是紧紧追寻诗作者周作人本来的思路，认真地从周氏自己的其他作品中去求线索、求释义（据笔者粗略统计，仅甲编笺释中所引周氏专著、诗文、日记及信件就达50余种），此之谓以其文释其诗，自然比较准确；二是努力从其他典籍（主要是乡土文献及相关文章）中找材料、找证明、找答案（仅甲编所引即有《越谚》、《武林市肆吟》、《江乡节物词》、《土风录》等30余种），此之谓旁征博引，自然可以更为丰富生动而扎实，以至还能纠正原作中的失误。钟先生的笺释，从内容而引申到目的，除了介绍知识本身之外，也还有两层意义：第一层，历史的血脉是不能割断的，今日中国是往昔华夏的继承、变革与发展，因而传统文化与现代化有着密不可分的关联，我们弘扬中华民族优秀传统文化的目的，正是为了更坚实地立足当前并向新世纪高歌迈进。这也正是钟叔河先生1990年4月在《笺释者言》中所称："盖生为中国人，虽惭磊落，而于吾土吾民之过去现在及未来，实未能忘，亦不敢忘也。"因此，凝聚在笺释者心头的，乃是一种浓烈而深挚的中华情结。第二层，国民素质乃立国之本，无论青、壮、老年皆有过童年阶段，故素质教育必须从儿童抓起，而民风民俗、乡思乡情在素质培养中起着十分重要的潜移默化的作用，不论是逢年过节的各类游戏娱乐，也不论是日常起居行旅的种种情事言行，不论是吟诵唐诗宋词、品评历史人物，也不论是观览山川名胜、缅怀先辈遗迹，对少年儿童陶冶性情、培养节操、锻炼意志都有着不可忽视的意义。可以说，儿童也是联结历史、现实与未来的纽带，是祖国与民族振兴的希望。因此，跃动在笺释者胸膛的，又正是一颗拳拳的爱国之心。钟叔河先生在本书《修订本题记》中感叹"要得到理解也难"，有"悲从中来"之慨。其实，只要人们明白了上述两层意义，去读诗、观图、看笺释，是一定会感激钟先生的传薪之情，成为热爱中华民族优秀传统文化的真正知音的。

前面已经提到，周氏的《儿童杂事诗》涉及越中儿童生活的各个方面，而钟先生的笺释则发挥得更为丰富翔实，使之成为既是一幅多姿多彩、令人目不暇接的风俗画卷，又是一册生动有趣、引人入胜的小百科全书。细细读来，不仅能够从中获得知识，还可以引起更强烈的求知欲望，反过来又会感到意犹未尽，有些内容似乎还可以讲得更多、更透一点。现就笔者所想到的试举几例如下：

（一）甲编之十三、十四释端午节习俗中的"吃五黄酒"中有雄黄酒，钟氏引《越谚》后说："小儿未必饮酒，但烧酒香却是闻得到的。"据我亲身经历，在杭城的端午节，即使是三四岁的小儿，家长也是要他们喝一点雄黄酒以驱邪的，哪怕是象征性地抿一下沾沾口也好。然后再用杯中剩下之雄黄酒沾手在孩子额头上书一"王"字，称之"王老虎"。至于胸前挂的香袋，则以彩色丝线（而非绒线）缠扎的粽子形状居多，正好与吃粽子相呼应。

（二）甲编之十七"蚊烟"一则释"路路通"为枫树子，纠正了周氏原注"路路通即杉树子"之误。钟氏讲到"路路通"除了熏烟之外，还可做端午所佩之香球。其实，在本世纪50年代初，杭州的许多孩子到孤山去捡"路路通"，却是用它来养"洋虫"，众多"洋虫"以"路路通"为巢穴，钻进钻出，颇为活跃。这"洋虫"究竟属何种昆虫，养之何用，我是至今并未弄明白的。

（三）甲编之十五"夏日食物"一则中讲到"麻花即油炸鬼，现在多称油条"。又引了周作人的《苦竹杂记·谈油炸鬼》为证。这里并没有讲清"油炸鬼"名称的真正来历。"油炸鬼"即"油炸桧儿"，据传起源于南宋临安（杭州）百姓对卖国贼秦桧的切齿痛恨，意欲将其油炸以解恨。杭州方言"桧"、"鬼"读音相近，故也写成"油炸鬼"。另又有杭州人喜吃之"葱爆桧（鬼）儿"，则是将一根油条与细葱同卷在薄面饼之内，用少许油在平锅中炸成微焦，再在外面搽上甜面酱或辣酱，吃起来别有滋味。周作人在文章中未谈及"油炸鬼"的由来，兴许是心中有愧罢。

（四）乙编之八周氏钓泥鳅诗注云："水边有一种小鱼，

伏泥上不动，易捕取，俗名步泥拖，不知其雅名云何也。"钟氏引《越谚》释此鱼正名为"鱼旁步字，泥下鱼字，鱼旁它字"。据我所知，杭州小孩将此鱼称作"匍土儿"，意为匍匐于水中泥土里的小鱼。钓这种鱼甚至不需要鱼钩，拿一根线，线头上绑一点鱼饵（多半是蚯蚓）即可将这种贪吃的小鱼钓上来。《越谚》为其正名加上了三个"鱼"字偏旁，反而使人莫名其妙了。

上述例子，只是说明所笺释的内容尚有继续开掘的余地，并非此书之缺陷。白璧微瑕，诚然也是有的，如乙编之六咏杜甫，周诗原注引《羌村三首》之二的三、四句为"娇儿不离膝，畏我却复去"。查了多种杜诗版本，"却复去"皆作"复却去"，当是周氏抄误；而丰图所题及笺释所引，也都跟着写"却复去"，有些令人遗憾。

此书的印装，同样值得称赞。书中诗、图均系原笺素色影印，与之相配，笺释文字恢复为繁体竖排。作为中华书局所出的一本雅俗共赏、老少咸宜的优秀读物，这也不失为是一次有益的尝试。

（1999年2月25日）

《俄藏敦煌汉文写卷叙录》中译本简评

在《敦煌吐鲁番研究》编委会讨论稿件时，荣新江教授让我来写这篇书评，这大约是因为我与此书还有些"因缘"的关系。此书俄文原版的第一卷1963年由莫斯科东方文学社出版（*ОПИСАНИЕ КИТАЙСКИХ РУКОПИСЕЙ ДУНЬХУАНСКОГО ФОНДА ИНСТИТУТА НАРОДОВ АЗИИ*, Выпуск 1. Издательство Восточной литературы, Москва 1963.），第二卷于1967年改由科学出版社（НАУКА）的东方文学部出版。我则于1982年夏在兰州参加敦煌文学座谈会时才从关德栋先生处知道这一消息。由于20世纪60年代中苏关系紧张，自然也影响了两国间的文化学术交流，所以即使到了80年代初期，中国学者仍很难看到此书。1984年12月，经时任国务院古籍整理出版规划小组组长的李一氓老的安排，我们中华书局总编辑李侃先生和文化部艺术研究院的冯其庸、周汝昌先生一道赴列宁格勒（现圣彼得堡）商谈合作出版俄藏《石头记》抄本事宜。此书主编孟列夫（Л.Н.Меньшиков）将这两册书送给李侃先生。李先生回到书局，就把书交给了我，因为当时我在书局文学编辑室工作，我责编的王重民先生的《敦煌遗书论文集》刚出版，又着手审读任半塘先生的《敦煌歌辞总编》，正用得着此书。在编《敦煌遗书论文集》时，我将刘脩业先生提供的关于俄藏敦煌写卷的几封信（均系回复王重民先生的查询）也编入"附录"部分。其中张铁弦的信（1961年12月7日）讲俄藏"敦煌文库"的三个来源；关德栋的信（1963年4月10日）介绍他看到的《苏联科学院亚洲人民研究所列宁格勒分所所藏敦煌遗书目录》（即本书，以下简称《俄藏叙录》）第一卷的情况；此外，还有王仲荦和梁希彦两位先生的信。不久，西北师范大学历史系的陈守忠先生等开始翻译此书，还和我局历史编辑室商讨过出版问题，赵守俨先生曾征求过我的意见。几乎同时，社科院历史所黄振华先生也送来他翻译此书的样稿，联系出版，我抽看了几页，发现仅是选译，内容不全，译文也不够准确，就退回了。后来，我离开文学编辑室去主编《文史知识》杂志，就再未参与此事。1984、1985年，我曾根据《俄藏叙录》撰写了《敦煌写卷中的〈曲子还京洛〉及其句式》、《列宁格勒藏敦煌〈长安词〉写卷分析》两篇论文，都发表在《北京师范大学学报》上；后一篇文章，我还在1985年乌鲁木齐的敦煌学国际学术讨论会上作了大会介绍。1989年，孟列夫博士到我国访问，我陪他去敦煌考察，在火车上还和他谈到将此书译成中文的事。1991年5月，中国敦煌吐鲁番学会派我和沙知、齐陈骏教授一同赴列宁格勒（现圣彼得堡）考察俄藏敦煌写本，其间又多次和老孟议及此事。当时上海古籍出版社已开始了俄藏敦煌文献的拍摄工作，我自然认为翻译出版俄藏敦煌写本目录已是水到渠成、指日可待了，当然没有想到敦煌学界又为此等了整整八年！

　　我之所以先写了上面这些话，除了介绍一点缘由外，也是为了补充和纠正本书《出版说明》与《译者前言》中所讲的一些情况，更是为了说明国外一部重要的敦煌学工具书的翻译出版，实在是很不容易的。译者和出版社都付出了辛勤的劳动。对俄藏敦煌写卷的情况，尽管俄方长期秘而不宣，我国学界仍一直十分关注。郑振铎先生及曾在苏联工作的梁希彦、鲍正鹄教授都为俄藏敦煌写卷的编目工作提供过帮助。另外，据我所知，在我国台湾学者中，潘重规先生早在20世纪70年代初即赴列宁格勒调查敦煌藏卷，并有专文发表。（详见《列宁格勒十日记》，台北东大图书出版社1982年版）潘先生还将他得到的俄藏敦煌卷子中王梵志诗的资料，提供给四川大学项楚教授整理研究。香港中文大学的饶宗颐先生在研究中也十分重视俄藏敦煌写本资料的获取。苏联之所以直到20世纪60年代才逐渐公布有关目录，也有各种原因，其中最关键的就是"二战"之后，该国敦煌学研究人员的缺乏。正如孟列夫博士所说，俄方1957年开始编写此书时，全力以赴者，实际上只有他一人，其间虽然参加过几人，但并不固定，而且时编时停，真正坚持下来的，只有他和丘古耶夫斯基二人。只有在这个背景上说"苏联出版了较多的敦煌学研究专著"，大约还可以得到敦煌学界的认同。丘氏已于今年6月去世，老孟亦已年逾古稀，没有助手和接班人，再接着编目困难重重，幸而《俄藏敦煌文献》图录本已陆续出版，新的编目可以靠各国学者的共同努力来完成了。至于孟列夫在本书《中文版序言》里讲："文革"期间中国学者写文章认为苏联的敦煌学研究"是社会帝国主义的学术，妨碍中国的学术，虽然资料在外国，但他们没有研究的权利。"这恐怕并没有多少根据。因为当时的中国敦煌学界是一片沉寂，大概不会有学者去写这样的文章。

　　现在再择要谈谈我对《俄藏叙录》原书及中译本内容本身的一些看法。

　　从体例上讲，本书是按敦煌写卷内容分类编排的，此次译为"叙录"，较以前译成"目录"、"解说目录"或"写本综录"更为贴切。第一卷（即中译本上册）分佛教经典、儒家与道家著作、历史与法律、文学、碑文、研究汉字的字典及参考数据、艺术及非汉文文本、医学和历法及天文学文本、占卜文、书法练习、文书十一类;第二卷(中译本下册)亦分十一类,但将"地理"部分添入"历史与法律"类,艺术类只有"版画"内容,"非汉文文本"单列一类。我们先不管这样分类是否科学,至少是比早此发表的翟理斯英藏编目、伯希和法藏编目和我国的《敦煌遗书总目索引》所采用的流水号编目要进步,也更为困难。书后还编制了四种索引以便查找。以苏方编目组当时的人力,虽然有弗卢格先前的成果作基础,这样做仍需要勇气与信心。1957年孟列夫刚30岁出头,并没有到中国来学过中文,敢担此重任,真是有血气方刚的劲头。由于俄藏敦煌写卷长期鲜为人知,孟列夫小组采取的是封闭式工作方法,几乎孤立无援,因而要将藏卷一一定名分类,逐项记载、描述、解说,实属不易,当然差错也就在所难免。过去我们在使用过程中,感到《俄藏叙录》问题最多的就是定名及对有无相关参考数据的判断与说明。我国古代文献典籍浩如烟海,过去仅靠人工检索,真如大海捞针,说有易,言无难。而老孟好下断言,虽勇气可嘉,却多有失误。仅以"文学"类为例,对一些作品的判断多有不准,如将1455号《类林》残卷断为《搜神记》续集;将1459号岑参的歌行诗《敦煌太守后亭歌》(8世纪中)断为9—10世纪作品;将1486号《金刚经灵验故事》断为"变文类经典作品",而且将"庾信文章及诸子集"臆补为《诸子集成》,岂不大谬;将2847号曲子词断为"七言律诗",将"君臣道泰"释为"官居'道泰'的某人";等等。至于残卷的首尾录文,据老孟告诉我,因为有些字他们不认识,也不好辨认,只能照猫画虎地描,这样很难准确(其中最明显的例子是将2873号《黄仕强传》的"仕"录为"任")。此外,由于俄藏敦煌写卷的编号并非一次完成,前后拖了几十年,先后经过多人之手,有时某卷已编过序号，后来又编一次；加上卷子本身保管上的问题，有时几个已拼合在一起的残片先编了一号，后又分编了几个号。这都造成了编号重复的现象，有的还造成了新的缀合问题。还有由于分类保管上的问题，有一些黑水城出土的文献也作为敦煌写卷编入本目，造成了不应有的混乱。上述这些问题，本书（中译本）的责任编辑蒋维崧先生均有察觉，并尽可能地作了适当的修正。一是校正了一些录文之误，例如1489号写卷，原卷卷末录文15字错了三个、颠倒两个，现已改正；1681号原卷题年为"乙巳年六月"，原文版丢了"巳"字，这次也已经补上。二是纠正或补充了定名，如前述1459号写卷岑参诗得以判明，诗题错字得以纠正（可惜误断的年代未改正）；2873号写卷判定为《黄仕强传》，并且补列了 Дх.1680 写卷。三是使不少残片得以缀合，譬如2804号原来误标为 Дх.1855，现标明系 Дх.1255+Дх.1885+Дх.1886；1466号原先只标明为 Дх.105，现在又加上了可和它缀合的 Дх.10299 号；2869号更是增加了五个残片。尽管此书可纠正、补充之处还很多，有的明显的失误尚未改正（如前述"君臣道泰"），有的改了正文未改索引（如前述《黄仕强传》，正文已改而"专名索引"中却仍有"任强"），但作为一部译作，对原作的改正已经不少，已大大提高了此《俄藏叙录》作为工具书的质量和使用价值。

由于敦煌写卷涉及的内容繁杂，本书的翻译有一定难度，好在原书大量照录了敦煌写卷的中文定名，因而减少了许多麻烦，译文的总体质量也还是比较好的。目前，国外汉学著作的翻译问题很多，最突出的就是准确性差，常有误译或似是而非之处；也有的只注意词意的死板对应，忽略了句子的连贯与通畅，忽略了思维习惯的差异。本书在这方面还比较注意，尤其是对原书"序言"和"附录"的翻译是很在行的。当然，也还有个别词语的翻译似可推敲。例如 текст 一词，在不同的语言环境中含义不同，应有不同译法，如"本文"、"课文"、"经文"、"文本"、"正文"，等等，而在本书中，似乎都译成"本文"或"经文"，就容易产生歧义。如 некитайские тексты，按理应译为"非汉文文献"或"非汉文文本"，本书一律译成"非汉文本文"，完全不符合中国人的用词及理解习惯；Текст с 2—х сторон，或译为"两面均有经文"，如1458号，其实该卷正面是《猫儿题诗》，背面系佛、菩萨名，而1461号为诗歌写卷，也如此译，或译成"两面均有本文"，如2848号，其实一面为吴均诗，另一面亦即编为2810号的《礼记》残卷。又如 коллекция 系名词，意为收藏品、搜集品，可本书都译成动词"珍藏"，如"奥登堡珍藏"，这就十分不妥。再如 с повторами，"带有重复的……"之义，应根据前后语意来译，本书将1467号的 Стихи с повторами 译为"有重迭的诗"则不确，似应译成"有重复咏唱"或"有迭句"之诗歌为宜。再如"附录"中的 Указатель китайских названий сочинений，译为"（中文）书名索引"并不确切，因为其中所列，除许多佛经经文外，还有不少单篇文献（如偈语、诗词等），不能以"书"统之。сочинение 一词为文字作品的泛称，并不局限于专书，这里译成"篇名索引"较妥。我个人认为，涉及中国传统文化的外文语句，其译文尤其应该切合中国的传统用法。如1654号残卷为使用驿马凭证，系在印本上填写而成，那么其中的 печатные 一词就应译成"印本"或"印文"，而不是"印制文本"。这些翻译上的小问题，尽管无伤大雅，我觉得还是有必要提出来，以供翻译者参考。

（2000年3月）

百花齐放异彩纷呈
——近十年中国敦煌学图书概述

从1900年6月22日（农历五月廿六日）敦煌莫高窟藏经洞被发现至今，已经整整一百年了。其间，伴随着一门新学科——"敦煌学"的形成、兴起和发展，我国相关图书的出版也历经曲折：20世纪五六十年代寥若晨星，"文革"时期几近寂灭，从70年代末开始恢复，80年代中发展加快，渐趋繁荣，尤其是近十年以来的成绩令世人瞩目。

1988年8月，中国敦煌吐鲁番学会会长季羡林教授正式提出了"敦煌在中国，敦煌学在世界"的口号，得到了中外学者的一致赞同，从此中国敦煌学的研究进入了一个新的时期。随着我国敦煌学研究队伍的日趋扩大、稳定和年轻化，随着中外学术交流的日益增强，随着研究内容的逐步深入，也随着敦煌学界和出版界之间联系的大大加强，近十年来编辑出版高质量的敦煌文献图录书与录校整理相辅相成，高水平的学术专著及普及读物同时并举，形成了百花齐放、异彩纷呈的大好局面。

（一）经过中外学术机构和专家的通力合作，尤其是我国出版界的不懈努力，一批全面刊布敦煌文献的大型图录本陆续问世。从80年代末开始，中国敦煌吐鲁番学会发起并成立了敦煌古文献编辑委员会，与中国社会科学院历史研究所一道和伦敦英国国家图书馆合作，拍摄英藏敦煌文献，精心编辑，由四川人民出版社印制，从1990年至今已出版8开本的《英藏敦煌文献（汉文佛经以外部分）》14册。上海古籍出版社也从1992年底开始陆续出版与俄国、法国及国内一些单位合作编辑的大型敦煌文献图录本，目前已出版发行俄藏24册（包括艺术品及黑水城出土文献）、法藏4册、上海博物馆藏2册、上海图书馆藏4册、北京大学图书馆藏2册、天津市艺术博物馆藏7册。江苏古籍出版社已出版北京国家图书馆所藏敦煌文献4册；甘肃人民出版社今年出齐甘肃所藏6册；浙江藏品汇编1册，即将由浙江教育出版社在今年6月出版。上述图录本有三个共同特点：（1）都是在中外学者进行了通力合作的基础上编辑出版的，大都由国内外一流专家承担主要工作；（2）都充分体现了学术界与出版社的密切合作；（3）由于编辑水平高、印装质量上乘，成为近十年来评选国家图书奖中的佼佼者。尤其需要提出的，新世纪敦煌学的深入发展，在很大程度上将取决于藏经洞文献的全面刊布，因为由于历史的原因，这些文献已流散分藏于世界各地。研究者亲睹不易（其中还有文物保护的因素），即便在有缩微胶片的图书馆或研究机构，查阅起来也极不方便，何况还有不少并未摄制胶片。可以说上述高质量图录本的出版，即为全世界的研究者提供了最基本的资料保证。

（二）在努力汇集敦煌资料的基础上，敦煌文献的分类录校工作也全面开展，一些资料价值较高的辑校注释本纷纷面世。这里首先要提到的是1983年成立了由周绍良等专家组成的"敦煌文献编辑委员会"，从80年代末开始实施"敦煌文献分类录校丛刊"的编纂计划，历时9年，在江苏古籍出版社的支持下，共出版有关天文历法、社邑及契约文书、表状笺启书仪、佛教经录、变文、赋、医药、禅籍等各类文献的录校本10种12册。

这套书全部采用手写影印，更易反映写卷原貌，而且因整理者多是某一方面文献研究的专家，又附有较规范的学术论文，这就大大提高了所整理资料的研究价值。与此同时，藏外佛经、变文、诗歌、愿文、碑铭赞等多方面内容的各汇编辑校本也陆续出版，为研究工作的深入开展打下了扎实的基础。与此密切相关的，一些高水平的敦煌学专著也相继问世，它们涉及西域史、归义军史、于阗史、莫高窟史、礼俗文化、地理、文学、宗教、婚姻、天文历法、书仪、非汉文文献等诸多论题，许多成果已居于国际领先地位。此外，由北京一批中青年学者负责编辑的学术辑刊《敦煌吐鲁番研究》至今已由北大出版社出版4辑，此刊力图与国际接轨，不仅以刊发最新学术成果为己任，而且以刊发较多书评的方法倡导开展学术批评，受到学界欢迎。在20世纪90年代，对国外相关学术专著的翻译出版也加快了进度，其中尤以中华书局的"法国西域敦煌学名著译丛"（已出5种）引人注目；今年，中华书局还将推出《法国汉学》的"敦煌学专号"。

（三）敦煌学工具书的出版引人注目。这方面最重要的成果是世界上第一部敦煌学专科辞典《敦煌学大辞典》的编纂出版。这部包含了敦煌学十几个门类约200万字的辞典，是由中国敦煌吐鲁番学会和上海辞书出版社共同组织并具体实施编辑出版工作的，经过百余位专家学者历经十多年的艰苦努力，其间修正校订不下十遍，终于在1998年底出版发行，并荣获第四届国家图书奖和辞书一等奖。该辞典的问世，不仅科学地回顾了敦煌学百年的发展历程，准确地反映了世界敦煌学研究的全貌和成果，而且也向世人显示了中国敦煌学研究者的整体水平和协同作战的能力。这里要特别提到上海辞书出版社原副社长严庆龙先生对此书的重要贡献，可以毫不夸张地说，如果没有这位老辞书专家在离休前后坚持不懈、精益求精、一丝不苟的努力，就不会有这本高质量辞典的问世。与此同时，郭在贻等《敦煌文献语言词典》的印行，《俄藏敦煌汉文写卷叙录》的翻译出版，施萍婷等对《敦煌遗书总目索引》的新编，王尧为法藏敦煌藏文写卷的编目，方广锠等对北图藏卷的编目，荣新江、方广锠关于英藏6981号以后写本的目录提要，王素、李方对魏晋南北朝敦煌文献的编年，也都为敦煌工具书库的扩展做出了十分积极的贡献。

（四）敦煌学普及读物的编写出版取得了可喜的成绩。在80年代以前，像潘絜兹《敦煌的故事》这样适合大众阅读的书可谓寥寥无几，这也是造成敦煌学"显学"与"冷门"这种强烈反差的重要原因之一。敦煌学的普及读物，主要包括两个层次、三类内容。两个层次为：第一，适合初、中等文化程度读者阅读的介绍性图书；第二，供大学以上文化程度读者（包括研究者和爱好者）参看的具有一定学术性的著作。三类内容是：（1）介绍敦煌地区历史文化、人文地理；（2）介绍敦煌学的形成、发展及相关知识；（3）敦煌文献的选读、选注本及图录简编本。从80年代中期开始，中华书局在出版若干敦煌学普及读本上下了较大的力气，如《敦煌文学作品选》（周绍良主编，1987年版）及《文史知识·敦煌学专号》（1988年8月），受到读者欢迎，起到了很好的推动作用，引来了90年代一批高质量普及读物的陆续问世。举其成系列者，有台北新文丰公司所出的"敦煌学导论丛刊"和新疆美术摄影出版社印行的"敦煌吐鲁番艺术丛书"。前者为入门性质的学术专著，作者大多为大陆地区名家（如季羡林、周绍良、姜伯勤、项楚、白化文、张鸿勋等），且内容精富、文字简洁，以深入浅出为特色；后者为艺术类论文选编，以中青年学者近期论说为主，辐射面广，附有一定数量的插图，十分有益于初学者。此外，中华书局出版的《敦煌史话》、甘肃人民美术出版社出版的《敦煌艺术之最》、甘肃教育出版社出版的《敦煌学述论》，也都各具特色。当然，从普及文化知识和发展学术的需要来看，此类普及读物的编写出版还应大大加强。一个典型的例子是，每年前往敦煌莫高窟旅游参观的人数成千上万，可至今为止还没有一本和所看洞窟内容结合紧密的、简明、实用、权威的说明书；与此相比，到敦煌来参观的许多日本游客手中却有日本所印的参观指南。

以上所述，只是对近十年来出版的敦煌学图书作举例式的概要介绍，也肯定会有以偏概全的毛病，好在本期《书品》同时刊发了敦煌学各主要门类图书的介绍与评论文章，一定可以纠正和弥补本文之不足，敬请读者诸君注意浏览领会。

（2000年6月）

东方文明的魅力
——评《东方的文明》

最近，著名东方学家季羡林教授这样推荐中华书局新出版的《东方的文明》一书中文全译本：

> 法国东方学家雷奈·格鲁塞的论著《东方的文明》四卷本以其文字精省、插图珍贵闻名于世，曾风行西方学界数十年，直到90年代中，印度还有新的译本出版，惜向无中文全译本行世。现在中华书局的编辑不惮烦难，在常任侠、袁音二位先生译作的基础上认真加工，精心选择并设计图版，使之终成全璧，既完成了常、袁二位先生的遗愿，也满足了中国读者的需求。这种精神，值得称道。故乐意为之推荐。

《东方的文明》初版印行3500套，发行伊始，未作宣传，已销售大半。我以为，此书畅销的根本原因，在于东方文明本身的魅力和作者对此魅力充分、精心而恰当的展示。

19世纪末至20世纪初，随着众多西方探险家、考察队在亚洲（尤其是包括我国西北边疆在内的中亚地区）日益频繁、扩大的"探险"活动，一些重要的历史文化遗址被探寻发掘，大批珍贵的文物（其中不乏保存完好的精美艺术品）被运到欧美各国的研究机构或博物馆。正是在这样的背景下，西方世界又一次掀起了介绍、探究东方文化的热潮。从20世纪二三十年代开始，一批图文并茂的相关著作也应运而生，法国东方学家雷奈·格鲁塞（René Grousset，1885—1952）的四卷本《东方的文明》即是其中最负盛名的代表作。该书各卷在1929年至1931年间先以法文本陆续问世，并很快被译成英文本在纽约出版，在西方学术界引起很大反响，成为世界东方学的必读书之一。时至今日，半个多世纪过去了，尽管新出土的文物层出不穷，东方学的研究也已向前推进了许多，相关著作累以百计，而格鲁塞此书依然魅力不减。究其原因，我以为主要是全书观点新颖、脉络清晰、资料翔实、插图丰富，而且材料取舍得当、文字简洁流畅，因此能拥有更多的读者。下面即就其中一二谈些简略的看法。

　　如果有机会翻开《东方的文明》法文本原著，给我们最初、最突出的感觉就是书中所附的约900幅精彩的文物图片——尽管由于当时条件所限，这些图片全由黑白照片制版。格鲁塞曾长期担任馆长的吉美博物馆以收藏东方文物闳富而闻名，又与欧美私人收藏家有良好的关系，故他有充分的条件来选择其中精品用于自己的著作之中，而正如格鲁塞自己所声明的，他评述东方文明是用艺术品和文学作品"在各种不同风格和时代之间作成一条引线，并使读者对形形色色的艺术流派与作品获得充分而正确的观念。"他所选用的图片，正是这条引线上一粒粒闪闪发光的珍珠。我们知道，虽然西方博物馆对公众开放的程度较大，但由于种种原因，不可能把所有的藏品都陈列出来，许多珍品仍秘藏于库房之中，因此，读者也只有通过图书刊布的途径一睹它们的真容。更为重要的是，只有通过图文并茂的诠释，读者才能获得系统而准确的知识，这和在陈列大厅里徜徉浏览是大不一样的。至于一般中国读者，更难得有机会到欧美博物馆去参观考察，这些图片的魅力就更不言而喻了。本书前三卷在50—80年代翻译成中文出版之时，鉴于当时的印制条件所限，图版的质量较差，其中第三卷"中国的文明"更是抛开原书，另外配了几幅与原书文字并不相干的照片，造成一大缺憾。此次中华书局出版四卷全译本，从原书图片中精选了230余幅，并采用电脑技术对这些图片进行加工处理，努力使之清晰度超过原书，这是四卷本的一大特色，也是今日读者之幸运。

众所周知，格鲁塞潜心研究东方文明首先是从印度美术入手的，而他又很快将对印度文明的探究扩展到印度周边及印度洋、太平洋地区，扩展到对中亚文明、东南亚文明、中国及日本文明的研究；将对佛教艺术的研究，扩展到对伊斯兰艺术及与希腊艺术关系的研究。因此，他的著作具有点、面结合，用主线贯串的特点。在东方文明涉及的广大地域中，他抓住的重点是中近东、印度、中国与日本，将文明古国的历史演变与文化艺术的发展史紧密结合在一起加以评述。同时，他又充分运用自己的特长，对具有世界影响的佛教艺术与伊斯兰教艺术作了较为充分的阐述，那种超越宗教偏见、融会贯通的公允态度，给人留下深刻的印象。本书中文译者之一的常任侠先生，又正是我国研治印度艺术史的专家和相关文物的收藏家，因此，该书第二卷"印度的文明"不仅译得最为得心应手，文字流畅明快，而且常先生还添加了大量的译注，可以说是大大提高了原书的价值。由本专业的行家里手来翻译该专业的学术著作，这是翻译界多年以来努力追求的目标。《东方的文明》中译本的出版，正为此提供了值得推荐的范例。我想，这恐怕也是使此书增添魅力的原因。

（2000年6月）

献给敦煌学百年的厚礼
——《浙藏敦煌文献》出版感言

自1900年6月22日敦煌莫高窟藏经洞重见天日至今，一门反映"世界学术新潮流"的国际显学——敦煌学也经历了近一个世纪漫长而曲折的历程。七八十年前，我国一些著名学者单枪匹马远赴欧洲抄录流失海外的敦煌写本，备尝艰辛；近十几年来，随着中外学术文化交流条件的改善，在中国敦煌学界、出版界的共同努力下，一大批高质量的敦煌文献图录本陆续出版发行，举世瞩目。相比之下，中国敦煌学的迅猛发展自不待言。然而，敦煌学仍是一门方兴未艾的学问，过去的一百年成绩卓著，未来的一百年任重道远，这是学界共识；新世纪敦煌学的发展，在一定程度上仍将取决度藏于世界各地，尚未为世所知的敦煌写本的整理与刊布，这也是学界共识。因此，浙江教育出版社新近出版的《浙藏敦煌文献》图录本，正是献给敦煌学百年的一份厚礼。

浙江学人在20世纪敦煌学的创立与发展过程中有着极为重要的特殊地位。罗振玉、王国维等浙江籍学者，是开创敦煌学的先驱；常书鸿、姜亮夫、赵万里、王仲荦、蒋礼鸿、史岩、夏鼐、潘絜兹、郭在贻等著名专家，在各自的研究领域做出了杰出的贡献；王伯敏、樊锦诗、施萍亭、项楚及一批中青年学者,已经成为当代敦煌学研究的中坚力量。正是由于他们坚持不懈的努力,使得浙江至今仍是我国敦煌学研究的重要基地之一。另一方面,浙江的敦煌文献收藏,则由于长期以来处于"养在深闺人未识"的状况,没有进行过全面、系统的调查、著录和整理,因此未引起世人足够的关注。可以说,《浙藏敦煌文献》的出版,为20世纪敦煌文献的普查与整理工作做出了新贡献。

《浙藏敦煌文献》刊布了浙江省境内公家所藏东晋至宋初的敦煌写本201件。这些藏品有三个显著的特点:

第一,内容门类丰富,除佛教经卷外,可以确定的还有道经、经济文书、愿文、诗词、小说、书仪、画像等。藏品大部分为汉文写本,也有少量藏文、回鹘文写本。此外,还有零星裱装及包裹写卷的唐代实物。据研究者统计,藏经洞发现后不久即遭劫掠,大量非佛经文献精品流失海外,国内所藏遂称为"劫馀"。浙藏的非佛经写本虽然也是少数,但比例大于北京国家图书馆所藏,而且有些有相当重要的研究价值。如浙博001号的初唐写本《黄仕强传》,与英、法、俄、日及北京所藏七个同名写卷相比,最为完整,而且抄写精良。又如浙博110号敦煌乡百姓曹海员的诉状,不但呈文完整,而且有疑为曹议金的亲笔批示,实属难得。即便是佛、道经写卷,浙江所藏也颇具特色,有不少抄写完整、书法精美,有的则为它处所罕见(如《太子慕魄经》、《洞渊神咒经》),是进行比勘研究不可或缺的宝贵材料。

第二,浙藏敦煌文献中大部分曾经被著名学者收藏,由于收藏者有较高的学识修养,所以一些藏品不仅是他们共同鉴赏的珍品,也成为学者间切磋史学、书学、金石学的研究对象,在观赏及裱装过程中留下了不少题跋,成为藏品不可分割的组成部分,也为它们增添了相当重要的价值。如浙图20号《佛说如来相好经》一卷，初由张孟劬馈赠马叙伦，后再移赠邵裴子，辗转流传中马、邵二人所写的数则题识既记录了卷子流传的经过，也留存了他们为写卷所作的考证，成为后人进一步研究的重要基础。又如浙图05号《金刚般若波罗蜜经》曾由弘一法师经眼题观，留下了这位佛学大师的珍贵手迹与印章。至于张宗祥、黄宾虹裱装后捐赠的写卷，卷边片言只语的批注，也都弥足珍贵。也正是由于张、黄二人的眼光，他们还特别注意收藏了一批唐代佛经的引首纸、护手绢、束经带、缀接线及原装木轴，真让我们欣喜不已。

第三，浙藏敦煌写卷相对完整且保存良好。正是由于原收藏者的眼光、学养，浙藏的大多数写卷都及时地做了裱装，也由于后来各入藏单位的精心保护，所以卷子品相甚好。浙藏写本长卷之多令人欣慰。我做过一个简单的比较：俄国所藏敦煌写卷总数达一万二千余号，卷子长度超过62厘米的只有259号，仅占百分之二左右，碎片之多使人嗟叹不已；而浙藏写本长度超过一米的即有25件，占总数的百分之十二以上，其中有11件长度在六米以上！需要指出的是，从浙藏的一些短片上也可以看出，许多写卷明显是在流散过程中被人为裁截割裂的，实在已是"劫馀"之劫馀了。

在《浙藏敦煌文献》的编辑出版过程中，还有两点也是让人感奋不已、值得一提的：一是出版社与收藏单位及学术界密切有效的合作，二是一些学界泰斗对此项工作具体而宝贵的指导与帮助。对浙藏敦煌写本的普查与鉴定，是在中国敦煌吐鲁番学会提议与具体指导下进行的，不但收藏单位大力协助、积极参与，而且很快便得到了浙江教育出版社的鼎力支持。出版社领导以敏慧的眼光对此项工作迅速做出反应，礼聘学术顾问，组织编委会，在开展普查鉴定的同时，有条不紊地落实拍摄胶片、编写叙录的工作；而这项工作开展伊始，就得到了季羡林、启功、周绍良、饶宗颐、冯其庸等著名前辈学者的热心指导与帮助，他们仔细看了部分浙藏敦煌写经原卷或照片，并对它们的书写年代、内容、价值以及如何著录整理提出了中肯的意见。最让人感动的是业师启功先生眼患黄斑病变，还拿着一柄放大镜一张照片一张照片地鉴别写卷字体风格，而且欣然为此书题签。在最艰难的写卷定名过程中，除京杭两地的编委反复认真切磋外，国家图书馆敦煌吐鲁番资料中心、中国佛教文化研究所信息中心、中国藏学研究中心的一些研究人员也无私地为之对照考订。著名藏学专家、中央民族大学的王尧教授，刚从国外归来，听说其中有两个古藏文写本难以确认，马上承诺以最快的速度进行考辨。据我所知，从编委会正式开展工作到此书高质量地印装出版，才用了不到九个月的时间。这种令人欣喜的高效率，与前面所述两点体现出来的团结协作与无私奉献精神是分不开的。我们需要这种精神！

（2000年7月4日）

向世界介绍中国体育文化
——评《中国古代体育文物图录》

最近，在全国掀起支持北京申办2008年奥运会的热潮之时，中华书局推出了内容丰富、编排新颖、印装精美的大型图籍《中国古代体育文物图录》。浏览是书，不仅使人赏心悦目，爱不释手，而且也丰富了我们对"人文奥运"的认识，增添了申奥的信心。

作为文明古国，中国丰富灿烂的文化遗产举世公认。但是，由于研究和普及工作不足等原因，作为我国优秀传统文化重要组成部分的古代体育文化却鲜为世人所知，尤其是通过大量相关出土文物来了解其体育文化内涵者可谓寥寥无几。据说，若干年前，国际奥委会主席萨马兰奇先生在参观中国体育博物馆时，就曾为该馆所陈列的古代体育文物而惊叹不已。有感于此，我国首位体育史博士、中国体育博物馆研究员崔乐泉多年来一直致力于体育文物资料的搜集、整理和研究工作。体育文物图录的编撰，即是这一工作的重要成果。

我认为，这本图录在原创性、丰富性、科学性等方面都颇可称道，其中最值得注意的有以下三个特色：

第一，注重古代文物的现代诠释。以往学界对中国古代体育史的研究，主要依据传世典籍的记载及相关传说，不免显得单薄。

近些年来，随着考古学的发展和大量文物的出土，有的研究者开始注重利用"体育文物资料"来探究古代体育文化。但这种探究大多局限于零散文物的个体阐述与分析，既缺乏系统性，更缺乏现代体育科学理论的指导。而这本图录正是在这一关键问题上有了质的飞跃。作者在该书近万字的前言中，对中国古代体育的起源、发展特点及主要运动项目的概述性分析，完全是建立在将传统文化与现代化相联结的基点之上的。该书所收编的500余幅体育文物图片，按照古代运动实践并参照现代体育概念分为射箭、球类、武术、田径、练力与举重、角力、保健养生、技巧、水上、冰上、棋类、御术与马术、垂钓、民俗游乐14个大类，再按其运动特点细分为40余种体育项目。作者对其中每一类文物都作了简明扼要的科学诠释，不管是源于中华本土的，还是来自域外的，都与现代体育项目做了符合实际的比较分析，既开阔了我们的视野，也拉近了历史的距离，使文物更贴近现实生活。这就启示我们认识到：我们今天观赏体育文物，研究古代文化，绝不是为了发思古之幽情，而是为了推进当代的体育文化建设。

第二，追求图片与文字的相得益彰。以往的许多文物图录书，也许是为了编排的方便，都把图片的说明文字集中排在全书的最后，和图片在一起的只有序号和标题，这不仅给阅读带来不便，也大大削弱了图片的鉴赏效果，往往使读者有"眼倦"之感。这本体育文物图录则随图排印简明精当的阐释与鉴赏文字，而且注意了文笔的准确、顺畅和生动，使读者在赏心悦目中得到启迪。同时，作者一方面以类项编排图版，另一方面又在书后编制了《中国古代体育大事记》，为读者完整地了解中国传统体育文化的发展脉络提供了清晰的线索。这样，就把书中所收每一件文物都贯串在"体育史"的纵线上，突出了它们的文化内涵。目前，随着印制技术与工艺的发展，一些图录书籍的图版质量一般都较有保障，而文字的粗糙和编排不合理的毛病却时常可见。因此改进文字也就成了提高图录类出版物质量的一个突出问题。这本体育文物图录的优点正可资借鉴学习。

第三，显示民族文化的世界价值。中国传统文化博大精深，体育文化亦然。但是要让世界了解乃至理解我们的文化遗产，就必须下功夫做实际的普及与提高相结合的介绍工作，而不是空泛的宣传。我认为，有时人们对"越是民族的就越有世界性"这句话的理解不免偏颇，因为它往往忽略了"沟通"这一重要而关键的环节。缺乏沟通，就很容易造成认识上的误区（如猎奇、误解、曲解乃至抵制）。沟通的途径很多，最基本的就是语言的沟通，而"文化语言"的解释则是最困难的。这种解释要建立在对双方文化（包括思维特点）都有准确、深刻的认识之上，要有在专家的指导下向民众普及的能力，再通过文字翻译恰当地表达出来。这本体育文物图录在这一方面也做了有益的尝试，例如书的两篇序言分别由中外体育界权威人士撰写，包括长篇前言、图版说明、大事记在内的绝大部分文字均为中英文对照，并尽量注意了文意的深入浅出，这就为广大国外读者认识中国古代体育文化创造了条件。在新世纪到来之际，一向以传播华夏传统文化为己任的中华书局，在新形势下出版面向世界的高质量图录书，这的确是令人欣喜的。

（2000年12月）

开拓敦煌学研究的新领域
——《敦煌古代体育文化》读后

为纪念敦煌莫高窟藏经洞发现一百周年，普及敦煌学知识，甘肃人民出版社从2000年6月起出版"敦煌文化丛书"。在已经出版的第一部分17种书之中，最令人耳目一新的是李重申教授的新著《敦煌古代体育文化》，因为它把我们带进了敦煌学研究中一个大有开拓前景的新领域。

作为中华民族优秀传统文化组成部分的古代体育文化，源远流长，内涵丰富。但是，这又是我国体育史研究中相对薄弱的课题，其原因之一就是研究力量不足，尤其是对古代文物和文献中的相关资料挖掘不够。近年来，由于我国首位体育史博士崔乐泉等人的努力，情况有了改观，新的成果也不断涌现。李重申教授作为甘肃工业大学（现兰州理工大学）体育文史研究的带头人，将研究的目光集中到敦煌莫高窟这一文化艺术宝库，以创新精神进行了艰苦的工作，取得了令学术界欣喜的成绩。

在敦煌莫高窟现存45000平方米的壁画、近3千身彩塑和莫高窟藏经洞所出的5万余件（号）写卷、印本、绢画中，蕴含着一个千姿百态、绚丽多彩的体育世界。我国古代社会的狩猎、射箭、摔跤、体操、技巧、健美、举重、武术、棋类、田径、球类、马术、养生保健、民俗游乐及水上、沙上运动等体育活动，或见诸图像，或跃然字里行间。李重申教授经过十余年艰苦的搜寻爬梳，从中整理出大量的相关资料，去粗取精，分类比较，为课题研究打下了扎实的基础。《敦煌古代体育文化》一书，就是这一研究的阶段性成果。

根据我初步阅读《敦煌古代体育文化》的粗浅体会，此书有两个特点值得注意：

第一，此书力求在对"体育文化"作科学诠释的基础上来探索敦煌古代体育文化的丰富内涵及价值。由于学术界对"体育"概念本身的认识并不一致，对其作为一种文化现象的解释当然也颇多差异。本书作者在探求敦煌体育文化内涵时，首先肯定体育文化属于人类改造客观世界和增进自身素质的长期实践中形成的文明体系。因此，在对敦煌体育文化的内涵作介绍时，作者强调了以下三个关系：（1）体育与其他社会活动（如劳动、军事、政治、教育、宗教、医事、文艺等）的直接关系；（2）体育与民俗文化（如民间游艺、竞技）的血缘关系；（3）体育与人们生理、心理活动的内在关系。这样，才能真正理解敦煌体育活动的无处不在和体育文化的博大精深。例如，本书在介绍敦煌文物中所见的武术资料时，就涉及了武术与狩猎、祭礼、舞蹈、军事、角抵百戏、文学创作、戏曲等诸多方面的关系，不仅显得自然而不牵强附会，也能给人以诸多启发。

第二，此书注意将敦煌古代体育文化放在敦煌乃至整个西域地区的人文、历史背景上来考察其特色与流变。世界上任何一种文化现象都绝非孤立，都有一定的人文、历史背景。敦煌，作为古代丝绸之路上的重镇，是四大文明（古希腊、印度、伊斯兰、中国）的交汇之地，也是五种宗教（佛、道、摩尼、景教、祆教）和独具中国特色的儒学（教）的交融之所，这正是开展敦煌体育活动的大舞台、大赛场。因此，作者在分析敦煌体育文化特色时，特别着眼于以下三个方面：（1）多民族的文化心理；（2）多风格的文化融合；（3）多层次的文化现象。所以，作者还将考察的目光扩展到了传统的竞技、健身、游戏三大类之外，专列了"古代敦煌人的养生观"和"古代敦煌人的生命现象"两章，笔触涉及儒、佛、道，涉及体质、生命现象、卫生保健，这就大大拓展了研究的视野，丰富了敦煌学研究的内容。

（2001年2月）

敦煌文献整理与研究的规范之作
——《敦煌诗集残卷辑考》简评

徐俊同志的《敦煌诗集残卷辑考》由中华书局出版后，得到了敦煌学界的普遍好评，也引起了从事古籍整理的同行的关注，这是在我的预料与盼望之中的。该书由我担任责编之一，也算是一种缘分，其中的若干因缘，我打算另文叙述。该书作为20世纪"敦煌诗歌"整理与研究的典范与集大成之作，其在"敦煌诗"辑考上的成绩卓著有目共睹，对唐代文学研究的贡献至伟亦毋庸烦言，这方面已有数篇书评详述，兹不赘述。本文仅就该书在敦煌文献整理方法上的特点及由此引发的思考，谈些简要的认识。

众所周知，由于20世纪初敦煌藏经洞所出大量古代写本的流散海外，兴起了一门代表"世界学术之新潮流"的国际性显学——敦煌学。此学问之"新"，至少体现在三个方面：材料新、课题新、方法新。这三者，方法是手段，课题是目标，材料是基础。因此，中外学者首先都把目光关注在数以万计的敦煌写本的搜集、整理与刊布上，即做好打基础的工作。可以说，20世纪上半叶中国学界做这方面的工作有三个特点：第一，最初的参加者几乎都是我国学术界的大师级或顶尖人物，如王国维、罗振玉、刘师培、胡适、董康等，其后便是各领域最有成就的代表，如赵万里、许国霖、陈垣、刘复、王重民、向达、郑振铎、姜亮夫等。第二，需不远万里到英、法等国或通过外国学者来搜寻、阅读、影印敦煌写卷，因条件所限，对石室遗珍，只能零星采撷，以图集腋成裘。第三，开始利用影印、复制等先进手段刊布资料，主要采用传统的辑佚、校勘和叙录的方法；同时，因专长和兴趣决定，学者们用力最勤成就最大的，首推其中语言文学材料（尤其是被称为"俗文学"的"变文"类作品）的整理、刊布和研究。由以上特点可以想见困难之大、贡献之巨，同时也不可否认有相当大的局限。做了几十年，"敦煌宝藏"中到底有多少遗珍，仍没有一个人说得清。到20世纪50年代，随着文化交流逐渐开展与科技进步，《敦煌遗书总目索引》编撰出版，敦煌文献较为系统完整的分类录校有望进行，但随之而来的"反右"和"文革"，使刚刚起步的这些工作戛然而止。80年代初，在改革开放的浩荡春风里，我国敦煌学界感愤于某几位学者"敦煌在中国，敦煌学在外国"的断言，团结奋进，急起直追。1983年中国敦煌吐鲁番学会成立后的第一件大事，便是统筹规划与协调各类敦煌文献的调查、刊布与整理出版工作。经过十多年的努力，局面大变，中国学者既可以扬眉吐气地欢庆"敦煌学回归故里"，也能够高举"敦煌在中国，敦煌学在世界"的大旗联合各国学者一道前进。到1999年末，我们已陆续出版皇皇数十巨册的敦煌文献图录，编成了世界上第一部《敦煌学大辞典》，有了十余种敦煌文献的分类辑校本，更遑论成百上千的专著和论文了。然而，人们在高兴之余，又不免抱憾我国的敦煌文学研究虽一直领先，却在最为大众喜闻乐见与普及的诗歌方面，除"王梵志诗"外，还没有完整的、科学的辑校本。本来，王重民先生对此用力最勤，二十多年里，做了艰苦卓绝的工作，但他于60年代初发表的《补全唐诗》及其《拾遗》，只完成了他原计划辑考敦煌诗歌写卷工作的一小部分，便在"文革"中不幸含冤去世。80年代以来，若干专家（包括我国台湾地区的学者）继续努力，也有不少成果，但主要仍着眼于一些零星、单个的写本或某一类内容的诗篇，缺乏整体把握和系统梳理，其关键是在整理、考辨的思路与方法上没有新的突破。

转机终于在21世纪到来之前出现。现在可以说，徐俊以十余年潜心纂辑、考辨敦煌诗的出色工作，在很大程度上弥补了我们的缺憾。这不仅是因为"敦煌诗"的全貌基本得以厘清，更是由于《敦煌诗集残卷辑考》一书（以下简称《辑考》），较好地体现了敦煌文献整理中规范与创新的统一。

首先，《辑考》既遵循了一般古文献辑佚、校勘的通则（普遍性规则），又特别注意探求敦煌写本（尤其是残卷）整理中必须把握的特性（特殊性规则）。前者古籍整理界已有约定俗成的共识，无需多说；后者则是敦煌学界一直在探讨而颇感困难的一个课题。在敦煌诗歌的辑考中，徐俊对这种特殊性的把握是建立在以下三个基础之上的：第一，对敦煌诗歌写本特征的准确认识与分析。由于印本兴起之前文人与民间创作的诗歌都以"播在人口"（口头流传）为主，自编、代编或喜好者选录而行世的"传抄本"情况则十分复杂，所以敦煌诗歌写本形态很复杂，既有诗集、诗抄本，也有零散篇什。诗集与后来的别集、总集有很大区别，诗抄则多以丛抄面目出现；零散诗篇不仅是一般意义上的单篇独抄，而且有相当数目的已成为其他文体作品组成部分的"韵语"（如地志里的歌谣，变文中的五、七言诗等）。有许多诗抄其实是为个人诵读而写，有些短篇是"学士郎"或僧尼们不经意的情感抒发或涂鸦，有些是他们的背诵、默写、模仿之作，都不是严格意义上的"诗选"或"诗抄"。因此，整理者既要了解区别于"刻本时代"的典型"写本时代"文献的复杂性特征，又要了解区别于"经典文献"的"民间文本"的随意性特征，方能准确把握这些写卷的性质，做出符合实际的分析。第二，对敦煌诗歌作品创作因素的全面把握。敦煌诗歌的创作与抄写，除了作者个人情况的纷纭复杂外，还受到时段、地域、作品类别及流传场所等因素的影响。这一点，以往的整理研究者虽已做了若干探究（如对作者和作品类别的划分与判别，对"俗文学"、"地域文学"、"宗教功能"、"应用功能"的分析等），但将多种因素综合起来总体把握仍较欠缺。因而反映在大家最关注、难度最大、用力也最多的"辑佚"及校勘工作上，可以说是一直心中无数的。正如当年王重民先生在《补全唐诗·序言》中所说："编辑敦煌诗词最困难的地方是校录文字与考定存佚互见两项工作。"先唐时期中国已有大量诗歌作品传世，唐代更是中国诗歌繁荣的黄金时代，因此要从数以万计的敦煌卷子中判断诗歌写本的存佚互见，确非易事。第三，对相关传世古文献（典籍）材料与整理状况、研究成果的"拉网式"的普查搜寻。必须承认，我们的前辈学者（尤其是学术大师）有相当深厚的古文献学养，他们对传世古文献的熟悉程度是当今学者很难达到的，这正是他们当年一接触敦煌写本就能慧眼识宝，很快做出超越外国学者成绩的重要原因。但是，由于他们当时能看到的敦煌写卷太少，所以思路受到局限，无法融会贯通。我们也必须承认，虽然经过近一个世纪敦煌学研究的学术积累，今天能看到的敦煌写本材料已数十百倍于前人，而由于专业分工的过细，各据一隅的研究往往阻碍了材料的综合运用，加上今人对传世古文献的了解又相对贫乏（或曰"知识缺陷"），这同样会使思路闭塞，不能有效判断。此外，由于种种原因，敦煌学界有不少学者对域外学者的相关研究状况缺乏了解，信息不灵，既影响了敦煌文献整理的规范化与高效率，也阻碍了研究的深入。据我所知，多年来，徐俊同志在这方面做出了极大的努力，他除了努力普查敦煌写本外，对国内外敦煌诗歌整理与研究成果的搜寻，几乎到了竭泽而渔的地步；而对相关传世古文献的查询，也几乎到了如痴如醉的程度。我认为，这种以孜孜不倦的勤奋来追随学术规范、追求学术创新的精神是特别可贵的。

其次，《辑考》在整理及编纂方式上，突破了以往或以零篇作品为单位的分类辑录式，或以写本编号为顺序的提要叙录式，而是采取以藏所写本为单位的叙录加全卷校录、考辨的辑考式，将最大限度地保持写卷原始形态、充分显示原卷所含有的研究信息作为基本要求。对于传统的古籍整理而言，无论经、史、子、集，一般均以作者、作品为序，按体裁、题材分类辑录校释。从这一点看，整理敦煌写卷采用流水号叙录或分类辑校都属规范之举，本无可厚非。然而，敦煌写卷中抄录诗歌作品情况极其复杂，如署名之存佚、年代的有无、内容差异、字迹变换、文体混杂，更加上残篇断简每每皆是，又往往缺少相关的文献依据，所以再沿袭过去惯用的整理方法就有弊端，极易丢失整体概念与相关信息，陷入盲人摸象的窘境。因此，《辑考》强调了整理敦煌诗歌写卷的三个原则：（一）准确把握诗歌写本文本特征的原则；（二）广泛与其他敦煌写本相结合的原则；（三）广泛与传世古文献相结合的原则。这三条，也许说似简单，实际上互相关联制约，贯彻起来十分不易。例如，有些一分为几的残卷，分藏于巴黎、伦敦、圣彼得堡等地，要通过纸张、字体和残缺不全的内容来辨认和拼接，学养、睿智、耐心三者缺一不可。这在《辑考》中有不少成功的范例，请读者自行参看。这里，我还想再强调一下在前面曾谈到过的对传世古文献的熟知程度问题。毋庸讳言，在这方面许多中青年学者先天不足，尤其是有的研究者一涉足敦煌学领域，便埋头于某一类的敦煌写卷之中，无暇旁及传世典籍，这就大大限制了研究的进展，因为敦煌学恰恰是一门需要有各学科知识作基础的综合性学问。这几年已经有学者呼吁传统的文学、史学、语言学、宗教学研究者要更多地关注和运用敦煌文献资料，因为似乎有的研究者对已经发现了一百年的敦煌文献尚十分生疏。而实际上这也是敦煌学家回归文学、史学等领域的问题，因为的确有些敦煌学研究者对传世古籍也很隔膜。敦煌文献和传世典籍本来是互补互释、相辅相成的，若二者缺一，就会造成整理与研究的滞碍和"夹生"。徐俊在《辑考》中附录了"征引及主要参考文献"，其中第四部分所列传世的各类典籍即有122种。据我所知，这些书他大多都是认真地研读过的，有的还查阅过多遍。这种认真读古书的精神也是值得赞许的。我联想到近些年来，国内古籍整理界有一股急功近利的浮躁之风，像中华书局的二十四史点校本、《大唐西域记校注》、"历代史料笔记丛刊"这样高质量的古籍整理成果越来越少，完全不动脑子去标点校勘的粗劣之作却要占领市场，确实令人担忧。

最后，为了做到规范与创新的统一，《辑考》不仅充分依靠大型敦煌文献图录本的全面刊布，也努力借助了新出土的文物资料与新开发的电脑技术。徐俊对新刊布（或即将刊布）的敦煌写卷内容是十分重视的，只要有一点信息，他就会孜孜以求，力图从中发现对辑考敦煌诗有用的材料或线索；一有所获，便欣喜不已。同样，对近年来的考古发现，他也非常关注，例如他将湖南长沙唐五代瓷窑遗址出土的瓷器上的唐人诗与敦煌写本里的学郎诗对比研究，便取得了非常可喜的成果。据我所知，徐俊是最早利用《全唐诗》光盘检索技术来查核敦煌诗存佚互见的学者，而且迅速取得了成效，不少前人久而未决的疑难问题得以解决或显现解开症结的曙光。当然，电脑还要靠人脑来指挥，检索技术可以辅助而不能代替研究，尤其是在传世典籍资料的征引上，一味依赖电脑就会造成不规范和失误，这个弊病在近年来的一些学术论著中已露端倪。对此，徐俊是有清醒认识的，所以他才能在"文献的爬梳批寻和缜密的考证"上苦下功夫，成就了《辑考》这部敦煌文献整理和研究的规范之作。

（2001年5月）

读《蒋礼鸿集》的体会

2001年岁末，浙江大学古籍所寄来了印装精良的六卷本《蒋礼鸿集》。我望着如同云从先生一样朴实无华的是书封面，望着封面上先生的照片与手迹，不免感慨万分！蒋先生生前恐怕未曾有过出文集的奢望，因为我知道，在他的晚年，曾为了出版《类篇考索》而颇费周折，最后仍未及亲见成书抱憾而殁。我想，如果蒋先生得知他的弟子们怀着对老师的崇敬与感激之情，齐心合力，终于在新世纪开端之时整理出版了自己的文集，他一定会含笑九泉的。

1994年秋，我回到家乡杭州参加一个学术会议。其间，蒋先生的一位弟子告诉我，说蒋先生有事要找我，我赶忙到蒋先生的家中去看他。这时，他的身体已比较虚弱，但精神还可以。他对我说：宋代司马光等人编著的《类篇》，已有多种影印本行世，自己做了若干订误考索，已经成稿，自己认为还不无可用之处，希望能印出来供学术界参考。但目前出版此类书甚难，联系过几家出版社，都未成功，柴先生是中华书局的编辑，能否帮我想想办法（大意如此）。我知道蒋先生此书的学术价值，但依书局语言编辑室当时的状况，要接受蒋先生的书稿很难，而且即便接受，周期也会长得可怕。因此，我答应回京后想办法。我看得出来，蒋先生说话时心里是惴惴不安的。而我的心中则更加不安：一是作为一名编辑，对弥漫出版界的唯利是图的风气感到气愤而羞愧；二是对能否完成蒋先生的托付心里没有丝毫的把握。回京后我先在书局做了试探，结果不出先前所料。于是，我到北大去向季羡林先生报告此事，请他想想办法，如无别的办法，则看看我们敦煌吐鲁番学会能否筹点钱帮蒋先生出版此书。季老亲自出马，很快便有了结果：有豪爽助人传统的季老家乡的山东教育出版社答应接受此书。后来的情况我就不是很清楚了，大约虽然也有些具体工作上的周折，但出版此书的进程还算顺利。只是蒋先生的病情却日益沉重，他终于没有等到新书印成的那一天。《类篇考索》出版后，蒋先生的夫人特地寄样书给我，还写了表示感谢的信，而我却除了一分安慰外，余下的是九千九百九十九分的遗憾和悲哀——一个在教学与科研的园地里辛勤耕耘了一辈子的学者，他的著述（如《敦煌变文字义通释》）惠及国内外多少学人，也给出版社带来过利润，却不能顺利地出版同样有学术价值的著作！

幸好，我的遗憾与悲哀现在被《蒋礼鸿集》出版所带来的喜悦冲淡了，我要十分地钦佩蒋先生的忠实弟子为此书编辑付出了辛勤的劳动，也十分地感谢浙江教育出版社为此做出的努力。我还要特别提及我的同行郑广宣编审，作为本书责编，他为此六卷本的出版而付出的巨大心血是不言而喻的。因为我知道，这样一部出自众手整理的240多万字的学术巨著，从最后编辑完成到出书，只用了不到一年的时间，如果没有追求高效率的、艰巨而认真的工作精神，是难以想象的。

《蒋礼鸿集》出版后，有朋友要我写篇书评。我深知，以自己浅陋的学识，实在没有资格来写是集的书评。在这里，我只能就其中敦煌学界最熟知的《敦煌变文字义通释》所体现的蒋先生的治学精神和方法,来谈点粗浅的体会。

《敦煌变文字义通释》是蒋先生最重要的代表性学术专著,也是语言学界公认的最出色的古汉语语词工具书,诚如颜洽茂教授在《整理后记》中所述:"它的著成不仅解决了变文阅读中的困难,而且推动了汉魏六朝以来方言俗语词研究这一训诂学新课题的进程,对汉语词汇史研究有不可磨灭的贡献。"因此,它于1959年由中华书局初版问世后,即受到敦煌学界的热烈欢迎与语言学界的高度评价,很快销售一空。同时,大家热诚地提出补充意见,并希望蒋先生能扩充内容。而蒋先生自己从是书出版之日起就开始从事订补,因此在当年11月就完成了修订本的工作,第二年再版,全书字数从5万7千字扩充为11万2千字,篇幅几乎增加了一倍。然后是三版、四版、五版,蒋先生仍孜孜不倦地陆续做着修订增补的工作,直至去世。1997年,上海古籍出版社出了此书第六版,字数已增加到了43万6千字!事实上,蒋先生在数十年间,一直没有间断过对敦煌变文语词的探索,不但虚心听取学界的各种意见,而且不断地向自己提出问题,思考答案。这一点,我们只要读一读他写的《重版后记》、《三版赘记》(其中还有四版附记等)、《五版后记》即可明了。《敦煌变文字义通释》有三个附录:其一为《变文字义待质录》,把尚不能解释的变文词汇一一列出,"期待大家指教";其二为《敦煌变文集》校记录略,说明是继徐震堮先生而对《敦煌变文集》校记所做的补正工作,节录其中涉及训诂假借或较难通晓的条目,以供参考;其三为《敦煌曲子词集》校议,实际上是要解决曲子词释辞和变文脱节的问题。这三个附录既表明了蒋先生的治学态度与精神,也反映了他科学的治学方法。事实上,一方面,只有不断地提出问题,勇于求索,永不自满自足,才能求真、求实、求进、求通。在治学的道路上，从来都没有坦途直道可走，任何人都不可能百分之百的正确，敦煌学的研究同样如此，而且由于敦煌写本的一些特殊性，误释误断的可能性更大，我们应像蒋先生这样，既敢于向自己提问，也勇于向谬误挑战，欢迎批评。如果别人一提不同意见，就采取抵制、反对的态度，甚至耿耿于怀，那是最不聪明的。另一方面，任何学术问题的提出、考察与解决，都应该具备坚实而广博的学识基础，力求融会贯通，而不是死据一隅、钻牛角尖。关于考释变文字义的方法，蒋先生在他自己写的《自传》中有一段十分中肯的表述："有些热情的读者说我这本东西跳出以前训诂学家考辨经史的窠臼而另辟境界，我自己多少不同意这样的过情之誉。就方法而言，我用的还是顾亭林、钱竹汀以来的那一套，没有也不能把他们一拳打倒，两脚踢翻；我不过是把场地转移一下而已。我所揭橥的'纵的、横的联系'，难道我们的前辈没有运用过吗？至多在量上有差别而已。而我至今犹感欠缺的还是那种联系不够充分，有待博雅的读者教正。不久以前，山东大学殷焕先生率领研究生来杭州，要我谈谈对变文字义研究的设想。我大致讲了顾亭林以来的本证、旁证，参互校核及两种系联等办法，并提出解疑、通文、证俗、探源这几种继续从事的方向。所谓'通文'，是让变文字义的解释施及其他文献或文学作品。"（见《蒋礼鸿集》第六卷第615页）这段话，既讲明了何谓"变文字义通释"之"通"，讲明了训诂学家应采取的基本方法，也向我们展示了一位学者的坦荡胸襟。那些动辄就宣称自己已经"超越前人"，朝思暮想要打倒、踢翻前辈的人，在蒋先生面前不是显得格外地渺小吗？当然，我必须说明的是，蒋先生的人格魅力，并不只在于谦逊，他又同时是一位绝不随俗的学者。钱锺书先生曾以《雪喻》一诗赠蒋礼鸿先生，赞誉蒋先生如冰雪般洁身自好，但又以"食肉奚妨贞士相,还期容俗稍恢恢"二句劝他随和一点。蒋先生以诗作答,在感谢钱先生赞许之同时,又表示不能苟同随俗的意见:"与失不恭宁守隘,敢持谔谔配恢恢?"(同上,第567页)因此,我们捧读蒋先生的文集,只有首先学习他的为人,才能真正领会他的学术真髓。

(2002年初)

敦煌文献整理的硕果

不久前，江苏古籍出版社的编辑将刚刚出齐的一套《敦煌文献分类录校丛刊》寄到中国敦煌吐鲁番学会。捧着这一册册印装精美的好书，仿佛是怀抱敦煌学研究沉甸甸的丰硕果实，许多往事又涌上心头，不由感慨万分！

众所周知，1900年敦煌莫高窟藏经洞的发现震惊了世界。然而，数以万计的古代珍贵文献还未重见天日便遭劫难，四分之三以上的写本、绢画等被英、法、俄、日等国的考察队、探险家骗盗而流失海外，一门以藏经洞文献为主要研究对象的国际性"显学"敦煌学则应运而生。我国一些著名学者在痛心疾首之际又不得不直面困难，或远涉海外查录被劫敦煌写卷，或尽力搜寻整理尚存国内的劫后馀珍，爬梳典籍，苦心钻研，为学术发展做出了积极贡献。但是，国运衰微，学术艰难，前辈学者每因条件所限而举步维艰，故先有"吾国学术之伤心史"之浩叹，后有"敦煌在中国，敦煌学在国外"之传言。我国迈动改革开放的大步之后，学术界也迎来春天。1983年夏，在邓小平、胡耀邦等党中央领导同志的亲切关怀下，中国敦煌吐鲁番学会宣告成立；几乎与此同时，敦煌文献编辑委员会组成，开始积极筹划将敦煌文献分类整理成专辑出版。这项工作正式开展之前，就曾得到以李一氓同志为组长的国务院古籍整理出版规划小组的有力推动。我记得1982年在京西宾馆举行全国古籍整理出版规划会议时，一氓同志就十分关注敦煌文献的整理工作，多次向有关专家了解相关情况，要求趁许多老专家还健在之时积极培养中青年接班人，希望各方面通力合作，提出规划，抓紧实施。编委会成立不久，这套分类录校丛书即被列为国家哲学社会科学"六五规划"重点项目，得到相关基金的资助。

由于敦煌文献的特殊性，决定了这套录校丛书在编辑、校勘与出版上的高难度。藏经洞文献绝大多数为写本残卷，内容庞杂，且往往抄写极不工整规范，错讹甚多，不少写卷首尾残缺，有的仅存碎片，加之已流散世界各地成为公私秘藏，造成编辑整理的五大困难：写本查看难、文字辨识难、定性定名难、年代确认难、断片缀合难；而分类录校则是要在扫除上述"五难"的基础之上做的综合性的整理研究工作，更是难上加难。因此，据编委会的同志讲：仅讨论选题、约请作者、落实项目、了解信息等前期工作就耗费了大量时间与心力；各位作者搜集文献资料又用了数年工夫，大多数作者直到80年代末90年代初才真正动手编排、考订、录校，到1994年、1995年陆续完稿，历经了十多年的时间，真正是十载辛苦、披沙拣金，也只有恒志不变，方能铁杵成针！笔者虽未具体参与这项工程，但因与敦煌学界联系较多，个人治学也常涉猎敦煌文献，又长期在中华书局担任编辑工作，所以对此中甘苦也是能够体会得到的。

这套录校丛刊共10辑12册，分别涉及佛教经录、禅宗典籍、社邑文书、契约文书、天文历法、医药文献和《论语》、变文、讲经文、因缘、赋等文学作品及表、状、笺、启、书仪等应用文，内容十分广泛，且多数为传世典籍不载之佚本，其宝贵价值自不必多说。我这里仅就其在古籍整理与学术发展上的意义谈两点感受。

第一，遵循学术规范。和学术论著一样，古籍整理也应遵循学术规范，而且要循规蹈矩地向前发展，这是李一氓同志与许多专家学者多次强调过的。古籍整理怎样选择底本，如何断句、标点，怎样校勘、辑佚，哪些要影印，是否需今译，都是有学问、有讲究、有规律的。80年代以来，在古籍整理工作者与一些古籍出版社的共同努力下，不少高质量的古籍整理图书陆续问世，为弘扬优秀传统文化做出了贡献。但是不可否认，近些年来学术界有所抬头的浮躁之风也影响到古籍整理，不认真选择底本、胡乱标点、随意校勘、轻率注释等现象相当突出；有些出版社为了片面追求经济利益，甚至动辄影印未经整理的古书（有些本来已有整理本），形成了古籍整理出版中的倒退怪象。相较之下，这套《敦煌文献分类录校丛刊》就十分值得赞许了。该书《说明》中有这样一段话：

> 《丛刊》各辑按学科或专题辑录，力求做到最大限度的蒐集，避免重要遗漏；凡能缀合者加以缀合，尽可能成为完帙。一般来说，每篇文献包括四项内容：（一）定性定名定年；（二）原件录文；（三）题解或说明；（四）校勘记。这四项内容是一个有机整体，包含了编者的研究心得和见解，并介绍了有关研究论著。每辑之后附有"主要论著参考书录"和该辑所用敦煌文献"卷号索引"，以便读者查阅。

这就是该书的学术规范，各位作者都是努力遵循的。敦煌写本中有大量的佚名残卷，绝大多数又无作者、抄写者与抄写年代，要做好上述四项内容必须经过艰辛的考订；许多佚文断简，认定归类与校录极为困难；有些秘籍珍本，又需要用大量的传世文献去比勘，有些材料还要与非汉文写本中的同类内容做比较。因此，比起一般的古籍整理，敦煌文献的录校工作要繁难得多。这一点，我们只要阅读一下各专辑的"前言"即可明了。史学家陈垣先生曾主张要"竭泽而渔地占有材料"，这一条在敦煌文献整理中显得尤为重要。这套丛刊的许多作者在搜集相关材料上都极为勤奋而谨慎，尤其是对要整理的敦煌写本，几乎都力求看了照片后再核对缩微胶卷，进而千方百计查阅原卷（甚至为此远涉海外），尽量做到不错识一字、不漏看一卷。为避免错讹，尽量反映写卷原貌，全书用工整小楷手写影印。正是这种认真负责的精神保证了整理的高质量。

第二，注重人才培养。"文革"十年之后，我国古籍整理工作面临最大的问题是专业队伍青黄不接，人才严重匮乏。80年代以来，经过国家古籍整理出版规划小组与高校古籍整理工作委员会的努力，通过设立古籍研究所、招收研究生及一些重点项目的开展，培养了一批专业人才。这套录校丛书的完成，就是一个极典型的例子。这套书的录校者共16人，其中三分之二为中青年学者。如荣新江、郝春文、邓文宽、方广锠、赵和平、李方、张涌泉、黄征诸位，当他们开始编校各自承担的专辑时，都只是三四十岁的青年教师、助理研究员；而到今天这套丛刊出版之际，他们都已是为国际敦煌学界瞩目、成绩卓著的教授、研究员了。近几年，有些高校及科研单位轻视古籍整理的思想有所抬头，以至提出"古籍整理书不算科研成果"，这是很不恰当的。季羡林教授为这套丛刊的《敦博本禅籍录校》写了一篇序，他在高度评价此书两位年轻作者的学术成绩后写了一段话，节录如下：

我认为，吾人为学，有如运动场上的接力赛跑，棒棒不断，代代相传，永远在前进，永远没有止境。后来居上，青出于蓝，是自然规律。……我赞成唐人的两句诗："平生不解掩人善，到处逢人说项斯。"我愿意为有才华的年轻人呐喊鼓噪，这样会对年轻学人的发展有利。

这套录校丛刊中有三辑是周绍良、宁可、马继兴等老一辈学者带领年轻人编校的。读了季老的序，我们更可以认识到这套丛刊在促进敦煌学发展和培养古籍整理人才上做出的重要贡献。

（2001年）

普及敦煌文化的开创之作
——重新认识《敦煌——伟大的文化宝藏》的历史价值

  作为我国老一辈著名的敦煌学家，姜亮夫先生早在20世纪30年代中期远赴欧洲留学时，就毅然决然地放弃了以公费获取学位的机会，节衣缩食，费神伤目，含辛茹苦地在巴黎与伦敦的图书馆抄录因被劫夺而收藏到那里的敦煌写卷，并进而整理研究，为我国的敦煌学做了筚路蓝缕的开创性工作。50年代初期，姜先生受到人民政府重视文物考古事业，敦煌莫高窟开始全面修复的鼓舞，为了向广大人民群众普及敦煌与敦煌学知识，弘扬优秀传统文化，不顾大病初愈身体尚弱，翻检辛勤积累的敦煌图片及录文资料，参考国内外相关成果，删繁就简，汇辑成文，撰写了《敦煌——伟大的文化宝藏》一书。此书于1956年出版发行，成为我国第一本敦煌文化的普及读物和敦煌学的入门著作，受到了广大读者与学术文化界的欢迎。近半个世纪过去了，虽然全世界的敦煌学研究已经取得了长足的进展，姜先生当年不可能看到的许多文物资料已经刊布，某些具体的观点与结论也已修正，而此书作为普及敦煌文化开创之作的历史价值仍不可磨灭，而且还有进一步认识之必要。今天，在纪念姜先生百岁诞辰之际，我愿意将自己的粗浅认识简述如下，敬请方家指正。

一、如何认识"敦煌学"

敦煌学是随着莫高窟藏经洞文物的面世与流散而兴起的一门国际性的、综合性的学问,陈寅恪先生在为《敦煌劫馀录》作序时断言为"世界学术之新潮流",这一点,在今天已成学界共识。而在半个世纪以前,人们对敦煌学具体内容的认识,可以说还是模糊不清的。姜先生则在《敦煌——伟大的文化宝藏》的"自序"中即开宗明义地明确提出:

> 自从莫高窟六朝、隋、唐写本藏经发现之后,敦煌学已成为六十年来在国际间享有盛名的中国学术之一。因为它的造型艺术,与许多古文化之邦如希腊、罗马、波斯、印度的画法作风,乃至题材,有多方面的相互关系与影响。其写本经卷,正是中古以前世界许多宗教、学术、思想、语言与人类实际生活的史实宝库,所以震撼了学术界。

这就第一次明晰地界定了敦煌学的主要研究对象与内涵特性。是书在介绍了"敦煌简史"和"敦煌石室"之后,单独列三、四两节讲述"敦煌学"及"敦煌学在中国学术上的价值",其中有几点值得注意:第一,首次比较详细地叙述了藏经洞文献发现及被劫掠的经过,说明这是敦煌学兴起的条件与基础。敦煌莫高窟自前秦首开佛窟至19世纪末,已逾千载,而只有在东西方列强兴起到我国西部"探险"、考察热的大背景下,在莫高窟藏经洞文物被发现之后,才引起各国学者的集中关注与参与研究,形成一门国际性的学问。因此,藏经洞的性质与封闭原因,藏经洞文物的发现与流散,是敦煌学史至关紧要的不可或缺的内容。而恰恰就在这些方面,迄今为止,对第一手原始材料的调查、掌握与分析仍不充分，学界内外的认识依然很不统一。第二，姜先生明确提出"敦煌学"是"在国际间享有盛名的中国学术"，但是这个"中国学术"的含义并不是狭隘的、保守的、排他的，而是开放的、革新的、兼收并蓄的。据我的理解，在外国学者那里，敦煌学是"汉学"（sinology）的重要组成部分；而在中国学者这里，敦煌学是带有鲜明的中外文化交汇内容与风格的"新国学"，即世界性的"中国学"（chinese studies）。请特别注意姜先生书中的这几句话：

> 这个内容是丰富而有光彩的。它包括了北中国两千年的文化发展、民族兴衰，也交织着一切与西北民族，乃至印度、欧洲民族的关系，说明中西交通的情形，文化传播的大概。而其具体内容所表现的是我们祖先的辉煌的艺术文化的成就，吸引类化外来文化的能力，及其民族的一切伟大的发现、伟大的创作，艺术、宗教、哲学、人文科学、自然科学的精金美玉，无处不表现我们民族的先进的事迹，不在一切民族之下。他的一切创作发现，几无一件不影响全人类的幸福生活，正是我们值得骄傲的，也是我们值得发扬光大的一笔遗产。

这就涉及敦煌文化在整个华夏文明乃至世界文明的地位，证明它是中国的文化遗产，也是全人类的文化遗产。这正是"敦煌在中国，敦煌学在世界"这个口号能够得到学界广泛认同的基础。第三，姜先生第一次使用地域范围和文化类型的概念，将敦煌学的研究对象扩展到莫高窟艺术品与藏经洞文物之外，扩展到榆林窟和西千佛洞，特别指出除莫高窟壁画、雕塑、建筑与藏经洞文献外，凡是敦煌地区出土的简牍、纸函、绢帛及各种杂用器物，亦均在敦煌学的研究范围之内。然而，敦煌学又决非是一种零碎杂乱、拼凑而成的"杂学"，而是一门各分支学科间有内在联系的完整、独立的学问。正如姜先生在书中强调指出的："一个民族的学术文化，是个整体，虽各有其形式上的差距，而必然有其统一的、完整的、一致的、最高的调和作用与气氛。就这个统一的、完整的、最高原则性的精神来概括他、摄照他、描绘他的优缺点，是学术最高的要求，也是最初步的要求。"近半个世纪以来敦煌学发展的事实，充分证明了姜先生论断的前瞻性。可以说，姜先生所提出的建立敦煌学学科的这个最初步的要求，至今尚未彻底完成。由此我还体会到，这门学问之所以能"以地名学"，就在于敦煌文化是华夏文明通过丝绸之路联结与交汇印度文明、希腊文明、伊斯兰文明而形成的一种地域文化，并不拘于敦煌一隅，既自成品格，有独特风貌，又具广泛意义。所以，在1983年8月，我国学者将"敦煌"与"吐鲁番"联结在一起，成立了中国敦煌吐鲁番学会。也正是由于这个原因，中亚学，西夏学，和田（于阗）学，藏学，都与敦煌学有着十分密切的内在联系。

二、怎样认识"敦煌文化宝藏"

我认为，虽然敦煌学的产生已近百年，我们对于"敦煌文化"这个伟大历史宝藏的价值的认识，还是有待统一与深入的，这也就大大地影响了"开掘宝藏"的方法与程度。姜先生在论述敦煌写本价值时，说了这样一句话："这些价值，形式上只有一部书、一种经的问题，综合各方面来看，是整个历史文化的生动表现。"在谈到莫高窟藏经洞保存了各种宗教典籍与各种古代民族语言文书时，姜先生又写了这样一段话：

>民族与民族的了解，人类的真正情感交流，乃至真正的和平共处，是在互相了解，了解的一个最重要也最基本的法则，是交通。所以敦煌可以有希腊、罗马、印度、小亚细亚诸式的艺术，正是这些交流。有了这些交流，才能互以幸福相交换。这也有同于中国丝与纸使欧洲人增加了人生的幸福一样。这是文化的最高价值，这是文化的最高点。敦煌文书中，既有了不少的中西交通史料，正是人类交流幸福的最高标志。

姜先生说得何其好啊！作为丝路古道上的一颗明珠，敦煌绝非只是交通枢纽或佛教圣境，而是交汇各种文化的桥梁，连接各民族友谊的纽带，它投射的是人类文明的七色彩光。我们翻开敦煌的历史篇章，虽然也有战争，有灾难，有碰撞，但和平共处、发展交融始终是主旋律。绚丽多彩的敦煌壁画与雕塑告诉我们，印度、希腊和中国的艺术是如何互相促进、相得益彰的；浩瀚繁复的敦煌文书与简牍启示我们，儒、佛、道、祆、景、摩尼、伊斯兰等文化又是怎样相互影响、共存并荣的。今天人们阅览藏经洞的写本，看到即便是那些学士郎的"教科书"与"作业本"，亦是几乎政治、经济、军事、宗教、天文、地理、数学、艺术、文学、语言（乃至外族语言）之典籍资料无所不包，不禁也会感叹他们当年学习的知识是多么的丰富与广博！

正因为如此，我对解释藏经洞封闭原因的"避难说"始终抱有怀疑。因为藏经洞文献虽以佛教经籍为主，而它丰富的文献典藏应该是经得起任何宗教文化捍护者的掂量的。毋庸讳言，在8世纪末吐蕃占领瓜州、沙州时期，敦煌地区的民族与阶级矛盾曾一度激化，百姓亦遭受战乱之苦，但敦煌并无大的劫难，汉、蕃对待战俘的态度即远较现代文明，蕃、汉间的经济联系与文化交流也基本正常。西夏人短暂地占领敦煌及沙州回鹘统治敦煌的30多年间，对当地并没有过激的行为及太大的破坏作用，反倒对壁画风格的多样化起了明显的促进作用。千佛洞无虞，藏经洞文献何惧之有？日本小说与电影《敦煌》中描述的西夏人在敦煌的大肆杀戮场面，只是文艺家的丰富想象与虚拟，并非历史的真实。至于宋代以后敦煌渐趋荒寂，与藏经洞的封闭已没有多少关联了。

姜亮夫先生启示我们对"敦煌文化宝藏"的认识，起码有如下三点：（一）敦煌文化是多元文化互相交融、促进、共存的多民族文化；（二）敦煌文化反映了兼容、进步、和平、发展的时代精神；（三）敦煌文化体现了保护与积累文明财富、创造人类幸福的民众愿望与历史要求。这正是今天我们大力开掘敦煌文化宝藏乃至继承与发展一切人类文明遗产的基础。因此，狭隘的民族主义，偏激的宗教纷争，自私贪婪的占有欲，荒唐野蛮的破坏欲，都是与人类文明进程相背离的。如果我们以此为准绳来衡量一百年来敦煌学史上的种种事件，其是非曲直即可不辩自明；以此为旗帜来指引敦煌学研究的方向，其目标亦可十分明确。

三、藏经洞语言文学材料的开掘

在敦煌文献的具体整理研究上，姜亮夫先生最大的贡献是在语言文学方面。因此，他在书中第十节对"敦煌的语言文学材料"的介绍分析，虽然只有万余字，却十分精练、重要，不仅几乎涵盖了敦煌语言文学研究的主要方面，而且涉及许多关键论题，至今仍有着不可忽视的指导意义。我这里仅就其中的几个问题谈谈自己的体会。

1."敦煌语言学"与"敦煌文学"的概念。姜先生在"敦煌的语言文学材料"一节的开头即明确提出了"敦煌语言学"

与"敦煌文学"的概念,这一点似乎长期未为学界注意。语言学界的情况我不十分了解,至少在古典文学研究界,多年来对"敦煌文学"这个概念是有争议的。一是它能否作为一个"独立的学科概念"成立;二是对此概念内涵与外延的界定。十多年前,周绍良先生发表《敦煌文学刍议》一文,比较明确地提出了"敦煌文学"研究的一个大的范畴,尔后,颜廷亮在其主编的《敦煌文学》与《敦煌文学概论》中即以此为基准给"敦煌文学"下了定义。对此,学界总的倾向是认为其涵盖的文体与内容过于宽泛,时代感与地域性还不十分明晰。笔者则为此写了一篇《"模糊"的"敦煌文学"》的文章,认为"敦煌文学"是一个有待逐渐清晰的模糊概念。现在,我们回过头来看姜先生的叙述。他是以王国维先生的《敦煌发见唐朝之通俗诗及通俗小说》一文为出发点,来介绍"敦煌文学的全貌"的,即分为诗歌、俗讲、词曲、小说四类,主要从辑佚、校勘藏经洞所出通俗作品入手,着力于分析它们在中国文学史上的价值。应该说,尽管当时文学类写本材料的刊布还不完备,但姜先生的介绍与分析是符合中国古代文学与文学史研究的通则的,也贴近了唐、五代时期的敦煌特色。我想,姜先生的叙述,对我们今天的敦煌文学研究,仍有不可忽视的启示作用。至于谈及"敦煌语言学",姜先生是将古代西域、中亚地区许多非汉语的民族语言材料也包含其中的,这同样值得我们深思。因为近半个世纪以来,中国语言学界除了汉—藏缅语系的对照研究外,很少有人将吐蕃、西夏、回纥及龟兹、吐火罗、粟特等民族语言纳入自己的研究范围,因此大大落后于国外语言学界同行。实际上,我国汉语的形成、发展,与各民族语言的交融、影响是分不开的,敦煌及新疆所出的古代民族语言写本正为此提供了极其珍贵的第一手资料。姜先生在书中不厌其烦地列举了若干国外研究成果，当自有其苦心在内。

  2. 对敦煌词曲、小说的认识。姜先生明确指出，敦煌曲子词"为举世所重，是有其不可磨灭的原因"，其一在于它们对了解词的起源与词和诗的关系有无可替代的价值，其二在于它们所表现的内容最切近民间的现实生活。因此，敦煌词曲"真是中国文学史上新生的一朵鲜花"。这实际上是从形式与内容两方面对敦煌曲词在中国文学史上的意义进行的言简意赅的评价。近几十年来，虽然有《敦煌曲子词》、《敦煌曲校录》、《敦煌歌辞总编》等专书陆续问世，此类作品的整理刊布有了很大进展，也不乏赏析文章，而从文本分析入手，从形式与内容完美结合的理论高度来研究敦煌曲词的成果还是罕见。这不仅是研究方法的问题，而且正说明我们的认识还有差距。如果我们将敦煌地区流行的唐、五代民间曲词与当时的一些文人创作进行比较，再和词作已蔚为大观的宋人创制对照分析，脱开往昔文学史著作里"雅与俗"、"正与变"的习见陈说，可能会对中国文学发展的源流有更感性而清晰的认识。姜先生对"敦煌小说"的理解同样值得我们深思。他断定唐人小说题材是以通俗文学方式来写的，以敦煌所发现为最多，而且"大半都是以古史题材，作现实反映，合于大众人民的理想与要求的作品"。除了《冥报记》、《茶酒论》等作品外，他还举了《季布骂阵》、《伍子胥》、《唐太宗入冥记》为例，也举了《晏子赋》、《燕子赋》、《韩朋赋》以及《张议潮变文》等为例，乍一看，似乎不好理解，以为姜先生混淆了小说与赋、变文的界限。其实，姜先生强调的是这些作品表现的"小说材料"、"小说题材"及具备小说特征的情节，这真是点到了问题的实质。记得二十多年前我做中国古代文学研究生时，导师启功先生讲到"六经皆史"这个话题时，将其扩展为"六经皆史料"，进而又发挥曰："六经皆小说也。"启先生举了经史典籍中的许多例子,均极具说服力,使我们深受启发。如果我们以敦煌通俗小说为例来研讨"文史不分家"、"小说源流"等论题,应该会有一些新的认识。再推而广之,就是儒家经典、佛经、道藏之中,不也是包含了许许多多的小说因素吗?可惜我国古代文学研究界,至今对敦煌小说材料的整理与分析还很不充分。

3. 敦煌字书的意义。姜亮夫先生在书中简要介绍了藏经洞所出的《千字文》、《字宝碎金》、《俗务要名林》三种写本,认为它们代表了唐代民间流行的三类字书。它们无论是以组合成词语便于记诵的童蒙读物的性质出现,还是以注音辨字或分类编排的形式出现,都带有鲜明的字、词、语结合和音、义、类结合的特点,具有时用性、实用性和一定的地域性。所谓的"时用性",是"唐以前通行"与"当时流行"相结合的结果,如姜先生所举的后面附有藏音的 P.3419 卷《千字文》最为典型。所谓的"实用性",既包括"俗用",也包括"多用",无论是以韵或分事类汇字、释词,还是用反切或直音正音、注音,均以便于应用为编撰原则,并不拘于一格。我认为,这是唐代的文化学术开放政策在字书编纂上的体现,在我国的字典发展史上应该有着重要的意义。在这里,我还想就敦煌俗字研究谈些个人的感想。因为姜亮夫、蒋礼鸿、郭在贻三位先生最出色的弟子张涌泉、黄征教授已经在这个课题中取得了举世瞩目的成绩,浙江大学也因此而成为国际敦煌学界公认的敦煌语言研究基地。然而,包括我自己在内,可以说至今人们对俗字研究的意义还是认识不足的,还往往只停留在认读敦煌文献乃至其他传世典籍的功能上。究其原因,主要还是对语言现象与规律的辩证关系认识不清,对"俗"与"正"的内在联系把握不好。归根结底,是对我国汉语发展史缺乏唯物辩证方法的研究。语言文字的基本功能是交流、传播，其主体是人，是不同时期、不同地域、不同习俗、不同阶层和不同文化层次的"各色人等"，因此其差异、流变是十分自然、正常的。大量"俗字"的产生对文字发展的推动作用始终是主要的，负面影响则是次要的。张涌泉教授在《敦煌俗字研究导论》中专列两章来论述敦煌俗字研究的意义，确实值得我们深思。过去（也许现在依然）有一种看法，认为俗字不"正"，因此就不"规范"；殊不知在汉语中，先"俗"后"规范"或先"规范"后"俗"的字比比皆是。如敦煌写本里的一些简笔字，在当时称"俗写"，后来成为"正体"，更不必说有的现在已成了政府推行的规范简化字了。有些"敦煌俗字"，也许在当时当地就是通行的正体，后来成了俗字。反过来，原来的俗字成了通行的规范字，那么原先的正字虽然不再通行，也不必斥之为"不规范"。例如通行了千百年的繁体字，在推行简化字的今天，也仍有其特定范围的实用价值，只要不写错，将其逐出"规范"是没有理由的。当然，文字的正、俗关系还远非如此简单，这里面是大有文章可做的。正因为俗字的应用不仅仅局限于敦煌写本，也不限于唐、五代时期，所以敦煌俗字研究具有普遍的意义。

在姜先生数以百万字计的敦煌学研究著作里，《敦煌——伟大的文化宝藏》只是一本不足15万言的小册子，但其普及敦煌文化与敦煌学的开创之功则不容轻视，尤其是在这种普及工作依然还亟待加强的今天，就更有现实的启示作用与借鉴意义。

（2002年5月）

努力开创敦煌学研究的新局面
——"敦煌学研究丛书"述评

新世纪伊始之时，有人预言："中国的敦煌学界在总结百年历程的基础上，将开创举世瞩目的新局面。"我们在对此深信不疑的同时，也多次提出过这样的看法：要开创新局面，就必须具备三个条件——第一，加强敦煌学学术史的研究与学科理论建设；第二，进一步普及敦煌学与敦煌文化知识；第三，重视以培养中青年学者为主的队伍建设。而这三个方面，都与研究成果的出版密切相关。2000年，甘肃人民出版社曾推出一套"敦煌文化丛书"，受到学界好评和读者欢迎。最近，甘肃教育出版社又出版"敦煌学研究丛书"。两套书的相继面世，使我们对开创敦煌学研究的新局面增强了信心。

"敦煌学研究丛书"由中国敦煌吐鲁番学会会长季羡林教授主编，由十二部专著和论文集组成，作者多为学有成就的中青年学者。这套丛书涉及敦煌学理论、敦煌学史、敦煌史事、敦煌语言文字、敦煌俗文学、敦煌蒙书、敦煌石窟艺术、敦煌与中西交通、敦煌壁画与乐舞、敦煌天文历法等诸多方面，比较集中地反映了近二十年来敦煌学研究的新成果和研究动向，大体上亦显示了中国新一代敦煌学者的整体学术水平。

由于篇幅所限，本文不能对这套丛书的每一种著作进行全面、详细的评述，而只能就其体现的共同特点谈一些粗浅的体会。

首先是敦煌学研究中的新材料、新观点和新课题的问题。众所周知，作为20世纪初掀起的"世界学术之新潮流"，敦煌学的形成与发展离不开"新材料"的发现。我们的前辈学者几乎是花了毕生的精力，来收集、整理主要是莫高窟藏经洞出土的古文献材料，并进行了开创性的研究。20世纪80年代后，随着许多大型敦煌石窟及文献图录本与录校本的面世，获取敦煌材料的条件大大改善，敦煌学的论著成百上千地涌现，有的学者便认为"新"材料已经不多了，整理工作也差不多了，剩下的只是"拾遗补缺"，搞不出更多的名堂了。其实，敦煌文献中的材料与研究者的视角、观点以及选择的课题是密切相关的。一方面，有许多大家熟知的材料，其中蕴涵着不少新意，关键在于发掘。另一方面，随着过去长时间蒙着神秘面纱的俄藏敦煌写本及英藏6981号以后写卷的逐步刊布，令人欣喜的新材料也层出不穷。我们看荣新江的《敦煌学新论》，看陈国灿的《敦煌学史新证》，里面就既有作者运用的新材料，也有他们在原有材料基础上着力阐发的全新的论题与结论。又如莫高窟壁画图像，已在敦煌鸣沙山麓存在数百上千年，观赏、临摹、研究者众多，而四十多年里与它们朝夕相处的史苇湘先生还是不断地从中撷取材料，提出独到的见解。在他的《敦煌历史与莫高窟艺术研究》中，有一篇题为《线描与造型》的文章，篇幅不长，却精要地提出了"用线描追索造型"这个中国绘画史上重大的论题。再如郑汝中先生在《敦煌壁画乐舞研究》里对古代乐舞的研究，正是建立在他费数年之心血调查492个洞窟掌握第一手资料的基础之上的。他从壁画中找出乐器44种4000余件、乐伎3000余身、乐队500余组，而且发现了新的乐器图形，为改写中国古代乐器史提供了珍贵的新材料。在邓文宽的《敦煌吐鲁番天文历法研究》中，有作者对编号为俄Дх.02880印本历日小残片的校考，作者抓住这一新材料，通过自己的努力，考定其为唐大和八年（834）具注历，将藏经洞所出雕版印刷术的实物证据提早了34年。在其他人的书中，也有不少这样颇有创获的例子。如果我们稍加留意，这套丛书中的新材料、新观点与新课题俯拾皆是。我以为，这正是敦煌学的魅力之一。

其次，敦煌学学术史与学科理论的问题。在过去的七八十年中，由于条件尚不成熟，研究敦煌学史与构建敦煌学学科理论，都提不上议事日程。因此，敦煌学究竟能否作为一门独立的学科成立，一直受到质疑。近几年来，许多研究者开始关注与重视这个问题，除了对此做专题的探索外，在从事各具体课题研究的过程中也注意了学科史的线索与相关理论的阐发。例如刘进宝的《敦煌学通论》，是在作者90年代初出版的《敦煌学述论》基础上增补修订而成的，除了增补新材料和近年的学术信息外，更重要的是较为自觉地突出了学术史的框架、内容与一般理论。又如荣新江的《敦煌学新论》，其第二部分即为有关敦煌学史的专门论文，第四部分是作者以不同体裁撰写的纪念敦煌学史上的前辈或学习他们著作的体会。这也是撰写敦煌学史不可或缺的内容。为此，我们还要提及这套丛书中陆庆夫、王冀青主编的《中外敦煌学家评传》一书，这是1989年版《中外著名敦煌学家评传》的增订本，编者特别注意了从学术史的角度来整理分析材料及评述传主，努力复原一些人物、事件的历史真面目。当然，此书的不足则在于挖掘与利用新材料（尤其是历史档案）还不够。我们应当承认，敦煌学学术史的研究工作还处在刚刚起步的阶段，敦煌学理论也较零散、朦胧，远未达到系统、科学、成熟的地步，但我们毕竟开始迈出了重要的可喜的一步。

第三，敦煌学和其他学科的关系问题。近几年来，不断有学者呼吁"敦煌学要回归各学科"。实际上,这是针对两种倾向提出的:一种倾向,过分强调敦煌研究的独立性、个别性,忽视与其他学科的内在联系,使敦煌学各分支的研究与相关学科研究相脱节,结果极易成为无本之木、无源之水,也失去了比较研究的优势;另一种倾向,有的从事其他学科研究的人,轻视甚至无视(或不利用)敦煌的宝贵材料与研究成果,这就自动封闭了一条创新的途径。从这套丛书中,我们高兴地看到敦煌学研究者正在努力克服第一种倾向,力图将各个敦煌专题的研究置于更为广阔的历史文化背景之中,并使之成为各学科史的别有特色的有机组成部分。例如孙修身的《敦煌与中西交通研究》,就特别强调将敦煌放在整个丝绸之路与河西文化圈的范畴来考察;郑阿财、朱凤玉的《敦煌蒙书研究》则注意将敦煌的童蒙读物与整个中国古代童蒙教育融合为一体分析。张鸿勋教授在他的《敦煌俗文学研究》的"代序"里有几句很中肯的话:"敦煌文学既然是一种文学现象,那她就与同时代的其他文学有密不可分的血肉联系,了解研究敦煌文学不应当也不可能脱离那个时代总的文学发展历史","因此,无论从那一方面讲,都必须将敦煌文学现象放到整体中国文学的大背景下进行宏观观照,才好进行对她的研究探讨",敦煌文学如此,其他分支学科同样如此。郑汝中研究员具体研究的是敦煌壁画里的乐舞图像,而着眼的却是补充与改写中国音乐史,这在他为自己书写的"前言"中讲得非常明确。在黄征的《敦煌语言文字学研究》中,作者虽然十分明白地提出研究敦煌语言文字是为了"填补语言学的空白",而其研究范围与传统的汉语言文字学、音韵学、词汇学、语法学、修辞学、书体学等几乎完全一致,在研究方法上也一脉相承。贾应逸、祁小山的《印度到中国新疆的佛教艺术》,是这套书中唯一不标注"敦煌"的著作,书中丰富的材料与细致的分析却正好生动地证明了敦煌艺术与印度及我国新疆地区佛教艺术的血缘关系，启示我们需要大大拓宽研究敦煌艺术的视野。

总体来说，这套丛书的出版，在为我们于新时期进行敦煌学研究明确目标、增添信心的同时，也画好了一条清晰的起跑线。愿有更多的基本功扎实、有创新精神的中青年学者奋发向前，获取更丰硕的成果；也希望我们的出版社能推出更多更好的敦煌学著作，为开创学术研究的新局面做出新的贡献。

（2003年4月）

读《敦煌艺术美学研究》感言

易存国博士在复旦大学所做的博士后研究工作报告《敦煌艺术美学研究》（按：上海人民出版社2005年1月正式出版时改题为《敦煌艺术美学——以壁画艺术为中心》），正是敦煌学界盼望与等待了多年的一个优秀成果。诚如易君自己所言，这篇报告虽是结合敦煌学、艺术学与美学等学科进行交叉性研究的一次尝试，却具有填补相关学科空白的意义。作为20世纪初兴起的"世界学术之新潮流"，敦煌学虽然已经走过了近百年的历程，在中外学者的共同努力下，取得了令学界瞩目的丰硕成果，但依然存在着直接影响一门学科积极推进的重大缺陷：（一）体系结构不够完整；（二）学科理论严重滞后；（三）学科史研究相当薄弱。近几年来，敦煌学界开始注意到这些问题，也做了一些努力，并且提出"敦煌学回归（各相关学科）"的口号，盼望在加强交叉性研究的过程中有新的突破。这本报告正是以敦煌壁画艺术为研究中心，以美学探求为主旨，涉及雕塑、建筑、乐舞、文学等众多门类，尝试建构具有独特品位的"敦煌美学"，在努力描述与完善"敦煌学体系结构"的同时，为敦煌学科理论建设做出了积极的贡献。

我本人涉足敦煌学虽已逾二十年，但始终只能窥其门墙，更未能步入其神圣殿堂，深感自己在相关基础理论上的欠缺，影响了研究的深入。由于敦煌学在中西学术文化交流中的特殊性，从一开始就显现出新材料、新问题、新视角、新方法的特点，理论探求容易被忽视；又由于藏经洞文献一面世就因遭劫掠而流散海外，学界首先要花费大量精力在资料的收集、整理上，所以在理论、体系上带有先天之不足。就拿本报告第七章"敦煌艺术美学理念"（按：上海人民出版社正式出版时改题为"敦煌艺术风格与审美追求"）集中分析的风格、理念而言，以往的文章多散落在个案对象的介绍、鉴赏之中，类似中国古代文学中的诗话、词话，即便是使用了西方美学的一些理论，也缺乏系统，显得凌乱与零碎。尤其是与敦煌艺术关系特别密切的古代印度美学理论，由于缺乏基本典籍的释读，至今基本空白（如至关重要的古梵文经典著作《舞论》，至今没有全译本）。易君的这个报告虽然也受到这方面的局限，仍注重辨析文化渊源与交融，注重中国传统文论与西方美学理论的融会贯通，在把握有独特风格的敦煌艺术的主体价值的基础上，去梳理美学理念。这是难能可贵的。

我要特别提及本报告第三章分析敦煌壁画艺术风格时对"敦煌壁画"与魏晋隋唐时期两京"寺观壁画"关系的阐述。作者认同傅抱石先生《中国绘画变迁史纲》中的基本观点，即：一部中国绘画史在某种角度上说其实是佛教绘画艺术的发展史，而中国的佛教绘画艺术又主要表现在寺庙道观和石窟寺之中。这样，虽然《历代名画记》、《唐朝名画录》、《酉阳杂俎》等书中记载的以吴道子为代表的那些"天衣飞扬，满壁风动"的杰作，在中原地区早已湮灭无存，却在敦煌千佛洞得到了基本完整的保存，使得今人仍能饱睹千年之前代表中国最高水平的绘画技法与丰采，其何喜何幸！更重要的是，本报告作者从探寻敦煌佛教艺术受到来自五个方面影响的事实出发，提出了至关重要的"文化回流"的论题，证明了丝绸之路上的文化交流，与经济贸易一样，的确也是双向和互动的。作者指出：

> 敦煌在本土文化基础之上形成一个特别有意义的文化现象，它身上实际上凝聚有多种文化渠道流过的印迹：一是敦煌本土文化，二是西域（包括印度）文化的直接影响和两种回流效果，三是中原文化直接影响及其回流的两种情形等。这实际上就构成了"敦煌风格"形成的文化基础。

他的结论是：敦煌壁画"以自身特性为基础，以中原汉文化传统为主流，兼收并蓄其他西方外来民族文化，从而形成一种独特风格"。这是"不中不西、亦中亦西，中学为主、西学为用"的"敦煌风格"。尽管由于作者对敦煌画师出身成分的分析还语焉不详（这应是确定其"人文背景"的第一要素），难以充分阐述敦煌文化的"自身"（本土）特性，我们还是应该赞同他对"文化回流"在形成敦煌风格上的重要性的明确表述。本报告的主题是"敦煌艺术美学"，而一种具有独特品性的美学风格的形成与确立，受到多方面复杂因素的影响，作者已经比较清晰地揭示了其中最为关键的因素，这是值得称道的。

二十多年前，时任中国佛教协会副会长的巨赞法师曾在北京广济寺对我说："有的人为了批判宗教迷信，连宗教文化也全盘否定，实在很不应该，须知马克思、恩格斯早就指出过，宗教文化始终是和那个阶段最高水平的人类文化相关联的。"当时他还从书架上取下德文版的马恩全集，指给我看马、恩的相关论述，对此我记忆犹新。研究敦煌艺术，当然也离不开宗教艺术。本报告自然也有大量涉及,并注意到汉传佛教的中国特色变异与敦煌艺术美学追求的关系,但在理论的分析与归纳上总还显得不足,建议进一步思考、加强。

(2004年6月3日)

十年辛劳岂寻常
——《戴名世年谱》出版感言

六月第一天，工厂送来装订好的《戴名世年谱》样书。看着面前这本90万言的厚重之作，不由感慨万分。数年前吾师启功先生对此书作者讲的一句话，此刻又在我耳边响起："一位外国学者，以满腔热情投入中国古籍整理的事业，这是何等感人的精神！"

编撰《戴名世年谱》的法国汉学家本名皮埃尔·亨利·杜杭（Pierre-Henri.Durand），他一位学中文的朋友给他起汉名为戴廷杰，却未料他日后会与清代文人戴名世结下不解之缘。为了编撰这部年谱，戴廷杰先生十年间六次来到中国，不辞艰辛，不惮繁难，足迹遍及北京、上海、南京、合肥、台北等地的图书馆和档案馆、资料室，乃至安徽桐城戴氏后裔的普通家庭，查找古籍，搜寻资料，抄录复制，辑佚、标点、比勘、考订，一丝不苟，从不言倦。为了此书，他几乎放弃了所有的节假日，也没有在中国游览过一处风景名胜。中国朋友称其为"老戴"，他的法国亲友则称之为"戴迷"；法国驻华大使馆前文化专员戴鹤白先生特地请我写字，制作了一块"戴名世研究中心"的铜牌，挂在老戴位于巴黎塞纳河畔的书房里。更令人称奇和钦佩的是，为了使自己的书符合中国古籍的要求，他克服了我们难以想象的困难，熟练地运用了文言古文来撰写这部年谱。于是，他的这种治学精神与态度感动了黄裳，感动了王树民，感动了启功，感动了众多的中国学者，也感动了许多图书馆的工作人员，与他见面交流、通信，为他提供资料与线索，为此书题签。当然，更感动了笔者——作为这部年谱的责任编辑，我与老戴打了十多年交道，讨论体例，切磋打磨文字，增长了友谊，也从中感受到了文化交流的魅力和需要付出的努力。于是，大家关注的这部资料长编性质的年谱，不仅校订了迄今为止最齐备的戴氏生平与家族谱系资料，收录了《戴名世集》未收之百余篇佚文，而且在详加考订的基础上，编入与戴氏及《南山集》文字狱相关的六百余人的生平传记。除年谱正谱十二卷外，又撰有戴氏死后近二百年的"后谱"，并录有年谱未收之戴氏佚作、近人题跋、旧谱、传志等八种附录，编制了六种便于查阅的索引，遂使此书成为极富古典文献价值的研究清初期政治、文学、军事的古籍整理类图书。

我又想起几年前启功师为《戴名世年谱》亲笔题籤时说起的话。他说当年李一氓老曾一再对他讲，古籍整理出版事业要前进，要超越前人，不能光满足于一般古籍的标点、校勘，更不能找几本古籍影印了之，还应该有精彩传神的今译，准确完备的辑佚，资料丰富翔实的年谱及长编，等等。若李老泉下有知，我想他一定会为《戴名世年谱》的出版抚须颜开的。

（2004年7月）

心许天山　身献高昌
——读马雍《西域史地文物丛考》感言

因为在台湾中国文化大学史学系讲课的需要，我在教研室的书柜里找出马雍先生的论文集《西域史地文物丛考》（文物出版社1990年版），阅读张政烺先生和余太山先生分别为此书写的序与编后记，知道马雍先生离开我们已经将近二十年了。我赶紧发电子邮件请太山兄发来马雍先生的简历，知道他生于1931年。假若他活到今天，也不过才七十出头，天不假年，摧折英才，何其不公！

我没有见过马雍先生，他的论著，也是在他去世后才陆续地读了几篇。1979年、1980年我为撰写研究岑参边塞诗的硕士论文回新疆实地考察时，他正在为考订巴里坤、哈密、拜城的一些重要碑刻做准备，所以无缘识面。我当时很想了解唐代伊吾、北庭遗址的文物古迹，也在为撰写《"瀚海"辨》的考证文章收集资料，还不可能读到他后来发表的精当考证文章，只能参看一些旧有数据，现在想来真是憾事。马雍先生的渊博学识与治学特点，政烺先生的序与太山兄的编后记均有精确的介绍与评论，无须我再赘述。这里先引录太山的两句话，然后再结合当前敦煌吐鲁番学的研究现状，来谈谈我的感受。太山说：

马雍先生家学渊源，国学根底极为雄厚，在处理古文献时左右逢源，得心应手；他精通多种外语，于西洋史造诣亦深，故能触类旁通，举一反三；加上他过人的才智，往往能洞幽烛微，发人所未发。他在学术领域内作出卓越的贡献，显然得力于此。《丛考》即充分反映了他在中西古文献方面的学识。应该指出的是，马雍先生治古史地能突破文献的藩篱。他始终密切注视着考古学界的每一项新发现，在全面占有、认真研究文献资料的同时，注意利用实物资料印证、补充、订正文献记载，从而得出翔实可靠的结论。

先讲利用实物数据的问题。一是亲自进行实地踏查，去核证出土文物和发现新材料；二是密切关注考古新发现，善于突破藩篱而有创见。马雍先生立下"献身高昌"的誓言，以病残之躯，多次赴西域考察，足迹遍及天山南北，乃至葱岭以西、帕米尔高原之南。每一回考察，均有重要收获。例如他对新疆巴里坤、哈密汉唐石刻《任尚碑》、《裴岑碑》、《焕彩沟碑》以及喀喇昆仑沿线洪扎灵岩"大魏使者"岩刻的考释，即是很典型的实例。从19世纪下半叶起，我国的新疆与甘肃地区成为各国考察队、探险家挖掘文物的"热地"。为了收集与整理流散海外的珍贵文献，我国几代学者做了极其艰巨而卓有成效的努力。同时，中国学者自己的西北科考活动，也取得了不少新成果。但面对新材料，提出新问题，采用新方法，将出土文献与原有典籍进行科学的考释、比证、辨析，却始终是能否将研究推向深入的关键。新疆地区遗存的汉唐纪功碑刻，虽为数不多，却是十分珍贵的历史资料。因为远在西陲，年代久远，遭风沙剥蚀，保存得不好，清代中、晚期以后才陆续为学者所知，虽有拓本流传，往往错讹甚多，如无人再去实地考察并加以审订，研究质量就会大打折扣。例如拜城著名的《汉龟兹左将军刘平国作亭诵》，自1879年发现者施补华首拓后，有几种拓本流传，虽题跋考订者甚夥，其中大多为史学界权威，却因辨识拓本字迹的出入，众说纷纭，莫衷一是，连定名都有十种之多。马雍先生知难而进，采辑11种不同释文，细心比对三期拓本，去伪求真，并结合大量史料，对其中关键词语一一考释，终于给予准确定名，得出了最接近史实的科学结论。

　　于是我想到敦煌文学研究中的问题。应该说，对于敦煌写卷里的文学类作品的整理与刊布，从1911年刘师培为敦煌本《西京赋》残卷作校勘与提要的九十多年来，已经取得了可以称得上是辉煌的成绩；但是，对具体作品的深入研究，却显得十分迟缓而滞后。敦煌文学研究者（当然也包括我本人在内），对与之相关的考古新发现材料的反应相当迟钝。一个突出的例子就是1972年出土的临沂银雀山竹简中发现《唐勒赋》残篇，1979年出土的敦煌马圈湾汉简中有韩朋故事，1993年出土的东海尹湾汉简中存完整的《神乌赋》，考古学家、语言学家及治文学史的专家竞相发表研究文章，而敦煌学界却鲜有反应，给人以置身度外的感觉。实际上，我们对"敦煌赋作"的源流、分类、体制及语言特色的研究，几十年来几乎没有太大的进展，而上述新出土材料则是极具比较价值与启示意义的。前边提及的《汉龟兹左将军刘平国作亭诵》，我1980年写《"瀚海"辨》在解释岑参诗中"瀚海亭"时亦有举证，今天重看马雍先生的录文，又有新的认识，诵文末有"坚固万岁人民喜，长寿亿年宜子孙"两句，难道不可以从中去探寻对联体的早期雏形么？对敦煌吐鲁番出土的许多文学作品，我们应该在较完备的整理本的基础上，从文本着手去进行文学的分析，从文学史观的角度去追根溯源、触类旁通，才能将研究推向深入。

　　再讲汉语以外的语言学习与运用的问题。近二十年来，许多年轻学者的外语水平都是我们这些60年代大学毕业的人所无法攀及的。然而，像马雍先生那样，熟悉多种外语，特别是能下功夫去研究古代西域曾经流行而后又死去的一些文字（如佉卢文）者，仍基本阙如。大家承认，对敦煌及新疆所获少数民族语言文字材料的研究，是我们的一大薄弱环节。季羡林先生曾经花费很大的精力来培养这方面的年轻学者，也取得了一定的成效，但依然落后于欧洲与日本学界。仍然以"敦煌文学"的研究为例，敦煌写卷里有不少数民族文字的文学作品，除了有少量藏文、回鹘文作品有些初步的研究文章外，大多尚无人问津。这里既有意志力的问题，也有责任心的问题。记得我1978年在母校读研究生时曾旁听过俞敏教授的梵文课，学了两个多月，畏难而退。1983年在兰州开中国敦煌吐鲁番学会成立大会时，季羡林先生表示欢迎我跟他学梵文，我听说最少要3—5年，马上退却了。而马雍先生在这方面亦迎难而上，他对新疆出土的七百多件佉卢文书的研究，对厘清魏晋时期西域的一些关键问题具有重要的意义，不仅为我们树立了榜样，也为中国学界争了光。听说近年来尼雅地区的考古发掘又有不少新收获，盼望能在少数民族文字材料的研究上也有新的进展。

马雍先生在新疆考察时曾赋诗言志："一年一度出阳关，嚼雪眠沙只等闲。旧曲渭城君莫唱，此心今已许天山。"我曾经在新疆工作过十年，后来也到天山南北做过一点考察，深知马雍先生这首诗的分量之重，对于一个身体伤残的文弱书生来说，吟出这样的诗句，就表示他为了研究西域的史地文物，早已将个人的生死置之度外。这是一种视学术为生命的崇高精神。新时期的敦煌吐鲁番学研究，应该提倡和发扬这种精神。这是我们对马雍先生最好的纪念。

（2004年12月8日于台北阳明山中国文化大学大庄馆A301室）

《龟兹石窟百问》读后

最近赴新疆参加"第二届国际吐鲁番学学术讨论会",龟兹石窟研究所的赵莉副研究员送我一册她撰写的《龟兹石窟百问》,感谢过后,通读之际,颇有感触,遂草成此文,以就教于学界同道。

20世纪80年代以来,我国的敦煌吐鲁番学研究取得了举世公认的长足进展,其间公开发表的学术论著数以千计,相关文物(包括出土写本)的图录及整理本的出版亦呈方兴未艾之势。然而,相较之下,这方面的普及、通俗类读物(包括质优价廉的图片)的问世却明显偏少,远远不能满足广大民众对此的渴求。尤其在文化旅游日益繁荣的时代,这势必会产生一种遏制知识传播的负面影响。这方面最典型的例子,发生在许多人亲眼看见而身受同感的敦煌莫高窟参观之中——许多日本游客手中拿着日本印制出版的参观指南,对照洞窟实物,看得津津有味、如痴如醉;而绝大多数中国游人,则两手空空,只能听凭导游的简单解说,似懂非懂。为此,有的作家曾在自己的书中大声疾呼,我也曾在各种场合呼吁印制简明实用的莫高窟导游手册,并为之做过一些推动的工作。可是,遗憾的是上述状况至少到今天为止,还未能得到根本的改变。这方面的原因甚多,除我们的高校、科研机构越来越严重的形而上学的评审标准外，其中之一是研究队伍中弥漫的好大喜功、急功近利的浮躁之风，当然还有我们出版界的责任在内。

龟兹学图书的出版情况也大致相同。作为与敦煌吐鲁番学密切相关的学问，其普及性、通俗性读物同样匮乏；尤其是在新疆地区考古事业与历史文化研究迅猛发展的今天，大众在这方面的需求同样急迫。所以，我接到这本《龟兹石窟百问》，欣喜之情自然溢于言表。

现在说到这本书的具体内容。书名"百问"，是作者将与龟兹石窟相关的最基本、最关键的知识，也是一般参观洞窟者最关切、最想了解的东西，归纳成一百个问题，来逐一进行解答。这些问题，大致可以分为三类：（一）佛教与佛教艺术的一般性知识；（二）龟兹石窟与石窟艺术的基本内容；（三）相关资料与信息。实际上第一类是回答第二类问题的基础性、背景性知识，所以除几个综括性的问题是单独提出之外，涉及具体、细微的内容则常常是一、二类问题交叉在一起提出。第三类则是补充性的材料。我以为，这三类问题的选择，作者是动了不少脑筋的，她既要考虑初次涉足龟兹石窟的参观者的知识水平的差异，满足不同对象的好奇心，又要引起尚未到过洞窟的一般读者的兴趣，还要照顾已经浏览过敦煌、吐鲁番、龙门、云冈、麦积山等佛窟寺的游客或初学者的知识基础。一百个问题，看似平常，而涉及佛教常识、石窟形制、艺术风格、民族文化交流等各种知识，又要对林林总总六百多洞窟的内容特别熟悉；另外，因为是普及、通俗的读物，每一问答的篇幅大小，解答文字的深、浅、广、窄的分寸也很难掌握。幸好作者有十年的实践经验，又刻苦勤奋，厚积薄发，较好地解决了这些问题。

我自己在出版社工作了二十多年，其中有十年主持《文史知识》编辑部的工作。我始终认为传播准确、有用的知识是普及、通俗书刊的灵魂。在目前戏说风靡、伪知识泛滥而书刊出版急功近利的情势下，连有些教材、教辅书都错误百出，一本通俗读物要做到准确、有用确实不易。这本《龟兹石窟百问》，我以为是做得比较好的——所介绍的基本的专业知识来源可靠，或提炼自经典文献，或采择于第一手数据，而且语言的表述简洁、清晰、准确，这对于一本普及性图书来讲，也是十分重要的。例如，全书文字最长的是第10问"龟兹石窟包括哪些洞窟？"作者重点介绍了克孜尔、库木吐拉、森木塞姆等10处洞窟，每一处的位置、年代、窟数、形制、内容、风格，乃至历史上遭劫掠、毁损的情况都介绍得言简意赅，加起来也不过四千来字；而文字第二多的关于"天龙八部"的第62问，也只用了不到两千字就讲清了天、龙、夜叉、乾闼婆、阿修罗、迦楼罗、紧那罗、摩睺罗迦以及飞天形象的来龙去脉。作者在本书"后记"中以"小书"、"小册子"自谦，而我们最需要的普及、通俗读物，就恰恰应该是这样的小书、小册子。

　　最后还要谈谈问答中的"惟一性"问题（或可戏称作"吉尼斯问题"），即回答"最"、"惟一"的问题。这类问题，在本书中有15个，占了七分之一强。这个比例，比我看到的同类读物小些。而我认为，尽管"惟一性"问题可以在一定程度上刺激阅读与观看的兴趣，却往往不够准确，不够稳定，很容易出差错，起误导作用。例如本书第27、28问："龟兹石窟中现存惟一的泥塑彩绘涅槃佛像在哪个洞窟？""龟兹石窟中现存惟一的泥塑彩绘坐佛像在哪个洞窟？"答案一是克孜尔新1窟，二是库木吐拉第20窟（新1窟）。从目前掌握的资料来看，似乎没有错。但泥塑彩绘本来是龟兹石窟雕塑的基本手法，只是绝大多数残存塑像彩绘脱落褪色，看不清了，而"现存"二字的含义还应该包括确实存在却尚未发现者，这个问题的科学性就打了折扣。再看第29问："龟兹石窟中现存惟一的塑绘结合的作品在哪个洞窟？"回答是库木吐拉第20窟（新1窟）。这不仅与前二问有矛盾，也不符合洞窟实际，因为前面讲了涅槃佛像与坐佛像二者都是塑绘结合的，所以并不存在"惟一的塑绘结合的作品"的问题。因此，无论是从普及文化知识的准确性、实用性着眼，还是从学术研究的科学性与前瞻性而论，我都是不主张提出更多的"吉尼斯问题"的。这个意见，提出来供作者参考。

（2005年9月）

落实人文奥运理念，加强体育文化素质教育
——简评『新世纪体育』系列教材

感谢高等教育出版社的尤超英编审将一套崭新的"新世纪体育"教材寄给我，使我这个并非从事体育教学的体育爱好者耳目一新，得益匪浅。我看重这套教材，不只是因为它拥有"国家级规划教材"、"体育示范性教材"的权威名分，也不仅是它的作者中不乏长期工作在高校体育教学第一线的专家学者，而在于它是在我国积极筹备2008年北京奥运会的特殊氛围中，为全面、正确地落实"人文奥运"理念，进行体育教材改革尝试的一个可喜成果。

说耳目一新并非溢美之虚词。这套系列教材共14种，包括《现代体育与健康文化导论》、《田径》、《篮球》、《足球》、《排球》、《乒乓球》、《网球》、《健美操》、《游泳》、《定向越野》、《武术与搏击》、《中国传统养生》、《攀岩》、《冰雪运动》。除第一种外，其余都以某种体育运动项目为主题来编写，看似一般的分类教材。其实，由于全书的编撰原则不同以往单纯地突出专业知识与技能介绍，而是尽量着眼于将运动认知、运动参与、运动技能、身心健康和社会适应的学习与提高放在体育文化素养培育的大目标、大背景下来进行，让体育回归文化，让健康顾全身心，让竞技融汇情感，让专业面向大众，让提高立足普

及,让传统服务现实,这就是我所说的新。如果单纯从高校体育教学与科研的需求出发,这套教材在体育观念更新、课程设置自主、教学手段创新、研究课题启示等方面也都有新的尝试。当然,既然是尝试,也就留下了继续改进与探索的空间。下面来简单地谈谈我的粗浅感受。

《现代体育与健康文化导论》是这套系列教材的第一种,承担着诠释体育本质、探索体育文化内涵、寻求体育运动人文价值的任务,力求起到在理论上统领其他各册教材的作用。我注意到现代奥林匹克的创始人顾拜旦的《体育颂》全文被置于书的扉页,使读者在进入具体的教材前对现代体育文化所倡导的理念先有生动形象的认识。这样,再来理解和体会各章节的内容就有了良好的基础。作者在解释体育本质,探寻其文化内涵和人文价值时,注意了自古至今体育文化的积淀与中外文化的交融,也注意了知识点与一些科学概念的现代诠释,这都有利于提高教学与阅读效果。其中关于体育文化的人性化目标和体育教育的哲学思辨两部分内容的说明,有助于我们理解体育教育与人文关怀之间的密切联系。由于此书涉及的内容较为广泛,概念也较为繁杂,如果能在语言的表述上(尤其是一些定义)做些加工,使之更加通俗、简明、顺畅、形象,效果会更好。

其他各册涉及多种运动项目,实际上分为三类:一是属于中国传统体育或在此基础上拓展的范畴,如《中国传统养生》、《武术与搏击》;二是常见的现代体育竞技类,如《田径》、《篮球》、《足球》、《网球》等;三是现代新兴体育项目,如《冰雪运动》、《攀岩》、《定向越野》等。这些教材,虽侧重点不同,编写上也各有千秋,但大都力图紧扣体育文化素养培育这个基本点来展开具体的项目内容。如《中国传统养生》一书,在"绪论"中即说明我国的传统养生学是在中国民族民间文化的土壤中生长起来的，渗透了儒、释、道及医、武术各家学说的理论精髓，但同时又因受到现代西方体育文化的冲击与影响而发生着合理的演变。书中各章对传统导引、太极功法、运动养生、修持养生、世俗养生、保健按摩的介绍，既有理论，又有方法与要领的指导，使之贴近中国民众的实际生活，成为宜懂、宜学、宜施行的有中国特色的养生教材。又如可以得到最普遍应用的《田径》教材，作者并没有过多涉及田径运动各竞技项目的具体内容，而是站在生存、体质健康与精神需求的高度，从田径演绎的生存法则、田径推崇的人文精神、田径开辟的生活领域、田径昭示的回归理念、田径竞技的艺术魅力五个方面去展示田径所蕴含的文化魅力，这样写法确乎出人意表，别开生面。众所周知，田径不仅是一切运动的基础，也是每一个人身体素质最基本的衡量标准，可是近些年来我们的各级学校的体育课程，关于田径的教学内容十分薄弱，大大影响了我们向"体育强国"目标的推进。而这本教材注意将跑、跳、投基本身体活动技能的训练要素，置于大文化背景下体育发展史的长河中来阐述，且言简意赅，不但十分适合普通高校体育课的田径教学，也是中小学体育教员适用的参考书。第三类教材的情况有所不同，《冰雪运动》、《攀岩》二书基本上是突出其实用性、技巧性、趣味性与挑战性，《攀岩》甚至专列了"攀岩运动常见损伤的预防与处理"一章，还附有比赛规则的介绍；而《冰雪运动》一书则力图改变以往教材过于注重技术、知识传授的倾向，加入了中国古代冰嬉、欧美冰上运输及源于狩猎、军事的滑雪等历史文化背景，但在加强趣味性这一点上则和前者一致。我想，这两种尝试都无可厚非，因为这几种在现代意义上的运动项目，在我国开展的历史都不长，尤其是在学校的体育课程中，罕有安排，对它们的文化内涵的深入开掘显然还有待时日，这类教材留下的缺憾，正可以在教学与科研实践的过程中使之逐渐充实与完善。

最后，我想就本套系列教材的编写目标再谈点体会。书的"前言"明确提出：本套教材"根据'以人为本'的教育思想，力求通过阐明人与人、人与自然、人与社会之间的紧密联系，使学生不断更新体育观念，增强参与意识，提高体育文化素养，掌握必要的运动技能，学习体育与健康教育知识，最终达到促进健康、增强体质和养成终身从事体育锻炼习惯的总目标。"应该说，这是一个相当鼓舞人心的目标，和现在提倡的"人文奥运"理念是完全一致的，非常正确，我举双手赞成。多年来，我们不愿（或不敢）提"人文精神"，怕和资本主义国家及"修正主义"的"人道"、"人权"、"人性"沾上边。其实大可不必。"人本"、"民本"思想，是我国优秀传统文化的精华所在，也应该成为今天建设中国特色社会主义的民主精神的集中体现。"人文奥运"，就是要利用在北京举办奥运会这个百年一遇的时机，增强全民体质，培育高尚的体育精神与道德，提高体育文化素质，为构建人与人、人与自然、人与社会相和谐的新社会服务，也为增进各国人民的了解、理解、沟通与友谊做出贡献，而不是竞赛与文化两张皮，体育和身心健康相脱节，"为民发展"和开好运动会的关系倒置。因此，我相信这套系列体育教材的推出，将会有助于"人文奥运"理念的真正落实，有助于推进我国高校的体育教学工作以及全民健身运动和文化素质教育。

（2007年1月23日）

充满偏见与欲盖弥彰的盗者自白
——读勒柯克的《德国第四次吐鲁番考察记》

阿·冯·勒柯克的《德国第四次吐鲁番考察记》的德文原题为 von Land und Leuten in Ost-Turkistan berichte und abenteuer der 4.Deutschen Turfanexpedition，于1928年在莱比锡正式出版。其首个中译本（齐树仁译，耿世民校）将列入"吐鲁番丛书"丙种本于今年年底由中华书局出版。全书表明，勒柯克率领的这次考察自1913年4月中抵达喀什起，到1914年3月初离开图木舒克经喀什出境，历时11个月。因第一次世界大战即将爆发，其间勒氏一行并未来得及涉足吐鲁番地区，而在库车、巴楚一带劫掠并破坏了大量古代遗址，盗运走珍贵文物156箱。对勒柯克及德国吐鲁番考古队四次考察的介绍，可参考中译本所附耿世民教授的文章。因笔者与责编正在对该中译本进行文字加工，不便具体摘引书中内容，只是就其中感受较突出的几点谈谈读后的初步印象。

第一，由于第四次考察的特殊的时代背景，书中相当充分地表露了德、俄、英帝国在争夺我国新疆这个战略要地上的昭然野心和他们之间的狼狈为奸与钩心斗角，军事入侵与搜集政治、经济情报和"科学考察"始终是并行不悖的；同时也暴露了他们对各族民众捍卫主权与进行反封建革命的仇视与污蔑。

第二，虽然勒柯克以学者的身份出现在南疆地区，他们这次进入新疆并未得到我国政府的正式批准（只有开后门得来的喀什地方政府的一纸"许可证"），他们是地地道道的非法盗宝者。他们打着"保护文物"的幌子，用野蛮的"科学手段"盗掘遗址，切割精美壁画，搬走雕塑，搜捡各类文物。书中有许多赤裸裸的强盗语言，既可让我们清醒认识其盗者之心，也为我们追寻库车—巴楚一带寺窟文物遭破坏的踪迹及被盗运的下落提供了难得的线索。需要注意的是，盗宝者同时也使用了一些欲盖弥彰的语言。其典型例子便是书中关于在克孜尔"红穹洞"发现"寺院图书馆"的叙述。我们可以将它们与同氏另一专著中的文字对比阅读（参见郑宝善译《新疆文化之宝库》，魏长洪、何汉民编《外国探险家西域游记》新疆美术摄影出版社，1994年版）。前不久，德国著名梵文学家史凌格罗夫教授（D. Schlingloff）专门印刷了题为《古代新疆一所寺院图书馆及其命运》（*Eine Ost-Turkistanische Klosterbibliothek und ihr Schiksal*）的小册子，指出勒柯克和格伦威德尔有关叙述的含糊和矛盾，怀疑该洞仍埋有西域语文写本。史氏将此册子寄给耿世民教授，呼吁我国学者能追索清楚。（耿先生为此专写的文章附后）

第三，勒柯克以民族学家、考古学家和维吾尔学家著称于世，虽然因盗掘文物获得了大量第一手资料，在其研究方法上也有某些独到之处，但从本书的论述中不难发现，他对待中西文化交流的基本看法是立足于西方文化中心论之上的，他处处力图证明新疆文化艺术"西来"，"完全缺乏中国的影响"，他的观点尤其集中表现在书的"结束语：文化与艺术史的成果"一节中，他一再强调"中世纪日耳曼欧洲和中亚之间的关系"，否认中国文化的独特性；尽管他也承认"文化因素始终在来回转移、接受和变化"，却重申"什么都必须'沿着希腊的足迹'

来对待"，连佛教文化也要"追本溯源到希腊"，甚至主观地认为中国的丝绸传到西方时是"很重的单一颜色没有图案的纺织品"，只是中亚与西方将它们精工细作制成了华丽珍贵的衣衫，"才在中国得到了华美的仿制"。他还提出连中国黄河流域的彩陶文化也是"公元前3000年（欧洲）有较高的文化因素从西北方涌向中国北方"的结果（众所周知，我国著名的仰韶、半坡彩陶距今至少有7000年的历史了）。这种明显的偏见歪曲了文化艺术交流的历史，当然也大大影响了他对新疆文物判断与分析的科学性。

（2007年7月17日）

[附录] 古代新疆一所寺院图书馆及其命运

耿世民

几个月前我收到德国老一代著名梵文学家史凌格罗夫（Dieter Schlingloff）教授寄来的他自费印刷的德文小册子。小册子题作《古代新疆一所寺院图书馆及其命运》，内容与勒柯克领导的德国第四次吐鲁番考察队的活动有关。他怀疑新疆库车克孜尔某千佛洞地下仍藏有古代西域语文的写本。他呼吁我国有关学者能弄清楚这个问题。下面介绍该小册子的内容如下。

在德国四次新疆考古队（1902—1914）的有关著作中，多次提到被德国学者称作"红穹洞"（Rotkuppelhoehle）的洞窟，靠近这个洞窟有一较小的洞窟。关于这个小洞窟格隆威德尔（A. Gruenwedel）教授（德国第一、第三、四次考古队的领导人）在其《新疆古代佛教遗址》（*Altbuddhistische Kultstaetten in*

Chinesisch-Turkistan, Berlin, 1912）一书（页86）这样描写道："该洞窟几成正方形（2.47米深，2.96米宽）（见同书附图193），平顶……后墙前有一土台。在左墙上有许多10—12厘米深的小窟窿，似为梢住木板所凿。最上一列小窟窿距洞顶约15厘米。下面的各距12厘米。木板（现已不存）似用来放置写经，该洞似为一间图书室。"

可惜我们不知道用来放书的木板的数量。如以洞高2米计算，应有10—15个板架，估计可放置约500个写本。这一点也可从德国考古队拿到柏林的带有"克兹尔-红穹洞"编号的古代西域文字写本的数量得到证实。另外，从这些写本的内容，人们也可推知它们出自库车地区，如大多为小乘派"一切有部"（Sarvastivadin-Schule）的作品，也有"法藏部"（Dharmagupta-Schule）和"说一切有部"（Mulasarvastivadin-Schule）以及少数大乘派的作品。还有少量写在棕榈叶和桦树皮上的诗歌和医学内容的写本。所有这些都证明库车地区"前古典时期"（耿按：指公元2—6世纪）文化的繁荣。

接着作者引证了德国四次考古队领导者格隆威德尔和勒柯克（Le Coq）以及其他德国学者著作中有关发现新疆古代语文写本的记述。他十分怀疑勒氏有关这方面的记述是不真实的或是夸大其词的。

勒氏在《沿着希腊的遗迹》（Auf Hellas Spuren in Ostturkistan, Leipzig, 1926）（页115）（按英文、汉文译本题作《新疆地下的文化宝藏》）（Buried Treasures of Chinese Tukstan, London, 1928）说："就在前几天，我们在因其顶部为红色而被命名为红穹洞的洞窟中发现了古代图书室。这里我们发现了大量古代语文的写本和写有文字的木简……此外尚发现一完整的、约有60张写有梵文和吐火罗文的书。"

奇怪的是勒氏提到的红穹洞中的图书室，不见于格氏书中关于红穹洞的记述，而是在上面引述的记述其旁边小洞窟时，提到可能是图书室的事。另外格氏说是"用梢子梢住木板"，而勒氏则说是"从石壁中凿出的书架"。

人们怀疑勒氏根本没有进入藏有写本的书库，他自己也承认是在当地工人清除了洞中的积沙后才进入"红穹洞"的。所以，他说他在该洞中发现大量珍贵古代语文写本的记述，是不真实的。

在调查研究柏林所藏古代写本后，人们不禁要问：到底是在何处曾发现大批古代写本？根据勒氏在其另一记述其在新疆考古工作经过的《中国新疆的土地和人民》(von Land und Leuten in Ostturkistan, Leipzig, 1928)（页58以下）（按此书我们正在翻译成中文）一书中所说，他不可能在一个上午时间内又完成切割壁画，又从沙下清理寻找写本的工作。那里他说："第二天（7月24日）日出时，我同工人们一起进入红穹洞（那里1906年我有幸发现大量梵文写本），并开始清除岩洞脚下的积沙，巴尔图斯（Bartus）同时在切割漂亮的供养人像壁画……挖掘积沙没有什么成果。我让工人们挖到地表，只发现不多的写本残卷。这让我松了一口气。它说明（上次）我正好是在保存有古代写本的一层上停止了挖掘工作……天气十分炎热。下午我因身体不适，而停止了工作。"

人们根据勒氏的作风（与格隆威德尔相比），不得不对他在书中关于写本的记述表示怀疑。这里我们不想对勒氏新疆"考古工作"的功过做出评价（斯坦因对此已有论述），我们这里只想唤起公众的注意：很可能在"红穹洞"附近洞窟中的积沙下尚有古代西域语文的写本残卷留存下来。这些珍贵的古代文献对我们研究新疆的古代文化具有十分重要的意义。

[附录二]《新疆文化之宝库》(摘录)

我在此继续工作,竟能于古庙之中,破获一旧藏书处,于是我们即称为"红圆顶屋",因为其屋脊为红色。我们又在此发现印度墨迹甚多,或为棕叶,或为赤杨树皮与纸及缮写时的木桌。所有书页篇幅,尽系印度剪切式样。内有一书,极其完整,约60页,原为《散司苛特》与《图加利读本》,而译成印度文字。

拔尔都运用其惯熟的技能,从事于锯画工作。但此种壁画的幅面较薄,故欲将画幅的边锯开,必须先用斧凿,将软石粉碎。此种工作,极为费力。以我们的能工巧匠,虽竭其大力士之力,也难免筋疲力尽。观其成效,非常圆满。有一画特别优美,画中人物为白衣女神与一黑色印度女乐师。此画系采自一庙中的天花板上,即十六武士庙的洞穴之下。

(郑宝善译,《外国探险家西域游记》,页244—245)

[附录三] 德国的四次吐鲁番考察

斯坦因氏陈列在1902年德国汉堡东方学大会上的宝贵发掘品以及克列门茨所获的成果,促使德国柏林民俗学博物馆先后派出四次吐鲁番考古队去新疆考察,它们是:

第一次(1902年11月—1903年3月),领队 Gruenwedel,队员 G. Huth, Th. Bartus。路线:伊犁—乌鲁木齐—吐鲁番—托克逊—焉耆—库车—巴楚—喀什。所获文物46箱。

第二次(1904年11月—1905年12月),领队勒柯克,队员 Bartus。路线:塔城—乌鲁木齐—吐鲁番—哈密—喀什。所获文物103箱。

第三次（1905年12月—1907年4月）（到1906年6月勒柯克因病回国为止与第二次合为一队），领队为格氏，队员勒柯克，H. Pohrt。路线：塔什干—喀什巴楚—库车—焉耆—吐鲁番。回程经乌鲁木齐。所获文物118箱。

第四次（1913年6月—1914年1月），领队勒柯克，队员巴尔土思。路线：喀什—库车—巴楚。所获文物156箱。

开拓学术视野，重视积累更新
——《中古时期社邑研究》读后

由饶宗颐先生主编、台北新文丰出版公司印行的"香港敦煌吐鲁番研究中心丛刊"，已经出版了十余种专著，以其涉及敦煌吐鲁番学的各重要门类和前沿论题而备受学界关注；但因其学问专深，评述不易，而少见相关书评介绍。最近，我拜读了其中由郝春文教授撰著的《中古时期社邑研究》一书，虽然因平日未曾涉猎这方面的内容而难作深入评述，却有几点感受愿意写出来与读者交流。

此书分上、下两篇，上篇探讨中古社邑与佛教的关系，下篇研究敦煌写本社邑文书，实系作者二十多年来相关研究成果之结集。我国中古时期（魏晋至宋初）的社邑是在秦汉里社与私社的基础上发展起来的，在当时乃至后来的社会生活中有着不可忽视的作用，因此史学界不乏论述。作者自1983年起即师从著名经济史专家宁可教授，在导师前期工作的基础上，着意竭泽而渔地搜集出土碑刻与敦煌文书里的相关资料，从一件件具体材料的内容整理与价值分析入手，开拓学术视野，不仅注意将敦煌藏经洞所出480余件社邑文书的微观考察，置于魏晋南北朝隋唐五代时期的历史文化大背景之中做宏观探究，而且特别关注传统儒家文化与外来佛教文化的碰撞与融合对社邑活动的影响。诸如对传统社邑与佛教从冲突到兼容的说明，对专事佛教活动的法社、邑义的渊源及其成员、性质的阐述，对敦煌社邑的教育、教化功能的分析，对敦煌渠人、渠社组织的讨论，对女人结社原因的探讨，就巷社性质、官社材料等与其他学者的商榷，都注意了追寻源流、探究特质、比较影响。这就能不局限于一时、一地，也不拘泥于某一件材料，力图触类旁通，得出符合或接近历史真实的结论。我知道作者曾较早地在学界呼吁"让敦煌史料研究回归历史学"，此书即是一次有益与成功的尝试。

此书既然是二十余年研究中古社邑成果的结集，按理应包括作者各个时期的相关论述。然而，和我们常见的原封不动地收编自己论文的做法不同，郝教授特别看重材料的增益与开掘，知识的积累与认识的改进与更新。他在本书的"引言"中坦陈："以我现在的认识水平观察，我在上一世纪80年代、90年代发表的相关研究成果，在选题、研究视角、观点和论证诸方面都有令人不满意之处。"因此，他对自己曾刊发的论文做了通盘的整合，包括重新撰写和改动论题、补充材料、订正错误等。例如，早年作者力图用阶级分析的方法解读社邑与佛教的关系，不免牵强与局限，现在则试图从文化发展的角度重新审视这个问题，显然更切合宗教文化在社会发展中所起重要作用的历史实际。我以为，"固执己见"与"自悔少作"这两种态度都是不可取的。学术要进步，学者在成长，知识需积累，认识有更新，这是客观事实，既无需自悔，更不该自缚。此书虽非尽善尽美，毕竟给我们做出了很好的榜样。

此书还有一个特点，就是敬重前人成果，尊重师教师承。青出于蓝，作者是在宁可教授的悉心指导下从事敦煌社邑文书的整理与研究的。经过多年努力，可以说是成果丰硕，后来居上，此书即是明证。但作者深怀感激之心，真诚地强调自己的成长凝结着导师心血，指出正是前辈学者卓越的学术眼光和治学心得对引领自己进入学术殿堂起到了关键作用。现在学界有一种不正之风，有些人每以"一拳打倒权威，两脚踢翻前辈"为旗幡，动辄宣称自己已"超越"前人，有多少多少"创新"，其实翻开他们的"大作"仔细一瞧，往往或是充斥着令人惊愕的硬伤，或是布满让人齿冷的抄袭。遵循学术规范是创新的必要前提，而敬重前辈和尊师重教，肯定前人的奠基之功，也应该是学术规范的重要内容。

（2008年2月8日）

精致精彩的敦煌学广角镜
——《敦煌文书的世界》读后感

五年前，经日本名著刊行社菊池克美先生的筹划，选取池田温先生的部分文章分序编、本编、付编集为一册，以《敦煌文书的世界》为题出版。池田温先生是日本敦煌学界具有儒将风度的重量级领军人物，其著述对国际敦煌学研究贡献至钜，也一直与中国的敦煌学界保持着密切的关系。因此，四年前，当"日本中国学文萃"的主编王晓平教授提出编辑"大家小书"的设想，并将此书列为该丛书的第一批选目征询我的意见时，我马上表示举双手赞成。现在，经过张铭心、郝轶君二位译者的辛勤努力，此书的中译本终于面世了。我以中华书局编审的"近水楼台"之便，得以先睹为快。拜读之后，亦愿意发表一点个人的感想。

池田温教授是研治敦煌经济文书的专家，所以我曾猜想此书一定是通过介绍文书内容来展示敦煌社会经济生活的，待翻开书拜读之后，才知道我的认识并不全面——"序编"部分，概要介绍敦煌、莫高窟及其藏经洞所出古代文献，介绍敦煌学和日本的敦煌学研究；"本编"部分，在说明敦煌历史背景的基础上，以文书为中心讲解敦煌的流通经济，并涉及敦煌写本的物质形态与真伪鉴别；"付编"部分，围绕着20世纪80年代后敦煌吐鲁番学的进展，探究敦煌学与日本文学的关系。总之，此书内容已远远超越了文书本身，其文字则朴实无华、要言不烦，既是好读易懂的敦煌史、敦煌学、敦煌文书的普及之作，亦系精髓时见的凝聚作者治学心得之学术佳构，堪称精致精彩的敦煌学广角镜。

我这里的"广角镜"之谓，是指此书将读者的目光引导到文书以外的广袤的敦煌地区，扩展至敦煌周边广阔而复杂的社会生活场景，继而延伸至海东岛国日本自具特色的文化氛围里，并且将它们置于源远流长的历史文化背景之中进行诠释。鉴于我近些年来比较关注敦煌文化史与敦煌学史的一些论题，本文想集中谈谈此书在这两方面给我的启示。

作者在"序编"的首章"敦煌"里特别撰写了《名门望族的社会》一节。不足两千字的篇幅，对汉晋之后实际支配着敦煌社会生活的张氏、索氏、令狐氏、氾氏、宋氏等名门望族做了精当的分析。因为敦煌原本是水草丰茂的牧野，地广民稀，建郡于汉武帝时期后逐渐开发，其平抑豪强、保护商贸和推广衍溉、提倡深耕、发展农业，起于汉末魏初仓慈、皇甫隆两任太守之时，而佛教传入敦煌、莫高窟开凿及大量中原居民移居河西则是在两晋时代。因此作者将论述的重点落到这个历史阶段，并得出以下结论："豪族们在兼并土地的同时，还控制往来西域的胡商，对丝绸之路上的通商贸易也进行了垄断。可以说，这些都为以后敦煌名门望族中文人辈出、佳话广传的文化教养之发达奠定了经济基础"，"汉晋文化在此偏僻之地得以保存，为下一个朝代新文明的形成提供了源泉，可以说，这是敦煌的名门望族对历史所作出的贡献"。这两点涉及敦煌文化的基础和源泉，而起到关键作用的则是五姓望族，确乎令人深思。漫长的中国封建社会，权力的因袭与文化的传承带有自己的规律，亦颇具特色。中央集权制使皇权成为权力的象征，宫廷往往荟萃文化之精华；而具体到地方，则是辉赫的豪门权贵因袭权力，重视教育的世家大族传承文化。当然，后两者有时是合二为一的。地处丝绸之路咽喉的敦煌，能延续和发展以儒家文化为主流的华夏文明，这些名门望族所起的作用是不可忽视的。另一方面，敦煌能成为"华戎所交"的国际文化都会，多元外来文明和各种宗教文化的交融与包容亦至关重要。对此，作者在紧接着的《社会的变异》一节以及"本编"第一章的二、三、四节中也有论及，他肯定了敦煌"以中国文化为中心的同时，又吸收了多种外族文化"的优越性，又将论述重点放在丝路阻绝后粟特聚落（从化乡）的消失、商贸的衰微和文化交流的受阻，认为8世纪中叶之后，敦煌"营养源的枯竭已在所难免"，积极作用渐失，再也无法重现辉煌了。作者的这个看法对我们理解敦煌文化艺术繁荣与衰落的原因，对探索藏经洞封闭的时间和原因，对把握藏经洞包罗万象古文献的历史文化背景，都不无启示。至于作者对吐蕃统治和西夏占领时期的消极作用是否看得过于严重，则是一个还可以做进一步探讨的问题。

谈到敦煌学史，作者在"序编"中专列了"敦煌学与日本人"一章，这理所当然地会引起我们的关注。此章分四节。第一节不仅从狭义、广义上分别诠释了"敦煌学"的研究对象，而且认为1983年以后学界有意识地将广义的"敦煌学"名称改为"敦煌吐鲁番学"，与吐鲁番出土文书的重要性被人认识相关。这应该是符合实际的。从某种意义上来讲，正是以唐长孺教授为首的一批学者在整理与研究吐鲁番文书上艰苦而卓有成效的工作，推进了中国敦煌吐鲁番学会的成立。至于"敦煌学"一词何时、由谁开始使用的问题，作者指出："石滨纯太郎（1888—1968）在大阪怀德堂夏期讲演时（1925年8月）已经使用过若干回'敦煌学'这个词",表明此词"在19世纪20年代已经在部分地区开始使用了",但石滨纯太郎的演讲文章正式发表于1943年;因此,作者又明确表示:于1930年3月,为陈垣《敦煌劫馀录》写序,"由陈寅恪开始有意识地使用该词并在学界确定下来的说法应该是没有问题的"。我以为这个观点也是符合客观实际的。另外,作者将敦煌学的兴起与发展分为草创期(20世纪初至20年代)、生长期(20年代至40年代初)、确立期(40年代中至70年代)、发展期(以80年代初中国敦煌吐鲁番学会成立为起始)四个阶段,是综合了中国和日本、欧洲的研究状况而作出的区分,比我们曾经以1949年为界划分一、二阶段要科学,也是基本上符合这门新兴的国际性学科形成发展规律与实际情况的。作者所划分的确立期与发展期之间断了若干年,我曾经将1978—1982年定为"过渡期",或许可补此阙。

作者在第二节论述日本人对敦煌学的贡献,言简意赅,客观公正,并无过誉或自谦之嫌,无需我在此赘述。书中最引起我兴趣的,是第三节作者对"日本敦煌学的特性"的分析。鉴于敦煌、吐鲁番处于四大文明(中国、印度、欧洲、伊斯兰)的交汇之地,其所出文献、文物又流散分藏于中、英、法、德、俄、日等国,敦煌吐鲁番学成为国际性的综合性学问是必然的。作者提出:"敦煌吐鲁番之地居民的多样性,必然带来此地文化遗产的多样性,而且不是分散的多源要素个体,而是呈现出相互交流、渗透、同化的复杂情景。如此看来,对既是岛国又只有相对单一的住民构成的日本社会来说,简直是完全相反的世界"。"因此日本人对敦煌、吐鲁番所感兴趣的是对不同性质世界的强烈向往,也有丝绸之路热潮的背景"。但作者进而指出,这只是日本人关心敦煌吐鲁番学的一个重要原因,而非唯一的、根本的原因。他认为,"对佛法东传之路的热情,这也是驱使日本人对西域学术探求的一个重要动力","佛教是将希腊起源的西方文化因素带到日本的中介体,追溯其传来努力与日本文化的寻根志向不能说是无缘的"。据我体会,这是内心驱动的主观因素,或可用佛教词汇称之为"因"(hetu);同时,又如作者所言:"日本古代文化遗产相对丰富地遗存下来的背景,应该考虑是敦煌吐鲁番学在日本兴盛的一个直接前提。"这是外部存在的客观条件,或可称之为"缘"(pratyaya)。因缘具备,果报(vipaka)必然。正是整个民族文化寻根、文化创新的强烈意识体现为民众内心的自觉需求,加上丰厚的中国古代文化遗存与浓重的佛教文化氛围,促进了日本敦煌吐鲁番学的兴盛。我想,这不仅可以解释何以日本民众的丝路热、敦煌热能久盛不衰,也有助于我们把握日本敦煌学重视文化源流的民族特性,进而启示我们今天应该如何才能扎扎实实地做好敦煌学、敦煌文化乃至整个传统文化的普及与提高工作。

事实上,作者论说敦煌学在日本的意义,并不局限于日本在这方面的优势和做出的贡献,还于"付编"中设立专节,从比较、借鉴的角度,在客观陈述中、日研究现状与动态的基础上,提出中国的敦煌文学研究对日本上代文学研究的启发意义。作者指出:"近年我国也诞生了和汉比较文学会(1983),推进了上代文学与汉文学的比较文学研究的热情。但是从局外人的旁观角度感到有拘泥于狭义的影响、模仿的追求。大陆与岛国,多民族社会与相对的单民族社会,先进文明与后进文明,政治优越的文学传统与人情中心的文学世界,要举出中、日相异之处的话不胜枚举,比较文学研究的进展能将差异的各种样态予以更进一步的明确吧。"这段话已经跳出了"敦煌文学"的框框,也指出了在文学研究中雷同比较的单调与局限,这对中、日两国刚刚兴起的比较文学研究者来说，不啻是一帖有效的清凉剂，也为两国的敦煌文学研究注入了推进力。评说成绩不夸饰，不媚俗，指摘弊端一针见血却又温文尔雅，这正是儒将风度所展现的人格魅力所在。

（2008年1—2月）

趣博旨约，识高议平
——《日本中国学述闻》读后

王晓平教授的《日本中国学述闻》（中华书局，2008，以下简称《述闻》）一书，不仅展现了中国学者研究国际汉学的新视野，也展示了汉学研究著作的一种新风格，理应引起学术界的高度重视。

十五六年前，我在主编《文史知识》月刊时，深感我们对国际汉学界的了解还远远不够，即便是有心关注国际汉学的学者，也往往因条件所限，难以身临域外与汉学家们长期共舞，于是便萌发了两个念头：一是请在国外教学的中国学者撰文介绍所在国的汉学研究，一是请中国留学生组织所在国汉学家撰文介绍汉学研究课题并译成中文。这就有了先后于1992年和1996年开始连载的专栏文章《德国的汉学研究》（张国刚著）与《中国传统文化在日本》（蔡毅组稿），刊出之后，读者的反映是好的，于是又编成专书收入"文史知识文库"。这两本书的优点是论题比较集中，纵横脉络清晰，但因为主要任务是简约介绍，加上篇幅所限，不可能有广泛的涉及、充分的主观评述和深入的理论探究。在学界的积极支持下，1998年，中华书局创建了汉学编辑室，连续编译出版《法国汉学》、"世界汉学论丛"、"日本中国学文萃"等丛书，又接受了出版阎纯德教授主编的《汉学研究》集刊的任务，为国际汉学界所瞩目，庶几弥补了一些缺憾。我和王晓平教授结识，正是缘于几年前他倡议并主编"日本中国学文萃"。当时，他开列了一批需要译介的日本中国学家的著述目录，使我感觉到他观察与研究日本中国学的慧眼；现在，读了他的《述闻》，则使我想起了早年王国维先生评述沈曾植的十个字："趣博而旨约，识高而议平。"（《沈乙庵先生七十寿序》）

用"趣博"来评价《述闻》，应该是妥帖的。是书61篇文章分列九类，不仅涉及"文化记忆"、"文化钩沉"、文学与比较文学、文艺学、文献学、民俗学、翻译传播学及汉学家等日本中国学的方方面面，而且将论题延伸到整个亚洲的汉文学，扩展到出版与媒体，可见其涉猎之广博。而且这"既广且博"，由一条"公众视野"的主线贯穿着，一点也不显得"驳杂"。至于"旨约"、"识高"、"议平"，此书也当之无愧。因为这些文章不论篇幅长短，议题众寡，作者都能如数家珍地以生动的事例开谈，以丰富的感性材料引起读者的兴趣，又能以平实的文字要言不烦地进行精当的评述，将自己的认识与体会侃侃地告诉读者，如驾轻车就熟路，轻松而平稳地驶入日本中国学的领地，导引我国读者采他山之石以攻玉，知彼人之长以审己。采石知人，是立论的扎实基础；攻玉审己，则是所要达到的目的。

因为我比较关心敦煌学的论题，先举书中《风自敦煌》一文为例。文章从奈良时代的歌人山上忆良（660—733）写起，指出他的许多作品和敦煌莫高窟藏经洞所出的王梵志诗构思相近、用语相同，从而"唤起我们对敦煌与日本古代文化因缘的神往"。接着，作者将视角转向了一千多年后研究日本文学的专家川口久雄博士（1910—1993），因为他是著名的《敦煌来风》、《敦煌来影》的作者。六卷本的《敦煌来风》收集了川口博士撰写的用敦煌资料对日本文学进行比较研究的大部分论文,敦煌的佛画、诗歌、变文、话本、音乐,都催动了他思绪的风帆,致使许多精彩的文字从他的笔端流出。然后,文章又以"愿文"为例,指出这种在我国"似乎早已逸出了文学家视野"的文体,在日本却绵延长久,成为"两国佛教文学比较研究的好材料"。不仅如此,文章进而提到敦煌歌辞《儿郎伟》和朝鲜《东文选》中《上梁文》的关联,又把视野拓展到了朝鲜半岛。文章的末尾再以川口博士及其学生珍视中国学者编注的《敦煌变文集》为例,得出了一个朴素而动人的结论:"一部敦煌学史证明,昔日起自敦煌的风,吹遍了东亚;今日的敦煌,则以宽阔的胸怀迎接着八方来风。"这不正是我们许多敦煌学家想说而没有道出的"真言"吗?20年前,中国敦煌吐鲁番学会会长季羡林教授在一次国际研讨会的讲坛上宣示:"敦煌在中国,敦煌学在世界。"得到各国学者的一致赞同,尤其是得到日本学者的高度认可。风从西土来,从佛国世界来,吹拂新疆、敦煌,乃至整个中原大地;风从东方来,又从陆上丝绸之路的东端长安、洛阳,经山东半岛或金陵、扬州,漂洋过海,吹拂朝鲜半岛和日本群岛,文化的交融汇聚成创新的乐曲,响彻世界。这也正是敦煌在日本中国学中占有重要位置的魅力所在和原因之一。

再举《说不尽的孙悟空猪八戒》一文为例。文章从《西游记》在中国的成书史和在日本的接受史入题,首先指出孙悟空、猪八戒是世界的——属于世界各地神话与民间传说中搅动旧秩序的"文化英雄";其次强调他们"更被看成是中国的"——以中野美代子论述《西游记》的系列著作为例,说明她正是从道家、炼丹术、五行思想等中国固有的文化来解读孙悟空、猪八戒,"但她的研究方法,却深受李约瑟、高佩罗等人的启发";再其次提出他们"还被看成是内心的"——以一位获奖的中学生的《西游记》读后感为例，认为孙悟空、猪八戒、唐三藏三者合一，才是人性的完整展露。这种对人性的诠释，至少说明中、日两国具备共同的文化心理基础。作者最后的结论有两点：第一，日本对中国文学的研究有得天独厚的条件，所以日本中国学在国际汉学研究中占有独特的地位。这并不奇怪，也已为无数事实所证明。第二，从日本的"支那学""东洋学"到今天的中国学，都是日本近代学术的产物，内容多歧，方法各异，而中国学者对那些受西方学术影响较明显或采用比较研究方法产生的成果还不太熟悉。这一点颇值得我们深思，启示我们不仅要认识如《西游记》这样的中国古典名著与日本文化的内在关联，也必须跳出"旧学"的窠臼，探究它们的"世界性因缘"。近些年来，中国的比较文学研究已经逐渐突破内容比较、类型异同、影响所及等范围，而扩展到源流追溯、特质探究、方法分析等方面，如何将文本剖析和文化源流、思维特征的研究结合起来，还是值得我们深入探讨的。

当然，《述闻》的内容与风格，绝非前面两个例子就可以涵盖、说清的。是书谈古说今、评人论事，都能做到跨文化对话畅通无碍，与国人及自我交流敞开心扉，因心无挂碍即每有灵犀，处处迸发出平凡的智慧之光。当我们看到《〈论语〉、川柳与凡俗孔子》、《歪译〈论语〉和"麻婆豆腐糖浆味"》等文章中介绍的《论语》在日本普及的情况时，不禁会联想到当今中国因"于丹《论语》心得"而掀起的一番热浪，原来我们眼下的"时髦"，在邻国早已风行多时。只是就《周易》、《论语》等经典而言，我们的"公众视野"，基本上还局限在政治与伦理或命运的层面，而日本学界与普通读者的眼光，似乎已经触及社会日常生活的方方面面。在扪心自问、寻找差距并发出会心微笑的同时，再来品味本书序言《日本中国学的公众视野》里的那些话语，就会进一步体会作者的旨趣所在了。

　　我还要特别提及书中作者那篇围绕着丝绸之路、书籍之路和心灵之路所作的精彩讲演——《以中日文化交流为镜》。作者强调："真正理解邻国的思想、宗教，绝对不是一件轻而易举的事。"都需要以对方为镜，对照借鉴，才能增进理解。因此，如果说唐朝玄奘的天竺之旅，从某种意义上来讲是消除文化误读之旅；那么，今天千千万万日本民众所热衷的如朝圣般的丝路旅行，从本质上看，也是领略与理解中日文化所共有的开放性、包容性、宽容性的有益实践。作者眼里的书籍之路，则从交流、传播、保存的基本意义上拓展开来，进而提升认识到这是一条"汉字之路"，说明中日两国都具有重视汉字传播的精神文化的传统。我尤其赞成作者所说："文化交流的最大意义，不在保存，而在于创造新的文化。"1加1要大于2，1乘1也不等于原来的1，交流与融合是创新的重要因素。在这方面中日两国过去都有丰富的经验和教训，值得今人借鉴。至于"心灵之路"，提倡人与人之间心灵的交流，说似简单，其实涉及情感的沟通，做起来更难。不仅需要有渴求交流的热诚，还必须有摒弃陈见与偏见的坦诚与真诚。这里实际上已经跳出了"学术界"的小圈子，又投身于公众的怀抱了。

　　无论对于日本中国学还是国际汉学来说，"公众视野"都是一个值得中外学界特别重视的问题。这实际上包含两个层面的内容：一是国外治中国学或汉学的专业人士（专家学者）要走出象牙塔，将研究的目光拓展到大众的日常生活需求和文化修养，无论是哪一类作者、作品，提供给公众的是"学问中国"，抑或"文艺中国"、"即时中国"，都要做好普及的宣传工作；二是中国研究国外汉学或中国学的人士也要从中得到启发，在做国外汉学或中国学信息介绍、著述翻译的工作时，拓宽视野，借鉴经验，改进方法，重视普及，面向大众。前者，日本的出版界已经积累了很好的经验，不管是"小本本"（口袋本），还是"大本本"（大字本），都应着眼于读者的需求，都归结为"大学问"的普及。后者，我国的出版社和其他媒体也有成功的尝试，但还是初步的。是书绝大部分文章曾刊登在《中华读书报》，该报编辑的眼光值得赞许；而作者主编的"日本中国学文萃"虽有曲折，也总算充满了"柳暗花明"的前景。总之，要实现作者提出的"中国学之花，为公众而开"的目标，我们还有很长的路要走。

（2008年4月3日）

读《新获吐鲁番出土文献》的感受

荣新江、李肖、孟宪实三位主编率领的团队，历经三年多紧张而艰辛的奋战，终于完成了三百余件新获吐鲁番地区古代文献的整理释读工作，在组织撰写了数十篇研究文章的同时，精心编排成图录形式由中华书局正式出版，引起了国内外学术界的高度关注。我虽然在三十年前就因启功先生的教诲开始注意吐鲁番出土文书的整理工作，并得到唐长孺、李征等先生的指点，曾在自己研究唐代边塞诗人岑参的硕士学位论文中引述了吐鲁番文书中天宝年间的马料账，但多年来还是有一种蜻蜓点水、若即若离的感觉，远谈不上有什么研究。对此书的出版和这批文献的研究成果，也已经有许多的评论文章刊登，我不能赘言雌黄。因此，这篇短文只能谈些粗浅的感受以就正于方家。

第一个感受来自这批新获文书公开面世的速度。不知从何时开始，我们的文物考古界就自觉不自觉地在执行一条不成文却几乎是铁定的"规则"——凡有新发现、新出土的文物，除了开始做一点新闻报道外，具体内容（包括照片）是不能"外露"的，一定要发掘（现）者自己做好了详细的报告，自己写成并发表了研究文章，细嚼之余才能"以飨读者"。有些发掘报告因种种原因过了十几年才发布，已经是"正常速度"了。20世纪80年代之后，又产生了某些新现象，如往往国内学界还未得其详，而外国学者却已经得到比较详尽的材料。我曾在不止一篇文章中呼吁改变此种情况，却收效甚微。就拿吐鲁番出土文书来讲，荣新江教授和我都曾经碰到过被谢绝观看的尴尬场面。据说有的出土文物、文书被锁放在发掘者的办公室里，几十年了还秘而不宣。国家文物、学术公器仿佛成了私有财产。比较之下，这批新获吐鲁番文献的整理、刊布速度却是惊人的快。这次整理的文献，除了20世纪70年代末清理被盗的鄯善洋海一号墓地所得文书外，其余均是2002—2006年五年间新出土或征集的。吐鲁番地区文物局能毫无保留地迅速组织以局外学者为主的班子来整理与释读这批文书，确实是需要胸襟与勇气的。我们从三位主编为本书撰写的序中可以知道，不仅吐鲁番地区文物局对此项工作"给予了全面的支持"，"为此提供了大量的人力物力"，而且吐鲁番地委与行署的领导也以很大的热情多次过问或亲临整理工作现场表示关切，这确实是难能可贵的。整理小组于2005年10月正式组建并启动，到2007年年底基本完成图版摄影编排、定名释读、文字校订等工作，其间又增添了2006年阿斯塔那607号墓和鄯善洋海1号墓地保管站北区的新出文书及从乌鲁木齐征集到的80余件吐鲁番文书，工作量之繁重可以想见，工作干劲之大和效率之高也令人钦佩。

　　第二个感受来自整理者的团队精神。此项整理工作的繁重、干劲、效率当然与整理者的团队精神相关，尤其是与团队领导人的工作态度密不可分。三位主编中，李肖博士是文物局领导兼学者，既要全方位负责调度与资料、后勤保障，又要实际参与文书整理，其忙碌程度可想而知；荣新江教授在小组里应该是核心与灵魂般的负责人，他这几年简直成了敦煌吐鲁番学界

"拼命三郎"式的人物，他的"工作狂"精神肯定也感染了其他人；孟宪实教授这两年因在《百家讲坛》上的出色讲演而声名鹊起，又担负着中国人民大学国学院的行政与教学任务，能在四周逢迎、八方调度之中同时承担这批文书的整理研究任务，也着实不易。他们的团队精神，还表现在荣新江教授对年轻学者的引领和培养以及对学界前辈或年龄相仿的同行的尊重。前者，集中体现在整理小组学习班式的工作进程中，年轻成员当有许多切身的感受，毋庸我在此赘言；后者，则反映于北京定稿会及会下的咨询交流中，诚如本书序中所说：（陈国灿、朱雷、王素、冻国栋、张涌泉、黄征、刘安志等先生）"他们的学识与见解，为本书的完成提供了基本的学术保证。"需要补充一句的是，这里也包含有尊重前辈成果、遵循学术规范、重视学术传承的正确态度。同时，整理工作也得到了吉田丰、荒川正晴、关尾史郎等日本学者的帮助，体现了国际合作的精神。

第三个感受来自学界反映（包括宣传）的热度与力度。本书出版之前，学界的"预热"程度已经非同寻常。这主要表现在整理小组已陆续将工作中的部分研究成果分若干批次地刊发于报章杂志。据荣教授提供给笔者的信息统计，仅2007年一年就集中发表了8组41篇文章，即有：《文物》（2007年第4期）4篇、《光明日报》（2007年3月19日）4篇、《历史研究》（2007年第2期）6篇、《敦煌吐鲁番研究》（第十卷）11篇、《中华文史论丛》（2007年第4期）5篇、《西域研究》（2007年第4期）4篇、《西域历史语言研究集刊（1）》4篇、《西域文史（2）》3篇；其他零散刊登的文章还有10篇之多（有些并非出自整理小组成员之手）。总计超过了半百之数。我的认识，在通常情况下，报刊宣传的热度并不等于力度，因为其中会有不少"水分"。但是，该书的情况却是超乎寻常的，因为这几十篇文章大多是经过认真钻研后的潜心之作，其体现较高学术水准的力度亦不可轻视。是书出版后，除了在中国人民大学国学院举行的学者座谈会外，媒体反应的热烈程度虽还称不上"轰动"，而"震动"还是不小的。我想整理者与出版社也不想去追求"轰动效应"，而是希望真正引起国内外学界的关注与重视。这种关注与重视，应该体现在将"热效应"转化成"推动力"，即推动与促进与出土吐鲁番文献密切相关的西域历史文化、语言的研究。这种研究应该与我国目前的"振兴国学"联系在一起，与全世界的西域文明研究、文化交融研究联系在一起，当然也与必须大力加强的对外文化宣传联系在一起。是书正式出版后，出版界的相应评介（我指的是不虚美、有深度的实质性评论）还显薄弱，这当然也要靠学者专家的积极配合。

我们对已经出土和发现的敦煌吐鲁番古代文献的认识和研究还远未达到透彻、到顶的地步，新的文献也还会源源不断地从地下或其他什么地方冒出来。因此，我们在感谢和赞扬荣新江等学者的同时，也特别期盼学术界能以这次《新获吐鲁番出土文献》的出版为契机，发扬该整理小组只争朝夕与脚踏实地相结合的团队精神，遵循规范，加强合作，鼓励创新，将敦煌吐鲁番学研究推进到新的阶段。

（2008年9月）

一本迟读了三年的好书
——读《走向有水的罗布泊》侧记

这是一本我迟读了三年的好书。因为东瀛京都大学的高田时雄教授来信托购这本书,而我百寻不得、最终通过"淘宝网"觅到之时,自然也为自己买了一册——这就是陈雅丹的《走向有水的罗布泊》(昆仑出版社,2005年5月,初版印数5000册)。

与我之前读过的若干种外国探险家写的西域考古队书不同,这本记叙七十多年前中国西北科学考察团在内蒙古、新疆地区科考的书的主人公是一位中国学者——陈宗器(1898—1960)。他是20世纪30年代唯一一位到过楼兰并考察罗布泊的中国学者,中国地球物理科学的开拓者和中国地磁学的奠基人。由于他在亚洲腹地的艰苦卓绝的工作和30年代发表的一系列出色论文,成为国际著名的罗布泊学者。但是,又由于历史的原因,50年代后他和曾经一起考察的斯文·赫定等瑞典学者失去了联系,他的考察经历也鲜为国人所知,人们只能从赫定、贝格曼等人的著作中看见他一闪而过的名字。从20世纪八九十年代起,一批外国西域探险著作的中译本陆续出版,而我们自己记述中国学者早期考察西北的书却罕见踪影,这实在是一件憾事。40年代初,陈宗器为了纪念考察中朝夕与共的雅丹地貌,将自己的小女儿起名为雅丹。1997年冬,在他去世三十七年之后，陈雅丹毅然决然地追寻父亲的足迹，穿越了罗布泊地区。三年之后，她再次进入罗布泊，在干枯的"湖心"为陈宗器竖立了纪念碑。她努力搜罗汇集资料，费时四年，终于完成了这样一本纪实性的好书，将其奉献给广大的中国读者。

此书的主要内容，是记录陈宗器作为西北科学考察团分队的成员，自1929年冬至1934年冬五年间在额济纳、楼兰、罗布泊等地区的科学考察经历。其中的一些故事及资料，我们可以在斯文·赫定的《亚洲腹地探险八年1927—1935》、贝格曼的《新疆考古记》的中文译本里读到，但叙述的主人公与角度却是不同的。此书的可贵之处之一，正在于真实地凸显了中国学者在这一系列取得举世瞩目成果的科考中的作用与地位。例如，陈宗器"在额济纳河、罗布泊所做的大量堪称当时最完整的地理学、地形学、天文大地的测量与研究"，包括孔雀河全套的水文测量数据、气象数据，从敦煌至北山、嘎顺戈壁、罗布洼地的地图及大量照片等，均是弥足珍贵的第一手资料。书中特别述及1927年初在中国学术团体协会领导下成立（中瑞）西北科学考察团的经过，强调指出："西北科学考察团队成立，是中国近代史上一次爱国运动的胜利成果，它第一次采用以我国为主、与外国平等合作的方式进行探险考察，开创了中外平等合作的先河。"而且，中国年轻的科学家"以实际行动证明了他们的水平与能力，不仅使外国同行刮目相看，而且与外国同行建立了深厚的友谊"。中国团员丁道衡（1899—1955）发现了白云鄂博大铁矿，袁复礼（1893—1987）在新疆发现了7具三叠纪恐龙化石，黄文弼在罗布泊北岸及古高昌国遗址出色的考古发现，连同陈宗器的丰硕成果，西北科学考察团的中国学者取得了举世瞩目的成就。

我还从本书的许多场景及细节描写中特别感受到陈宗器的

勤奋好学、乐观豁达和坚韧不拔，感受到他淳朴而崇高的亲情、友情和爱情，感受到他为科学事业勇于牺牲自我的献身精神。他出生在浙江新昌县城一个富裕的家庭里，自小学到师范学校、大学，受到良好的教育，在中学任教、当校长，到清华大学任教，进中央研究院工作，条件都很优越。可是，他随即参加西北科学考察团，毅然决然踏上艰苦征程，跋涉于戈壁荒漠、草滩雪山，历尽千辛万苦，虽九死一生其犹未悔。陈宗器在考察期间，还经受了父母先后逝世的巨大悲痛和强烈内疚。为了科考事业，他不能返乡奔丧扶柩，为之痛心疾首。读着此书，我不禁也想起了自己的母亲——我的母亲也是新昌人，她生前多次对我讲过新昌人的吃苦耐劳精神和对家乡的热爱之情。正是在20世纪30年代，新昌、嵊县一带曾遭遇过大饥荒，我母亲十几岁时携弟逃荒到杭州，亦历尽艰辛，也是靠坚韧不拔的吃苦耐劳精神和乐观态度得以谋生。今天，我们的社会与工作条件与几十年前相比，已有天壤之别，更应以前辈精神自豪和自勉！

陈宗器和同队其他科考人员的同舟共济、齐心协力，乃至结成生死相依的坚贞友谊，是本书刻意描述的另一个重点。我们必须肯定，赫定、贝格曼、霍涅尔、郎（藏族）、班彻（蒙古族）都是各有性格且富于牺牲精神的人，是共同的考察任务把他们紧紧联结在一道，患难与共；我们更不能否认，正是陈宗器的谦逊勤勉、坚韧克己和出色的工作能力，成为凝结友情的催化剂，这也从另一个侧面体现了陈宗器巨大的人格魅力。本书在写作过程中，作者得到了瑞典斯文·赫定基金会和人类学博物馆、国家档案馆等机构的协助，得到贝格曼之子扬·贝格曼以及李珊娜等瑞典友人的帮助，得以使用包括一批从未发表过的珍贵照片、信件在内的许多资料，就是这种友谊和合作精神得以延续和发扬的明证。在这里，我还想就斯文·赫定与陈宗器的关系谈一点粗浅的认识。斯文·赫定在我国新疆地区的探险与科考取得的辉煌成就是举世公认的，这一点毋庸置疑，也无需我赘述。但是，在他和中国人的关系上，过去我们知道得较多的是他和当地向导、雇工之间的故事（如和罗布人奥尔得克）。在本书中，我们看到他为了重返罗布泊考察，冒着生命危险，和军阀马仲英、盛世才周旋；我们更感受到了他对中国年轻学者陈宗器的信赖、倚重和关爱培养，并由此感受到他对中国民众的感情。这种感情，竟然影响到他的政治态度。众所周知，对斯文·赫定一生评价最有争议的是他和纳粹德国的关系。而本书所披露的他的信件则明确地表现出对日本军国主义挑起侵略战争的坚决反对，对中国人民巨大的同情和中国必胜的信心。"二战"结束后，陈宗器写信给斯文·赫定祝贺八十诞辰，同时表达了战胜德、日法西斯的喜悦之情，而斯文·赫定在热情的回信中也祝愿中国从此不再受日本或其他敌人的干扰，获得应有的国际地位。当然，我们无法得知，斯文·赫定在和纳粹德国的关系里，是否有内心矛盾和不得已之处，但这些信件至少证明，作为一名世界著名学者的斯文·赫定，科学家的正义感始终是占了上风的。八九年前，瑞典一位著名作家曾来中华书局联系书稿，当他得知笔者对斯文·赫定有浓厚兴趣时，主动表示可以寄送相关资料供研究之用。后来，由于书局主事者敷衍此事，没有进一步联系，此事也不了了之。斯文·赫定逝世已经55年了，我希望，中瑞两国学界能以陈雅丹此书为契机，进而开掘尘封的档案资料，对这位功勋卓著的科学家进行全面、深入、公正的评价。

几乎像所有的好书一样，本书的缺憾当然也是有的。最突出的是所刊发的大量珍贵的照片，由于版面设计或印刷的原因，有一些清晰度较差。此外在文字上也有若干差错或语焉不详之处。

如本书"敦煌绿洲"一节讲，陈宗器、霍涅尔等从酒泉出发到达敦煌的时间"是1930年11月31日"（"31"显系"30"之误），住了一星期，是否考察了莫高窟没有说明。而根据《敦煌学大辞典》（上海辞书出版社，1998年版）所附"敦煌学纪年"记载："1934年11月，中瑞西北科学考察团考察敦煌莫高窟。"孰对孰错，详情如何，这恰是敦煌学界十分关心的。为此，我盼望此书能有新的增订版尽快问世！

（2008年9月）

十年一剑，功力毕现
——《敦煌经部文献合集》读后

经过敦煌学界"漫长"的翘首以盼，由浙江大学古籍研究所张涌泉、许建平等教授编撰校注的《敦煌经部文献合集》终于出版了（中华书局，2008年8月）。此书11大册，洋洋600万言，体现了编著者十年磨一剑的坚韧不拔的毅力和深厚的古文献学（尤其是中古语言文字学）功力。如此巨著，凭笔者浅薄的学养，实不敢赞一辞。只是因为身为敦煌学研究的一个参与者，对是书出版充满了喜悦与敬佩之情，又因工作关系预先拜读过其中"小学"部分书稿，有两点感受，写出来请方家指正。

前面所述的"漫长"，决不仅限于本书从启动编撰到完成出版的这10年，而应该追溯至20世纪三四十年代。1900年6月，敦煌莫高窟藏经洞的五六万卷（号）4—11世纪古写本惊现于世，随即大部流散到英、法、俄、日等国，成为"世界学术之新潮流——敦煌学"的主要研究对象。我国一些学术前辈，如王重民、向达、姜亮夫等，抒劫后伤心之情，怀发愤求索之志，克服重重困难，远赴英、法等地抄录、拍摄敦煌写卷。他们的学养功底，尤其是整体把握敦煌文献的眼光，当然绝非欧洲学者所能比肩。王重民先生在巴黎时就曾经动手按中国传统的四部书分类，来编写敦煌写卷目录及内容提要。他当时已经按四部分类，做了几千张卡片并带回国内。可是，由于当时搜访敦煌卷子条件的局限，他无法见到藏在俄国、日本乃至中国国内散藏的写卷，后又受到政治运动的冲击和迫害，只能赍志以殁。1984年，我曾受王先生夫人刘脩业先生的委托，将他的数千张卡片赠送给敦煌研究院。后来，在如何进一步整理敦煌文献上，四部分类释录仍被视为畏途，而浙江大学古籍所知难而进，在高校古籍整理工作委员会的有力支持下，毅然立项分经、史、子、集四部整理敦煌文献，花大气力将前辈学者的理想付诸实现。现在，在中华书局耐心等待了多年之后，经部合集终告完成，而且质量上乘，我们能不为之欢欣鼓舞么？

下面再以合集中"小学"部分的特色来说明我的敬佩亦非虚语。中古语言文字研究（尤其是其中的俗文字学），是张涌泉教授的专业强项，加之他十年如一日认真、细致、不惮繁难的艰苦努力，在所收敦煌写卷的辨认、归整分类、定名、拼接和文字的点校、比勘、注释及经文出处查核等方面均堪称一流，达到了超越前人的程度，在资料的征引上也比较严谨，令人放心。我有如下三点突出的感觉：

第一，对敦煌小学类写本及相关经籍材料和前人的整理研究成果不仅搜集完备，掌握充分，而且进行了用心的考辨分析，显示出辨伪、辨误、辨不足的功力与时出新见的学术追求。这集中体现在每种文献的"题解"和"校记"的文字形、音辨析中。一方面，在深入钻研汉语俗字、俗词语生成流变的扎实基础上，对历代传世字书与敦煌写卷的比勘上做到了理论与例证的紧密结合，具有实际运用的价值和说服力，也具有一定的开拓性。另一方面，对佛经音义类写本的字词源流考辨下了极大的功夫，几乎90%以上的难字均能找到相应的佛经卷次和所出顺序，并且摸索其读音与唐、五代西北地区方音的对应关系，确实难能可贵。需要说明的是，他在前期工作中完全依靠翻检浩繁的《大藏经》的各种版本，后期虽能依靠电子文本的检索，而电子版在文字上还是多有差讹，因此实际文字的比对仍然要依靠纸质文本的核查。这就保证了校勘的质量，而且为读者进一步利用《大藏经》开拓了眼界。

第二，许多写卷的校勘不仅运用了和传世典籍的比对，也大量参校了同是敦煌藏经洞所出的其他类写本（如诗歌、史传、变文等），作为同一历史文化背景下的例证，具有更强的说服力与启示作用，也证明作者视野的宽阔和工作的繁难程度，既需要博览群书的勤奋，更需要融会贯通的能力。如对《俗务要名林》中"挼"字的考释，所引用的典籍的解释，和我原先所知大不相同，对舞蹈史家研究敦煌舞谱里的"挼"所代表的动作亦大有启发。

第三，由于敦煌写卷文字涉及大量的"俗写"、"繁化"、"简化"、"抄误"、"俗讹"、"繁讹"和切音、直音、译音字，而本书又是这方面的专书，按体例绝大多数字必须保持原貌方能说明问题，造字任务繁重，对目前电脑的词库系统提出了严峻的挑战。据我大概估算，这部分书稿所造新字大约为15000—20000字。让人感到高兴的是，经过作者与排版工作人员的艰苦努力，所造字99%以上和通常用字在字形字体上保持了一致。这是突出本书特色和校勘质量的重要保证。

我在阅读这部分书稿校样时曾提出过三点意见：一、由于书稿是在若干年中陆续写成，篇幅甚巨，因此在"题解"与"校样"的撰写体例与语言风格上还做不到完全统一；二、在征引文献书名、人名的缩略表示上，在某种情况是否再出校上，前后亦有不一致之处；三、校记中有的文字表述得还不十分明白，容易造成误解。这几方面，我相信作者后来已经有所改进。

还需要说明的是，本书其他编撰者也体现了不俗的文史功底并各具特色，如许建平教授对敦煌经籍写卷的严谨考释，已得到国内外学者的一致好评，就不用我赘述了。至于"十年一剑"的精神对当今显得浮躁与急功近利之学术界、出版界的启示作用，就更无须我在这里多讲了。

（2008年11月10日）

抒性寄情大西北
——学习冯其庸教授西域诗词的一点体会

* 本文于2010年10月在中国人民大学举办的"国学前沿问题研究暨冯其庸先生从教六十周年国际学术研讨会"上宣读。

自20世纪80年代中开始的二十年间，冯其庸教授以古稀、耄耋之年十赴新疆，涉瀚海，访楼兰；追寻玄奘西行东归古道，登达坂，逾古堡，在获取了珍贵的第一手资料、开拓文史研究新天地的同时，也写下了许多瑰丽的西域诗篇。据近期正在编集的《冯其庸文集·瓜饭楼诗词草》约略统计，这些写大西北的诗词有90余首，内容几乎遍及西域的山川胜景、古城遗迹、风物人情，堪称当代新西域诗词的典范之作。

熟识冯老的朋友都知道，冯老是豪爽、直率的性情中人，他的西域诗作同样文如其人，风格鲜明：抒山水性灵，灵气通篇，栩栩如生；寄西北情愫，豪情满怀，感天动地。试简述笔者初步学习后的一点体会。

据冯老自述，他在14岁少年时代读了岑参等唐代诗人描写西域风光的诗，大为惊异，"从此在我的心里就一直存着一个西域"。（参见《瓜饭集·〈瀚海劫尘〉序》）这种心里的梦境萦绕了半个多世纪，终于随着他1986年首次新疆之行而逐渐与真实的西域风情完美地融为一体，不断地从他的笔端流出，化为壮美的新诗篇。真是梦里寻她千百回，一旦亲临，如睹仙境，又恍如梦境，"到此几疑身是梦，一声低吟万峰同。"（《题画》，

2003）因此，寻梦成真，真景似梦，"廿载辛勤觅梦痕"（《题玄奘法师尼壤以后归路》，2009），又寄情于梦，就成了冯老西域诗词的一个显著特色。他描述新疆考古是"瀚海沧桑觅梦痕"（《赠王炳华》，2002）；身临天池"疑是浮槎到月宫"（《天池》，1986）；题西部摄影集云"天荒地老梦痕多"（《自题大西部摄影集〈瀚海劫尘〉》，1994）；他居然在天山深处海拔4000米的巴音布鲁克感悟到苏东坡"梦绕千岩冷逼身"的诗境，乃至近年因病体无法再度西行，却仍然梦回西陲，"三年病榻卧支离，想到西天惹梦思"（《病榻》，2008），"流沙梦里两昆仑，三上冰峰叩帝阍"（《梦里》，2009），连画葡萄也在品味着"万里龙沙一梦痕"（《浣溪沙·题设色葡萄》，2008）。读冯老的西域诗，读者每每会被带进如痴如梦的境界，感受到难以言喻的朦胧之美。

冯老西域诗词的另一个特色是他笔下的西北山水富有灵性，无论是白雪皑皑的博格达冰峰，还是碧波荡漾的天山瑶池，不管是怪石嶙峋、五彩斑斓的龟兹层峦，抑或是历经沧桑的玉门关、阳关遗址和交河、高昌、黑水故城，乃至寸草不生、鸟兽绝踪的浩瀚沙漠，他都满怀深情与之对话、交流，倾崇敬之心，诉仰慕之情。仿佛他面对的都是久违的挚友，是可以托付终身的至爱亲朋。在他看来，这山山水水、戈壁大漠，都孕育着生命，都蕴含着灵性，"此去藐姑无太远，他年继马到阆风"（《题画》，2003），"为问苍苍高几许，阆宫尚有未招魂"（《梦里》，2007），上天山，登昆仑，可以结识更多的仙友；"对茫茫瀚海、问苍天，浩劫几千秋"，"我到流沙绝域，觅奘师圣迹"（《八声甘州·赠丁和》），涉流沙，越瀚海，可以沐浴历史风云，聆听前贤心声，充实自己的生命历程。与赋诗同时，冯老还创作了许多幅色彩绚丽的西域山水画，拍摄了上千幅构思奇巧的西域风貌照片，诗、画、影相映成趣。冯老曾有诗句评饶宗颐先生书画云："赋得山川灵秀气，飞来笔下了无尘。"又称赞年轻摄影家丁和的西域作品"终尽把、山川灵秀，珊瑚网收"(《八声甘州·赠丁和》)，亦可谓是夫子自道。

"千回百折求真经，不取真经不返程。"(《题玄奘西行》，2006)玄奘精神是激励冯老不顾年迈体衰仍发愿西行，跋涉瀚海、攀登雪原的强大动力。为此，他立下宏愿："纵千难万险，九死不回头。"(《八声甘州·赠丁和》)面对雄伟壮丽的西域山川，他豪情满怀，视罗布泊沙丘、沟壑和高寒缺氧的帕米尔高原为坦途，沐火焰山热浪、白龙堆狂飙为和风，故而"危途险峰，历巉岩，犹似御轻骖"(《八声甘州·赠丁和》)。他的许多西域诗作，都是在千辛万苦的跋涉与千钧一发的探险中吟就的，但篇篇都散发出高亢激昂的乐观情绪，没有一丝一毫的低沉、退缩之意，也没有些许的矫揉造作。"千山万水不辞难，西上疏勒问故关。遥想当年班定远，令人豪气满昆山。"(《到喀什宿疏勒》，1993)我曾经在1995年夏和冯老一同考察拜城的克孜尔石窟，当时因道路不畅，凌晨从吐鲁番出发，颠簸近18个小时，半夜时分才到达克孜尔。第二天清晨，当许多人还在客房酣睡时，冯老已经精神抖擞地在窟前架好相机，专心捕捉却勒塔格山的晨曦旭日了。"满目关河增感慨，遍身风雪识穷通。登楼老去无限意，一笑扬鞭夕阳中。"(《风雪中登嘉峪关城楼感赋》，1990)"老来壮志未消磨，西望关山意气多。横绝流沙逾瀚海，昆仑直上竟如何？"(《拟去喀什，登昆仑山感赋一绝》，1993)他的许多西域诗作，正是这种豪迈气概和乐观精神最生动形象的体现。

冯老对西域山川的一往情深，除了源于他从小就培育起来的对大自然的热爱之外，也来自他对祖国大西北的衷情，来自他对开发大西北重要意义的深刻认识。1986年9月，他第一次到新疆，在新疆大学讲学后去天池游览，去吐鲁番、吉木萨尔、库车参观考察，即撰文建言"开发大西北"，坚信"研究我国西部地区的学问——我叫它作西域学——也一定会大发展"，乃至萌发了要有较长时间到新疆从事教育工作和文史研究的意愿。（参见《瓜饭集·西域纪行》一文）由于热爱，他对西域山水百看不厌，常看长新，有特别敏锐的感受和鉴赏力。如他第一次到库车，就由衷地感叹："看尽龟兹十万峰，始知五岳也平庸"，"平生看尽山千万，不及龟兹一片云！"（《题龟兹山水二首》，1986）过了七年再到库车，他又赞许"重来更觉山水妍"。（《题龟兹》，1993）后来，他又从中提炼出神州山川各有风格特色的道理，并用于绘画创作之中："看尽江湖十万峰，昆仑太白俱不同。名山也忌千人面，卓立风标自为雄。"（《题画》，2008）而祖国大西北对形成多元一统、和而不同的中华文明的作用却是不可低估的。他西行寻积石河源，想到的是"中华文化五千载，要由此水来灌溉"（《积石行》，1991）；他赠诗勉励驻守西部的军旅友人要超越汉将霍去病，"胸中百万种经略，指上三千汉孔明。华夏中兴逢大势，男儿誓不负平生。"（《赠房峰辉将军》，2000）九年前，冯其庸画展在中国美术馆举办，著名书画家徐邦达先生赋《木兰花慢》词相赠，冯老依原调次韵，下阕即云："边荒。仰望奘师，寻前踪、誓徜徉。万里尽龙沙，昆仑壁立，古道斜阳。十年七度来往，见汉唐旧业尚相望，千仞振衣欲呼，尽开大漠边疆。"（《木兰花慢·画展》，2001）这也为我们学习和理解冯老的西域诗词提供了一把金钥匙。

（2010年10月8日完稿）

为人之学著新编
——读《近三百年人物年谱知见录（增订本）》有感

辛卯元日，来新夏教授自津门驰电，命我为其新著《近三百年人物年谱知见录（增订本）》（以下简称《知见录》增订本）撰写书评。来公长我21岁，诚为学术前辈，因系吾师启功先生在辅仁大学早年任教时高足，谦虚自抑，常呼我为"同门学弟"，令我每不敢应。来公是研究中国近代史大家，又长于图书馆学，尤精于方志、谱牒之学，《知见录》增订本乃厚积宏著，我学识浅陋，于古今人物年谱所知甚少，岂可妄加评骘。只能略叙一二感想，以求方家教正。

我国以谱牒叙事记人载史，据司马迁所说，始于周秦。《史记·三代世表》："自殷以前诸侯不可得而谱，周以来乃颇可著"，"余读谍记，黄帝以来皆有年数。"太史公并说明谱、谍（牒）类的《五帝德》、《帝系》、《春秋历谱谍》等，是他撰写《三代世表》、《十二诸侯年表》的史学来源。人类社会历史以人物的活动、事迹为中心，为重心，自司马迁以来我国优秀的历史学家都紧紧地抓住了这一点，治史传统一直延续至今。至于人物年谱，如来新夏教授所论："它是以谱主为中心，以年月为经纬，比较全面细致地胪述谱主一生事迹的一种传记体裁"，"它杂糅了记传与编年二体，并从谱牒、年表、宗谱、传状等体逐渐发展演变而自成一体。"年谱之作，肇始宋代，元、明二代继有所作，至清而极盛。人物年谱产生、发展的缘由，编撰的形式、体例，刊行及流传方式，等等，来公在《近三百年人物年谱知见录》代序《清人年谱的初步研究》一文中都有精辟分析，兹不赘述。尽管年谱的史料及文化价值早有公论，但是，自19世纪中叶至20世纪中叶百年间，我国社会动荡，外强侵侮，革命接踵，政权更迭，随着对"英雄史观"的批判，对历史人物的臧否亦大起大落，不但旧有年谱的遗存保护遭遇危机，而且新谱著作也呈低潮。正是在这种背景下，来公抱定以"为人之学"为宗旨，寻访爬梳，焚膏继晷，历时十载，于1964年撰成《近三百年人物年谱知见录》六卷；不料尚未付梓，又遭"文革"厄运，书稿散落，仍在"下放劳动"之余重理笔墨，再成书稿后又多次整理补订，终于得以在他年届花甲之时由上海人民出版社出版。更令人感佩的是，《近三百年人物年谱知见录》问世后，来公诚恳听取各方意见，决意增订此书，于是再写叙录，并引朋援友，同为《近三百年人物年谱知见录》纠谬正误，拾遗补阙，二十多年间孜孜矻矻，以苦为乐，完成《知见录》增订本，由中华书局在2010年底印行，使"为人之学"又添新编，推进学术，功莫大焉。

《知见录》增订本较之原编，来公自己在是书"序言"中归纳了五点：其一，扩展内容。（原书收叙录778篇、谱主680人，新增803篇、572人；增加了谱主别名和字号索引。）其二，增添版本著录多家；一些稀见稿本、抄本多注其藏家，以便用者求书。其三，重分卷次，改六卷为十卷，完善了编纂体例。其四，增补订正，内容不独增加，而且有许多重要订正。其五，指引史料，以省却研究者翻捡之劳，亦增加了此书的资料价值。除这些之外，我个人觉得此书还有下面两个特点值得我们注意：

第一点，据此书"凡例"，著录年谱谱主系"近三百年人物"，实为出生于明末清初至清末的"清代人物"，但特别注重增录生于1911年之前的近、当代著名人物的年谱。据我大略统计，全书收录近、现代人物（生活至辛亥革命之后）谱主410余位，约占全体的三分之一；其中生活至20世纪60年代者（可称当代人物）142人，又占了三分之一强。而这些人物的谱记，许多是我们研究近、现代史的关键资料，也是我前面所述因种种原因而稀缺或还来不及关注的材料。近百年中国乃至世界政治史、军事史、经济史、文化史上的许多风云人物的年谱或传记，此书都有著录，而且有许多堪称最新的材料。如去世不久的文学大家施蛰存（1905—2003）、臧克家（1905—2004）、巴金（1904—2005）的谱记均有收录，其中，施先生的著译年表还曾经他本人审阅修订，臧先生的年谱则有他夫人、女儿参加编撰，也都是前几年刚刚出版的。来公还把搜录的视野扩展到香港及海峡对面的史学界，此书著录的年谱中就不乏我国香港三联、台湾商务印书馆、台湾传记文学出版社、台湾联经出版公司、台湾新文丰出版公司等一些著名出版社的权威出版物。

第二点，来公对所收年谱及各著录版本都经过了认真的考辨，而非简单叙录。据我统计，他在著录中所加按语（即"新夏按"）有803则之多。这些按语，或指正各家著录之误（谱主生卒年、姓名、籍贯等），或考辨年谱版本、编者、谱主行事系年，少则十几二十字，多则500余字，均有研究心得融于其间，大大提高了此书的学术价值。目前学术界浮躁之风盛行，往往只强调搜集、罗列材料，而不重视对材料的科学辨析和准确运用，致使基础不牢，结论架空。来公治学之严谨，对改进学风应该有启示意义。

人物年谱及活动事迹往往是各种地方志的核心内容，故而来新夏教授对方志之学情有独钟，老而弥笃。他于耄耋之年支持家乡萧山设立"来新夏方志馆"，将自己历年收藏的各类方志289种528册和相关论著、工具书347种捐赠给方志馆，为家乡的文化建设与方志学的发展做出了贡献。2002年，启功先生曾亲笔书写了一首七律，命我带给来公，祝贺他的八十大寿。诗云：

难得人生老更忙，新翁八十不寻常。
鸿文浙水千秋胜，大著匋园世代长。
往事崎岖成一笑，今朝典籍满堆床。
拙诗再做期颐颂，里句高吟当举觞。

如今，来公已过米寿之庆，仍神清气爽，体健心壮，文思敏捷，笔耕不辍，此乃来公之福、学界之幸。我们在衷心祝愿来公康泰吉祥的同时，也期盼他仍有大著不断问世。

（2011年3月16日）

极具创新价值的《敦煌丝绸艺术全集》

众所周知,古代敦煌是丝绸之路的"咽喉之地",举世瞩目的莫高窟藏经洞所出的丝织品理应成为敦煌学的重要研究对象。可是作为"世界学术之新潮流"的敦煌学形成、兴起百年以来,对敦煌壁画、彩塑艺术及以古写本资料为中心的地理历史、宗教文化、政治经济、语言文学等方面的研究成果层出不穷,而对敦煌丝织品文物的专门研究却相对薄弱。研究丝绸之路而对丝绸语焉不详,这不能不说是很大的缺憾。敦煌所出丝绸文物过于分散及相关研究队伍的匮乏,是造成这一缺憾的重要原因。所幸上海东华大学和中国丝绸博物馆的赵丰教授知难而上,在经过了多年对古代丝绸文物与相关文献的潜心研究之后,厚积薄发,从2006年起,他带领课题小组成员立志主要从搜寻文物出发,考察散落在世界各地的敦煌古丝织品实物。四年多来,他们辛勤考察,务实求真,足迹遍及英、俄、法、印及国内的敦煌、旅顺等地,同伦敦大英博物馆、维多利亚阿尔伯特博物馆、圣彼得堡爱尔米塔什博物馆、巴黎吉美博物馆及旅顺博物馆的合作都是坦诚互利和卓有成效的;对留存在敦煌当地的出土丝织品,也以真诚合作的态度克服困难,取得了积极成果。他们采集到丰富的第一手宝贵资料,进行了分类编集与相关工艺的探究。《敦煌丝绸艺术全集》即是以分卷的形式、用中外文字同时刊布英藏、法藏、俄藏、印藏及国内散藏敦煌丝绸资料与阶段性研究的出版成果。

《敦煌丝绸艺术全集》这一项目无疑具有创新的意义。它不仅开拓了敦煌学研究的新领域，而且是在继承发扬先驱学者筚路蓝缕精神的基础上，充分发挥了自身的专业优势，在遵循学术规范的前提下大胆创新，又注入了加强实质性的国际学术交流合作的新动力、新观念，因此效率高，成果显著，目前已经先后出版了中外文本的"英藏卷"与"法藏卷"，得到了国内外同行专家的一致赞誉。

兹以新出版的《敦煌丝绸艺术全集（法藏卷）》为例，此书是自然科学和社会科学交叉结合、相辅相成的一个典范例子。该书分论文、图录、总表、附录四个部分，与一般文物图录书仅限于或主要提供图片资料有很大不同。不仅论文部分展示了中外学者最新的相关研究成果，而且图录部分几乎每一幅图版的说明文字都凝结着编著者辛勤探究的心血。总表与附录部分做得既精而细又新，不仅极具文献资料价值，并且又提供了检索的便利。它将文物考察、文献资料考索和科技史、文化传播学、工艺史、图像学等很好地结合起来，使敦煌丝绸更加全面、多姿多彩地展示其丰富的文化内涵与科技含量，给今天的物质文明与精神文明建设以有益启示。

自20世纪80年代初以来，中法两国在学术、文化方面的交流合作，在两国学者的不懈努力下，也在法国历任驻华大使馆官员的热情推动下，有了很大的发展，其标志之一就是在支持与加强对中国流散海外文物考察的基础上，推进了众多具体科研与出版项目的实质性合作。作为中华书局的编审和中国敦煌吐鲁番学会的成员，我本人参与此事始于1991年。当时，为了推进敦煌学的研究与国际合作，中法两国学者希望翻译出版"法国西域敦煌学名著译丛"，法国驻华大使馆文化参赞郁白先生（Nicolas CHAPUIS）亲自到书局来和我商讨相关细节，并慨允为这套译丛提供出版资助，使得这个出版计划得以顺利实施。之后，我们翻译和出版了越来越多的法国学者的著作，不仅和法国学术界有了更加广泛、密切的合作与交流，也和法国驻华大使馆的历任文化参赞、专员建立了良好的合作关系。十多年来，我们深切感受到法国学术界同行（包括参与编撰本书的巴黎吉美博物馆和法国国家图书馆）对学术、文化交流合作的热忱。去年，担任法国驻华大使馆公使的郁白先生在参加法国远东学院北京中心的学术活动时，又一次高度评价中法合作出版学术著作的意义。他讲自己虽然很快要离开外交工作岗位，但仍希望两国之间的文化、学术交流能够不断地得到增进。毋庸置疑，这也是中外学术界的共同愿望。

（2011年5月）

求真务实,博雅精新
——冯其庸《瓜饭楼丛稿》33卷本面世感言

冯其庸先生自1947年开始撰写学术论文至今,已经超过整整一个甲子了。如今,这位年届米寿的文史大家依然在学苑勤奋耕耘,用自己的满腔热情和心血浇灌着学术奇葩,不断地给学界提供传世精品,带来新奇与清新。两年前,冯老将自己的著述分编为文集(16卷)、评批集(10卷)、辑校集(7卷)三部分,厘定成《瓜饭楼丛稿》(以下简称"丛稿"),总计33卷,交由青岛出版集团出版。我因多年来经常得到冯老教诲,又曾为商务印书馆担任过其散文集《瓜饭集》的特约责编,故受命在冯老的亲自指导下,协助做一点编校工作,不仅得以先睹书稿为快,从中得到许多启益,而且在具体的编辑工作中不断受到冯老严谨治学态度的感染。故愿意在此就"丛稿"的主要特色谈一点粗浅的感受。

稻香家世苦读勤,名师指点识路径。冯老常常讲起他出身农家,系"稻香家世",和学界一些世系名家不同,并无深厚的家学渊源,而是靠刻苦自学步入教育界、学术界,进入艺术殿堂,这除了冯老自谦的成分之外,也符合实情。但是,中国学术文化的传承,既与世家大族的环境熏染与习养息息相关,又与公、私学校的教育密不可分。冯老年幼时虽然只断断续续地读了几年小学、中学,但靠着老师的指点与自己的发愤苦读,已经有较好的文史基础。抗战胜利后考入著名的无锡国专学习，得到如王蘧常、钱仲联、周谷城等名师的指点，不但打下了扎实的国学基础，而且得到注重材料开掘与文字、史事考辨的朴学学风的真传，一开始撰写学术研究文章，就起步甚高，受到学界的关注。之后，他又在向前辈和同辈学者求教并勤于交流的基础上，从不自满，勇于独立思考，敢于拓展研究领域，终于成为学界公认的大学问家。

孜孜不倦做学问，求真务实见性情。凡是熟悉冯老的朋友均称道他是"性情中人"。可以说，求真务实，既是冯老六十多年来治学做人的基本原则，也是他身体力行的一贯精神。"丛稿"里的《冯其庸文集》分卷编录他的学术著述、古籍笺证、讲稿、随笔、散文与诗词创作等，无论是对《红楼梦》思想的论述、曹雪芹家世的考索，对先秦、汉唐文学史的讲解，还是对一些历史人物（如项羽、吴梅村）生平事迹的决疑发微，对西域历史文化的关注与弘扬，对历史遗迹及玄奘取经路径的考察；无论是对自己成长历程的回顾总结，还是对亲人、师友与同道知音的真切回忆与怀念，对梨园名家故旧的倾慕、诗书画耆宿的敬仰与新秀的关爱；无论是表露心志、抒情感怀的咏叹，还是描绘山川大漠、胜景遗迹的吟唱……都讲究真切实在，无不充满了真情实感。而"丛稿"中的《冯其庸评批集》、《冯其庸辑校集》，同样也体现出他深厚的文史功底，反映出他尊重古籍原著、遵循治学规范，重视实证与思辨逻辑，追求真理的优良学风。例如，近百年来"红学界"流派纷呈，各有贡献，又时有新论，疑议甚多，但是只要尊重事实，冷静、客观地评判，作为近三十年间我国"红学"研究领域重要的领军人物，冯老无疑是将《红楼梦》文本的整理研究（包括原文阅读抄写、版本考订、校注、评批及思想内容与艺术特色的分析）与作者生平考证、探究结合得最紧密恰当的一位研究家，是力求紧紧围绕着小说原作的结构、情节、语言，凭信大量与作者相关的真实历史档案等可靠史料去写文章的，丝毫没有哗众取宠之意。他对《红楼梦》的评批、汇校工作，常常是在夜深人静之时，或伏案沉思，或挥笔疾书，十数年如一日，乃成皇皇巨著。另外，他将自己的集子题名为"解梦集"、"漱石集"，我想也是为了"入梦"（深入原作）而不迷茫，在漱清包裹、掺杂在《石头记》上的泥沙的同时，廓清迷雾，厘清心境，使这部世界文化史上的不朽巨著能够更好地起到传承优秀传统文化的作用。

温故求新不懈怠，博雅精进无止境。从农家少年到无锡国专青年才俊，从艺术研究院专家到中国人民大学国学院院长，冯老既有扎实的国学基础，也从来没有满足之时，而是不断开阔自己的学术视野，拓展自己的治学范围，力求补充最新的材料，补述新的认识与感受，改进自己的研究方法，提出新观点。"旧学商量加邃密，新知培养转深沉。"（朱熹语）求博、求雅、求新、求进、求精，这是"丛稿"的又一显著特色。这方面最典型的例子，就是他从20世纪80年代中期已年逾花甲开始，二十年间，十赴新疆，三上帕米尔高原，两次穿越塔克拉玛干沙漠，进罗布泊，驻足楼兰，进行了艰苦的学术考察，不仅弄清了唐代玄奘东归之路，还为西北历史地理研究积累了新资料，为开发祖国西部提供了宝贵的建议。他不满足于静止地对照文献研究文物，而是钟情于亲力亲为；对西域山水，他百看不厌，常看常新，而且从中悟出新道理，提出新见解。他抒写的上百首"新西域诗"，又为续写中国西部文学新篇章做出了贡献。在他担任中国人民大学国学院院长期间，他和季羡林先生一道，鲜明地提出了"大国学"的概念，尤其是克服种种困难，尽心竭力地在国学院设立西域历史文化研究的机构，引进有关人才，开展专题教学与科研，让学界耳目一新，备受启发。不仅如此，他对吴梅村墓地的考信、祭扫，对敦煌石窟、麦积山、炳灵寺等文化遗产地的考察，也都有新的感受见诸文字。特别让我深有感触的是，冯老的"求雅"之举，不仅体现在《秋风集》、《逝川集》、《墨缘集》等卷中他对亲情乡情的依依眷顾，对旧雨新知真挚情感的细腻表达，对梨园、书坛、画苑名作的娓娓道来，又特别集中地表现在他对旧作新篇不断地做文字修饰、提炼上。就在"丛稿"的编校过程中，冯老一面一遍又一遍地细校细读，一面还一次又一次地修正文稿中他认为还不够完善的地方。例如，他在20世纪50年代中撰写的《中国文学史讲稿》，这次收入"丛稿"，他就又一次统理全稿，不仅重新核对引文资料，而且尽量采用新的研究成果并加以说明，又增补了若干图片，使之适应今天读者的阅读需要。在"丛稿"的编校过程中，有些卷的校样，冯老不但亲自通读了几遍，而且补充新材料（如曹氏宗谱档案），修正文字（如《红楼梦》文物图录的图版说明），使之精益求精，更臻完善。

著者编辑齐心力，鸿文一编是典型。"丛稿"三集内容博大精深，体例复杂多样，排校难度大，印制要求高，它的编成印行，也是冯老及学界友人与出版社、印刷厂的领导、编辑、技术人员齐心合力的结果。为了建立中华优秀传统文化的传承体系，丰富我们的精神家园，文化学术界与出版界都肩负义不容辞的责任。如何克服浮躁风气，脚踏实地，兢兢业业，努力打造文化学术精品，冯其庸先生和青岛出版集团为我们树立了很好的榜样。我愿在此表示自己由衷的敬意。

（2011年12月29日）

敦煌科技史著述的奠基之作
——读《敦煌学和科技史》感言

"敦，大也；煌，盛也。"（《汉书·地理志》颜师古注引应劭语）"华戎所交，一都会也。"（《续汉书·郡国志》注引《耆旧志》）凡从事敦煌文化普及与敦煌学研究者，征引古籍中的这两句话都会有各自精彩纷呈的诠释，无需赘述。然而，敦煌学兴起百余年来，讲敦煌历史、艺术、宗教、语言文学和民族文化交流者众（研究者多，成果丰硕），且多已形成系统；讲敦煌科技者却相对稀少零散，并尚未真正纳入学术史框架，实为一大缺憾。因为古代敦煌的进步和繁荣、辉煌，绝离不开科技的推动；而敦煌科技的方方面面，正是中国科技史长河中璀璨夺目的朵朵浪花。因此，最近捧读王进玉研究员近60万字的新著《敦煌学和科技史》（甘肃教育出版社，2011年版），觉得该书的出版标志着敦煌科技史的研究前进了一大步，着实让我感到十分欣喜。我于古代敦煌科技所知甚少，拜读一过，受益匪浅，"科技扫盲"之余，略叙感言如下。

研究古代敦煌科技的材料基本上来自敦煌石窟壁画与莫高窟藏经洞写本及丝织品文物，一是图像资料，一为文献实物，相对分散，需要细细搜寻、爬梳、判定。进玉研究员自20世纪70年代后期起就在敦煌文物研究所工作，三十多年如一日在敦煌研究院从事莫高窟文物的保护、研究工作，敦煌科技史料成为其关注的重点，而且持之以恒，潜心发微，取得了可喜的成绩。从《敦煌学和科技史》一书可看出，他在与国内外同行积极进行交流的基础上，逐渐拓展自己的研究范围，涉猎的课题十分广泛，如化工颜料、冶金技术、数学衡具、纺织技艺、交通工具、天文历法、农具水利、造纸印刷、兵器骑具、酿酒技术、矿产开采，等等，大大丰富了我们对古代敦煌科技内容的认识。我认为，在他的研究中，有三大特色是值得我们称赞并重视的：

第一，注重研究资料的全面搜寻。可以说，取用新材料，研究新问题，力求得出科学结论，一直是作者开展研究的出发点与目标。虽然他常年工作在莫高窟，得"近水楼台"之便，但要在莫高窟、榆林窟等近600个洞窟的五万多平方米的壁画中，竭泽而渔般地搜寻与古代科技相关的图像，既要付出辛劳和有恒心，又须有审视鉴别的眼光，则非易事。更不要说敦煌科技的大量资料还涵藏于藏经洞所出的数以万计的古写本中，而这些石室遗书的大部分早已流散到英、法、俄、日等国的收藏机构与私人藏家手里，搜寻、识别谈何容易！但是作者有攻坚之心，无畏难之意，力求一一发掘、调查、整理清楚。诚如王渝生先生为此书所写"序言"中说，该著述特别使人印象深刻的是作者"将敦煌石窟壁画、敦煌遗书中过去鲜为人知的有关资料列出详细调查表"，计有《敦煌遗书中的数学文献统计表》、《敦煌汉文算书中的"九九表"》、《敦煌莫高窟壁画中的提系杆秤、天平图调查表》、《敦煌遗书中记载绢的长度与幅宽的文献调查统计表》及《绢的长度、幅宽、总平方尺数、总平方米数表》、《记载河西、敦煌矾石的史籍目录表》、《敦煌壁画、藏经洞绢、纸画中的农作图调查表》、《记载立机的敦煌遗书一览表》、《记载楼机的敦煌遗书一览表》、《敦煌石窟壁画中的舟船调查表》等表，涉及壁画画面数百幅、文书写本逾百件，其中作者的辛苦、细致不言而喻。例如，其中的"农作图调查表"，即列出耕作、播种、收割、打场、扬场、装运、送饭等相关图像85幅，大大丰富了我们对此类形象资料的认识。实际上，如据全书内容统计，作者所引证、分析的图像和文物文献资料还远不止这些，诸如：第三章中对敦煌遗书中所记载的关于唐、五代、宋时期敦煌秤的构造、部件及其使用情况做了详细的梳理，参考文献有300多条；第四章中不仅对50多件记载绢的长度和幅宽的遗书以年月为序逐一进行了考证分析，对其他各种丝织品的计量也进行了讨论，其中第一节述及甘肃河西走廊出土的古尺，则与日本和中国10余个省市出土和收藏的30多件汉代至北朝的古尺做了对比研究，这一章中作者引述的敦煌写本多达200多卷（号），参考文献400余条；第八章"敦煌古代酿酒业的发展"中，引述的敦煌写本也有百余卷（号），参考文献300多条；第九章"唐宋时期敦煌的皮革加工及其使用"中，参考文献有300多条；第十四章第五节中在研究马镫时，作者引述了甘肃、青海、宁夏、内蒙古、陕西、河南、辽宁、江苏等地墓葬、壁画、岩画和画像砖中的资料。诚然，如何梳理如此浩瀚、丰富、繁杂的资料信息，作者并不满足于客观的纯资料性的介绍，而是力图就各专题做系统性的分析论证。材料的充足，为科学研究工作打下了扎实的基础。

第二，强调研究史资料的系统梳理。以往的敦煌科技研究，基本上还处于散兵游勇各自为战的状态，因此虽多有建树，常有新见，却缺乏规模，不成系统，尤其是要据之构建学术史的理论框架，还显得零散和贫乏。为此，一方面，进玉研究员特地将他编撰的"敦煌科技史及其研究新进展"列为全书第一章，用了近4万字的篇幅对敦煌科技资料的类别区分、近30年来国内敦煌科技研究的新进展和近半个世纪以来国外敦煌学界的研究机构、学者与成果做了详尽的介绍，涉及法、英、日、美、德、澳大利亚、俄罗斯、印度、以色列、比利时等10余个国家的60多位学者；另一方面，在其他各专章的论述中，都尽量注意了相关研究史材料的引述和汇集。例如，第七章"唐宋时期纸张的种类与用途"，第一节述及敦煌遗书用纸的分析、断代与辨伪，不仅溯源至20世纪30年代初英国克莱佩顿对敦煌写卷纸质的科学分析，而且特别提出了我国科学家潘吉星在20世纪60年代就对23种敦煌写经纸张样品的款式、原料、品种与加工技术进行过细致的探索。该章第二节是讲对敦煌写经中染黄纸的科学分析，也着重介绍了英、法、俄、美多位学者的研究成果。在这一章里，作者对30多年来国内外的相关研究成果做了几乎网罗无遗的介绍，涉及的论文不下数十篇，如以史的线索贯串起来加以充实，庶几可成为一篇敦煌纸张研究史的专题论文。在"敦煌文物与数学史研究"一章的第一节里，对藏经洞发现一个世纪以来国内外学者对数学文献的研究史做了必要的回顾。特别需要提出的是，作者虽坐隅敦煌，却十分关注国内外相关的学术研讨会动态，同时积极参与和国内外同行的学术交流，注意信息的及时获取与传播，凡是近几十年来相关的学术会议几乎无一遗漏，可谓本书一大特色。

第三，关注古代敦煌科技史框架的构建。进玉先生是位有心人，早在20世纪80年代后期他在复旦大学研究生班学习期间，就已经立意撰写一部关于敦煌科技史的巨著，并请著名数学家苏步青院士题写书名。作为一门独立的分支学科，必须厘清概念，划定范畴，寻根溯源，规范学理，积聚、梳理与辨析案例，进而构建自己的学术史框架。而这些，显然是不可能一蹴而就的。作者深明科技著作普及与提高相辅相成的道理，先编写了一本题为《漫步敦煌艺术科技画廊》的科普读物出版，受到广大读者与学界关注；接着参与主持筹办了"中国敦煌古代科学技术展览"，然后承担了《敦煌石窟全集·科学技术画卷》的编纂工作和"敦煌石窟专题"重大项目中的《敦煌科技史研究》课题，积跬步以达千里。我们知道，"敦煌科技画"这个概念，是作者在20世纪70年代末首先提出的；他于80年代末又参与组建中国敦煌吐鲁番学会的科技史分会，首次初步界定了"敦煌科技"的学科范畴，并逐渐使之拓展、完善，使其在整个"中国科技史"乃至"世界科技史"中有立足之地；本书则在学科概念、研究范畴、学术源流、学理探求、案例分析等方面又做了条分缕析和汇聚的工作，这就为构建敦煌科技史的框架结构与理论阐述奠定了扎实的基础。

笔者认为，由于课题结项时间与出版篇幅所限，目前推出的这本《敦煌学和科技史》虽然已称得上是有较高学术价值的奠基之作，但还不是一部严格意义上的"敦煌科技史"著作。一些相关门类的研究成果，该书未列专章叙述，例如作者最早涉足、致力甚勤的敦煌壁画中颜料及胶的应用和来源，敦煌壁画中的医疗卫生图像研究等不少内容就未收入书中；有的门类虽列专章而欠缺理论总结，如对敦煌遗书纸张的分析研究基本上还局限于各种成果的客观介绍上，缺乏进一步的归纳与判断；有些国外学者译名和论著的引述，还有待进一步规范化，等等。古代敦煌是丝绸之路的"咽喉之地"，是中外各民族文化与科技交流的重镇，如何在进一步提炼材料的基础上纵叙历史、横写门类，做到史、论结合，创新学理，描画出在中外科技、文化交流的大背景和世界科技发展的历程中既有时代、地域特色，又有理论高度的学科史概貌，应该正是作者和其他敦煌科技史研究者继续追求的目标。

（2012年2月9日）

弘扬体育文化的珍贵资料

——评《激励中国：新中国体育宣传画图典》

当代中国出版社的领导与编辑慧眼识金，雷厉风行又细致认真，仅用一个多月的时间，就印行出版了精心编辑、印制精美的《激励中国：新中国体育宣传画图典》，为推进我国体育文化的发展、繁荣做出了贡献。

体育宣传画门类众多，看似寻常，意义非凡。无论是反映群众性体育活动的海报、标语，还是公布、宣传重要体育赛事的美术作品，抑或相关影视、书刊作品的广告、封面、图解以及深入家家户户的年画，都是社会生活里一种不可或缺的人文关怀，也是普及与弘扬体育人文精神的生动体现。诚如国际奥委会、中国奥委会于再清副主席在该书《序言》中所指出的："宣传画不仅仅是一种宣传工具，更是体育活动有价值的文化载体之一。"新中国成立以来的六十多年中，创作问世的体育宣传画数以千计，内容与形式均丰富多彩，既呈现出鲜明的时代风貌，又在画面设计、绘制手法等方面各具创作者的个性特征，不仅其体育史的资料价值自不待言，而且在美术史上也有独特的价值。可是，由于它们主要用于公开张贴，大部分创作又是职务作品，加之尺寸一般较大，难以保存，所以散佚严重，搜求不易。本书编著者郭磊是位有心人，他已在国家体育总局工作多年，持之以恒、锲而不舍地费十年之功，寻觅、收藏了新中国成立以来2000余种体育宣传画，选取其中近千幅各时期的代表作，厘为"潜龙在渊"、"蛟龙出水"、"亢龙有悔"、"见龙在田"、"飞龙在天"五章，精心编排；而各章、节之首均有简要的背景说明文字，以期与图片相得益彰。可以说，作为一册名副其实的新中国体育宣传画图典，也称得上是一部生动形象的新中国体育简史。

20世纪90年代中期以前的新中国体育宣传画，大多是采用水彩、水粉、版刻及标语配图等中国老百姓所喜闻乐见的方法绘制，有些还以年画的形式出现，这在世界体育宣传画中是富有中国特色的，而于中国美术史也别具意义。中国绘画大约在宋元之际的文人画兴起之前，宣扬民间信仰、神话传说和宗教文化的墓室、寺庙、洞窟的绢帛画、砖石刻画与壁画占了很大比例，有许多系名家大师所绘，不仅与社会生活关联紧密，而且文化内涵十分丰富。这种良好的绘画传统，近千年来由于皇家、私人偏好对文人画的玩赏与秘藏等原因而基本断流；到20世纪二三十年代，因商业文化与抗敌文化的兴起而有所延续。新中国建立后，宣传画的创作得到弘扬、彰显，其最引人注目的便是体育宣传画的异军突起，成为构建中国美术史必不可少的材料。这册图典正是明证。

本书出版之时，恰逢毛泽东为中华全国体育总会成立大会题词"发展体育运动，增强人民体质"六十周年。笔者曾是一名爱好体育运动的教师，自新中国建立之初的学生时代起便和体育有着不解之缘，从20世纪80年代至今又长期从事编辑工作，曾编辑出版过《中国古代体育文物图录》，受到读者欢迎；也常感叹体育宣传画出版的空白亟待填补。现在，翻阅这本新出版的体育宣传画图典，不仅为与许多曾经相识而又久违了的老朋友重新见面倍感欣喜,而且为我国体育文化的重要载体得以编辑出版,得到发扬光大而欣慰。文化的大发展、大繁荣需要社会各界和每位公民的努力参与和奉献,也是国家兴旺发达、人民幸福安康的迫切需要。体育文化与全民健身密不可分,满足人民的强身健体需求比获取各级赛事的金牌更为重要,也才是激励民众建设体育强国的根本战略。因此,我们应该为体育宣传画的创作繁荣与宣传、出版提供更好的条件。

(2012年6月)

重新审视龟兹文化的历史地位
——学习《滴泉集》的体会

*此文刊载于《丝绸之路》杂志2012年第20期（总第237期）。

霍旭初研究员数十年潜心研究龟兹佛教文化及其石窟艺术，成果丰硕。2008年出版的《滴泉集——龟兹佛教文化新论》，是他2002年至2007年间发表的相关论文结集，32万字的篇幅，无论宏观概论，抑或微观剖析，均放眼高远、立论精审、条缕细密，如滴泉甘露，沁人肺腑，启益心智，堪称龟兹学研究之精品佳构。捧读霍著，不禁使我想起季羡林先生晚年开始撰写《龟兹佛教史》（后改名《西域佛教史》）时，一定要购得霍先生等新疆学者的龟兹学著述后方能动笔的往事，确实是慧眼识珠之举。遗憾的是霍先生的相关论文与这本著作印行后，国内学界关注不够，这与人们对龟兹学（尤其对龟兹佛教文化）的重视程度有关，也还有研究队伍相对零散、宣传薄弱等方面的原因。

《滴泉集》全书虽由20多篇独立的文章组成，无论是包括音乐、舞蹈艺术在内的龟兹石窟艺术纵览综论，还是具体图像的辨析探究，实际上贯穿着一个主题：如何认识龟兹佛教文化的特性及其对西域文化乃至整个中国文化的影响。根据我自己的理解，将它分解并推及三个方面的问题——第一，龟兹文化的"源"与"流"；第二，龟兹文化的特质；第三，龟兹文化在中国文化史上的地位。笔者虽曾在新疆工作十年，近三十年来也参与普及与研究敦煌、吐鲁番学的一些工作，而对于龟兹学实在是尚未入门。四年前，我曾在季羡林等老一辈学者论著的启示下，撰写了《龟兹学与国学》的短文参加研讨会，得到同行们的肯定与指教；今写作本文，也仅是尝试围绕上述三个方面的问题，将学习霍先生《滴泉集》的一些粗浅体会写出来，谬误之处，敬请方家批评指正。

（一）

季羡林先生曾多次指出：中国的新疆和敦煌地区，是世界古老四大文明（中国、希腊、印度、伊斯兰）的唯一交汇之地。这里季老强调的是文化的汇流，文明的交融，即基本属于"流"的范畴，并没有讲新疆、敦煌文化的源头问题。但是一方面，"源"和"流"实在是一个相互依存、无法割裂的辩证关系，涉及文化传承的基本规律；追本溯源，源远流长，对文化源流做相对的、历时性的分析研究应该是一种可行的方法。另一方面，新疆地域广袤，生态环境复杂，民族迁徙频繁，文化类型多样，往往多源汇集，因此必须对位于天山以南、塔里木盆地北缘的龟兹文化的源流做地域性的探寻。

龟兹文化是中国辽阔疆域中植根于本土、首先具有本土源头的一种地域文化。"在中国史籍中，龟兹一词最早见于班固《汉书》。……在公元前，龟兹国基本上是处在匈奴控制之下的。佛教传入龟兹，学者们一般都认为早于传入中国内地。"[1] 匈奴控制时期乃至之前的龟兹本土文化源头，涉及人种和族属问题，也涉及古代吐火罗语言（A、B）与"吐火罗人"（或称"龟兹人"）与月氏人、塞人的关系问题，由于史籍记载及考古材料的欠缺，目

---

[1] 季羡林：《西域佛教史》第三节，见《季羡林全集》第16卷，第160页。外语教学与研究出版社，2010年。

前还没有具体、深入、一致的研究结论。因此，我们似可以通过两千余年前佛教在龟兹地区的流布，来探究其本土文化的源头。

佛教传入中国内地的时间，学界有东汉明帝永平十年（公元67年）或西汉哀帝元寿元年（公元前2年）等推测，迄无定论。近年来新的出土材料已经证明新疆以东的敦煌地区在公元1世纪时已有佛教徒聚居[1]。因此，如季老所判定：公元1世纪时佛教早已在龟兹流布是可以肯定的。龟兹的佛教是从犍陀罗国传入的，"龟兹和焉耆地区的佛教信仰，从一开始就是小乘，而且是说一切有部。……龟兹和焉耆的佛教信仰虽以小乘为主，但其中也杂有大乘成分。"[2]霍旭初先生也认定："龟兹是佛教东传的阶梯和桥梁，也是中国佛教的发祥地之一"，"佛教大约在公元前后传入龟兹"[3]。基于此，我认为霍先生下面的这段话具有特别重要的指导意见：

> 本土文化在历史发展过程中不是一成不变的。所以本土文化的概念应该是一个发展变化的概念，随着历史的发展，本土文化是个从低向高，由单一向多元、逐渐吸收融合的进化过程。就是说，本土文化是有历史阶段的，这是本土文化分析的时间概念。尽管有的地方处于交通要冲，受外来文化影响较大，人种族属

---

[1] 根据甘肃省简牍研究中心张德芳研究员近年对敦煌悬泉置出土的"浮屠简"（VI91DXF13C②：30）的释读，敦煌地区至迟在公元1世纪已经有佛教徒集中居住的"小浮屠里"。参见张德芳、郝树声：《悬泉汉简研究》中有关篇章，甘肃文化出版社，2009年。

[2] 同[1]，第217—218页。

[3] 霍旭初：《滴泉集》，新疆美术摄影出版社，2008年，第3页。以下霍旭初论述凡不注明出处者皆出自该著，引文后仅标明是书页码，不另出注。

也相似，但地缘因素对本土文化有决定性的影响，这是本土文化分析的空间概念。（080页）

是否可以说，佛教传入龟兹地区后，以小乘信仰为主的佛教文化，与龟兹本地的人文环境（包括中原居民因素）相结合，形成了那个时期龟兹的本土文化。我们今天谈龟兹文化的源与流，着重研究龟兹地区一千五百年以上的佛教文化艺术遗存及其现代传承，都离不开这个本土文化。

霍旭初先生通过数十年来对龟兹石窟艺术的潜心研究，精辟地提出："本土文化对克孜尔石窟壁画的影响，应该是贯穿于克孜尔石窟产生、发展的全过程。"（081页）从壁画与雕塑的人物造型与绘画风格看，外面传入的犍陀罗艺术、马图拉（秣菟罗）艺术，都已逐渐融进了这个本土文化的范畴之中，成型于"龟兹风格"。对于"龟兹风格"，霍著中有许多具体而精彩的论述，兹不赘述。我只是想先就龟兹佛教文化赖以产生、发展的人文环境做简略的说明。

天山南麓、塔里木盆地北缘的龟兹地区属于水源丰沛的灌溉绿洲。据《大唐西域记》记载：

> 屈支国东西千余里，南北六百余里。……宜糜麦，有粳稻，出葡萄、石榴，多梨、奈、桃、杏。土产黄金、铜、铁、铅、锡。气序和，风俗质。文字取则印度，粗有改变。管弦伎乐，特善诸国。……伽蓝百余所，僧徒五千余人，习学小乘教说一切有部。[1]

---

[1] 季羡林等：《大唐西域记校注》，中华书局，2000年，第54页。

这段话记述了当时龟兹的地域、农业、林果业、矿产、文字、乐舞、气候、民俗及宗教信仰状况，均是构成其人文环境的重要因素，亦即其本土文化得以扎根生长的土壤。

龟兹位于丝路要道的地域优势决定了它善于吸纳、融合东来西往各种文化营养的特点；其农果产品丰硕、丝织品著名以及矿产丰富、冶炼业发达是文化得以发展、繁荣的经济基础；气候和顺、民风质朴、信仰小乘佛教（间行大乘）、文字运用及擅长乐舞也与进行艺术创作关联密切。霍著中《克孜尔石窟故事壁画与龟兹本土文化》、《克孜尔石窟艺术模式及其对外影响》等文对此有非常详细、精辟的分析，如：壁画"用佛教故事宣传佛教教义，也是龟兹所通用和擅长的形式"；从克孜尔所出佛教写经残卷中的戏剧剧本，"可知龟兹很早就有佛教戏剧流行"；"龟兹石窟壁画里更多的是龟兹本地或西域的乐舞形象"，等等。他分析龟兹壁画的本土特色，有以下四点值得关注：第一，壁画将乐舞形象与佛教故事有机地融合在一起；第二，佛教故事的表述有一种富有戏剧性的连续阐发的形式，最为明显的是"涅槃"题材（充分反映出龟兹佛教注重涅槃的思想）；第三，壁画中摄取了大量龟兹本土人物形象和本土风貌；第四，将著名菱形格构图形式运用于壁画是龟兹石窟佛教艺术的独创，它来源于龟兹本地的艺术传统。霍著对上述论题均有翔实可信的论证，不仅指出了它们对于创新佛教艺术和推动佛教发展的意义，而且提示我们认识本土文化在克孜尔石窟壁画上的应用"是研究龟兹历史、人种、文化、宗教诸方面的极为珍贵的资料"。（077—095页）以缜密的分析认定龟兹文化的源头应在西域龟兹地区本土，是《滴泉集》的重要贡献。

季老的意见"倾向于佛教是通过丝路北道向东传布的"，传入时间似应早于于阗[1]。我认为，小乘佛教本身所包含的包容、兼容、宽容精神与大乘佛教并无差别，与儒家仁爱中和的宗旨本质相通，与龟兹本地善于吸纳各民族文化营养的人文精神也是和谐一致的。文化创新与传承的主体是人，以鸠摩罗什为杰出代表的西域高僧对佛经翻译与传播的卓越贡献，以苏祇婆为杰出代表的龟兹乐舞名家在理论与实践上对中土乐舞的巨大革新，都是中国佛教史、翻译史、音乐史、舞蹈史上的重大事件。因此，是否可以这样说：龟兹佛教艺术是龟兹文化的内核，也是佛教中国化进程中不可或缺的内容；佛教的龟兹化不仅应该先于佛教的中土化，而且在佛教中国化的进程中起到了相当积极的促进作用。龟兹化的佛教文化，应该就是佛教东传之后一个相当长的历史时期龟兹文化的重要源泉，而且渊深流众，余韵悠长，两千多年来一直影响着新疆地区乃至整个中国文化的发展。

（二）

现在主要根据《滴泉集》和其他研究者对龟兹佛教文化的论述来谈龟兹文化的特质。

从龟兹文化的全貌而言，与整个中华文化一样，是一种多元一体的地域文化。中华文化在相当长的历史阶段和广阔的地域范围内，是以儒学为体，各民族、多宗教文化兼容形成的文化体系。自公元伊始到宋朝初期一千年间，扎根于龟兹本土的龟兹文化则是以佛学为体，同样也融合了多民族、各地域文化而成。我很赞成新疆社会科学院仲高研究员的观点："龟兹文化是一种多源发生、多元并存、多维发展的复合型区域文化类型。"[2]

---

[1] 季羡林等：《大唐西域记校注》，中华书局，2000年，第164页。

[2] 仲高：《龟兹社会文化研究》，见氏著《西域文化论集》，新疆人民出版社，2010年，第165页。

首先，作为龟兹佛教文化主要组成部分的龟兹石窟艺术具有世俗化倾向明显的宗教特性。诚如霍著所指出的：石窟艺术"通过建筑（窟体）、雕塑、壁画等诠释佛教三藏（经、律、论）的义理，宣扬佛教的基本思想，强化对佛陀的崇拜，同时又是禅修持戒实践教义的场所。因此，石窟的内容直接反映出当地佛教的性质、派属。"（004页）龟兹石窟壁画中的佛教人物画，"人物造型都有浓郁的生活气息，就是有仪轨规范的佛像也是'随情而移'。菩萨、天人更是不拘一势，千姿百态，组成了生动活泼的肖像群。"（009页）例如壁画中最动人心弦的飞天和天宫伎乐，正是龟兹社会生活中繁盛的乐舞场景的生动反映；壁画里各类供养人的形象完全源于世俗生活，他们的发式、服饰，也和史籍的相关记载相符。关于龟兹文化的世俗化问题，前引仲高研究员的《龟兹社会文化研究》一文从丧葬习俗、服饰演变、信仰与仪式等方面都进行了资料翔实的分析论证（尤其是从吐火罗人延续下来的龙马神崇拜与龟兹人信佛后的行像仪式，传世典籍与壁画图像所反映的汉唐及回鹘时期各阶层的服饰变化等，都带有世俗社会的普遍性特征），此不赘引[1]。需要说明的是，宗教本身具有现实生活与理想社会对立统一的特性，因此佛教艺术的世俗性并不意味着背弃其基本教义与仪轨。霍著中《克孜尔石窟壁画裸体形象辨真》一文对此有很好的论述，值得重视。我认为，龟兹佛教文化中宗教信仰与传播的世俗性，既摆脱了神权至上的盲目崇信遵从的桎梏，也印证了艺术源于生活的客观规律，具有不可忽视的进步意义。

其次，龟兹宗教文化具有鲜明的各民族和多宗教交流、互

---

[1] 仲高：《西域文化论集》，新疆人民出版社，2010年，第169—184页。

补、融合的特性。自秦汉至唐末宋初时期,龟兹地区先后生活过吐火罗、羌、汉、匈奴、粟特、突厥、吐蕃、回鹘人,又不断有西来东往的中亚商旅、印度与中国中原地区僧人停驻活动,各民族文化在这里的交汇融合特别活跃,使得这一时期以佛教文化为主的龟兹宗教文化也呈现出多元色彩。例如,霍著指出:"克孜尔石窟的初创期壁画具有鲜明的犍陀罗佛教艺术风格","到了发展期,克孜尔石窟壁画艺术风格逐渐向龟兹本地化过渡。这个时期,波斯文明由于龟兹人与波斯东部人有密切关系,故在龟兹壁画里有鲜明的表现"。到唐代,"汉地大乘佛教的传入,龟兹本地佛教艺术也吸收了中原的艺术成分"。(027页)大概是受早期西方学者依据"风格"判断洞窟年代、性质的影响,学界往往习惯将龟兹石窟区分为"汉风洞窟"、"胡风洞窟",这其实是不科学的。某一时期某些洞窟受哪种文化的影响较明显,这是一个事实,但全盘的"汉化"、"胡化"并非确实。正如霍著所强调的:"龟兹石窟壁画的艺术风格,是在错综复杂的历史发展演变和各种文化交流中形成的,因此它有多元性,印度、希腊、波斯、中原文化因子都注入了龟兹佛教艺术。"(022页)我们应当着重关注的是在民族文化交流中龟兹民族风格的形成与发展,也就是充满着创新内因与动力的多元一体的"龟兹风"。

最后,龟兹佛教文化具有易于吸纳、传播、辐射、回流的地域优势,具有善于开拓、不断创新的特征,也就是它的地域性与创新性。这两个特性与前两个特性相辅相成,霍著中有许多精彩例证,特别是其中《西域石窟寺音乐造型概论》、《克孜尔石窟艺术模式及其对外影响》等文论列详密,颇多启示。文化交流中的"回流"(或称"回授")是文化交融与传承进程中的普遍现象,近来也受到治西域文化史者的重视。龟兹佛教文化的"回授"功能是非常突出的,前引仲高研究员的论著也特别说明:"龟兹文化不是单向传播的结果，而是在往复和回授中繁盛和发展。所谓文化的回授指文化的传播都不是单线的，而是在双向交流和融合，即文化上出现了往复与回授的现象。龟兹乐舞就是文化回授的产物。龟兹舞吸收了中亚昭武九姓的胡旋舞、胡腾舞、柘枝舞的舞蹈元素，音乐上吸收了其他民族的音乐元素，到隋唐时期传入中原后，又和中原音乐融合，入了隋宫廷九部乐和唐宫廷十部乐。"[1] 昭武九姓原住地在祁连山北昭武城，后迁徙至中亚两河流域[2]，其乐舞的双向往复回授现象是特别典型的。霍著《克孜尔石窟故事壁画与龟兹本土文化》一文中还谈及"龟兹武士服装广泛应用。在佛传故事里，凡是表现武士、护法神等大都身着龟兹本地流行的武士服装。"（091页）我不禁联想到敦煌莫高窟唐代第220窟经变画中那两位身着武士装的胡旋舞女形象，那不也是受龟兹服饰影响的明证吗？[3] 文化回授及创新与地域特征密切相关，龟兹的地理位置使得它的文化回授具有快捷往复的优势，也使得它能开拓胸怀去接收、孕育各种创新的因素。因此，它的佛教石窟艺术在手法、风格上受犍陀罗、马图拉影响明显（晚期还有回鹘风格），西域晕染和"屈铁盘丝"及中原线描法并举，龟兹描述故事之菱格画和汉地巨幅经变画构图同辉；在思想内容上则是大、小乘两种不同佛教部派共存。可以说，几大古老文明在西域大地上的交融，是龟兹文化得以丰富、不断创新和发展的强大动因。正是不断地在双向乃至多向的交流、回授中发展创新，使龟兹石窟艺术成为集佛教艺术大成的"艺术奇观"（013页）。

---

[1] 仲高：《西域文化论集》，新疆人民出版社，2010年，第168—169页。

[2] 详见《北史·西域传》，中华书局点校本，1974年版，第3233页。

[3] 请参阅笔者1980年撰写的《胡旋舞散论》一文，刊载于《舞蹈艺术》1981年第1期，后编入《敦煌吐鲁番学论稿》，浙江教育出版社，2000年。

（三）

《滴泉集》给我们最重要的启示就是应该重新审视龟兹文化在中国文化史乃至世界文化史上的地位。

霍著首篇《龟兹石窟艺术概要》的第一段即开宗明义：

> 汉唐间，龟兹经济繁荣，文化昌盛，与中原关系极为密切，几度成为西域政治、经济、文化的中心。发源于印度的佛教，在文化交流中传入龟兹，由于龟兹地理、人文等条件的优越，它逐渐发展成为西域佛教的中心地之一。佛教在这里得到发展与创新，经过龟兹佛学家和高僧的倾力传播，推动了中国佛教的巨大发展，故龟兹是佛教东传的阶梯和桥梁，也是中国佛教的发祥地之一。（003页）

这段话讲的是龟兹佛教的影响及在西域佛教和佛教中国化中的地位，由此可启示我们进而认识以龟兹佛教文化为中心的龟兹文化在中国文化史上的地位。

前面所述的文化源流、文化特质是"因"和"缘"，其影响、地位则是"果"。关于龟兹文化对佛教文化乃至整个中国文化的影响，是个大论题，非我笔力所能及。霍著不务空论，始终坚持在分析大量资料的基础上阐发自己的观点。如以"克孜尔石窟艺术模式"为"麻雀"解剖，便为我们打开了思绪。霍先生具体论述克孜尔石窟艺术模式的对外影响有：1.中心柱式洞窟对敦煌、河西走廊及云冈诸石窟的影响；2.菱形构图对周边石窟（焉耆、吐鲁番地区）的影响；3.敦煌、河西走廊早期石窟壁画采用的"西域晕染法"主要源于龟兹石窟；4."天宫伎乐"在龟兹石窟发育成熟，直接影响了敦煌莫高窟，龟兹飞天、乐舞形象对龟兹以东石窟影响深远；5.人物造型与服饰对敦煌等地石窟壁画的影响；6.龟兹早期即已盛行的大像窟对中国内地（云冈等）和西部阿富汗巴米扬造像的深远影响。（164—170页）仅此六端，即可明了龟兹石窟艺术在中国石窟建筑、雕塑、壁画发展史上的突出地位。又如霍著中《克孜尔"滴泉"——龟兹音乐之源》一文，从动人传说的叙述转入真实史料的考析，在指出"龟兹乐舞是东方艺术中一支耀眼的奇葩，对中国内地、朝鲜半岛、日本列岛以及东南亚产生过深远的影响"之后，又具体论证了不仅"从龟兹泉水创作的《耶婆瑟鸡》羯鼓曲，在唐代长安是何等的流行"，而且"与并在宫廷得到重视的'西凉乐'，实质上就是'龟兹乐'的变种"，连"流行在唐代的'伊州'、'甘州'、'凉州'和'霓裳羽衣曲'都与龟兹音乐有紧密的关系"（319—321页）。宗教艺术渗透到社会文化生活的方方面面。凡此种种，可以毫不夸张地说，以佛教艺术为中心的龟兹文化，在中国文化史和世界文化史上都具有举足轻重的地位。

龟兹文化形成、发展、繁荣于汉唐时期，这也是中国传统文化吸纳、融合各民族文化营养得以丰富、发展、传承的关键时期。在当时以儒、佛、道融合为主要内涵的主流文化中，各种地域色彩鲜明的文化或为干流，或成支脉，许多少数民族或外来文化成分均蕴涵其中；而融汇了几大古老文明，吸纳各民族、宗教文化的龟兹文化，正是一条充满了生命力的奔腾不息的干流。这条干流，为中国传统文化的积累与发展提供了丰富的养料与积极的动力，至今并未断流。今天，如果我们能进一步努力开掘其深厚的历史文化积淀，紧紧抓住西部大开发的现实机遇，继承、弘扬、开拓、创新，一定可以展现出文化大发展、大繁荣的光明前景。

（2012年8—9月）

学术期刊的学术视野与创新
——为《敦煌研究》创刊三十周年而作

《敦煌研究》是敦煌研究院主办的学术期刊，从1981年试刊、1983年正式创刊至今，已经过了"而立之年"，到2013年4月，共出刊147期（包括试刊2期，特刊8期），成为我国乃至国际敦煌学界认同的标志性领军刊物。

众所周知，《敦煌研究》是在我国改革开放的新时期，随着推进中国敦煌石窟的保护与"敦煌学"研究事业的复兴而诞生的。1983年8月，由敦煌研究院发起并举办了首届全国性的敦煌学术讨论会；与此同时，担负组织、团结和协调全国敦煌学术研究力量的中国敦煌吐鲁番学会在兰州宣告成立。于是，创办一份相关的学术刊物势在必行。我作为应邀参加1983年敦煌学讨论会的代表和首批学会会员，可以说也是吮吸着《敦煌研究》的乳汁（学术营养）而蹒跚地进入敦煌学的研究领域的。因此，在她三十岁华诞到来之际，愿意将自己的一点粗浅感想提供出来，以寄托一片祝愿之心意。

自20世纪30年代以来，因陈寅恪先生的首倡，"敦煌学"被学者们誉之为"世界学术之新潮流"，或称"显学"，或谓之"冷门"、"专学"。几年前，我曾在一篇"敦煌学百年"的笔谈短文《注重敦煌学的学术背景与学术关联》中说："敦煌学是否是一门真正经得起严格科学界定的独立学科，国内学界一直有不同的认识……要解决这个问题，必须弄清该学科的构建与其学术背景、学术渊源的关系。"又提出拙见："要使敦煌学成为一门真正独立的学科，除了加强学科理论建设、注重本身的学术史研究外，还必须努力梳理厘清它和相关学科的内在关联，而不能只停留在'敦煌学是一门综合性的学问'的笼统表述上。"（详见《学习与探索》2008年第3期）实际上，一门学科的学术渊源与学术关联还必然要涉及学术视野，尤其是研治敦煌学这样一门在中外古老文明交汇、各民族文化交融大背景中产生的学问，能否拓展我们的研究视野至关紧要。这显然也关系到《敦煌研究》、《敦煌吐鲁番研究》、《敦煌学》、《敦煌学辑刊》等敦煌学术刊物的办刊宗旨与刊文范围。例如，从中国敦煌吐鲁番学会筹建伊始至今，有关敦煌学和吐鲁番学是否应合在一起的不同意见就一直没有停歇，而对敦煌学和吐鲁番学、藏学、西夏学、龟兹学、丝路学的关系的认识也有各种不同的声音，更不用说它和传统的国学以及文献学、考古学、语言文学、历史学、简牍学、碑刻学、民族学、艺术学、地理学、宗教学等的血肉关联了。还记得我们在参与编撰《敦煌学大辞典》时，虽然编委们达成的共识是：这部辞典的词条应该姓"敦"——围绕敦煌遗存的文物、文献立词条；但是，要厘清"敦"姓的血脉渊源与传承关系却绝非易事，因为中古时期的敦煌地处"丝路咽喉"，是"华戎所交"的文化都会、经济重镇、宗教圣地，可谓"百姓"汇聚，难辨你我。因此，在具体的撰写中，大家又都明确了：要"立足敦煌，放眼中（原）西（域）"。

令人高兴的是，《敦煌研究》创刊伊始，就已经注意到开拓学术视野的问题。1981年第1期试刊上所登文章，还是比较局限于敦煌文物研究所所内研究人员所写论述莫高窟艺术的文章；1982

年的试刊则开始登载所外学者的非艺术类论文（如张鸿勋的《敦煌讲唱文学韵例初探》一文）。1983年的创刊号中，则登载了丁明夷论述克孜尔千佛洞壁画，孙修身与党寿山考释《凉州御山石佛瑞像因缘记》、日本樋口隆康介绍印度巴米扬石窟以及通报敦煌研究院与印度、法国、日本学者进行学术交流的文章。1985年的刊物则开始将刊文范围从单纯社会科学拓展到敦煌石窟保护的自然科学范围（有李最雄等学者撰写的4篇论文），与自然科技史的研究紧密结合。自此，这个传统一直保持至今。不仅如此，从1988年开始到2012年，还办了总共10期全部是论述石窟保护、修复技术手段文章的专辑（从2007年到2011年为每年一期）。据我所知，这在全国的"人文社会科学"期刊中既是头一家，也是"独一家"。石窟的保护与修复是进一步开展研究的基础，"皮之不存，毛将焉附？"《敦煌研究》将自己的刊文范围拓展至自然科学领域，可谓睿智之举。此外，刊物还根据敦煌学界的研究状况与需要，举办过"敦煌乐舞"（1992.2）、"第一届中印石窟艺术讨论会"（1995.2）、"麦积山石窟研究"（2003.6）、"中国服装史与敦煌学"（2005）等专号与特刊，都在学界得到了很好的反响。

迄今为止，《敦煌研究》刊发的文章，已经涵盖了社会科学与自然科学相当广泛的领域，充分体现出其"守'敦'出新"的特色。近些年来，在体制、理念、人才培养、评估体系等方面，全国各条战线、各个领域都在大力提倡"创新"。我以为，摒弃"画地为牢"的保守观念，改变"避险求稳"的守旧心理，拓展我们的视野（包括学术视野），是创新的必要条件。诚然，学术创新不能违背公认的学术"规范"——"没有规矩，不成方圆"是符合人与社会发展规律的颠扑不破的真理；规范与创新是科学、辩证的关系。总体来说，《敦煌研究》在自己办刊的三十年中，正在朝着符合这个客观规律的方向前行，在遵循学术规范方面也在不断努力之中，得到了学术界的总体肯定。这些年来，在政府部门和有关机构的评估体系中，有一个被叫作"核心期刊"的名称，而且并非全国统一、实在也是无法统一的评定——(1)中国社会科学院标准（称为中文核心期刊）；(2)北京大学标准（称为北大核心）；(3)南京大学标准（称为"中国社科引文数据来源期刊【CSSCI】"）。究竟以哪个标准为依据，肯定也应该是见仁见智的，但假若掺杂了某主管部门或负责官员的倾向、好恶，问题就来了。然而，由于受到各方面的影响，这个"称号"的影响力可谓大矣，以致全国数以百计的期刊都千方百计地往里"挤"与"钻"——入"围"者喜，出"列"者忧。《敦煌研究》虽有幸"入围"，而且近几年从前两个标准的数据看有逐年上升的趋势，据悉却从"CSSCI"标准中遗憾"出列"。我自己也曾负责过一份全国性期刊的编辑部工作，深知即便是一份很有水平、大有影响力、读者好评如潮的刊物，每一期、每一篇文章的水平，也总是参差不齐的。拿季羡林教授曾经对我讲过的话来说："每一期有两三篇中看的好文章，我就心满意足了！"即便是最"权威"、"核心"的刊物，也并非每一位作者都是专家大师，每一篇文章都是佳作名篇。至于"引文数据来源"，是应该做具体分析的，如果拿一个时下流行的词汇"正能量"来做比较，恐怕有时"负能量"——负面的奇谈怪论或谬论、伪命题引起的轰动效应会更大些。尤其是一份学术期刊，也有自己相对固定的读者群体与"引述者"，是不好与其他刊物作"等量齐观"的。因此，我以为，这个"核心"做何评价与诠释，本身就很难说。《敦煌研究》所刊登的数以千计的文章，同样符合这个道理。我之所以没有将它与《敦煌吐鲁番研究》、《敦煌学辑刊》等同类刊物作"优劣"比较，也是这个原因。听说在最近举办的全国性的新闻出版专业培训班上，有的专家就以《敦煌研究》为例，来说明一个在国内外学术界有良好影响的刊物，却在某个评价体系中落马"出列"，值得反思的正是评价体系本身。中国敦煌石窟保护研究基金会的专家委员会在每一年度敦煌学奖学金的评审中，非常看重被推荐的研究生在《敦煌研究》、《敦煌吐鲁番研究》、《敦煌学辑刊》上发表的论文，就不仅首先注重文章本身的学术水平，而且还关注其发展的苗头与潜力，关心其从事敦煌学研究方向的稳定性。我以为这个做法，值得肯定。现在有些高校或科研机构硬性规定研究生在毕业前没有在"核心期刊"上发表一两篇文章就不能进行论文答辩，教师没有在"核心期刊"上亮相就无法提职、晋升等，实在是极不合理的。我清楚地记得在中国人民大学国学院成立三周年的庆典上，任继愈先生曾当着教育部与一些高校负责人的面大声疾呼："谁能首先打破这种不科学、不合理的评估体系，谁就是No.1，大家就会跟你走！"我不敢说现行的"核心期刊"评定是否还有某种利益关系乃至"腐败"的因素在作怪，起码为学术、文化的健康发展计，也应该是到了必须改变的时候了！

《敦煌研究》已经"三十而立"，为这个学术"园地"的百卉葱茏、百花芳菲，编辑部的几任工作人员、编委都灌注了自己的大量心血。从发起办刊的段文杰先生、一直倾心支持刊物的樊锦诗院长，到梁尉英、赵声良等编辑部主任，都值得我们敬仰和赞颂；一直为此刊物贡献文章的国内外专家学者，尤其是敦煌研究院老中青三代研究人员，也都值得我们敬佩和学习。我衷心地期待它的"不惑"、"知天命"乃至"从心所欲"，至于是否要如孔夫子所言"不逾矩"，那就要看我们的理解与它的"造化"了。

（2013年4月）

多元、异彩、规范、创新
——读『敦煌讲座书系』感言

"敦煌讲座书系"（以下简称"书系"）从最初的策划、立项，到全套书正式出版、发行，历时八年。笔者忝列该书系编委，参与拟定选目、体例及审读初稿的全过程，深知其中作者、编者、出版者的勤苦，如今全书22册面世，已有若干文章予以评介，我亦有些许感言，敬请学界及广大读者不吝指正。

众所周知，古代敦煌位于著名丝绸之路的"咽喉之地"，是东西方几大古老文明的交汇之处。因此，敦煌文化的一个显著特色，就是它的多元化。这种多元色彩，不仅表现在它的内容要涉及政治、经济、军事、民族、文学、语言、宗教、艺术等多个领域，还须反映在各领域学术文化内涵的多元交融上。可以说，书系的整体设计，首先是考虑到这一点的，大多数作者在写作中也关注了这一点。无论历史地理、宗教传播、石窟艺术、民族政权，还是文书遗存、佛道典籍、书仪礼法、商贸活动，在众多物质与非物质文化遗产的分析研究中，都突出体现了敦煌文化的多元性。至于这种"多元"，是否已经包容于以儒家文化为主体的"一体"之中，则见仁见智。恐怕这也是我们应继续深入研究的论题之一。

我一直认为，只有多元，才能真正体现中华文化的包容、宽容本质，也才能体现出敦煌文化的异彩纷呈。多元与异彩，相辅相成，符合文化发展、繁荣的历史进程。例如敦煌的宗教文化，尽管莫高窟自公元4世纪后半期以来一直是佛教圣地，但道教、祆教、摩尼教、基督教以及后来的伊斯兰教等均能与其兼容并存，润泽那里各族居民的精神生活。举世瞩目的敦煌石窟，更是包容了各种宗教、民族文化艺术精粹的聚珍宝库，是全人类得以共享的世界文化遗产。书系的《敦煌石窟艺术总论》等著作对此均有很好的诠释。如在莫高窟的700多个佛窟与藏经洞遗书中，我们不难发现其中包含着民间神话传说、史传故事、社会生活以及儒家、道教、祆教、摩尼教等丰富的文化因素，也不难观赏到中原与西域、印度乃至希腊的艺术风格与文化交汇的踪迹。诚如《敦煌石窟艺术总论》的作者在该书"前言"中所述："佛教艺术源于印度，经中亚传入中国，因此，包括敦煌石窟在内的中国各地石窟必然会带有印度、中亚等地艺术的痕迹"，"敦煌石窟保存下来的大量彩塑作品，给我们展示了佛教雕塑从最初受印度、犍陀罗艺术影响到受中原传来的新风格的浸润，而形成中国式佛教艺术的过程"。在这里，文化艺术的多样性与多元化是和谐、统一的。这正是中华文化耸立于世界文化之林的一个根基。再如在《回鹘与敦煌》一书中，作者正确地指出"回鹘是一个善于兼容外来文明而著称于世的民族，曾先后信奉过萨满教、摩尼教、佛教、景教、祆教和道教等多种宗教"，"回鹘是较早从中原汉人那里学会雕版印刷的兄弟民族之一，并且是把中国古代印刷术从古代西域，沿着丝绸之路，传入波斯、埃及和阿拉伯世界及欧洲西方世界的最重要的媒介，为世界文化交流与发展作出了重要贡献"。回鹘、汉族如此，在中华广阔疆域中生活的其他各民族也都如此。兼容、宽容、包容的文化精神，正是一个民族能够生存、发展、繁荣的不可或缺的条件。正因为如此，位处丝路咽喉"华戎所交"

的敦煌，才能够在一个相当长的历史阶段里成为多元文化大放异彩的"国际都会"。

书系内容给我的另一个突出印象是它较好地体现了学术规范与创新精神相辅相成的辩证关系。敦煌学是一门在20世纪初兴起的新学问，其显著的学术特征，用陈寅恪先生的话来说，是"一时代之学术必有其新材料与新问题，取用此材料以研求问题，则为此时代学术之新潮流"（《敦煌劫馀录·序》）。现在，敦煌学研究已有百年历程，其间人才辈出，成果丰硕。荣新江教授代表编委会为该书系撰写的"总序"里提出："在21世纪，敦煌学的发展不仅仅要追求新材料，还要向其他学科学习，进一步更新方法，思考新问题"，"希望以跨学科的研究方法，从文献到历史，从文献到艺术，从文献到各个领域，把敦煌文献与历史、艺术等学科中的某个专题结合，把敦煌学的基础知识用新的方法、新的脉络串联起来，用新的视角来阐述敦煌学的各个方面"。这主要是对这套学术论著提出的创新性要求，各册著述在多大程度上做到了这些，可以请学界同仁与广大读者鉴定。我这里要强调的是力求创新与遵循学术规范的关系问题。我以为，材料、方法、问题的求新，仍然应该是在遵循学术规范前提或基础之上的创新。即材料力求准确、真实、齐备，需要在资料的搜集、选择与辨析上下一番功夫，亦包括对相关参考文献与国内外已有成果的如实、精当地征引与注释；在研究方法上力求正确、综合运用"二重（或多重）证据法"及源流、比较、特质研究，这些研究是建立在有丰富材料为依据的扎实基础之上的，而非"穿靴戴帽"式的空泛套用；在问题论证上则应做到立论明白、推论明晰、结论明确，不但持论平实，而且概念准确，推论符合逻辑思辨规律，切忌模棱两可和空论、大话。这些基本的学术规范，加上国际敦煌学著作的一些特殊要求（如洞窟及遗书、简牍、丝织品编号，专业术语，人名、地名、书名、译名，俗语词、异体字等），书系编委会和各位作者进行过多次沟通，在审读初稿后也提出过一些改进建议，各册书的责任编辑也做了适当的技术加工，力求全书统一。因此，现在呈现在读者面前的这套书系，在力图遵循学术规范的前提下去追求学术创新，就保证了它较高的学术水准和良好的学术品位。例如《敦煌文献避讳研究》一书，运用敦煌写本中大量汉文文献的语汇材料来研究避讳问题，提出"对于避讳学而言，敦煌文献是新发现的材料。对于敦煌学而言，避讳学则是可以借鉴的研究方法。"作者严格遵循避讳学研究的基本原则，先纵述了宋代以前的避讳概观，又在介绍历代避讳研究概况与回顾敦煌文献避讳研究的基础上，进而具体分析敦煌文献避讳的特点、影响因素、方法，再深入避讳字形与断代的探讨。避讳研究遵循历史学规范，俗语词研究遵循语言学规范，二者结合提出新的认识。这就不仅将避讳学的研究向前推进了一大步，而且将语词研究与历史研究联结起来，拓展了敦煌学研究的新领域。既做到了在遵循公认的学术规范、尊重前人的学术成果积累的基础上进行创造性的学术思考，又能规范地采用新、旧材料，更新观念，拓宽视角，提出问题，综合运用各种方法，得出有新意、有启示的合乎规律的自己的结论。由此可见，遵循规范是创新的基础与必要条件，创新是规范意义上的要求与目标，又是补充与发展规范的新条件、新基础。这套书系的多数作者是中青年学者，能够有这样的创新成果，确实令人欣喜。当然，这还只是一些初步的成功尝试，我们希望将来有更多更好的敦煌学论著不断面世，开创学术繁荣的新局面。

（2014年初于北京）

出版人期盼已久的"一条金鱼！"
——读《中国古代金银首饰》感言

捧读中国社会科学院文学研究所扬之水研究员新出版的三厚册《中国古代金银首饰》，其内容之翔实、考辨之精细、文笔之纤畅、图版之绚烂，使我为之折服、钦羡、震撼！

我忽然联想到：1981年我进中华书局做编辑，至今已三十三年，参加中国敦煌吐鲁番学会也已三十一年，其间看到的学术著作已难计其数，而像《中国古代金银首饰》这样能震动学界、传之久远者还只是凤毛麟角。普希金的故事诗《渔夫和金鱼的故事》里的渔夫在大海边拉网打鱼"整整三十又三年"，终于网上了"不是一条普通的鱼，而是一条金鱼！"（Не простой, А золотой！）扬之水的这部书，就是我们出版人期盼已久的"一条金鱼"。

从《史记》开始，正史中多有纳、赐金帛的记述，但对其功用，也大多语焉不详，这大约与"循古节俭"、不倡"争为奢侈"有关（见汉贡禹《奏宜放古自节》一文）。但是金银毕竟是人类物质文明进步的重要标志物，金银饰品包含着丰富的文化内涵。我读唐诗，罕见诗中有直接描写金银饰品的文字，每疑与先秦以来提倡诗歌的正统功能有关，即白居易诗云："毕竟金与银，何殊泥与尘。且非衣食物，不济饥寒人！"（《赠友五首》之一）然而诗人又往往是极感性的，诗歌讲究"形象思维"，自隋唐开始社会上金银饰品的繁盛，必然要反映到诗歌作品中来，那些簪、钿、珰、钗、钏、环、步摇等花样繁多的饰品，虽未直接点明其金银材质，但在诗歌中多有出现，只是文字简省，读者难寻其详罢了。

扬之水笔下的这条"金鱼"，就是跳出"纯文学研究"的框框，充分发挥其跨学科进行文学作品中名物研究的特长，运用"多重证据法"来复原金银饰品绚烂斑斓的面貌。作者网罗这条"金鱼"的网，即是不惮繁难，充分运用文学文本、考古发现品、历史图像、文献记载等多种材料精心编织而成的。

提及材料，我也惊叹于著者的勤苦搜寻、仔细考辨，钦服于她对繁富材料的科学选择、精心提炼。我知道，为了这些材料，她的足迹遍及国内外许多博物馆和文物保管部门，大家为她"竭泽而渔"的决心和精神所感动，信服她的研究能力与方法，给予了很有效的配合。改革开放以来的天时、地利、人和，还有社科院文学所领导与同仁的支持，她的夫君的通力协助，都为这张"渔网"的编织提供了不可或缺的保障。

诚然，我知道就作者的计划而言，这条"金鱼"的成色还不是"千足金"，还不是她这方面的集大成之作。就我初读粗看此书的感觉，她对物质文化的叙述相当详赡，而涉及"非物质文化"（如饰品的制作工艺）的部分还有待深入；对一些能上升到理论层面的问题，还在做进一步的思考。我个人认为，唐代金银饰品的繁盛，与隋唐之际丝绸之路的稳定、通畅不无关联，大量粟特商人来华贸易，丝绸西去，金银东来，是否也应是金银饰品在文学作品中被反映，相关实物窖藏，大量图像留存及文献记载的物质基础？在国家提出建设"一带一路"倡议之时，研讨这类历史问题，也会有一定的现实意义。总之，我期盼着扬之水研究员会网罗更大的"金鱼"，带给我们更多的惊喜！

（2014年12月2日—3日）

读《佳偶天成》感言

中华书局刚刚出版的《佳偶天成》是一本图文并茂、学术性和可读性兼善的传统文化普及读物。作者李美贤老师，作为香港中华文化促进中心的学术顾问，身居香港，心系中华，多年来一直孜孜不倦地在香港、在内地乃至在世界各地从事我国优秀传统文化的传播工作，成绩卓著，令人钦服。我和李美贤老师同是中国敦煌石窟保护研究基金会的理事。李老师是"香港敦煌之友"的一位最热心的组织者和带头人，为敦煌石窟艺术的保护、传承，为敦煌研究年轻人才的培养，做出了非凡的贡献。

李老师对我国传统文化中物质文明史的研究，且注重运用历史文献与图像资料相结合的方法，探本溯源，颇多心得。这本《佳偶天成》就是对古代婚俗文化的方方面面进行诠释的好书。书的篇幅不大，却充分体现了一本优秀的普及读物的主要特色，即学术性与可读性兼善，准确、生动、简洁、明了。

我对学术性的理解是科学、规范、创新。普及读物应该是写给最广大读者看的，尤其需要强调所述内容的科学性，即遵循学术规范，做到论题明确、材料可靠、逻辑严密、语言清晰，力求有创新之处。李老师在本书《自序》中说"探本溯源说说容易，宣之于笔，考究过程并不简单"。据我统计，书中征引文献资料多达117处，其中不但有《礼记》、《易经》这样的经典，也有《汉书》、《隋书》等史籍，又有许多唐宋笔记、古诗词，还有《新旧吉凶书仪》等敦煌写本材料，作者一一引证，毫不累赘、生硬、牵强，真正做到了溯源有本，趣谈有据，让人信服。

本书的可读性除了文字生动、通畅，注意故事性、趣味性外，更使读者耳目一新的是，全书展现了90余幅精美的插图——这些图绝非点缀之用，而是紧密配合文字内容，形象地展示了古代婚俗礼仪的丰富多彩。特别让我感动的是，作者既特意采用了敦煌莫高窟壁画里的画面，又通过书局的责任编辑的努力，专门请故宫博物院的专家选取了数十件珍贵的藏品，其中约三分之一是本书首次刊登的。经过美术编辑的精心设计，不仅很好地实践了王国维先生倡导的"二重证据法"，也大大增加了观赏价值，体现了创新性。

本书是李老师计划撰写的"中华文化探本溯源系列"图书的第一种。诚如她在《自序》里所言："中国文化博大精深，可探本溯源的领域非常多，这册小书只是开了个头，希望以后还可以继续探索传统文化的源头，期待届时与大家再分享。"我们热切盼望李美贤老师不断有新作问世，也期盼中华书局在出版更多更好的古籍整理图书与高、精、新学术著作的同时，能够推出更多的优秀传统文化的精品普及读物。

（2016年1月7日）

传承文化担重任
——冯其庸口述自传《风雨平生》读后

2017年新年伊始，商务印书馆推出了年届九四、著名文史大家冯其庸先生的口述自传《风雨平生》。这部由冯老口述，经国家图书馆中国记忆项目中心录音整理，又经冯老五次亲自修改定稿的自传，以真实而翔实、生动又简洁的笔触，记录了一位以传承中华优秀文化为己任的学者近百年的风雨历程。我怀着崇敬心情和求知渴望读罢全书，深感这不仅是一位"铁肩担道义"的爱国者心路历程的追忆佳作，更是一部以人、事交往为中心，讲述文化传承脉络与精髓的优秀读本。文化传承，是全书的一条主线。书中内容，当然无需我再赘叙，下面所写只是我几点真切的读后感言。

第一，冯老的自传告诉我们，一个人的命运，和民族荣辱、国家兴亡密不可分。他的幼年、青少年时期，正是外寇疯狂侵侮，内乱动荡不止的年代。他目睹河山破碎、国破家亡的惨象，从小立志，追求强国富民之梦；之后，在求学、参军、教学、从事学术研究与文艺创作的半个多世纪里，又经受历次政治运动的洗礼和十年"文革"浩劫的考验，云开雾散，沐浴改革开放的春风雨露，伴随西部开发的步伐，终于以自己非凡的成就为中华民族优秀文化的传承、发展、繁荣做出了杰出的贡献。

第二，冯老的自传也告诉我们，一个人的成长，与家庭抚育、学校教育关系极大，与文化传承息息相关。他生长于贫穷的"稻香世家"，自小要干种田、挑担、车水、养蚕等各种农活，艰苦生活的磨炼成为他"人生第一步的教育"。同时，作为文化传承重要因素的良好家教也为他创造了学习文化知识的条件，上学、辍学、自学，像一颗良种在书的丰沃土壤里生根发芽成长，经过小学、私塾、中学、无锡工业专科学校和名校无锡国学专修学校的培育，又参与中国人民大学的教学实践，以及文艺界、学术界多位名师挚友的扶助、影响，终于成为根深干直、枝繁叶茂的参天大树。学校是传道、授业、解惑、育德至关重要的场所，"书"是传承文化的主要载体，而"人"则是传承文化不可或缺的关键所在与核心。冯老自幼喜读书，求知欲强烈，小学辍学期间，因为要参加农田劳动，常常是在夜间或清晨点着蜡烛看书。除一般学童要熟读的经、史类书之外，还读了《水浒传》、《三国演义》、《西厢记》等小说、戏剧类以及《古文观止》、《唐诗三百首》、《宋词三百首》、《西湖梦寻》散文、诗词类图书，阅读面甚广，又"痴迷戏剧"，还找来《芥子园画谱》学习绘画。上初中时，丁约斋老师讲的"读书要早，著书要晚"一句话，对他之后读书深造启示甚大。冯老广结人缘，善于向交往的良师益友汲取文史、艺术养分，亦是他平生一大特点，使人钦羡。他与俞平伯、郭沫若、王蘧常、周贻白、钱仲联等年长学者，以及赵燕侠、袁世海、马连良、关鹔鹴、俞振飞、侯宝林等许多戏曲界著名艺术家，都有请教和切磋。即便是比他年轻许多的后辈晚生，他也乐于结识，做到倾心相待、全力扶助、不耻下问。我本人自研究生毕业时始识冯老之面，三十多年间就不断亲身感受到冯老乐于提携后进而又虚心好学的精神，从中获益匪浅。

第三，冯老的自传又告诉我们，一个人的成就，虽离不开环境的熏陶和师友扶助，更取决于自身的奋发图强精神。他自小生长于逆境，道路曲折坎坷，历经风霜雨雪，磨炼出发愤自砺的品格。他的自强不息、勇于探索的精神，可以说贯穿其生活、学习、工作的方方面面。自传里"暗中受诬"、"险成右派"、"回乡见闻"等节以及"独立乱流中"一章都有生动事例的叙述。一个典型的例子是1964年10月他被派到陕西长安县参加农村"四清"运动时，为深入了解古代历史文化，居然在繁忙的工作之余，利用有限的节假日时间，带领同事去实地考察周边的周秦汉唐文化遗址，并且撰写了一篇符合考古专业要求的调查报告，不仅留下了一份难得的珍贵资料，也体现了一个知识分子可贵的文化担当精神。特别是冯老自年逾花甲到古稀耄耋，居然十赴新疆、三上帕米尔，探求玄奘东归之道，又穿越罗布泊，进楼兰，过白龙堆，进入玉门关到敦煌，可谓艰苦跋涉，虽苦犹乐，创造了一个年迈学者深入西部边陲实地考察古代文化遗址的奇迹。诚如伟大诗人屈原《离骚》中所表白的"亦余心之所善兮，虽九死其犹未悔"，"路漫漫其修远兮，吾将上下而求索"。

第四，冯老的自传还告诉我们，一个人的性格，也必然会影响其一生的作为。他是"悲天悯人"的性情中人，爱憎分明，眼睛里容不得沙子，每辩是非曲直，决不退让、苟同、盲从，而有时却不免也会因同情而轻信；既能"不以物喜，不以己悲"，又豪情满怀，率性自律，独立乱流，不失方寸。这些看似矛盾，却是融汇统一于"以天下为己任"的通达人生观。尤其是在身处逆境之时，他顽强、达观的性情，往往可以化解艰难险阻，走上顺畅之通衢。他于《红楼梦》作者的家世考辨、版本研究，曹雪芹故居、墓石的考证，以及项羽"不死于乌江"的考订等，便是这方面很典型的事例。自传中述及他和周汝昌先生在《红楼梦》研究中见解不同,尤其是1984年赴列宁格勒考察并洽谈影印苏藏《石头记》抄本之事,二人产生若干矛盾。其实,许多人并不知道,正是因他当年的主动推荐,周汝昌才得以参与此行。记得当年奉李一氓同志之命,我陪沈锡麟到艺术研究院就赴苏人选征询冯老意见,他当时即毫不犹豫地提出"请周汝昌去"。书中没有提及此点,正说明了他的宽大胸怀。在冯老心中,关心民生与重视文化传承是密不可分的。1999年,我所在的中国敦煌吐鲁番学会的学术集刊《敦煌吐鲁番研究》第四集"吐鲁番专号"出版经费欠缺,具体负责编辑该集的荣新江教授颇为焦急,我向担任学会顾问的冯老报告此事,他马上将自己刚得到的数万元稿费捐给学会,解了我们的燃眉之急。据我所知,2008年"5·12"汶川大地震后,有人假冒慈善组织要冯老捐字画。冯老出于对灾民的关切与赈灾热心,不假思索一次就应允捐出书画数十幅之多,为此他不顾疲倦连日写字作画,因累而病住了医院。最近,青岛出版集团影印出版了冯老的《瓜饭楼抄庚辰本石头记》。冯老在病榻上看着这部劫后重生的奇书,不禁热泪盈眶。他又一次讲述了他为了保存这部《红楼梦》的早期珍贵抄本,如何在抄家毁书的"文革"热潮中于190多个夜晚间冒着生命危险抄写此书的情形。自传里引述了他抄成此书那天写的一首诗:"《红楼》抄罢雨丝丝,正是春归花落时。千古文章多血泪,伤心最此断肠辞。"正是他当时心境的真实写照。

六年前的农历岁末,冯老《瓜饭楼丛稿》三十四卷(另加"年谱"一卷)正式出版发行,笔者有幸在京忝列了出版座谈会。记得当时会上宣读了国务委员兼国务院秘书长马凯同志发来的贺信,信中称赞冯老著述"文史哲地,诗书画曲,领域之广泛,内容之浩瀚,研究之深入,给人以心灵的震撼",感觉确是的评。腊月廿八日,为庆贺冯老寿开九秩,我写呈了一首拙词《贺新凉》:"瓜饭家世苦。幸乎哉、惠泉清冽,稻香粗素。大师慧眼识英才,夯筑文史基础。笔耕勤、丹青擅步。研读红楼六十年,性情人、椽笔评批巨。砺金石,沙难驻。　古稀壮吟阳关赋。更三番、冰峰瀚海,绝域排阻。证得玄奘东归路,何惧扬鞭岁暮。吉尼斯、全新纪录。丛稿一编卷卅四,益求精、校订寒与暑。开九秩,迎玉兔。"笔拙辞疏,只是表达我对冯老的崇敬之心,也只能写出他对传承文化做出贡献之万一。现在,拜读了冯老的这本口述自传,通过这位文化艺术巨匠的风雨历程,可以让我们更加真切地感受到文化传承的艰苦卓绝,进一步认识文化自信对实现民族伟大复兴的重要性。我知道,收录冯其庸先生文物及工艺品收藏、书信、摄影、绘画作品的《瓜饭楼外集》十五卷已经基本完稿,正在编辑加工之中,衷心盼望它们能早日问世,再为祖国文化艺术的大繁荣增光添彩。

（2017年元月9日于中华书局六里桥寓所）

《启功先生题签集》出版感言

为纪念启功先生一百零五周岁诞辰，丁酉岁初，编集启先生为中华书局所出图书题签的《启功先生题签集》工作启动，书局徐俊总经理嘱我协助，得以又一次温习先生那些蕴涵博大精深学养的墨宝，许多熟知的往事涌上心头。

为出版物题写书名，启功先生按本意写作"题籤"，所钤印文亦然，现简写为"题签"。启功先生为出版社图书题签，数量至钜，这同题写牌匾、机构名称等一样，是他书法艺术实践的重要内容之一。启功先生为中华书局图书题签，按出版时间算，最早始于20世纪60年代初，即"辛亥革命五十周年纪念论文集"一幅，该集1962年出版。70年代初，他奉命从北京师范大学借调到书局参加"二十四史"与《清史稿》的校点工程。当时能暂离校园"文革"风暴，脱身于批斗"臭老九"漩涡的启功先生，在庆幸自己能比较安心地在书局这一方小天地里奉献学问之际，更把书局称为自己的"第二个家"，自然愿为"自家"多做些力所能及之事——可惜当时书局也并非世外桃源，在掌权发号施令的"造反派"眼里，这批有着"反动学术权威"、"摘帽右派"等身份的人，是不准"乱说、乱动、乱写"的。尽管启功先生当时为书局一些员工书写过条幅（大多是毛主席诗词），而题签甚寥，1973年、1974年、1975年三年共6幅，且当时所出为数不多的图书中需学者题签者也不多。"文革"后，先生回师大继续任教，他在书法界的声名鹊起，随着书局出版的图书日益增加，无论是作者或编辑请启功先生题签的要求也持续不断。先生则一如既往地热诚允诺，及时书写，在1977年、1978年所出图书中各有两幅，而改革开放伊始的1979年则有12幅，为书局的文史类出版物增添了光彩。

1978年，作为"文革"后招收的第一届研究生，我从新疆考回母校北师大中文系师从启功、郭预衡、邓魁英、聂石樵、韩兆琦等教授研读中国古代文学。1980年，作为撰写《岑参边塞诗研究》硕士论文的基础工作，我撰写了一些考辨西域地名的短文，呈给启功先生批阅。启先生看了以后，特意写信给书局傅璇琮先生，将其中的《"瀚海"辨》一文推荐给创刊不久的《学林漫录》，肯定我这篇文章有新意，适合在这个辑刊发表。1981年初，拙文便刊登在《学林漫录》第二集中——而该集的书名即是启功先生所题。这一年，书局图书有启先生题签14幅，可谓数量空前。1981年秋季我毕业分配时，启功先生又推荐我到书局进入文学编辑室工作。这个时期书局的文学编辑室，老中青三代编辑人才济济，出版古代文学典籍整理本与相关学术论著亦呈现一个小高潮，别的编辑室出版物也有较大增长，我因常回师大看望启功先生，即充当了频频请先生题签的"联络员"。据我统计，从1982年到1987年的六年中，启功先生为书局题签70幅，占这个题签集所收总计175幅的40%，几乎每月一幅。自1987年夏秋之际我调到《文史知识》编辑部工作后，虽有时也依然会承担一些责编向启功先生求题书签的任务，但毕竟不像之前那么便捷了，加上其他原因，先生题签的数量也减少了许多。1988年至1999年的十二年间，书局出版物中有先生题签的47幅，约平均每年4幅。2000年至去世前一年的2004年，先生因身体原因，尤其是目疾严重，用毛笔书写已相当困难，但对书局的题签之请，则改用硬笔勉力而为，还书写了8幅。以上所述，只是题签数量上的统计，而启功先生的题签，还有更多感人的故事。对此，本集所附启先生的大弟子来新夏教授的《启功老师题书签》一文（原载《文汇读书周报》）中有生动的叙述。下面我再根据自己的切身感受做些补充。

与当下有些书家为图书题签开价取酬迥异，启功先生为书局题签始终不收分文。记得有一回书局领导想给启先生的题签开"润笔"，让我了解别的出版社相关标准并征求先生意见。先生听我报告后，十分严肃地说："书局是我第二个家，为自家干活天经地义，理所当然，岂可获取报酬啊？"启先生不仅对书局出版物题签"有求必应"（程毅中先生语），还常常主动为设计图书封面的美编着想，在题签前仔细询问书的开本大小、封面配图、繁体简体、竖排横排等情况，以便于安排字体的繁简、大小与位置。那时书局设计封面基本上靠美编自己绘图，而先生则对书局几位美编的一些专业特长也有所了解，有时题签还会尽量因人而异来书写。有一次，他觉得已印好的某本书封面还不尽如人意，不无遗憾地对我说："某人画风细弱，这本书的封面要让我来设计就好啦！"常常有的作者或编辑没有讲明白求签书内容的繁简、版式，先生就会主动提出繁、简、竖、横各题一幅，以备选用；有时，同样的书名他题写几幅之后，会眯起眼睛细看，考问我："哪条好些啊？"若他觉得还不太满意，就马上做圈补调整，甚至揉掉重写。我每次看先生题签，不仅仅是能够欣赏到他秀美、隽永的书法艺术风格，还能从他严肃认真、不厌其烦、精益求精的态度中获得教益。当然，启功先生不仅是对书局出版物书名的题写如此细心，对其他出版社的求签也同样如此，有时及时题、立等可取，有的约时待写也绝不拖延，外地的乃至自己费心封缄付邮。

我到书局文学编辑室担任的第一本古籍整理书是《罗隐集》。1982年，我还在对书稿进行编辑加工时，启先生就预先为该书写好了题签，整理者雍文华（与我同届的社科院研究生）听说后十分欣喜。1983年，室领导让我担任已故王重民先生《敦煌遗书论文集》的责编，启先生在书写题签时，专门给我讲述了50年代中他和王先生等学者一道编著《敦煌变文集》的一些往事，为在"文革"中受迫害的重民先生过早弃世而叹息不已，嘱咐我一定要编好此书。书名题写后，美编王增寅几易设计稿，并预先印好样张让我呈启先生审定，该书于1984年4月出版，获得了学界的好评。之后，与我编辑工作关系密切的一些书，如《古代小说戏曲论丛》、《元诗选》、《敦煌文学作品选》、《文学二十家传》、《宋诗纵横》、《晚清小说理论》等，也都是先生主动提出题签的。2001年，启功先生因眼睛黄斑病变和前列腺病等身体原因，用毛笔书写已经十分困难，但只要书局有题签需求，仍勉力用硬笔书写。2002年，北大荣新江、朱玉麒二位合著的《仓石武四郎中国留学记》由我担任责编，书名即请启先生用硬笔题写。在此之前，先生特意将他从日本东京旧书店购得的一函中村不折《禹域出土墨宝书法源流考》送我，指出此书资料珍贵，在东瀛已经印行大半个世纪，中国读者却难得阅读，很有必要译成中文出版，嘱我找人翻译。我遂请国家图书馆敦煌资料中心的李德范女士翻译全书，并配了图版，列入汉学编辑室的"世界汉学论丛"，于2003年8月正式出版。是书印制前，启先生特地用硬笔在宣纸上题写书名，因书名较长，不便与该论丛的其他书配套，便将先生的题签单印制于扉页之中。还有，法国汉学家戴廷杰先生费十年之功用中文撰著的《戴名世年谱》，是我退休前担任责编的最后一本书。我曾陪作者两次拜访启先生，先生很赞赏这位汉学家孜孜不倦的治学态度，在身体衰弱的情况下，还用硬笔为此书题写了书名（遗憾的是这次印制漏了此幅）。当时先生俯身低首执笔题签的情景，一直深深地刻印在我的脑海之中……

丁酉岁杪，《启功先生题签集》正式印行。启先生为中华书局出版物的题签，是他书法作品的重要组成部分，也是他留给"第二个家"的一份宝贵的文化遗产。作为保护与传承这份遗产的必要举措，该书的出版，其意义非同一般，其影响定将深远。

（2018年元月7日定稿，后刊登于《文汇报》）

喜获《楒柿楼集》感言

人民美术出版社推出《楒柿楼集》十卷，承蒙著者扬之水女史惠赠一套予我。尽管集中有若干卷内容我曾经阅读过，此番捧读之际，仍有新的感悟。

一是该著集名"楒柿楼"，为作者居所，乃恩师启功先生所题，我曾仰见原匾额，感到十分亲切。此处原名"幻园"，启功先生青少年时，曾附读于此，携手赵守俨先生在此从塾师戴姜福先生习古诗文，奠定了良好的国学基础。守俨先生后来担任我们中华书局的副总编，也是书局20世纪70年代承担二十四史与《清史稿》点校工作的主要负责人。他曾撰文忆念儿时在此的生活情景，颇动感情。守俨先生、启功师去世后，七年前我蒙扬之水女史之邀，曾观瞻楒柿楼，写过一首缅怀小诗，末二句云："皇孙胄子双飞鹤，杏坛佳话史长留。"现在扬之水女史在此结集大著，又为文化传承增添了新的篇章。

二是该集以考释名物为中心，图文并茂，读来赏心悦目。作者是社科院文学所的研究员，多年来十分出色地将古代文学作品中的描述，与历史文献以及遗址考古发掘和陈列在国内外各大博物馆的文物珍品结合起来进行考索，出色地运用了多重证据法来研究古代名物。我以为这既丰富了传统名物学、博物学、图像学的内涵，也为新兴的"形象史学"研究提供了成功范例。尤其需要指出的是，书中展示的文物图像，绝大多数均是作者第一手调查所得，许多图片均是作者及其夫君亲自拍摄，如其中《桑奇三塔》一卷最为典型，即便像《敦煌艺术名物丛考》这一卷，不能亲自进入洞窟拍照，仍然经许可采用了最新获得的高清图像。为了获取更多的资料，近些年来，他们的足迹几乎遍及国内外大大小小的博物馆和文物保管部门与展厅。而且这次结集选择了出版美术类图书最权威的人民美术出版社，版面设计，图版印制，书籍装帧，均做到了高品质、新水准。

三是著者决不满足于已经取得的成绩，虽然已从工作岗位上退休，仍然不断拓展研究视野，开掘新的选题，搜寻新的资料，尝试新的方法，追求新的突破。几年前，我在拜读作者《中国古代金银首饰》一书时，曾发出这样的感叹："其内容之翔实、考辨之精细、文笔之纤畅、图版之绚烂，使我为之折服、钦羡、震撼！"而作者并未就此止步，她的名物研究，从先秦《诗经》，到唐宋家具、两宋茶事，从丝路敦煌艺术到古代金银器、印度桑奇塔雕，现在又开始延伸至明清小说中的物品。今年"世界读书日"前夕，她在中华书局出版的《物色——金瓶梅读"物"记》一书，当是最好的例证。该书引导读者将品鉴这部"奇书"的眼光，转移至书中精心描述的宋明之际实际应用的各色物品，以展现出色彩斑斓的新天地。诚如《周礼》所云："辨其名物，与其用事。""事"与"物"相互依存的关系，应该始终是我们无穷探究的议题。我衷心地期待着《楮柿楼集》能不断地增添新的篇章。

（2018年4月）

图文并茂 绘声绘色
——读听朝华童文馆的《阿凡提的故事》

自20世纪50年代以来，智慧人物阿凡提斗智斗勇、扬善惩恶的故事在我国已经有了近百个品种的出版物和文艺形式问世，使这个堪称世界性的民间文学作品广为传播，家喻户晓，尤其已成为我国少年儿童喜闻乐见的读物。

著名翻译家戈宝权先生（1913.2.15—2000.5.15）从20世纪60年代起即热心翻译、研究阿凡提故事。1981年，中国民间文艺出版社印行了他主编的《阿凡提的故事》，收故事393则，成为那个时期译介阿凡提故事既精且全的图书。就在该书出版之前，我在研究生课堂上聆听了戈老对阿凡提其人及其故事在世界各国流传情况的讲解，知道了13世纪时土耳其西南部希甫里希萨尔城附近的霍尔托村有一个霍加·纳斯连丁，是一个充满幽默、富有智慧的人，他主持正义、嘲讽时弊、敢于反抗的许多生动故事，经过六七个世纪的流传、演变，经丝绸之路流传到我国新疆地区，在天山南北这片广袤的土壤上发展为"纳斯尔丁·阿凡提蓝提凡"（Lantifan，突厥语意为"笑话"），即"阿凡提的笑话"。"阿凡提"本是突厥语言里"先生"或"有知识者"的称呼，遂成为维吾尔族引以为骄傲的智慧人物的代称。新疆人民出版社于1963年出版了由穆罕穆德·伊明等编译的《纳斯尔丁·阿凡提的故事》，可叹的是1966年6月"文革"伊始，在新疆首先将批判"大毒草"的矛头指向了这个作品，迫害了文艺界一批好同志。改革开放以来，《阿凡提的故事》在新疆也获得了新生，新疆人民出版社和新疆青少年出版社还推出了该书的多个维吾尔文本。其藏文、蒙文、哈萨克文、朝鲜文等多种译本也陆续出版。

让我感到欣喜的是，《阿凡提的故事》也在与时俱进：朝华出版社于2017年起推出了面向少儿的"朝华童文馆"系列丛书，这是一套彩绘、大字、有注音的有声读物，题材涉及国学经典、中外名著、童话寓言、成长故事等，其第一季共24册，弘智主编的《阿凡提的故事》即在其中。该书选编的76个故事，赋予了富有地域特色的不同年龄、不同身份的阿凡提智慧故事，每个故事都配有民族风格鲜明的彩绘插图，每个汉字均标有汉语拼音，而且读者只要用手机扫描每则故事题目旁的二维码，即可收听朗读准确、清晰的故事音频。这样一种全新的有声读物，既做到了图文并茂，也增添了绘声绘色的新功能，不仅能提高小读者们的阅读兴趣，而且对于许多想培训自己用普通话朗读、讲述故事的成年人来说，也具有很好的辅助作用。所以，我称之为"全新的《阿凡提的故事》"。编辑出版这样的图书，可想而知必然会增加编校和印制成本，但是出版社出于减轻读者负担及有助于推广新品种的考虑，采取了每本15元的低定价（平均每印张不到2元，该系列其他书亦同一定价）。我以为，这个做法是值得肯定和赞扬的。

如同这本《阿凡提的故事》，"朝华童文馆"系列丛书中《安徒生童话》《格林童话》《伊索寓言》等具有世界性的故事，也是进行各民族文化交流互鉴的极好读物，我建议出版者是否可以考虑进一步创造条件，将这套书目前的汉语有声朗读逐渐扩展为其他民族语言的有声朗读，可为更广泛的读者带来福音。

（2018年5月）

解析敦煌石窟艺术的创新佳作
——阅读《图说敦煌二五四窟》感言

笔者涉足敦煌学研究三十多年，其间阅读过为数不少的介绍、研究敦煌莫高窟艺术的出版物，无论是图籍、图文并茂的知识性普及读物，还是阐述研究心得的学术论著，在均不乏收获的同时，总不免感觉有所缺憾——即敦煌学是涉及历史学、文献学、艺术学、社会学、考古学、宗教学等多学科的综合性学问，如何既能拓展学术视野，又融会贯通、细致入微地在一本著作中呈现出它的品质特性，还是相当欠缺的。最近，三联书店出版了《图说敦煌二五四窟》一书，捧读之际，眼界豁然开朗，深感陈海涛、陈琦二位著者为读者奉献了一本解析敦煌石窟艺术的创新佳作。

创修于5世纪下半叶北魏时期的莫高窟第254窟，是一座有代表性的禅修窟，其中最著名的萨埵太子舍身饲虎、尸毗王割肉贸鸽、释迦降魔成道本生故事壁画，一直是瞻拜大众和佛教艺术研究者最为关注的珍贵图像，对它们的内容诠释与美术研究也已广为人知，如何写出新意颇有难度。作为多年来倾心于敦煌文化艺术传承与创新的本书作者，则希冀于在清晰铺陈该洞窟开凿的时代背景的基础上，从细述（图说）壁画入手，通过一个典型个案的剖析，对石窟的营建与构思做整体解读，使读者能深层次地领略图像创作体现的虔诚精神与哲学、美学理念，真切感悟一千多年前石窟艺术创造者的高超技艺与匠心。与我们习见的"图说"书不同，作者对三铺本生故事壁画的解析，并非局限于对历史图像本身的客观展示，对其内容、结构、风格做一般性陈述，而是配以他们精心临摹的大量线描图，指引读者进而去关注图中关键性的局部与细节。尤其是既结合魏晋时期文艺美学对于目光与神思的关注，去领悟创作者的心灵体悟，又自觉运用了中国传统美学中笔势、气势、情势等特色理论，精辟地归纳出这些壁画图像创作中"势"的运行、相合及抗衡，从而体现出可以统领与驾驭文学艺术作品的"风骨"，将佛教义理与画师匠心及情感完美地融合在画作之中。不仅如此，作者还将研究的视角拓展到印度、日本以及我国新疆与中原地区，也包括莫高窟其他洞窟同类题材的图像，通过比较它们之间的异同，指出敦煌石窟艺术风格的典型特征。例如，书中经过对我国新疆喀喇沙尔、克孜尔、库木吐喇以及日本奈良等窟寺中舍身饲虎图像的比较引证，对印度阿旃陀与犍陀罗地区石窟中尸毗王形象的描述，对254窟降魔成道壁画中四类40余个魔众形象的一一展示与分析，准确地指出这些题材与图像沿着佛教东传的路线进入西域、敦煌、中原，经过辐射、回流，在审美、技巧等方面均发生了有趣的变化，以至于更多地吸取了中国本土文化的元素，来更好地面向在丝路咽喉地区朝拜的多民族信众。

更让我感到钦服的是，作者在做这些细致入微的图像分析的同时，并不回避敦煌石窟的宣教功能，而是专列一章，将包括千佛、天宫伎乐、图案在内的壁画、彩塑佛像与洞窟中心塔柱、佛龛、藻井等建筑形制合为一体，来阐述洞窟的"禅观精神"。作者运用了现代心理学的知识，指出："254窟的整窟图像与精神系统，与禅观的修行仪轨有很大的关联"，"前来礼拜的信众则在洞窟中抱持着时不我待的紧迫感，努力精进观想，寻求突破，以期领会更高层次的生命状态"。毋庸讳言，民众信仰的升华，是国泰民安的一种保障。作者认为254窟所承载的佛教宇宙观和世界观，对于今天的观众而言，依然明晰且引人遐思。我想，作者是在对整体洞窟做功能分析的基础上，经过了认真而长期的思辨后，才得出了这个有启示作用的结论。而这样的判断，确实超越了一般的知识性介绍，当然也区别于普通的教义与仪轨宣传，这在其他图说敦煌石窟的书中，实属罕见。

我一贯主张，必须在遵循学术规范的基础上进行创新。本书之所以称得上是创新佳作，除了在叙述语言、图像分析的学术意义上多有创新外，也在于它善于从前人及当代学人的学术成果中汲取营养，在广泛引述中外多学科的学术著述上，做得十分严谨。全书近80处注释、几百幅图的说明文字，都准确、规范，理解无误，详略得当，真正做到了与正文相得益彰。麻雀虽小，五脏俱全。我衷心期盼从敦煌研究院飞出的这一只引人瞩目的"小雀"，能为我们迎来敦煌石窟艺术研究百花烂漫的春天！

（2018年12月）

"敦煌女儿"的心声
——《我心归处是敦煌》读后

2019年10月18日傍晚,"第二届汪德迈中国学奖"的颁奖仪式在巴黎塞纳河畔庄严的法兰西科学院(亦译为"法兰西学院")金石美文学院的大厅隆重举行。当92岁的汪德迈通讯院士和81岁的樊锦诗名誉院长牵手并肩走在学院廊道时,当我国驻法国大使卢沙野、法兰西学院多位院士和樊院长亲切交谈、表示敬意时,和我一道从北京和敦煌来参加典礼的顾春芳教授、苏伯民副院长、吕文旭研究员都眼含着喜悦的热泪。

我们知道,作为"世界学术之新潮流"的敦煌学,不仅包含在中国56个民族共育的"大国学"之中,也已成为国际汉学(中国学)的重要组成部分。将"汪德迈中国学(终身成就)奖"授予樊院长,不仅仅是对樊院长个人的褒奖,也意味着国际学术界对敦煌莫高窟的考古与保护成就更为密切的关注与认同,是中外文化交流长河中跃起的一朵璀璨夺目的新浪花。

在这次赴巴黎参加敦煌研究院名誉院长樊锦诗领取"第二届汪德迈中国学奖"相关活动时,我还有幸获得由樊锦诗口述、北京大学教授顾春芳撰写的《我心归处是敦煌》的两位作者联名签赠书;不仅于此,在阅读之余,我还得以聆听樊先生细述书中有关内容,获益匪浅。

捧读全书，我突出的感觉是：口述者以坦诚、朴素、真切、翔实的语言，敞开心扉，吐露了一位"敦煌女儿"的心声；而撰写者则经数年间与樊倾心交谈，不但"读懂了她"，进而心心相印，成忘年之交，以一位美学研究家擅长的富有感染力的文笔，描述了"敦煌女儿"并不平坦的心路历程。读罢是书，掩卷沉思，我的心也久久难以平静……

樊院长（多年来我们习惯这样称呼她）原籍杭州，生于北平，长于上海，求学北大，1963年分配到敦煌工作，在半个多世纪里扎根鸣沙山莫高窟，尽心竭力为保护、研究这份世界文化遗产奉献了青春、家庭，倾注满腔心血，成就不朽业绩。说来有缘，被誉为"敦煌守护神"的敦煌文物研究所常书鸿老所长也是杭州人，而我这个西子湖畔长大的杭州人，大学毕业后曾赴祖国大西北工作多年的后学，从20世纪80年代初起亦和敦煌结缘，以常书鸿、段文杰、樊锦诗为代表的"莫高窟人"成为我衷心追慕、终生学习的榜样。

1982年夏，我到兰州参加敦煌文学座谈会后，第一次到敦煌参拜莫高窟，从有幸聆听段、樊二位所长的亲自讲解开始，近40年来，得以逐渐走近敦煌，了解樊院长等一批护宝、弘法的"莫高窟人"的不凡事迹，逐步深入领会崇高的"莫高精神"；今天，又拜读《我心归处是敦煌》一书，不仅可以进一步探寻樊院长真实的心路历程，仿佛又系统重温了一遍敦煌学发展的艰辛而华丽的篇章。诚如樊院长在书中强调的，我们这些20世纪五六十年代成长起来的文化人、知识分子的命运，和新中国艰难曲折、豪迈奋进的步伐紧密相连。一句"祖国的需要，就是我们的志愿"，确实是发自内心的真诚誓言。50多年间，一位体质瘦弱但内心坚强的江南姑娘，克服了难以备述的种种困难，承担着守护莫高窟、弘扬敦煌文化的崇高使命，创造了为世人敬佩的光辉业绩。我的突出感觉，与一般自传书详叙个人经历不同，对她自己的贡献，樊院长在这本"唯一自传"中往往都只是简略带过，她的自述突出了三个方面：第一，她的求学、工作、成长，有家庭的影响，但更重要的是在新中国文化建设这个大环境和敦煌学发展这个学术背景中彰显的。第二，她是带着北大历史系苏秉琦、宿白等老师的教诲，牢记他们的嘱托，肩负着中国考古学界的重要使命，在鸣沙山下、宕泉河边默默耕耘。第三，她要着重叙述和称颂的是常书鸿、季羡林、潘重规、饶宗颐、段文杰等前辈学者专家，是一大批包括"莫高窟人"在内的敦煌文化、学术的拓荒、弘扬者，还有日本美术家平山郁夫的无私援助、敦煌研究院与美国盖蒂保护研究所的有效协作，而在众人之功中亦包含她的一己努力。无论是党和国家领导人的重视和关怀、莫高窟人的拓荒和坚守，还是敦煌石窟考古研究百年回望，书中揭示了敦煌学研究和莫高窟保护的筚路蓝缕，从百年前莫高窟壁画、彩塑遭劫和藏经洞文献的流散，到如今中国敦煌学研究的丰硕成果和"敦煌学在世界"大旗招展；从敦煌文物研究所、敦煌研究院艰苦创业，到如今莫高窟景区成为全国乃至世界文化遗产保护的典范。全书要着力弘扬的，是几代"莫高窟人"以"坚守大漠、甘于奉献、勇于担当、开拓进取"的"莫高精神"，所谱写的既委婉动人又波澜壮阔的敦煌乐章。

正如9月29日，樊院长在文化和旅游部召开部系统国家荣誉称号获得者交流座谈会上的发言中所讲：

> 我也忘不了以常书鸿、段文杰为代表的老一辈"莫高窟人"怀着对敦煌艺术的无限热爱和历史使命感，在大漠戈壁极端艰难困苦的条件下，筚路蓝缕，含辛

茹苦，献了青春献终身，献了终身献子孙，开创了莫高窟的保护、研究和弘扬基业，创立了坚守大漠、甘于奉献、勇于担当、开拓进取的"莫高精神"，成为一代又一代"莫高窟人"薪火相传、生生不息的力量源泉和精神动力。

10月3日，第四届"吕志和奖——世界文明奖"颁奖典礼在香港会议展览中心举行，樊院长荣获"正能量奖"。她在获奖致辞中再次表示："一代人有一代人的使命和担当，我个人的命运和机遇，同敦煌的事业和国家的命运息息相关"，"'吕志和奖——正能量奖'颁发给我，既是对我个人的表彰，更是对敦煌研究院同仁们75年来为莫高窟保管事业艰辛探索进取的激励。保护、研究、弘扬敦煌莫高窟任重而道远，守护莫高窟是值得奉献一生的高尚的事业，是必然要奉献一生的艰苦的事业，也是需要一代又一代人为之奉献的永恒的事业"。

在中华人民共和国成立70周年之际，樊锦诗获得"文物保护杰出贡献者"国家荣誉称号，应邀登上天安门城楼观看阅兵典礼和群众游行。我问她的观感，她坦诚地说："说实话，城楼离广场那么远，我看不清什么，但内心的确为咱们国家的蒸蒸日上充满了自豪感和喜悦之情！"我猜想，望着万众欢腾的盛大场景，她此时脑海里翻滚的还是在莫高窟的日日夜夜，是三危山的佛光，是九层楼的铃铎，是259窟的禅定佛和158窟的涅槃佛；当然还有她和夫君彭金章先生共同的神圣誓言："相识未名湖，相爱珞珈山，相守莫高窟"。正如她自己所说的"躺下醒来都是莫高窟，梦中也是莫高窟"，敦煌莫高窟的文物已经成为她生命的依托、生命的全部。这些，在这本"唯一自传"中已有朴实而生动的叙述，毋庸我在此赘述了。

回到法兰西学院金石美文学院"第二届汪德迈中国学奖"的颁奖现场。樊院长在领奖答辞中说：

> 法兰西学院金石美文学院将"第二届汪德迈中国学奖"授予我，并邀请我参加颁奖大会，我感到非常荣幸。在此，我衷心感谢"汪德迈中国学奖"评选委员会的推荐，衷心感谢长期致力于中国文化研究并对中法文化交流作出卓越贡献的汪德迈先生，衷心感谢法兰西学院金石美文学院将敦煌莫高窟的考古与保护作为当前人类文化发展中极为重要的一项工作来给予重视。
>
> 莫高窟石窟开窟和造像的历史，是一部在戈壁荒漠中营造人类精神家园的历史，是一部贯通东西方文化的历史，也是一部中华民族谋求发展和繁荣的历史。西汉王朝的张骞全线打通了中国与欧亚大陆之间的交通，此后这条"陆上丝绸之路"繁荣千年之久。灿烂瑰丽、博大精深的敦煌莫高窟佛教艺术是中西文化和多民族文化交融荟萃的结晶，是不同文明之间和平共处、相互交融、和谐发展的历史见证。
>
> 汪德迈先生发起设立"汪德迈中国学奖"，旨在"吸引更多目光关注和理解中国的历史文明及其进程。"我认为这一思想有助于推动西方对中国历史和文化的了解，有利于加强21世纪东西方的交流和理解，有利于守护人类的文明和世界的和平。

汪德迈先生在颁奖辞中对樊院长的成就赞赏有加，其中特别称道2011年出版的《敦煌石窟全集》第一卷《莫高窟第

266—275窟考古报告》意义非凡。这部樊院长主编的、曾荣获"吴玉章人文社会科学优秀成果奖"的巨著,是她带领敦煌研究院的同事花费40年的心血撰写而成,在中国石窟考古学史上具有继往开来的创新价值。

这次颁奖前夕,在巴黎居住的宾馆房间里,樊院长从宿白先生的《敦煌七讲》和宿先生对她的多次催促,到苏秉琦先生在她毕业离校前的殷切叮咛,从日本学者早年的《云冈石窟》调查图录,到她拟写第248窟的考古报告初稿的尝试,就完成此考古报告的艰难与意义,对我侃侃而谈了近一个小时。樊院长指出:要做一部准确记录不规则形状洞窟全部遗迹的石窟考古报告,使之成为能够真正永存的敦煌石窟科学档案资料,是一项复杂的系统工程,不仅工作量大,而且困难重重。经过多年的艰难摸索,她和同事们首先解决了编排和体例问题,又从根本上改变了传统的测量手段和测绘方法,将最先进的测绘技术运用到考古工作中,实现了石窟考古测绘的重大突破。她说:"我们的考古手段、考古工具、考古理念、专业分工都有很大的进步,21世纪数字信息的发展给我们带来很多便利,我们可以做出很多前人无法做出的成果。这一卷考古报告打破了过去仅限于文字、绘图和摄影结合的方法手段,融汇了考古、历史、美术史、宗教、测量、计算机、摄影、化学、物理学、信息资料等多学科的方法手段。第一卷考古报告的编写出版,使永久保存、保护敦煌莫高窟及其他敦煌石窟的科学档案资料,推动敦煌石窟文化遗产的深入研究、满足国内外学者和学术机构对敦煌石窟资料的需求,甚至在石窟逐渐劣化甚至坍塌毁灭的情况下,提供为全面复原的依据,成为可能。"然而,她也深知,40年磨成一剑,其间甘苦自知,而要将全部敦煌石窟的考古报告都完成,恐怕还需要几代莫高窟人和其他考古工作者齐心协力、集思广益、孜孜不倦的艰苦努力，需要不断总结经验、敢于创新。她听说我国学者自己编著的《云冈石窟全集》刚刚由青岛出版社印行推出，非常关切地询问该书的编撰情况，也希望敦煌石窟第一卷的考古报告能为推动其他石窟寺的考古工作提供借鉴。

从10月14日到18日，樊院长这次在巴黎总共只停留了4昼夜零9个小时，除了不多的睡眠、用餐时间，就是集中精力静心准备获奖答辞和学术讲演稿。10月17日下午，她在法国远东学院做了题为《玄奘译经和敦煌壁画》的演讲。尽管所讲是她稔熟的内容，考虑到中外听众不同的文化学术背景和法文翻译的需要，她和远东学院的郭丽英教授以及翻译者一遍又一遍地梳理、提炼讲稿，制作PPT。在讲堂上，我听着她对玄奘西行求法、东归译经内容和意义的诠释，看着屏幕上播映的榆林窟第3窟等壁画中玄奘、孙行者和驮经白马的图像，马上联想到这本自传中写的一段话："这么多人来到敦煌，守护莫高窟，每天都要和佛经、佛像照面，他们的精神来自对敦煌石窟艺术的热爱和对这份事业的执着追求。这个追求的过程在某种程度上和佛经徒的信仰非常相似，因为这也是一个需要'布施、持戒、忍辱、精进、禅定、般若'，需要不断超越、获得智慧的过程。"于是，我耳际不禁又响起了鲁迅称颂"中国的脊梁"的名言："我们自古以来，就有埋头苦干的人，有拼命硬干的人，有为民请命的人，有舍身求法的人，……虽是等于为帝王将相作家谱的所谓'正史'，也往往掩不住他们的光辉，这就是中国的脊梁。"我想到，以常书鸿、段文杰、樊锦诗等为代表的"莫高窟人"，不也正是我们中国舍身求法的坚挺脊梁嘛！

在"汪德迈中国学奖"的颁奖仪式上，樊院长平静而简朴的语句回响在法兰西学院金石美文学院的大厅：

我是一名中国的考古学者，我一生只做了一件事，那就是守护和研究世界文化遗产地——"敦煌莫高窟"。我在敦煌度过了近60年的时光，我个人的考古研究和莫高窟的保护事业是不可分离的。

从听众们热烈的掌声里，我感觉到这朴素答辞里蕴含的丰富内涵，感受到一种净化心灵、启发心智、鼓舞人心的强烈感染力。

10月22日下午，在北京大学人文社会科学研究院举办《我心归处是敦煌》的读书会上，叶朗教授等几位专家高度评价了樊院长的功绩和这本自传的价值。他们还特别指出这本书封面上樊院长的照片淡定、安详、慈善，真好！我看到，书的护封上印着她的一句话："此生命定，我就是个莫高窟的守护人。"书的封底印着她的另一句话："我感觉自己是长在敦煌这棵大树上的枝条。我离不开敦煌，敦煌也需要我。只有在敦煌，我的心才能安下来。"书的结尾处写道："衰老和死亡是自然的规律。其实真正让人感到悲哀的是人生有许多遗憾无法弥补，真正让人感到恐惧的是不知心归何处。"书中所突显的一颗心、一件事、一辈子，就是热爱祖国文化事业的赤子初心，是保护莫高窟文物的使命在肩，是扎根敦煌大地的绿树长青。

我想，出版这本自传，也是这位81岁老专家树立的新起点、新标杆，是为了继续讲好敦煌故事，传播祖国母亲声音，做好中华优秀文化的继承者、传播者、创新者，这就是这位"敦煌女儿"的心声。

（2019年10月31日定稿于北京）

心铭师恩,指塑英魂

——读《纪峰雕塑札记》感言

庚子季春,喜获开明出版社刚刚印行的《纪峰雕塑札记》,展阅再三,不禁心动不已!书中所收著者纪峰撰写的文章和珍贵的塑像图片,让我一次又一次打开记忆的闸门,陷入深思……

纪峰30年前即师从两位名师韩美林、冯其庸学艺习文,得悉心指导,遂成长为国内一流的雕塑家。其中甘苦,该著作中有他充满真情实感的自述,书里展示的冯其庸先生书赠他的联语"尝过千般味甜酸苦辣都在心头铭刻,阅遍世间相音容笑貌皆从指上再生",也是对他创作生涯最精当的概括,无需我在此赘述。下面略叙我阅读是著后的一点感受。

学艺习文,有好老师教诲、指点最为难得,也最是幸运。韩美林先生不仅是指导纪峰走上艺术创作正道的启蒙老师,也是一位以自己的做人、做事理念与风格深刻影响了纪峰的净友。冯其庸先生爱惜才俊、提携后辈,不但注重用自己深厚的文史修养及书画艺术功力去夯实纪峰的文化基础,而且引导纪峰要特别实践与创作对象"面对面、心交流"以及"阅遍世相"的原则。纪峰牢记教诲,且始终铭记师恩,才能在并不平坦的雕塑创作历程中脱颖而出,在"量"的丰收中实现"质"的飞跃。他所创制雕像的主人公,许多是举世瞩目的文史大家、艺术大师，其中有些是常常出现在公众视野中的名人，如季羡林、启功、饶宗颐、刘海粟、徐邦达、周巍峙、乔羽、叶嘉莹等，有些则是虽名闻遐迩却平素较少露面、相当低调的专家，如钱仲联、张晗、姚奠中、杨宪益、周绍良等，还有无从会面的曹雪芹、马叙伦等，为他们塑造雕像，要得到众口一致的认可与好评，其难度可想而知。我赞赏纪峰知难而上的精神，更钦佩他为了塑好每一尊雕像不惮繁难地观察像主细致入微、搜集资料尽心竭力、塑技精益求精的工作态度。记得当年为了雕塑季羡林先生像，纪峰多次到北大季老家中与季老促膝交流，现场捏塑泥样，塑出小样后又多方征求意见，不断修改，努力使塑像达到形神兼备的高水平。他十余次创作季老塑像，每一次均有新的感悟。为了塑造季老一尊坐像，他曾请我去工作现场观摩初样，提供建议。这尊像现在安放在季羡林先生墓地，成为万人瞩目的代表作。他雕塑我的导师启功先生塑像，不但几次到师大小红楼拜望先生，还细心听我介绍启功先生的生活、教学情况，又让我提供一些先生的日常照片资料供他参考。初样塑成后，我们捧给启功先生看，先生喜笑颜开，赞不绝口。冯其庸先生钟情西域人文、地理、历史，十赴新疆实地考察，多次请纪峰伴行；纪峰则从1992年到2015年，创作了17件冯老的雕塑作品。其中挂杖立像一尊，现在矗立在无锡冯其庸学术馆前的草坡上，已成为该学术馆的标志性塑像。

　　心铭名师深恩，指塑民族英魂。读了纪峰这本"札记"，不但引发了我对熟识的前辈尊师的思念和追忆，也加深了我对他创作的塑像所包含的民族精神、文化内涵的理解。我热烈祝贺此书的出版，也衷心祝愿纪峰在迈向雕塑艺术高峰的道路上阔步前行！

（写于2020年4月23日"世界读书日"）

假如，真如
——读王蒙《笑的风》感言

笔者一向很少阅读小说，近来却因某种机缘，断断续续、并非一口气地拜读了王蒙先生的新作《笑的风》——这部由中篇扩展成篇幅并不冗长、内容却可超出若干个几十万字篇幅的长篇小说。2020年6月10日的《光明日报》刊登了王蒙夫人、《光明日报》原高级记者单三娅女士和作家本人就这部小说的创作缘起、酝酿过程、创作理念、风格特点、语言追求等话题展开的近8000字的对话（以下简称《对话》），可谓全面、深入、晓畅、透彻，我读后虽尚未能全盘领悟，却也深受启益。单女士说："《笑的风》竖跨六十年，横扫大半球，让人一路回顾感慨。"作为一个也有七十多年生活经历的老年读者，我也愿意就此谈谈自己读后的一些感受、感慨、感动，就名之为"感言"吧。

作家在书里、书外都一再声明，《笑的风》或可改题为《假如生活欺骗了你》。虽然这与普希金的著名诗作同题，我觉得内涵却大有差别。普氏生活的时代、地域、环境及其个人生活遭遇，当然无法与生活在20世纪30年代至21世纪20年代我国大动荡、大变革、大发展时期，经历过疾风暴雨、惊涛骇浪、大起大落的考验，也感受过相对民主自由、和平稳定、团结和睦的气氛，享受了改革开放、繁荣发展的成果，而且耄耋之年依然初心不变、心态平和、身心健康的王蒙先生相比。更重要的是，王蒙在小说中对现实生活的感受、理解、反映、评述，与俄罗斯诗人普希金是迥然不同的。

20世纪末，在我国小说界自70年代后期开始相继出现"伤痕文学"、"反思文学"、"改革文学"的基础上，文学理论家们提出了"新现实主义小说"的概念，提出作家不仅要关注、热爱生活，而且应该站在社会时代的高度看取社会走势，把握时代脉向，同时将自己的审美激情灌注到作品形象中去，给人们以感染和鼓舞，对未来充满信心和希望；认为现实主义精神不仅要求作品真实地再现现实，而且要求"以热情为元素"，展现生活的愿望和理想。我以为，这种"新现实主义"其实就是注入了"理想主义"、"浪漫主义"的复合体，似乎缺失了"关注、热爱生活"的最坚实的基础，即作家对现实社会生活长期切身、深入、透彻的体验和感悟，对丰富多彩、错综复杂的社会现象的把握与评判，对最广大民众精神与物质生活需求的了解与探索。即如王蒙在《对话》中所明言的是"接地气"、"要通气"："我努力去接农村的地气，大城市的牛气，还有全世界的大气、洋气、怪气，更要让这些材料通气：通上新时代、新时期、历史机遇、飞跃发展、全面小康、创业维艰、焕然一新、现代乃至后现代的种种。"要做到这一点谈何容易，王蒙"运用了年事高者的全部优势，各种记忆、经验、信息、感慨，全来了。"在《笑的风》中，几个主人公傅大成、白甜美、杜小鹃的生活背景、人生经历、心路历程，他们的喜怒哀乐、起落成败、优点特点缺点弱点，都是作家熟知熟悉，且能以己解他（她），融合了我你他第一、二、三人称，融汇了感触、感喟、感叹、感想，也融进了作家自己的议论、评论和结论，做到了以小见大、以中国见世界的扩展效应。我起初读《笑的风》时，与单女士同感，觉得作家"有显摆之嫌"，但后来看到作家强调"生活的符号、历史的符号令我怀念，钟情无限。这比显摆不显摆重要一百倍。"改变了我的认识。他在《对话》中说：

> 20世纪的中国，政治、历史、时代、爱国救亡、人民革命、抗美援朝、社会主义、改革开放，在社会大变动中，家庭个人，能不受到浸染吗？能不呈现拐点、提供种种命运和故事情节吗？杯水风波、小桥流水、偏居一隅，可以写，当然；但同时写了大江东去、逝者如斯、风云飞扬、日行千里的男女主人公，为此，难道有谦逊退让的必要吗？

可见作品的时代特色鲜明，个人感悟突出，写作导向十分明确，诚如作家所言："写不出大时间、大空间、大变化的小说，怎么对得起吾国吾民？"作家创作的欲望、动机、主旨、目的清晰明了，其中隐含了太多的感念、意念、忆念、思念，当然还有难以忘怀的怀恋、追恋、眷恋……于是，我想用另一个词"秀"来替代"显摆"——知识秀、辞语秀（包括书中排比句及外语的运用和诗词创作）、中外人物秀，最核心的是经历、阅历、资历秀充盈全书。"秀"的本义是扎根于土地的谷类作物抽穗开花，引申为清秀、灵秀、娟秀、俊秀、隽秀、秀丽、秀美、秀伟，等等，当然都是褒义词（与贬义的动宾词组"作秀"异意）。近期，我有幸随同王蒙先生再次回到新疆调研。在这片他曾经生活和工作了16年的广袤而多彩多情的土地上，他每到一处，都充满了与各族民众旧雨新知欢聚的动人场景和热烈气氛，也让我强烈地感受到了一位"接地气"的人民艺术家回到"第二故乡"的轰动效应。作家"接地气"，就有了"人气"。对于王蒙先生60多年的文艺创作实践来讲,从北京到新疆,就是在和各族干部、群众的融洽相处中,不断汲取获取采取创作源泉、动力、素材,激发灵感,汇聚智慧,驰骋联想,就有了底气、勇气、名气、神气、牛气,汇聚成出色的"文气",创作出为最广大人民群众所接受所欢迎所理解所赞赏的优秀作品。

《笑的风》堪称王蒙先生近些年来所提倡所称道所创作的"非虚构小说"的一部典范之作。这类小说"用明明以虚构故事人物情节为特点与长项的小说精神、小说结构、小说语言、小说手段去写实,写地地道道有过存在过的人与事,情与景,时与地。"(王蒙:《〈邮事〉创作谈》,见《小说选刊》2019年第1期)这里的关键是作家对现实生活的切身体验、深入了解和正确体悟,是以作家热爱生活、热爱人民、热爱祖国,坚守与坚信初心、理想、未来的信仰为基础的。"假如"是"真如"的典型化、文学化、艺术化(如《成唯识论》所云:"真如亦是假施设名。")。王蒙先生之前创作的《这边风景》《风筝飘带》《邮事》等小说均莫不如此。在《笑的风》里,作家将自20世纪50年代至本世纪初,近70年里的社会生活、时代变革、世界沧桑,同时还有作家本人对此的认识、议论、评述,都自然而巧妙地融合于主人公们的故事情节之中,让读者看到了纷繁复杂多变的熟悉或陌生的人物、事件,受到感染与启迪。书中"夹叙夹议"颇多,也是一大特色。在讲人物故事时,谈哲理、发议论、摆理论,几乎随处可见。这得益于作家的理论修养,也呈现出一分为二、对立统一的时代特色:一方面是"知识爆炸""信息蜂拥""信仰缺失""理论模糊""初心遗忘""记忆淡化",另一方面却是"传统意识顽固而清晰"乃至"刻骨铭心";一方面是"一切向前看"、"摸着石头过河""妹妹你大胆地向前走",另一方面又不免思想保守、瞻前顾后、左右摇摆、寻求平衡。用作家自己的话说,是变革与前进、获得与失落、朝阳与夕照,成了"文学的契机",也是"王蒙非虚构小说"突破了"新现实主义"框架的例证。

我必须承认,阅读《笑的风》的过程,也是我这个已在新中国生活了70多年、在新疆工作了10年的普通公民补课"充电""洗脑"的过程;而对于年轻一代的读者而言,这个过程恐怕会更加艰难、艰涩乃至痛苦。但是我相信"痛并快乐着",因为获取知识、经验、智慧,了解并懂得生活、社会、世界,乃是人生的最大需求。感谢王蒙先生!

(2021年7月15日写于乌鲁木齐,7月20日改定)

后记

因拙著《品书录》曾由甘肃教育出版社出版发行，故《剑虹序跋与书评》一书原由该社组稿，2020年交稿后责编张静认真审读加工，张小乐美编辛勤设计。后因故未能按期出版，遂经协商列入中国书籍出版社出版项目，得到甘肃教育出版社大力支持，同意无偿提供设计排版，并补入2021年所撰写的《假如，真如——读王蒙〈笑的风〉感言》一文后印行。兹谨向为拙著顺利出版的两家出版社领导和编辑同仁致以诚挚的谢忱！

作者

2022年元月